HHhH

로랑 비네
이주영 옮김

황금가지

HHhH

by Laurent Binet

차례

일러두기
본 번역서는 프랑스에서 발간된 『HHhH』를 저본삼아 원문에 충실히 번역하였습니다.
단, 원문에서 발견되는 역사적 오류 역시 가급적 그대로 번역 수록하였습니다.

제1부

다시 한 번 산문 작가의 생각이 역사라는 나무에 흔적을 남긴다.
하지만 동물을 이동식 우리로 들어오게 할 술수를
찾아내는 것은 우리 일이 아니다.

— 오시프 만델스탐(20세기 러시아의 시인 ― 옮긴이), 『소설의 종말』 중에서

1

그의 이름은 가브치크. 실존했던 사람이다. 어두운 아파트에서 홀로 쇠난간의 작은 침대에 누워 있던 가브치크는 덧문 너머로 바깥 소리를 들었을까? 프라하의 전차가 덜컹거리는 소리를 들었을까? 그렇게 믿고 싶다. 프라하를 잘 알고 있기 때문에 전차의 번호(하지만 어쩌면 바뀌었을 수도 있다.)와 전차 노선이 눈에 선하고 침대에 누운 가브치크가 닫힌 덧문 너머로 뭔가를 기다리고 생각하고 듣던 장소도 상상할 수 있다. 배경이 되는 장소는 프라하에서 비셰흐라드스카와 트로이치카의 모퉁이. 18번(또는 22번) 전차가 식물원 앞에서 멈춘다. 때는 1942년. 쿤데라는『웃음과 망각의 책』에서 등장인물들에게 이름을 붙이는 것이 조금 부끄럽다고 암시한다. 그리고 토마스, 타미나, 테레사라는 이름을 가진 등장인물로 넘쳐나는 소설에서 이 부끄러움은 직접 드러나지 않지만 직감으로 확실히 느껴지는 것은 있다. 소설에 사실적인 느낌을 살리려는 유치한 고민으로, 또는 훨씬 나은 경우지만, 단순히 편하자고 등장인물을 지어내어 마음대로 이름을 붙여 주는 것만큼 시시한 일이 있을까? 쿤데라는 질문을 더 깊게 끌고 나가야 했다는 생각이 든다. 솔직히 말해, 가공으로 만들어진 등장인물보다 시시한 것이 있을까?

하지만 가브치크는 가공된 인물이 아닌 실존 인물이며 이름도 실제로 그가 대답해 온 이름이었다(항상은 아니지만). 가브치크의 놀라운 이야기는 실화다.

그와 그의 동료들은 제2차 세계대전은 물론 인류 역사를 통틀어서도 레지스탕스로서 가장 뛰어난 활약을 보여 주었다고 나는 생각한다. 오래전부터 그들에게 경의를 표하고 싶었다. 덧문이 닫힌 이 작은 방에 누워 있던 가브치크가 식물원 앞에 멈춰 서는 전차의 덜컹 소리를 열린 창문으로 듣던 모습이 오래전부터 아른거려 왔다(전차는 어느 방향으로 갔을까? 잘 모르겠다.). 그러나 지금 은밀히 하고 있는 것처럼, 이 장면을 글로 쓰는 것이 과연 가브치크에게 경의를 표하는 방법이 맞는지는 아직 잘 모르겠다. 나는 가브치크를 평범한 등장인물로, 가브치크의 활동을 소설 속 행위로 전락시키고 있다. 내 입장에서는 문학이지만 가브치크 입장에서는 불쾌한 일일 수도 있다. 하지만 어쩌겠는가? 눈에 어른거리는 이 이야기를 재구성조차 해 보지도 않고 평생 달고 살고 싶은 마음은 없다. 이 굉장한 이야기에 '미화'라는 두꺼운 반사층을 바를 것이고 그 뒤로 '역사적 사실'이라는 양방향 거울도 통과되게 하고 싶다는 바람뿐이다.

2

아버지가 이 이야기를 처음 들려준 때가 정확히 언제인지 기억나
지 않는다. 다만 우리가 살던 임대 아파트의 방에서 아버지가 '동지
들', '체코슬로바키아인들', '공격'이라는 단어를 쓰고 '제거'라는 단
어를 강조하고 '1942년'이라는 연도를 이야기해 준 것은 기억난다.
아버지의 서재에서 발견한 자크 들라뤼의 『게슈타포의 역사』라는
책을 몇 페이지 읽어 본 적이 있다. 이 책을 읽고 있던 나를 본 아버
지는 지나가는 말로 몇 마디를 해 주었다. SS의 수장인 히믈러와 그
의 오른팔이자 독일의 보호령인 보헤미아-모라비아의 총독 하이
드리히를 언급했고 런던에서 파견된 체코슬로바키아 특공대의 하
이드리히 암살 사건을 이야기했다. 아버지도 자세한 내막은 모르고
있었으나(나도 자세히 물어볼 이유가 없었다. 당시에는 이 역사적 사건
이 지금만큼 내 상상 속 세계에서 아직 중요한 자리를 차지하고 있지 않았
다.). 어떤 이유에서든 인상 깊었던 뭔가를 들려줄 때 나타나는 가벼
운 흥분이 아버지에게서 느껴졌다(전반적으로 몸에 밴 습관인지 원래
성격이 그런 것인지는 모르겠지만 아버지는 100번이고 했던 이야기를 또
하는 것을 좋아한다.).
  하지만 이 이야기가 아버지에게 특별한 의미가 있는 것 같지는
않다. 최근에 이 역사적 사건을 소재로 책을 써 보겠다고 말씀드렸

을 때 아버지에게서 별다른 감정이 없는 예의상 호기심만을 느꼈기 때문이다. 그래도 이 역사적 사건이 아버지에게 강렬한 인상을 준 것은 맞는 것 같다. 물론 이 역사적 사건에 더 깊이 감동한 사람은 아버지보다는 나지만. 내가 받은 감동을 아버지에게 전하기 위해 이 책을 쓰기 시작한다. 청소년 시절에 아버지에게 띄엄띄엄 들었던 이야기를 한데 모은 책이라 할 수 있겠다. 당시에 아버지는 아직 역사 교수는 아니었지만, 그래도 매우 흥미진진하게 들려준 그 역사적 이야기 말이다.

<u>3</u>

아직 어린아이였지만 테니스 덕에 체코와 슬로바키아는 다른 나라라는 것을 이미 알고 있었다. 물론 이 당시는 아직 체코와 슬로바키아가 공식적으로 나뉘기 전이었다. 가령 이반 렌들은 체코 사람이고 미로슬라프 메치르시는 슬로바키아 사람이라는 것을 알고 있었다. 슬로바키아 선수 메치르시가 좀 더 환상적이고 재능 있고 호감 가는 쪽이었다면 체코 선수 렌들은 노력파지만 차가운 인상이었다(그러나 렌들은 286주 때 딱 한 번 피트 샘프라스에게 패했을 뿐 270주 동안 세계 넘버원이었다.). 그뿐만 아니라 전쟁 중, 슬로바키아인들은 나치에 협력했지만 체코인들은 나치에 저항했다는 이야기를 아버지로부터 들은 적이 있다. 당시 나는 아직 어려서 세계가 얼마나 복잡한지 이해하지 못했고, 원래부터 체코인은 모두 레지스탕스, 슬

로바키아인은 모두 나치 부역자라고 생각했다. 단 한순간도 프랑스의 경우를 생각하지 못했다. 어쨌든 프랑스의 경우를 보면 이런 이분법적인 생각은 문제가 되었다. 우리 프랑스인들은 나치에 저항도 했지만 동시에 부역도 하지 않았는가? 솔직히 말해, 요시프 티토(제2차 세계대전 당시 항독 게릴라 활동을 한 유고슬라비아 정치가 ─ 옮긴이)가 크로아티아인이라는 것을 알게 되면서(그러니까 크로아티아인이라고 전부 나치에 협력한 것은 아니었고, 마찬가지로 세르비아인이라고 전부 나치에 저항한 것은 아닐 것이다.), 전쟁 중 체코슬로바키아가 어떤 상황이었는지 좀 더 분명하게 보기 시작했을 뿐이다. 한쪽은 독일에게 점령당해 독일 제3국에 병합된 보헤미아-모라비아(다른 말로 하면 현재의 체코공화국)였다. 그 말은 독일 제국의 영토에 편입된 것이나 다름없는 비참한 보호령 신세라는 말이었다. 또 한쪽은 겉으로는 독립국이지만, 사실은 독일 제3제국의 위성국가에 지나지 않는 슬로바키아였다. 같은 나라 안에서도 개개인이 달리 행동했다는 것을 어린 나이에는 알지 못했다.

4

내가 브라티슬라바에 도착한 것은 1996년으로 슬로바키아 동부의 사관학교에서 프랑스어 교관이 되기 전이었다. 내가 대사관 국방무관 비서에게 제일 먼저 물어본 것이(이스탄불 근처에서 분실된 내 여행 가방을 찾을 수 있는지 물어본 다음) 바로 하이드리히 암살 사건에 대한 것이었다. 국방무관 비서는 암살 사건과 관련된 주요 정보를 상세하게 알려 주었다. 그는 전에 체코슬로바키아에서 전화 도청 담당이었다가 냉전 이후에 외교부 준사관으로 옮겼다고 한다. 우선, 암살 작전에 투입된 요원은 두 명이었다. 체코인과 슬로바키아인.

내가 거주했던 슬로바키아에서 나고 자란 대원이 암살 작전에 참여했다는 사실을 알게 되니 기뻤다(그러니까 레지스탕스로 활동한 슬로바키아인도 있었다는 뜻 아닌가.). 하지만 작전 자체가 어떻게 이루어졌는지에 대한 정보는 거의 알려진 것이 없어 보였다. 요원 한 명이 하이드리히가 탄 차에 총을 쏘려는 순간 총이 고장 났다는 사실정도만 세간에 잘 알려져 있을 뿐이다(그러니까 당시 하이드리히가 차에 타고 있었다는 뜻일 것이다.). 그러나 특별히 나의 호기심을 자극한 것은 암살 이후 요원들의 행적이다. 암살 작전에 투입된 레지스탕스 두 명은 어떻게 다른 동료들과 함께 성당으로 피신했을까? 나치스는 이들을 어떻게 익사시켜 죽이려 했을까? 묘한 이야기다. 더 자세한 정보를 얻고 싶었지만 비서관은 더 이상 아는 것이 없었다.

5

슬로바키아에 온 지 얼마 안 되어 눈부시도록 아름다운 슬로바키아 여자와 만나게 되었다. 그녀에게 푹 빠진 나는 약 5년 동안 열렬히 연애했다. 그녀를 통해 암살 사건에 관한 정보를 추가로 얻을 수 있었다. 우선, 암살 작전을 이끈 두 주역의 이름. 요제프 가브치크와 얀 쿠비시. 가브치크는 슬로바키아인, 쿠비시는 체코인이다. 이름을 보면 국적을 바로 알 수 있다. 어쨌든 가브치크와 쿠비시, 이 두 사람이 역사적 사건의 주역이었던 듯하다. 내가 사랑에 빠진 젊은 여인 오렐리아는 동시대의 여느 체코인과 슬로바키아인과 마찬가지로 가브치크와 쿠비시의 이름을 어릴 때 학교에서 배웠다고 한다. 그 밖에 나머지 굵직한 사건 몇 가지만 알고 있을 뿐 상세한 이야기는 준사관보다도 아는 것이 없었다. 내가 늘 궁금해했던 부분은 그로부터 이삼 년 뒤에 알게 되었다. 들어 보니 소설보다 더 소설 같고 강렬한 역사적 사건이었다.

그렇게 우연한 계기로 이 역사적 사건을 더 자세히 알게 되었다.

오렐리아와 함께 살려고 프라하 번화가의 아파트를 빌렸다. 비셰흐라드 성, 카를로보 나메스티 성 사이, 그러니까 카를 광장에 있는 아파트였다. 이 광장에서 강까지 이어지는 레슬로바 울리체 거리에서 묘하게 생긴 유리 건물을 볼 수 있다. 마치 허공에서 물결치는 것처럼 보이는 이 건물은 체코 사람들 사이에서 '춤추는 집'이라는 뜻의 체코어로 '탄치치 둠'이라 불린다. 레슬로바 거리에서 내려가다 오른쪽에 성당이 하나 있다. 성당의 지하실 쪽 벽에 뚫린 통풍구 주변에는 엄청난 수의 총알 자국이 있다. 그리고 가브치크와 쿠비시의 이름, 하이드리히의 이름이 적혀 있는 표지판이 있다. 세 사람의 운명은 서로 영원히 이어져 있다. 이곳 통풍구 앞을 열 번도 넘게 지나다닌 적이 있는데 그때는 주변의 총알 자국도, 표지판도 보지 못했다. 그러던 어느 날, 나는 길을 가다 표지판을 읽고 이곳이 하이드리히 암살 작전에 투입된 낙하산병들이 작전 성공 후 피신해 있던 성당임을 알게 되었다.

성당 개방 시간에 맞춰 오렐리아와 함께 찾았고 지하실에 가 볼 수 있었다.

성당 지하실에는 모든 것이 다 있었다.

6

지하실에서 일어난 비극은 이미 60년도 더 지난 일이지만 여전히 그 흔적이 생생하게 남아 있었다. 통풍구 바깥쪽에서 지하실 안을 엿볼 수 있었다. 터널은 몇 미터에 걸쳐 이어져 있고 벽과 둥근 천장, 작은 나무 문 두 개에 총알 자국이 있었다. 사진에는 낙하산병들의 얼굴이 나와 있고 설명은 체코어와 영어로 되어 있었다. 동료들을 밀고한 배신자 대원의 이름도 적혀 있었다. 그리고 레인코트 한 벌, 어깨끈 가방과 자전거의 소유주를 찾는다는 포스터, 결정적인 순간에 고장을 일으킨 스텐 기관총이 전시되어 있었다. 그 밖에도 세간의 입에 오르내린 여성들, 작전 때 벌어진 실수, 런던, 프랑스, 훈장을 받은 사람들, 망명정부, '리디체'라는 이름의 마을, 발치크라 불린 젊은 감시 요원, 최악의 순간에 지나간 전차, 데스마스크, 암살자를 밀고하는 사람들에게 제공되는 1000만 크라운의 상금, 청산가리 캡슐, 수류탄, 수류탄을 던진 사람들, 라디오 송신기와 암호 메시지, 레지스탕스 대원 한 명이 발목을 삔 일, 영국에서만 얻을 수 있었던 페니실린, '사형 집행자'라 불린 인물의 지배 아래 놓인 도시, 하켄크로이츠 깃발과 해골 휘장, 영국을 위해 일한 독일인 스파이들, 타이어 하나가 펑크 난 검은색 메르세데스, 운전사, 도살자, 관 주변에 모인 독일 장교들, 시신들을 살펴보는 경찰들, 잔혹한 보복, 영광과 광기, 무력감과 배신, 용기와 두려움, 희망과 슬픔, 몇 평방미터의 공간에 결집된 모든 인간의 열정, 전쟁, 죽음, 강제수용된 유대인들, 학살당한 가족들, 목숨을 바친 병사들, 복수와 정치적 계산, 바이올린을 연주하고 펜싱을 하던 남자, 열쇠공으로 위장한 레지스탕스, 성당 벽에 영원히 새겨진 레지스탕스의 정신, 삶과 죽음 사이에서 벌이던 사투의 흔적, 보헤미아, 모라비아, 슬로바키아, 몇몇 돌에 새겨진 세계의 역사가 있었다.

당시 성당 밖에는 SS 대원 700명이 있었다.

7

인터넷을 검색하다가 케네스 브래너가 하이드리히를 연기한 영화 「컨스피러시」를 알게 되었다. 이 영화의 디브이디는 배송비 포함에 5유로로 얼른 주문했다. 디브이디는 3일도 채 안 되어 배송되었다. 「컨스피러시」는 반제 회의를 그린 영화다. 1942년 1월 20일, 아이히만과 함께 회의에 참석한 하이드리히는 '최종 해결책(유대인 학살 계획 — 옮긴이)'을 시행할 방법을 정했다. 바로 이날, 폴란드와 소련에서 대규모 처형이 시작되었다. 처형 작업은 SS 학살 담당 부대인 아인자츠그루펜이 맡았다. 아인자츠그루펜은 유대인을 수백 명, 많으면 수천 명을 한꺼번에 들판이나 숲에 모이게 한 다음 기관총으로 사살했다. 그러나 방법이 너무 잔인해서 나치스 보안방첩부나 게슈타포 못지않게 강한 정신력으로 무장한 아인자츠그루펜 병사들마저도 정신적으로 힘들어했고 양심의 가책마저 느꼈다. 심지어 히믈러도 대규모 처형 장면을 보다가 기절할 뻔했다. 그 후 SS 대원들이 주로 쓴 방법은 유대인을 가득 태운 트럭에 가스를 주입해 질식사시키는 독가스 처형이었다. 하지만 일일이 수작업으로 해야 해서 꽤 힘이 드는 방법이었다. 반제 회의 이후에 하이드리히는 측근 아이히만에게 유대인 학살을 일임했고, 아이히만은 간단하면서도 공포 분위기를 조성하고 비용 부담 없는 방법으로 대규모 인원을 처리해 나갔다.

케네스 브래너는 하이드리히를 꽤 섬세하게 연기했다. 극도의 심약함과 냉정한 권위주의를 동시에 지닌 하이드리히를 잘 살려 낸 것이다. 케네스 브래너가 연기한 하이드리히는 으스스한 카리스마를 풍긴다. 그런데 실제로 하이드리히가 진심이든 가식적이든 누군가에게 친절을 베푼 적이 있다는 이야기는 그 어디에서도 읽어 본 적이 없다. 그래도 영화에는 하이드리히라는 인물을 심리적, 역사적으로 제대로 묘사한 짧은 장면이 있다. 회의 참가자 두 명이 나지막하게 이야기를 나누고 있다. 한 명이 다른 한 명에게 이야기한다. 하이드리히가 원래 유대인 출신이라는 이야기를 들었다는 것이다. 그러면서 전자는 후자에게 이 소문이 사실인 것 같냐고 묻는다. 그러자 후자가 짓궂게 묻는다. "하이드리히에게 직접 물어보지그래?"

전자는 그 생각만으로도 창백해진다. 사실, 하이드리히는 아버지가 유대인이라는 소문에 오랫동안 시달렸고 이 때문에 젊은 시절에 마음고생을 했다는 소문이 있다. 물론 근거 없는 소문 같기는 하다. 솔직히 그 소문이 사실이었다 해도 하이드리히는 나치스와 SS의 정보국 수장으로서 눈 하나 깜짝하지 않고 자신의 혈통에 오점이 되는 유대인들을 대규모로 학살할 수 있었을 것이다. 어쨌든 하이드리히라는 인물이 스크린으로 그려진 것은 이 영화가 처음은 아니다. 실제로 하이드리히 암살 사건이 일어나고 1년도 채 안 된 1943년에 프리츠 랑 감독이 베를로트 브레히트의 시나리오를 바탕으로 「사형집행인들도 죽는다」라는 제목의 선전 영화를 찍은 적이 있다. 이 영화는 암살 사건을 매우 비현실적이지만 꽤 기발하게 묘사했다(프리츠 랑 감독은 암살 사건이 실제로 어떻게 일어났는지 전혀 몰랐던 것 같다. 하지만 무지함을 굳이 티내고 싶지 않았기에 이런 방법을 쓴 것인지도 모른다.). 체코 레지스탕스의 일원인 체코 의사가 하이드리히를 암살한 후 아버지가 대학 교수인 어느 소녀의 집에 피신하게 되는데 소녀의 아버지는 독일군, 그리고 친나치 체코인 인사들에게 암살자를 고발하지 않으면 처형당하게 될 것이라는 협박을 받는다. 극도로 드라마틱하게 다뤄지던 위기 상황은(아마도 브레히트 덕분으로) 레지스탕스가 나치에 부역한 매국노에게 책임을 물으면서 해결되었다. 나치 부역자의 죽음으로 사건과 영화는 막을 내린다. 실제로는 레지스탕스도, 체코 국민도 이런 식으로 너무나 쉽게 위기를 벗어나지는 못했다.

프리츠 랑은 하이드리히를 유약한 성도착자이자 승마용 채찍을 휘두르는 잔인하고 변태적인 바보 멍청이로 그렸다. 그런데 실제 하이드리히는 변태 성욕자로 알려져 있으며 성격과 걸맞지 않게 거세된 남성 소프라노 같은 우스꽝스러운 목소리를 지녔다. 또 실제 하이드리히는 거만하고 딱딱한 전형적인 아리아인이었으나 영화에 나오는 하이드리히는 이와는 완전히 딴판이다. 실제 하이드리히와 근접한 영화 속 인물을 원한다면 찰리 채플린의 「위대한 독재자」를 다시 보는 편이 낫다. 찰리 채플린이 연기한 독재자는 하수인 두 명을 옆에 끼고 나온다. 그중 한 명은 뒤룩뒤룩 살찐 거만한 인상으로 괴링을 모델로 삼았다. 또 다른 하수인은 호리호리하지만 훨씬 더 교활하고 차갑고 무뚝뚝한 인상인데 모델이 된 인물은 교활한 느낌에 촌스러운 작은 콧수염을 기른 히틀러가 아니라 히틀러의 위험천만한 오른팔인 하이드리히에 가깝다.

8

　프라하에 다시 왔다. 프라하 방문은 벌써 100번째다. 이번에는 눈부시게 아름다운 나타샤(이름과 매치가 안 되긴 하지만 프랑스인이고 우리처럼 공산당의 후예라 할 수 있다.)와 함께 성당 지하실을 다시 찾았다. 하지만 도착한 첫날은 국경일이라 지하실이 개방되지 않았다. 그런데 맞은편에는 전에 미처 발견하지 못한 '낙하산병들'이라는 이름의 술집이 있었다. 안에 들어가 보니 벽마다 하이드리히 암살 사건과 관련된 사진, 자료, 벽화, 포스터 들로 장식되어 있다. 좀 더 안으로 들어가면 영국 지도를 그린 대형 벽화가 있고 영국으로 망명한 체코 출신 특공대가 작전을 준비했던 여러 군사 기지가 점으로 표시되어 있었다. 나타샤와 맥주를 한잔했다.

다음 날, 우리는 1시에 다시 성당 지하실을 찾았다. 나는 나타샤에게 지하실을 보여 주었고 나타샤는 내 부탁으로 사진 몇 장을 찍었다. 홀에는 하이드리히 암살 사건을 재구성한 짧은 영상이 상영되고 있었다. 나중에 한번 가 볼 마음에 영상에 나오는 장소들을 유심히 살폈다. 하지만 하나같이 프라하의 도심에서 꽤 멀리 떨어진 교외에 있었다. 거리 이름도 전부 달라져서 하이드리히를 공격한 정확한 장소가 어디인지 아직도 확실히 모르겠다. 지하실을 다 구경하고 나오는 길에 체코어와 영어로 된 팸플릿을 가져왔다. 전시회를 알리는 팸플릿이었는데 전시회의 제목은 체코어로 'Atentát', 영어로 'Assassination', 즉 '암살'이었다. 체코어 제목과 영어 제목 사이에 사진이 한 장 있었다. 체코 수데텐란트 출신인 오른팔 카를 헤르만을 동반한 하이드리히가 독일 장교들에게 둘러싸여 있는 사진이었다. 모두 제복 차림으로 화려하게 장식된 계단을 오르고 있었다. 사진 속 하이드리히의 얼굴에 붉은색 조준점이 찍혀 있었다. 전시회는 플로렌츠 지하철역에서 멀지 않은 군사 박물관에서 열리고 있었다. 하지만 전시 날짜가 나와 있지 않았다(박물관 개장 시간만 나와 있었다.). 바로 그날, 나타샤와 함께 박물관으로 향했다.

박물관 입구에서 나이 지긋한 키 작은 아주머니가 우리를 매우 깍듯하게 맞아 주었다. 아주머니는 박물관을 찾아와 준 관람객들 보며 매우 기뻐하는 것 같았고 우리에게 박물관의 여러 전시실을 둘러보라고 추천했다. 하지만 아주머니에게도 이미 말했지만 내 관심을 끈 전시실은 딱 하나뿐이었다. 입구에 할리우드의 공포영화를 선전하는 포스터처럼 하이드리히에 관한 전시회를 알리는 커다란 재생지가 장식된 전시실. 나는 이 전시회가 상설 전시회냐고 물었다. 어쨌든 이 전시회도 박물관의 다른 전시회와 마찬가지로 입장이 무료였다. 아주머니는 우리 두 사람에게 어느 나라에서 왔느냐고 물었고 영어 설명이 곁들어진 작은 책자를 주었다(아주머니는 우리에게 영어나 독일어로 된 책자밖에 줄 수 없어 안타까워했다.).

전시회는 기대 이상이었다. 정말로 모든 것이 다 있었다. 사진, 편지, 포스터, 다양한 자료들뿐만 아니라 낙하산병들의 무기와 개인 소지품, 영국 정보원이 낙하산병들의 능력에 대해 메모하고 측정하고 평가한 내용을 적은 파일들, 타이어가 터지고 오른쪽 뒷문에 구멍이 뚫린 하이드리히의 메르세데스, 리디체 마을 학살의 빌미가 된 어느 연애편지 등이 있었다. 그 옆에는 각 낙하산병의 사진이 부착된 여권을 비롯한 하이드리히 암살 사건과 관련된 귀중한 증거물들이 있었다. 나는 흥분해서 열심히 적기에 바빴지만 다 적기에는 이름, 날짜, 상세 정보가 너무나 많았다. 전시회를 다 보고 나오면서 아주머니에게 아까 빌려 준 책자를 살 수 있냐고 물었다. 책자에는 전시회의 사진과 자료에 대한 설명이 전부 나와 있었다. 아주머니는 곤란한 표정을 지으며 구입은 할 수 없다고 했다.

수작업으로 가제본이 된 귀한 책자라 판매용이 아니라고 했다. 실망하는 내 모습이 안되어 보였는지, 아니면 어설프게나마 체코어로 말하려는 나의 노력이 기특해 보였는지는 모르겠지만 아주머니는

22

결심한 듯 내가 들고 있던 책자를 얼른 나타샤의 핸드백에 쑤셔 넣어 주었다. 그리고 우리에게 아무 말 하지 말고 그대로 가라는 듯한 신호를 보냈다. 우리는 진심으로 감사의 인사를 드렸다. 사실, 박물관을 찾은 관람객의 수에 비해 책자는 턱없이 모자랐다. 그러니 어쨌든 나로서는 엄청난 친절을 누린 셈이었다. 이틀 후, 파리행 버스가 출발하기 한 시간 전에 그 박물관으로 다시 가 그 아주머니에게 초콜릿 선물을 주었다. 하지만 아주머니는 곤란한 표정을 지으며 받으려 하지 않았다. 아주머니가 내게 준 책자는 너무나 귀한 것이다. 그 책자가 없었다면, 그 아주머니가 안 계셨다면, 지금 이 책은 쓸 수 없었을 것이다. 그 아주머니의 성함을 묻지 않은 것이 후회가 된다. 그랬다면 이 책을 통해 그 아주머니에게 정식으로 감사 인사를 드릴 수 있었을 텐데 말이다.

9

나타샤는 고등학생 때 2년 연속 레지스탕스 콩쿠르에 참여해서 두 번이나 1등을 했다. 이렇게 연속 두 번이나 1등을 한 경우는 그 전에도 없었고 그 후에도 없었다고 한다. 나타샤는 그 덕분에 기념식에서 깃발을 들고 알자스의 강제수용소를 방문할 기회를 얻었다고 했다. 차 안에서 나타샤는 전에 레지스탕스로 활동한 남자 옆에 앉게 되었고, 그는 나타샤에게 호감을 보이며 책과 자료를 빌려 주었다. 그리고 두 사람은 그대로 헤어졌다. 10년이 지난 지금, 나타샤는 그때 빌린 자료를 아직 돌려주지 못했고 그 남자가 아직 살아 있는지도 몰라 신경이 쓰인다며 내게 그 남자와 차 안에서 만났던 일을 들려주었다. 나는 나타샤에게 그 남자와 다시 연락해 보라고 했다. 그 남자는 프랑스의 다른 먼 지방으로 이사한 상태였지만 나는 그 남자가 현재 사는 곳을 알아낼 수 있었다.

이렇게 해서 우리는 그 남자의 집을 찾아갔다. 페르피냥 해변 근처 아름다운 하얀 집에서 그 남자는 아내와 함께 살고 있었다.

우리는 뮈스카 포도주를 마시며 남자로부터 어떻게 레지스탕스 일원이 되어 지하에서 항독 활동을 했으며 어떤 일을 했는지 듣게 되었다. 1943년, 당시 열아홉 살이었던 그는 삼촌의 우유 가게에서 일하고 있었다. 스위스 출신인 삼촌은 독일어를 할 줄 알았다. 우유를 얻으러 온 독일 병사들은 독일어를 할 줄 아는 삼촌과 잠시 잡담하며 시간을 보내곤 했다. 우선, 그는 독일 병사들과 삼촌의 대화에서 독일 군대의 이동 경로 같은 흥미로운 정보를 수집할 수 있느냐는 부탁을 받았다고 했다. 그다음에는 낙하산으로 투하된 물건을 거두는 임무를 맡았다고 했다. 야간에 연합군 비행기들이 낙하산으로 투하하는 물품 상자들을 모으는 일을 도운 것이다. 남자는 STO(제2차 세계대전 당시 시행된 강제 노역 제도—옮긴이)에 징집되어 독일로 보내질 나이가 되자 위기심에 지하 항독 활동을 했다. 그곳에서 전투 부대 소속으로 부르고뉴 해방을 위한 활동에 참여했다고 한다. 남자가 죽였다고 하는 독일군 수를 보니 꽤 열심히 활동한 것 같았다.

남자의 이야기도 정말 흥미로웠지만 하이드리히에 관한 책을 쓰

는 데 필요한 정보도 얻을 수 있지 않을까라는 기대도 있었다. 정확히
말하면 책을 어떻게 써야 할지 아직 윤곽조차 잡지 못한 상태였다.

남자에게 항독 레지스탕스에 가입한 후 군대의 지시를 따른 적이
있었냐고 질문하자 남자는 전혀 없었다고 했다. 무거운 기관총을
다루는 법도 배우고, 눈에 붕대를 감은 채 기관총 해체 및 재조립하
기, 사격 등 몇 가지 훈련도 받았으나 막상 도착하니 손에 기관총을
꽉 쥐여 준 것이 전부였다고 했다. 영국제 스텐 기관총이었다.

개머리판으로 땅을 치기만 해도 총알이 공중으로 발사되는 것이,
영 믿음이 안 가는 무기였다고 한다. "스텐, 정말 빌어먹을 무기죠.
딱 그렇다니까요!"

정말로 빌어먹을 무기이긴 하다…….

10

채플린의 영화 「위대한 독재자」에 나오는 힌켈은 하이드리히에
게서 영감을 얻었다고 내가 말한 적이 있는데, 그것은 사실이 아니
다. 1940년, 하이드리히는 일반 대중, 더구나 미국인들에게는 거의
알려지지 않은 인물이었다. 문제는 그것이 아니다. 채플린은 하이
드리히라는 그 존재를 추측만 했는데 마침 딱 맞아 떨어진 것일 수
도 있다. 영화 속 독재자의 부하는 확실히 뱀 같은 인물로 그려지는
데, 그의 지성은 뚱보 괴링을 패러디한 인물이 보여 주는 우스꽝스
러운 모습과 대조를 이룬다. 그러나 이 부하는 지나치게 익살스럽

고 줏대 없게 그려져서 훗날 프라하의 도살자라고 불리는 하이드리히를 떠올리기가 힘들다. 하이드리히가 등장하는 영화에 대해 계속 이야기해 보자면 최근 텔레비전에서 체코 출신 감독 더글러스 서크의 영화 「히틀러의 미치광이」를 보았다. 예전에 미국에서 만든 선전용 영화로 촬영은 일주일 만에 속사포로 끝나 1943년 프리츠 랑의 영화 「사형 집행인들도 죽는다」보다 일찍 개봉되었다. 「히틀러의 미치광이」도 이야기 자체가 황당하다(프리츠 랑의 영화처럼). 오라두르(642명의 양민이 나치스 친위대에 의해 학살된 프랑스 마을 — 옮긴이)처럼 순교 마을이 되는 리디체가 이 영화에서 레지스탕스 활동의 중심지로 나온다. 런던에서 파견된 낙하산병이 마을에 떨어지자 마을 사람들은 갈등한다. 낙하산병을 도울 것인가, 아니면 거리를 둘 것인가, 아니면 배신할 것인가? 하지만 이 영화는 암살 작전을 마을 사람들의 활동으로 규모를 축소하고 지나치게 우연이 남발하는(하이드리히가 우연히 낙하산병이 숨어 있는 마을 리디체를 지나고, 또 우연히 마을 사람들이 하이드리히의 자동차가 지나가는 시간을 알게 된다.) 한계가 있다. 프리츠 랑의 영화보다 극적인 면이 덜하다고 할 수 있다. 프리츠 랑의 영화는 브레히트의 시나리오를 바탕으로 체코의 영웅 이야기를 극적으로 그리고 있다.

대신 더글러스 서크의 영화에서 하이드리히로 분한 배우의 연기는 훌륭하다. 우선, 배우의 외모가 실제 하이드리히와 닮았다. 그리고 지나치게 과장되거나 우스꽝스러운 제스처를 보이지 않고 실제 하이드리히의 잔인한 성격을 잘 살리고 있다. 프리츠 랑 감독의 영화는 하이드리히의 타락한 영혼을 강조한다는 구실로 지나치게 단순화시킨 것이다. 하이드리히가 사악하고 냉혹한 인물은 맞지만 그렇다고 리처드 3세(왕이 되기 위해 어린 조카들과 측근들을 죽인 욕망의 화신이자 절름발이에 곱사등이로 묘사된다 — 옮긴이) 정도까지는 아니었다. 하이드리히를 맡은 배우는 존 캐러딘, 타란티노 영화에 빌로 나온 데이비드 캐러딘의 아버지다. 영화에서 가장 멋진 장면은 하이드리히의 임종이다. 병상에서 고열에 시달리며 죽음을 앞둔 하이드리히는 히믈러에게 냉소적으로 이야기한다. 셰익스피어 연극의 화법이 느껴지면서 동시에 매우 사실적으로 느껴졌다. 겁쟁이도, 영웅도 아닌, 프라하의 사형 집행자 하이드리히는 광기에 휩싸이지 않고 그저 삶에 대한 미련을 버리지 못해 안타까워하며 눈을 감는다.

　내 입에서 "그럴듯하군."이라는 말이 나왔다.

11

　몇 달이 지나고 몇 년이 흘렀다. 그동안 책으로 쓸 이야기는 내 마음속에서 계속 커져 갔다. 기쁨, 슬픔, 실망, 희망으로 얼룩진 나의 인생이 흐르는 동안 우리 집 책꽂이는 제2차 세계대전에 관한 책으로 채워졌다. 제2차 세계대전에 관한 책만 손에 넣으면 미친 듯이 몰입해서 읽고, 관련 영화는 개봉되기만 하면 모두 보러 갔다(「피아니스트」, 「다운폴」, 「카운터페이퍼」, 「블랙북」 등). 텔레비전 채널도 역사 전문 케이블 채널만 봤다. 이렇게 해서 하이드리히와 직접 관련이 없는 것까지 포함해 많은 정보를 알게 된다. 이 모든 것이 도움이 될 수 있다고 생각한다. 어느 시대의 정서를 이해하고 그 시대의 맥락을 파악하려면 해당 시대에 완전히 젖어 들어야 한다고 생각한다. 그리고 지식이라는 실은 일단 당겨 주면 저절로 풀어져 나간다. 그동안 내가 쌓아 온 지식의 범위가 방대하다 보니 걱정도 된다. 책을 수천 권 읽는 동안 글은 겨우 두 페이지를 쓰고 있으니 말이다.

이런 속도라면 하이드리히 암살을 위한 준비 과정만 적다가 생을 마감할 것 같다. 정확한 자료를 얻어야 한다는 강박관념이 도리어 독이 되는 것 같다. 결국 이 핑계로 글 쓰는 일을 잠시 미루기로 한다. 그러나 어쨌든 내 일상의 모든 것은 하이드리히에 관한 이야기로 연결된다. 나타샤가 몽마르트에 스튜디오를 열었다. 현관문 비밀번호는 4206. 곧바로 42년 6월이 떠오른다. 나타샤가 언니의 결혼식 날짜를 알려 주는데 내가 펄쩍 뛰며 이렇게 외쳐 버린다. "5월 27일? 이럴 수가! 암살이 일어난 날이잖아!"(나타샤는 황당한 표정을 짓는다.) 우리 두 사람은 지난여름 부다페스트에서 돌아와 뮌헨에 갔다. 유서 깊은 도시의 광장에서 네오나치 추종자들이 대규모 집회를 갖고 있었다. 이에 부끄러움을 느낀 뮌헨 시민들은 내게 이런 장면은 처음 본다고 했다(과연 처음 보는 것일지 의심스럽다.). 디브이디로 에릭 로메르의 영화를 태어나 처음으로 보게 되었다. 주인공은 1930년대 이중 첩자로 하이드리히에 대해 들려준다. 에릭 로메르 영화에! 어떤 주제에 깊이 관심을 갖게 되면 재미있게도 모든 것을 이와 연관시켜 보게 된다.

다른 작품들은 장르의 한계와 어떻게 타협해 가는지 알고 싶어 역사 소설도 많이 읽는다. 역사적인 사실을 매우 정확하게 고증하는 소설도 있고 실제 일어난 사실에 전혀 신경 쓰지 않는 소설도 있고 왜곡까지는 아니지만 역사적 진실이라는 벽을 교묘히 우회하는 역사 소설도 있다. 그러나 어쨌든 픽션이 역사보다 우선이라는 사실에 놀라게 된다. 어쩔 수 없는 일이겠으나 나의 경우는 역사를 픽션으로 다루는 것에 익숙하지 않다.

내가 모델로 삼고 싶은 역사 소설은 블라디미르 포즈너의 『재갈』이다. 『시베리아의 코르토 말테제』(전 세계를 돌아다니는 영웅 코르토 말테제의 활약을 그린 만화 시리즈 ─ 옮긴이)에 나오는 코르토 말테제와 우연히 마주치는 웅제른 남작의 이야기다. 포즈너의 소설은 총 2부로 되어 있다. 1부는 파리가 배경이고 작가가 웅제른 남작에 관한 증언 자료를 모으며 조사하는 과정을 설명한다. 2부는 갑자기 배경이 몽골의 한복판으로 바뀐다. 독자는 돌연 소설을 읽고 있었음을 깨닫는다. 강렬한 인상을 주는 데에는 성공했다. 가끔 이 부분을 다시 읽는다. 정확히 말하자면 1부와 2부를 잇는 「역사의 세 페이지」라는 챕터가 있는데 이런 문장으로 끝난다. "1920년의 막이 올랐다."

정말 대단하다.

12

부모님이 돌아오는 소리가 들리자 마리아는 한 시간 전부터 피아노를 치고 있었던 척한다. 아버지 브루노가 문을 열어 아내 엘리자베트를 먼저 들어가게 한다. 엘리자베트는 아이를 안고 있다. 브루노와 엘리자베트가 딸 마리아를 부른다.

"마리아! 이리 와서 보렴! 봐, 네 남동생이야. 아직 아기니까 잘해줘야 해. 이름은 라인하르트야."

마리아가 건성으로 고대를 끄덕인다.

브루노가 조심스럽게 몸을 숙여 갓난아기를 바라본다.

"참 잘생겼어!" 브루노가 말한다.

"진짜 금발이에요!" 엘리자베트가 말한다. "이 아이는 이다음에 음악가가 될 거예요."

13

물론 빅토르 위고처럼 하려면 들어가는 글로 1904년에 하이드리히가 태어난 도시 할레에 대해 열 페이지 넘게 묘사할 수도 있다. 아마 그래야 할지도 모른다. 그 도시의 거리, 상점, 유적지, 현지 명소, 관청, 사회 기반 시설, 향토 음식, 주민과 그들의 사고방식, 정치 성향, 취향, 여가 생활에 대해 묘사해야 할지도 모른다. 그다음에는 하이드리히의 집을 자세히 묘사하겠지. 덧문 색, 커튼 색, 방 배치, 거실 가운데에 놓인 테이블의 재료가 된 나무에 대해 자세히 묘사해야 할 거고.

그다음에는 피아노에 대한 자세한 묘사가 이어지고 이와 함께 20세기 초 독일 음악, 독일 음악의 사회적 위치, 독일의 작곡가들, 작품이 인정받기까지의 과정, 바그너의 중요성에 대한 장황한 설명이 따라오게 되겠지. 여기까지가 말 그대로 책의 도입부가 될 것이다.『파리의 노트르담』은 적어도 80페이지에 걸쳐 중세 시대의 사법기관이 어떻게 돌아가는지 상세히 묘사하고 있다. 아무리 그래도 너무 심하다 싶어 그 부분은 건너뛰고 읽은 적이 있다.

내가 쓰는 책은 가능한 군더더기 없이 깔끔하게 다듬기로 결심한다. 나중에 나올 에피소드를 위해서라도 이런저런 장면을 지나치게 조사하고 상세히 다루어 내가 아는 지식을 구구절절 과시하려는 유혹은 접어야 할 것이다. 그렇기에 지금부터라도 그런 습관을 들이는 것이 좋다. 독일에는 할레라는 이름의 도시가 두 곳이다. 내가 어떤 할레를 이야기하고 있는 것인지도 모르겠다. 이 부분은 중요하지 않다는 결정을 잠정적으로 내린다. 일단 두고 보자.

14

선생님이 학생들 이름을 한 명씩 부른다.

"라인하르트 하이드리히!"

라인하르트가 앞으로 나가자 학생 한 명이 손을 든다.

"선생님! 왜 진짜 이름으로 안 부르세요?"

교실 전체에 킥킥거리는 웃음소리가 들린다.

"쟤 이름은 쉬스예요. 모두 알고 있다고요!"

교실은 웃음바다가 되고 학생들이 웅성거린다. 라인하르트는 말없이 주먹만 꽉 쥐고 있을 뿐이다. 절대 아무 대꾸도 안 할 생각이다. 하이드리히는 반에서 가장 공부를 잘하지만 곧 체육 시간에도 제일 잘할 것이다. 라인하르트는 유대인이 아니다. 어쨌든 자신이 유대인이 아니길 바라고 있다. 할머니가 유대인과 재혼한 것뿐이니 라인하르트의 가족과는 아무 상관없지 않은가. 공공연히 떠돌아다니는 소문과 불같이 화를 내는 아버지 사이에서 라인하르트는 그렇게 이해한다고 생각했으나 솔직히 말해, 꼭 그렇다는 확신도 없다. 어쨌든 라인하르트는 체육 시간에 모두를 놀라게 해 한마디도 못 하게 해 줄 작정이다. 오늘 저녁에 집으로 돌아가 아버지에게 바이올린 레슨을 받기 전에 반에서 또 1등을 했다는 이야기를 늘려줄 생각이다. 아버지가 자랑스러워하며 칭찬해 줄 것이다.

하지만 오늘 저녁에는 바이올린 레슨이 없을 것이다. 오늘 학교에서 있었던 일을 아버지에게 이야기할 기회가 없어지는 것이다. 집으로 돌아가면 전쟁에 대해 배우게 될 것이다.

"왜 전쟁이죠, 아빠?"

"그야 프랑스와 영국이 독일을 질투하니까."

"왜 질투하는데요?"

"독일이 프랑스와 영국보다 강하니까."

15

역사소설에서 제일 억지스러운 것은 과거를 그린 죽은 페이지에 생명을 불어넣겠다는 이유로 어느 정도 직접 수집한 증언들을 토대로 재구성한 대사다. 이것은 활사법과 비슷하다. 묘사가 너무 생생해 마치 눈으로 직접 보는 것 같은 느낌을 주는 기법이다. 대화를 재구성하면 부자연스러울 수 있고 의도하지 않았던 효과가 날 수도 있다. 인위적인 기교가 너무나 뻔히 보이고 역사적 인물들의 목소리를 가로채어 되살리려는 작가의 목소리가 너무 많이 들어가게 된다.

대화를 매우 정확하게 재구성할 수 있는 경우는 오직 세 가지다. 오디오 자료, 영상 자료, 속기. 그러나 세 번째 방법인 속기는 토시하나 빼지 않고 정확히 대화를 받아 적기 힘들기 때문에 한계가 있다. 실제로 속기사는 원래의 말을 어느 정도 요약하고 재구성하며 종합한다. 그래도 대화의 의도와 어조는 대체로 충실히 전해진다.

어쨌든 내가 책에 인용하는 대화도 출처가 명확하고 믿을 만한 자료를 참고한 것이라 꽤 정확하다 할 수 있지만 어쨌든 재구성한 것이다. 다만 이 경우에는 활사법이 아니라 우화 같은 느낌을 주게 될 것이다. 아주 정확하거나 아주 교훈을 주거나. 실제 실화와 픽션을 구분하기 위해서 내가 지어낸 대화(그리 많지는 않을 것이다.)는 모두 연극 장면처럼 처리할 것이다. 비유하자면 실화라는 바다에 픽션 문체를 한 방울 떨어뜨리는 것이라 할 수 있다.

16

빛나는 금발에 귀엽고 공부 잘하고 부지런하여 부모님에게 사랑

받는 어린 하이드리히는 바이올린과 피아노를 잘 치고 화학에도 재능이 있다. 하지만 목소리가 가늘고 날카로워서 기나긴 별명 리스트 중 첫 번째 별명을 얻게 되는데, 학교에서 '염소'라고 불리게 된 것이다.

아직 어린 학생이라 하이드리히를 놀린다고 해서 목이 달아나는 일은 없다. 하지만 한창 예민한 어린 시절에는 쉽게 마음의 응어리를 갖게 된다.

17

작가 로베르 메를은 『죽음은 나의 직업』에서 아우슈비츠의 지휘관이었던 루돌프 회스의 자전적 이야기를 소설로 엮었다. 여러 증언, 그리고 루돌프 회스가 1947년에 교수형 당하기 전에 감옥에서 쓴 메모들을 바탕으로 쓴 책이다. 1부는 루돌프 회스가 어린 시절, 병적일 정도로 보수적인 아버지 밑에서 받은 부정적인 교육의 영향을 이야기한다. 작가의 의도는 분명하다. 루돌프 회스의 인생 여정을 살펴보며 변명은 아니더라도 이유는 알아보자는 것이다. 로베르 메를은 어떻게 해서 루돌프 회스가 아우슈비츠의 지휘관이 되었는지를 추측해 보고 있다. 강조하지만 '이해'가 아니라 '추측'이다.

나는 하이드리히에 대해서는 로베르 메를과는 다른 의도를 갖고 있다. 강조하지만 '야심'이 아니라 '의도'다. 하이드리히가 열 살 때 반 아이들에게 '염소'라는 별명으로 불려서 마음이 비뚤어져 훗날 최종 해결책을 담당하게 되었다고 주장할 생각은 없다. 하이드리히가 유대인 취급을 받으며 들었던 놀림이 반드시 모든 이유가 되었으리라고 생각하지도 않는다. 하이드리히의 어린 시절 에피소드를 언급한 것은 이 이야기가 그의 운명에 가져다주는 아이러니를 보여주려는 것뿐이다. 염소라 불린 그 아이가 자라 훗날 권력을 한창 누릴 때 독일 제3제국에서 최고로 위험한 인물로 불리게 되지 않았는가. 유대인 쉬스라 불린 그 아이가 훗날 홀로코스트를 주도하는 인물이 되지 않았는가. 이런 일을 누가 상상이나 했겠는가?

18

장면을 상상해 본다.

라인하르트와 아버지는 거실의 커다란 테이블에 펼친 유럽 지도를 내려다보며 작은 깃발들을 움직인다. 중대한 시기인 데다가 독일의 상황이 너무 심각하기 때문에 두 사람은 유럽 지도를 집중해서 본다. 빌헬름 2세의 영광스러운 군대가 반란으로 타격을 입었다. 프랑스 군대도 반란으로 큰 피해를 입었다. 러시아는 볼셰비키 혁명의 소용돌이에 완전히 휘말리고 있다. 다행히 독일은 러시아처럼 덜떨어진 나라가 아니다. 게르만 문명은 탄탄하기 그지없는 초석 위에 세워져 있어 절대로 공산주의자들에게 쉽게 무너지지 않을 것이다. 공산주의자들에게도, 프랑스에게도, 당연히 유대인들에게도. 킬, 뮌헨, 함부르크, 브레멘, 베를린에서 독일의 군대가 이성과 힘을 회복해 전쟁의 고삐를 다시 꽉 죌 것이다.

갑자기 문이 열린다. 어머니 엘리자베트가 거실로 들어온다. 엘리자베트는 매우 불안한 표정이다. 황제가 퇴위하고 공화정이 선포된 것이다. 사회주의자가 총리에 임명된다. 총리와 정부는 휴전 조약을 체결하려고 한다.

라인하르트는 너무 두려운 나머지 아무 말 없이 눈을 크게 뜨고 아버지 쪽을 바라본다. 아버지는 꽤 오랫동안 침묵을 지키다가 한마디를 중얼거린다.

"말도 안 돼."

지금은 1918년 11월 9일.

19

라인하르트의 아버지 브루노 하이드리히가 어떤 이유로 반유대주의자가 되었는지는 모르겠다. 다만 매우 재미있는 사람이라는 평가를 받았다고 알고 있다. 같이 있으면 즐거운 사람이고 모임에 가면 분위기 메이커였던 것 같다. 그뿐만 아니라 브루노 하이드리히는 유머가 너무 풍부해 유대인일 리가 없다는 말이 돌았다. 그러나 적어도 이러한 논리는 아들 라인하르트에게는 불리하게 작용할 수도 있다. 라인하르트는 유머 감각이 거의 제로에 가까웠으니까.

<u>20</u>

독일은 패했고 이제 혼란을 겪고 있다. 점점 늘어나는 유대인과 공산주의자 들이 독일을 망치고 있다. 청년 하이드리히는 다른 사람들과 마찬가지로 막연히 반항심을 품고 있을 뿐이다. 하이드리히는 극우 성향의 자유군단에 입대한다.

자유군단은 볼셰비즘과 싸우는 불법 무장 단체였으나 사민당 정부를 통해 공식적인 인정을 받게 된다. 우리 아버지라면 사회주의자들이란 배신을 밥 먹는 듯이 하니 놀랄 일이 아니라고 말해 줄 것이다. 적과 손을 잡는 것이 사회주의자들이 지닌 제2의 천성이라고 말해 줄 것이다. 아버지는 이를 증명하는 사례를 많이 알고 있다. 예를 들어, 스파르타쿠스단 봉기(극좌 성향 사회주의자 로자 룩셈부르크 등이 주도한 혁명 — 옮긴이)를 분쇄하고 자유군단이 로자 룩셈부르크를 제거할 수 있게 길을 터 준 것도 어느 사회주의자다.

하이드리히가 자유군단에 입대한 이야기를 자세히 해 줄 수도 있지만 굳이 그럴 필요가 없어 보인다. 입대한 하이드리히가 기술 지원 부대에 소속되었다는 정도만 알아도 충분하기 때문이다. 공장이 점거되지 못하게 막고 총파업 때에도 공공 서비스가 원활하게 진행되도록 하는 임무를 담당한 것이 기술 지원 부대다. 벌써부터 투철하기 그지없는 국가에 대한 충성심!

실화의 장점은 생생한 효과를 주기 위해 고민할 필요가 없다는 것이다. 그렇기 때문에 이 시기의 청년 하이드리히의 이야기를 굳이 할 필요가 없다. 1919년에서 1922년 사이, 하이드리히는 아직 할레(할레안데어잘레, 내가 확인한 바로는 그렇다.)에 있는 부모님의 집에서 살았다. 이 시기 자유군단은 여기저기 세력을 확장하고 있었다. 그중 하나는 코르베트함의 대위 에르하르트가 이끄는 유명한 해군 부대 '화이트'에서 분파되었다. 하켄크로이츠를 휘장으로 사용하는 부대로 군가는 「철모에 하켄크로이츠」다. 장황한 설명보다는 이것만으로도 배경을 이해하는 데 충분히 도움이 된다고 생각한다.

21

자, 경제 위기다. 독일은 실업자들이 넘쳐난다. 혹독한 시기다. 하이드리히의 어린 시절 꿈은 화학자였지만 부모님은 그를 음악가로 만들고 싶어 했다. 하지만 경제 위기 때는 군대가 좋은 피난처다. 하이드리히는 전설적인 장군 폰 루크너가 세운 공로에 깊은 감명을 받아 해군에 입대한다. 하이드리히의 집안과 잘 아는 사이였던 폰 루크너 장군은 전성기 때 써서 베스트셀러가 된 자서전에서 자신을 '바다의 악마'라고 묘사했다. 1922년 어느 날 아침, 금발의 청년 하이드리히는 아버지에게 선물로 받은 검은색 바이올린 케이스를 손에 들고 킬의 장교 학교에 지원한다.

22

독일 해군의 순양함 '베를린'은 제1차 세계대전 당시 비밀 요원으로 활동했던 영웅이자 훗날 독일 국방군의 방첩 활동을 이끌 빌헬름 카나리스 중위가 부사령관을 맡고 있다. 카나리스의 아내는 바이올리니스트로 일요일마다 집에서 음악의 밤을 열고 있다. 그런데 마침 현악 사중주 오케스트라에서 자리 하나가 비게 되자 베를린 순양함에서 근무하던 청년 하이드리히는 대타 연주를 해달라는 부탁을 받고 음악의 밤에 초대받게 된다.

분명, 하이드리히의 연주 실력은 나무랄 데가 없다. 하이드리히의 동료들과 달리 빌헬름 카나리스 부부는 하이드리히의 연주 실력에 감탄한다.

이를 계기로 하이드리히는 카나리스 부인이 주최하는 음악의 밤에 계속 초대받게 된다. 음악의 밤을 맞아 하이드리히는 상관인 빌헬름 카나리스 중위의 이야기를 들으며 깊은 인상을 받는다. '스파이 행위!' 하이드리히는 생각한다. 어쩌면 공상에 잠겨 있는 것인지도 모르겠다.

23

하이드리히는 활달한 독일 해군 장교이면서 동시에 막강한 펜싱 선수이기도 하다. 여러 시합에서 남다른 펜싱 솜씨를 선보이며 유명해져 동료들로부터 존경을 받게 된다. 물론 우정이라는 감정이 섞이지 않은 그런 존경.

그해 드레스덴에서는 독일 장교들을 위한 시합이 개최된다. 하이드리히는 가장 잔인한 무기이자 제일 자신 있게 다루는 사브르 대회에 참가한다. 오직 칼끝으로만 위협하는 일반 검과 달리, 사브르는 뾰족한 날로 마구 찌르고 벨 수 있고 채찍처럼 치명타를 가할 수 있어 훨씬 위험하다. 사브르 선수들의 대결도 볼 만하다. 청년 하이드리히에게 딱 맞는 시합이다. 그런데 첫 경기부터 하이드리히는 어설픈 솜씨를 보여 주게 된다. 상대는 누구였을까? 나름 조사해 봤지만 도저히 알 수가 없었다. 민첩하고 약삭빠른 갈색 머리의 왼손잡이로 유대인은 아니지만 유대인 피가 흐르거나 조부모 중 한 사람이 유대인인 남자가 하이드리히의 상대가 아니었을까 하고 상상해 본다. 눈속임을 하는 그저 그런 선수처럼 정면승부를 거절하고 시시한 도발에 불과한 속임수 공격을 늘려 간다. 그래도 꽤 인기가 있다. 하이드리히가 초조해할수록 검은 상대를 비껴 가고 허공을 휘젓는다. 그래도 하이드리히는 상대와 동점이 된다. 하지만 마지막 공격에서 흥분을 이기지 못하고 그만 상대방의 덫에 걸려들어 경솔하게 밀어붙인다. 결국 상대방의 반격에 허를 찔린 하이드리히는 헬멧 위에 부딪치는 상대방의 칼날을 느낀다. 격분한 하이드리히는 자신의 군검을 땅바닥에 내팽개친다. 심사위원들은 하이드리히에게 벌점을 준다.

24

5월 1일. 독일도 프랑스와 마찬가지로 노동절이다. 노동절의 기원은 꽤 오래되었다. 1886년 5월 1일 시카고에서 일어난 노동자 총파업을 기념해 제2차 인터내셔널 창립대회에서 정한 날이 바로 노동절이다. 또한 5월 1일은 훗날 독일에 중요한 결과를 가져오게 되는 사건을 기념하는 날이기도 하다. 그 어떤 나라도 축하하지 않을 날, 1925년 5월 1일. 바로 히틀러가 정예 부대를 창설한 날이다. 원래 이 정예 부대는 히틀러의 안전을 지키는 일을 했다. 매우 엄격한 인종 기준에 따라 선발되어 강도 높은 훈련을 받는 부대로 히틀러 숭배자들로 구성되어 있다. 바로 나치스 친위대, 일명 SS다.

1929년, 정식 군대가 된 SS 친위대는 히믈러가 지휘를 맡게 된다. 1933년에 권력을 장악한 히믈러는 뮌헨 연설에서 이렇게 선언한다.

국가마다 엘리트가 필요합니다. 국가사회주의를 지향하는 독일의 엘리트는 바로 SS입니다. 엄격한 인종 기준에 따라 선발되고 현 시대에 꼭 필요한 존재로 탄생하게 된 SS는 독일 군대의 전통, 독일의 위엄과 고귀함, 독일 산업이 자랑하는 효율성을 그대로 보여 줍니다.

25

하이드리히의 아내가 종전 후 집필한 책 『전범과의 생활』을 아직도 구하지 못했다. 아직 프랑스어와 영어 번역판이 없는 상태다. 많은 정보를 줄 책 같지만 원서조차 손에 넣지 못했다. 매우 희귀한 책이라 인터넷에서도 350유로에서 700유로 사이의 고가로 거래되는 것 같다. 하이드리히를 영웅으로 생각하며 숭배하는 독일의 네오 나치들이 가격 인상에 큰 역할을 했다고 생각한다. 이 책이 인터넷에서 250유로에 나와 있는 것을 보고 주문하고 싶은 마음이 굴뚝같았다. 그러나 어떻게 보면 다행한 것이 내 예산을 초과하는 금액이라 충동구매는 하지 않게 되었다. 이 책을 내놓은 독일 서점은 카드를 받지 않았기 때문이다. 이 희귀본을 손에 넣으려면 내 거래 은행을 통해 독일 서점의 계좌에 송금해야 했다. 숫자와 글자 들이 끝없이 늘어서 있었다. 하지만 거래를 인터넷에서 할 수 없었다. 결국 내가 거래 은행 지점까지 가야 하는 것이었다. 나처럼 평범한 사람에게 이런 거래는 너무나 절차가 복잡하게 느껴지기 때문에 계속 진행할 마음이 저절로 사그라졌다. 더구나 내 독일어 실력도 중학교 2학년 수준이라(학교에서 8년간 독일어를 배웠지만) 이렇게 비싼 독일어 희귀본을 구입하는 것은 모험이었다.

결론은 이 독일어 책을 포기해야 한다는 것이다. 하지만 하이드리히와 아내의 만남에 대해 써야 하기 때문에 그 희귀하고 비싼 독일어 원서가 있다면 꽤 도움이 되었을 것이다.

하지만 '있어야 한다'고 해서 절대적으로 필요한 것은 아니다. 리나 하이드리히의 이름을 단 한 번도 언급하지 않고 '유인원 작전'에 대해 자세히 쓸 수 있다. 하지만 또 한편으로 생각해 보면 하이드리히라는 인물을 생생하게 그리고 싶기도 하다. 사실, 아내 리나가 나치 독일에서 하이드리히가 출세하는 데 기여한 역할을 무시할 수 없다.

리나 하이드리히가 자신의 회고록에서 두 사람의 연애 이야기를 실컷 했을 테니 굳이 내가 이 연애 이야기를 낭만적으로 그릴 필요는 없다는 생각이 들자 마음이 가볍다. 이렇게 해서 낭만적인 장면을 넣으려던 유혹에서 벗어난다. 물론 하이드리히 같은 인물에게도 인간적인 면이 있었다는 것까지 부정하려는 게 아니다. 영화 「다운폴」에서 히틀러가 비서들을 친절하게 대하고 기르던 개를 다정하게 돌보는 장면이 나왔다며 흥분하고 화내는 사람들도 있는데 이해할 수가 없다. 히틀러도 사람이니 가끔은 따뜻한 모습을 보였을 수도 있다고 생각한다. 마찬가지로 하이드리히가 리나에게 보낸 편지들의 사본을 읽어 보면 하이드리히는 리나와 만나 진지한 사랑에 빠졌던 것 같다. 당시 리나는 미소가 상냥한 아가씨였다. 얼굴이 험악한 심술쟁이 어머니가 되리란 걸 그 당시엔 상상하기 어려웠으리라.

하지만 리나의 기억을 바탕으로 어느 전기 작가가 쓴 책을 보면 하이드리히와 리나의 만남은 지나치게 '키치'하다. 예를 들어 무도회에서 청년이 별로 없어 저녁 내내 지루하면 어쩌지 하고 걱정하던 리나와 친구. 그런 두 여성에게 어두운색 머리의 장교가 말을 건다. 그와 함께 있던 수줍은 금발 청년. 그 청년은 첫눈에 리나에게 끌린다. 이틀 후 두 사람은 킬의 호엔촐레른 공원(사진으로 봤는데 매우 예쁜 공원이다.)에서 만나 작은 호숫가를 로맨틱하게 산책한다. 그 다음 날에는 극장, 그리고 아늑한 방. 전기 작가는 이 부분을 매우 순수하게 그리고 있지만 내 생각으로는 두 사람이 잠자리를 한 듯하다. 공식적으로 알려진 바에 따르면 하이드리히가 군복을 단정하게 차려입고 나타나 두 사람은 연극을 본 후 함께 한잔을 하고 잔을 앞에 두고 아무 말도 안 하다가 갑자기 하이드리히가 뜻밖에 리나에게 청혼한다.

"오, 하이드리히, 저에 대해서도, 저의 가족에 대해서도 모르잖아요! 심지어 우리 아버지가 어떤 사람인지도 모르고요! 해군 장교들은 아무하고나 결혼하지 못하게 되어 있을 텐데요."

전기 작가가 쓴 책에 리나가 어느 방의 열쇠를 가져왔다고 자세히 나와 있는 것으로 봐서는 그날 저녁, 리나와 하이드리히는 사랑을 불태웠던 것 같다. 청혼 전인지 후인지는 모르겠다. 지체 낮은 귀족 집안 출신인 리나 폰 오스텐은 하이드리히에게 매우 잘 맞는 상대였다. 마침내 두 사람은 결혼했다.

이런 이야기는 여러 버전이 나올 수 있다. 나로서는 무도회 장면도, 공원 산책 장면도 묘사할 생각이 없다. 차라리 이 에피소드에 대해서는 더 이상 모르는 편이 낫겠다는 생각이 든다. 이 이야기는 굳이 자세하게 쓸 마음이 나지 않는다. 하이드리히의 인생 한 장면을 자세하게 재구성할 수 있게 해 주는 자료를 우연히 발견하게 될 때 그 장면 자체가 크게 중요해 보이지 않는다 해도 포기하기 어려울 때가 많다. 어쨌든 리나의 회고록은 이런 이야기들이 가득할 것이라 생각된다.

결국, 이 고가의 희귀본 없이도 글 쓰는 것에는 지장이 없을 듯하다.

다만 두 연인, 리나와 하이드리히의 만남에서 궁금했던 것이 하나 있다. 하이드리히와 함께 있던 '폰 만슈타인'이라는 이름의 갈색 머리 장교다. 우선 이 장교가 훗날 프랑스와의 전투에서 아르덴 공격을 지휘하고, 그 후에 사령관으로 승진해 러시아 전선의 레닌그라드 전투, 스탈린그라드 전투, 쿠르스크 전투 등에서 활약하고, 1943년에 독일군이 러시아군의 대반격에 맞설 때 '성채' 작전을 진두지휘한 그 만슈타인인지 궁금하다. 러시아 전선에서 하이드리히의 아인자츠그루펜의 활동을 지지하기 위해 1941년에 이런 선언을 한 그 만슈타인일까? "군인은 유대인들과 맞서야 한다는 것을 충분히 알아야 한다. 유대인들은 볼셰비키처럼 공포스러운 존재다. 따라서 대부분 유대인들이 일으키는 폭동을 미리부터 눌러 버리려면 이 같은 태도가 필요하다." 1973년에 사망한 그 만슈타인일까? 그렇다면 1년 동안 내가 그와 같은 행성에서 살았다는 이야기가 된다.

솔직히 말하면 당시 갈색 머리 장교가 청년으로 소개된 것으로 봐서 내가 알고 있는 그 만슈타인이 아닐 가능성이 크다. 내가 아는 그 만슈타인은 1930년에 나이가 이미 마흔셋이었으니 말이다. 아마도 내가 아는 그 만슈타인이 속한 가문의 일원, 조카나 어린 친척일 가능성이 크다.

당시 열여덟 살의 젊은 리나는 이미 열렬한 나치 지지자로 알려져 있었다. 하이드리히를 변화시키고 싶어 한 것도 바로 리나다. 몇몇 자료에 따르면 하이드리히는 1930년 이전부터 다른 군인들에 비해 정치적으로 극우에 가까운 성향을 보였고 국가사회주의에 꽤 심취해 있었다고 한다.

그러나 이 모든 배후에 여자가 있을 것이란 상상은 언제나 매력적인 법이다…….

<u>26</u>

인생이 극적으로 바뀌는 순간이 언제인지 딱 꼬집어 말하기란 힘들다. 이런 순간이 존재하는지도 모르겠다. 에릭 에마뉘엘 슈미트는 소설 『타인의 몫』에서 히틀러가 미술 콩쿠르에서 입상하는 상상을 하는데, 여기서 갑자기 히틀러의 운명과 세상의 운명이 극적으로 바뀐다. 히틀러는 여러 번 연애 경험을 하고 섹스광이 되어 가고 어느 유대인 여자와 결혼해 그사이에서 아이 두세 명을 낳고 파리의 초현실주의 그룹에 들어가 유명한 화가가 된다. 이와 함께 독일은 폴란드와 소규모 전쟁을 벌일 뿐이다.

세계대전도, 유대인 학살도 일어나지 않는다. 실제 히틀러와는 완전히 다른 히틀러.

허구적인 해학은 둘째 치고라도 한 나라의 운명, 설마하니 전 세계의 운명이 한 사람의 손에 달려 있을까 하는 의구심이 든다. 하지만 잘 생각해 보면 히틀러 같은 사악하기 이를 데 없는 인간은 찾기도 힘들다. 미술 콩쿠르가 히틀러라는 개인의 운명에 결정적인 영향을 미친 계기 중 하나였을 수는 있다. 콩쿠르에 떨어진 후 히틀러는 뮌헨에서 부랑자가 되었고 부랑자 생활 동안 당연히 사회에 대한 증오를 키워 왔을 수 있으니 말이다.

하이드리히의 인생에 극적인 순간이라고 한다면 아무 생각 없이 어느 여자 한 명을 데려온 1931년이 아닐지. 이 여자가 없었다면 하이드리히와 가브치크와 쿠비시와 발치크와 체코인 수천만 명이, 그리고 어쩌면 유대인 수십만 명이 다른 운명을 맞았을지도 모른다.

그렇다고 해서 하이드리히가 없었으면 유대인 학살이 일어나지 않았을 것이라고 생각하지는 않는다. 다만, 나치에서 하이드리히가 오랫동안 보여 준 뛰어난 능력을 생각해 보면, 하이드리히 없이 과연 히틀러와 히믈러가 효과적으로 작전을 수행할 수 있었을지 의문이 든다.

1931년. 아직 하이드리히는 중위, 앞날이 창창한 해군 장교다. 귀족 출신 여성과 약혼해서 미래는 더욱 장밋빛으로 빛나고 있다. 그러나 섹스를 무척 밝히는 하이드리히는 여러 여자들과 관계를 갖고 창녀촌에도 수시로 드나든다. 어느 날 저녁, 하이드리히는 포츠담의 무도회에서 만난 젊은 여자를 집으로 데려온다. 하이드리히를 만나러 일부러 킬에 온 여자다. 이 여자가 정말 임신한 것인지는 잘 모르겠지만 어쨌든 부모는 하이드리히에게 사태를 해결하라고 한다. 하지만 하이드리히는 리나 폰 오스텐과 결혼을 약속한 사이라 부모님의 요청에 큰 신경을 쓰지 않는다. 자신의 짝으로는 가문을 봤을 때 리나가 어울린다고 생각해서다. 또한 하이드리히가 진정 사랑하는 사람은 리나이지 다른 여자가 아니었던 것 같다. 그러나 공교롭게도 이 여자의 아버지는 하이드리히가 소속된 해군의 레더 장군과 친구 사이다. 하이드리히의 스캔들은 걷잡을 수 없게 된다. 하이드리히는 약혼녀에게는 대충 둘러댈 수 있었으나 군 조직에는 이 같은 변명이 통하지 않는다. 결국 하이드리히는 부적절한 행위로 군법회의에 회부되어 군에서 해고되고 만다.

1931년. 최악의 경제 위기가 독일을 뒤흔들고 있다. 탄탄대로를 달리던 청년 장교 하이드리히는 군에서 쫓겨나 실업자 500만 명 대열에 합류하게 된다.

그나마 약혼녀에게 버림받지 않아 다행이라고 해야 할까.

열렬한 반유대주의자였던 약혼녀는 당시 유명세를 떨치던 신생 엘리트 부대 SS에서 꽤 높은 지위에 있는 어느 나치스 당원과 접촉해 보라고 하이드리히에게 권한다.

하이드리히가 해군에서 불명예스럽게 쫓겨난 1931년 4월 30일. 이날이 그의 운명에, 훗날 하이드리히에게 희생된 유대인들의 운명에 결정적인 역할을 했을까? 확실하지는 않다. 1930년 선거 때부터 하이드리히는 이런 말을 했다고 한다. "이제 노석한 힌덴부르크는 히틀러를 수상으로 임명할 수밖에 없을 거야. 그리고 우리의 시대가 펼쳐질 거야." 히틀러가 수상으로 임명되리란 하이드리히의 예상은 3년 동안 빗나갔다. 그러나 1930년부터 하이드리히의 정치적 의견이 어떠했는지는 알 수 있다. 만일 해군 장교로 그대로 있었다 해도 하이드리히는 나치스에서 승승장구했을 것이다. 하지만 그래도 괴물 같은 나치스는 되지 않았을지도 모른다.

27

한편, 부모님 집으로 다시 들어간 하이드리히는 며칠 동안 아이처럼 꺼이꺼이 울었을지도 모른다.

SS에 입대한 하이드리히. 하지만 SS에서 하급 병사는 무급이다. 거의 자원봉사라 할 수 있다. 조직에서 어느 정도 지위로 올라야 월급을 받을 수 있다.

28

훗날 수백만 명이 목숨을 잃게 되는 비극과 어울리지 않는 코믹스러운 만남의 장면이 펼쳐진다. 한쪽에는 검은색 군복 차림에 훤칠하고 키가 큰 금발 남자가 있다. 얼굴은 말처럼 길고 목소리는 하이톤이고 반짝거리는 군화를 신고 있다. 또 한쪽에는 안경을 끼고 땅딸막하며 햄스터 같은 남자가 마주 보고 있다. 짙은 갈색 머리에 콧수염을 기르고 있고 전형적인 아리아인 외모는 아니다. 하인리히 히믈러는 콧수염을 길러 상관 아돌프 히틀러를 닮으려는 것처럼 보인다. 콧수염 덕분에 하인리히 히믈러도 나치 사상과 관련이 있어 보인다. 콧수염이 없었다면 히믈러가 나치 사상과 연관되어 있다는 것이 단번에 느껴지지 않았을 수도 있다. 히믈러가 여러 제복에 집착한 것도 같은 이유다.

전형적인 아리아인 외모와는 거리가 먼, 햄스터처럼 생긴 히믈러가 하이드리히의 상관이다. 선거에서 승리를 눈앞에 둔 나치스 내에서 히믈러의 입지는 이미 엄청나게 탄탄하다.

비록 외모는 땅딸막하고 볼품없으나 영향력은 나날이 커지고 있는 히믈러 앞에서 키가 훤칠하고 금발인 하이드리히는 깍듯하게 행동하면서도 동시에 자신감 넘치는 표정을 짓는다. 하이드리히가 소속 군대의 지도자 히믈러를 처음으로 만나는 순간이다. SS 장교인 하이드리히는 어머니 친구의 추천을 받아 히믈러가 조직 내에 창설하려는 정보국의 국장 자리에 지원한 상태다. 처음에 히믈러는 머뭇거린다. 히믈러가 마음에 들어 하는 다른 후보도 같은 자리에 지원했기 때문이다. 히믈러는 아직 이 후보자가 나치스 조직을 정탐할 목적으로 바이마르 공화국이 보낸 요원이라는 사실을 모르고 있다. 이미 점찍어 둔 후보자가 있던 히믈러는 하이드리히와의 인터뷰를 가능한 미루고 싶어 한다. 이를 눈치챈 리나는 남편 하이드리히에게 뮌헨행 첫 기차를 타고 양계장 운영자 출신에 훗날 SS 제국지도자가 될 히믈러의 집으로 찾아가라고 이야기한다. 얼마 안 있어 히믈러는 히틀러로부터 '나의 충성스러운 하인리히'라는 호칭으로 불리게 될 것이다.

겨우 면담 약속을 얻어 낸 하이드리히는 히믈러에게 자신의 존재를 각인시켰다. 그러나 하이드리히는 킬의 요트 클럽에서 부유층 고객의 교관으로 평생 남을 생각은 없기에 좋은 인상을 주기 위해서 열심히 노력한다.

또한 하이드리히에게는 유리한 점이 있다. 사실, 히믈러는 머리가 그리 좋지 않다.

독일어 'Nachrichtenoffizie'는 통신 장교를 뜻하지만 'Nachrichten dienstoffizier'는 '정보기관 장교'를 뜻한다. 히믈러가 군대에 관해 아는 게 없어서 위의 두 용어를 구분하지 못한 덕분에 해군 통신 장교를 지낸 하이드리히가 오늘 이렇게 히믈러 앞에 앉아 있는 것이다. 사실, 하이드리히도 정보기관 경험은 거의 없다. 히믈러가 하이드리히에게 요구하는 것은 SS 내에 카나리스 제독, 덧붙여 말하면 하이드리히의 예전 해군 상관이 이끄는 독일군의 정보기관 아프베어와 경쟁할 수 있는 첩보기관을 세우는 일이다. 이제 하이드리히가 이 자리에 있으니 히믈러는 그에게서 계획의 주요 개요에 대해 듣고 싶어 한다. "20분 주겠네."

평생 요트 교관으로 남을 생각은 없었던 하이드리히는 첩보 분야에 대해 아는 지식을 총동원하기 위해 정신을 집중한다. 하이드리히가 첩보 분야에 대해 알고 있는 지식은 수년 전부터 열심히 읽고 있는 영국의 여러 첩보 소설에서 얻은 것이 대부분이다. 하지만 무슨 상관인가! 히믈러가 첩보 분야에 대해 모른다는 사실을 눈치챈 하이드리히는 허세를 부려 보기로 한다. 군사 용어를 여러 개 사용하면서 그래프를 몇 개 그려 보는 하이드리히. 꽤 먹히는 방법이다. 히믈러는 하이드리히의 지식에 좋은 인상을 받는다. 결국 히믈러는 바이마르의 이중 첩자인 두 번째 후보자를 잊고 하이드리히를 선발하기로 한다. 이제 하이드리히는 매달 1800마르크의 봉급을 받게 된다. 해군에서 쫓겨난 이후 받아 온 월급보다 무려 여섯 배나 높은 월급이다. 하이드리히는 뮌헨으로 거처를 옮기기로 한다. 무시무시한 나치스 친위대 보안방첩부의 초석이 세워지는 순간이다.

29

나치스 친위대 보안방첩부, 일명 SD. 잘 알려지지는 않았으나 게슈타포를 포함해 나치스 조직에서 가장 악랄한 부서다.

초기 나치스 친위대 보안방첩부는 예산도 얼마 안 되는 작은 부서에 불과했다. 하이드리히는 파일을 정리할 곳이 없어 신발 상자를 이용하고 부하도 여섯 명에 불과하다. 그러나 하이드리히는 정보력이 얼마나 중요한지 이미 간파하고 있다. 예외 없이 모든 사람에 대해 전부 아는 것. 나치스 친위대 보안방첩부가 성장할수록 하이드리히는 자신에게 관료로서 남다른 재능이 있다는 것을 발견하게 된다. 이것이야말로 첩보망을 제대로 관리하는 데 가장 필요한 능력이다. 하이드리히의 슬로건은 "파일! 파일! 언제나 더 많은 파일!"일 것이다! 정치색에 관게없이 모든 인물, 모든 분야에 대한 파일. 하이드리히는 곧바로 여기에 재미를 붙인다. 하이드리히는 정보, 조작, 협박과 첩보전에 즉각 중독되어 간다.

여기에 다소 유치한 과대망상도 뒤섞인다.

하이드리히는 영국 정보부 수장이 'M'이라고 불리는 것(그렇다. 제임스 본드 영화에서처럼)에 영감을 얻어 자신의 이니셜은 'H'로 하기로 한다. 훗날 생긴 '사형 집행자', '도살자', '금발의 짐승' 같은 우스꽝스러운 별명, 아돌프 히틀러가 지어 준 '강철 심장의 사나이'라는 별명 이전에 하이드리히가 처음으로 갖게 된 별명이 'H'이다.

그러나 'H'라는 별명은 부하들 사이에서도 그리 잘 사용된 것 같지는 않다(부하들은 오히려 하이드리히를 '금발의 짐승'이라고 주로 불렀다.). 혹시 'H'라는 머리글자가 자칫 하이드리히, 히믈러, 히틀러 가운데 누구인지 혼란을 일으킬 수 있어서 잘 사용되지 않은 것은 아닐까? 하이드리히는 신중하게 생각한 후 유치해 보일 수 있는 'H'라는 별명을 포기할 수밖에 없었던 것 같다. 그러나 홀로코스트의 머

리글자도 'H'다. 하이드리히의 이력에 어울리는 사악한 타이틀이
되었을지도 모른다.

30

나타샤는《마가진 리테레르》를 건성으로 넘기며 보고 있다. 친절
하게도 나타샤가 내게 사 준 잡지다. 나타샤의 시선은 음악가 바흐
의 일생을 다룬 어느 책에 대한 서평에 멈춰 있다. 기사는 저자의
인용글로 시작된다. "나사렛의 예수가 생각할 때 왼쪽 눈썹을 치켜
올리는 버릇이 있었다고 주장해 보고 싶은 꿈이 없는 전기 작가가
있을까?" 나타샤는 이 글을 내게 읽어 주며 미소 짓는다.

전체 문장의 의미를 이해하기도 전에 나는 사실적인 소설에 대해
오랫동안 갖고 있던 반감에 충실해진다. 속으로 '우웩!'이라고 외친
다. 나타샤에게 그 잡지를 보여 달라고 한 후 해당 문장을 다시 읽
어 본다.

솔직히 하이드리히에 대한 책을 쓸 때 이런 디테일한 묘사를 하
고 싶다.

내 솔직한 생각을 들은 나타샤가 짓궂게 놀린다. "당신이라면 충
분히 '하이드리히가 생각할 때 왼쪽 눈썹을 치켜 올리는 버릇이 있
었다.'라고 쓸 거야."

31

독일 제3제국을 미화하는 사람들은 키가 훤칠하고 금발에 이목구비가 뚜렷한 하이드리히를 언제나 이상적인 아리아인 혈통으로 여긴다. 하이드리히에게 호의적인 전기 작가들은 하이드리히를 미남청년, 매력적인 바람둥이로 묘사하는 편이다. 하지만 이들 전기 작가들이 좀 더 솔직하다면, 아니 나치즘이 주는 묘한 마력에 그대로 넘어가지 않고 하이드리히의 사진을 본다면 하이드리히가 멋쟁이도 아닐뿐더러 전형적인 아리아인 얼굴이라고 하기 어려운 특징도 일부 있다는 사실을 눈치채게 될 것이다. 꽤 육감적인 두툼한 입술은 흑인을 연상시키고 갈고리처럼 휜 매부리코는 유대인을 떠올리게 한다. 귀가 크고 얼굴이 길어서 마치 말과 같다. 아주 못생긴 얼굴은 아니지만 고비노(나치스의 민족 우월론에 영향을 끼친 프랑스의 인류학자 ─ 옮긴이)가 세운 기준과는 다소 동떨어진다.

32

리나의 마음을 사로잡은 뮌헨의 멋진 아파트로 새로 이사한 하이드리히 부부는 화려하게 집들이 파티를 연다(솔직히 고백하자면 리나가 쓴 책을 마침내 구입했고 독일에서 자란 러시아 여대생에게 내용 정리를 시키고 있다. 독일인 여대생을 찾을 수도 있었으나 이 정도로도 아주 충분하다.). 이날 저녁 하이드리히 부부는 히믈러를 식사에 초대한다.

또 다른 귀한 손님이 한 명 더 있다. 바로 에른스트 룀 나치스 돌격대 참모장이다. 불룩한 배, 커다란 얼굴, 살에 파묻힌 작은 눈, 동물 주둥이처럼 뭉툭한 들창코, 돼지처럼 생긴 사람이다. 1914~1918년의 기억(룀은 제1차 세계대전에 참전하면서 히틀러와 만났다 ― 옮긴이). 부하였던 하이드리히의 깍듯한 매너에 뿌듯해하는 룀은 돼지처럼 행동하는 편이지만 이래 봬도 나치스 당원 40만 명 이상이 속한 비정규군을 이끄는 수장이다. 심지어 소문으로는 히틀러와 말까지 튼 사이라고 한다. 하이드리히에게 룀은 존경할 만한 완벽한 인물이다. 저녁 파티는 그야말로 화기애애하게 이루어진다. 웃음소리가 끊이지 않는다. 리나가 정성스럽게 준비한 식사를 맛있게 먹은 남자들은 식후주 한 잔을 하며 담배를 피우고 싶어 한다. 리나가 성냥을 가져다주고 코냑을 가지러 지하 저장고로 내려간다. 그때 갑자기 리나의 귀에 폭발음이 들린다. 서둘러 다시 올라온 리나는 무슨 일인지 알아차린다. 중요한 손님들을 맞느라 극도로 긴장한 리나가 그만 성냥과 새해 폭죽용 성냥을 혼동해 잘못 가져다준 것이다. 모두들 껄껄거리며 웃는다. 여기저기서 웃음이 터져 나온다.

33

히틀러의 오랜 친구이자 국가사회주의독일노동자당의 창당 멤버인 그레고르 슈트라서는 1925년에 감옥에서 출소한 후 베를린에서 《노동자 신문》을 창간해 편집장을 맡고 있다. 명성과 지위 덕분에 사람들로부터 몇 가지 일 처리를 부탁받는다. 단, 그도 해결해 줄 수 없는 한 가지가 있다. 1932년, SS의 고위 장교에게 소송을 거는 일은 나치스 고위 당원이라고 해도 위험을 각오해야 한다. SS의 명성이 높아지고 있기 때문에 그만큼 신중해야 한다. 이 때문에 부하들로부터 조심하라는 당부를 들은 할레메르제부르크 총독은 민감한 사건 하나를 슈트라서에게 넘기기로 한다. 어느 오래된 음악 백과사전에 '하이드리히, 브루노, 진짜 이름 쉬스'라고 적혀 있다.

히믈러가 새로이 밀어 주는 자가 유대인의 아들이라고!

그레고르 슈트라서는 하이드리히에 대해 다시 검증해 봐야 한다는 생각에서인지 조사해 봐야겠다고 말한다. 야심만만한 청년 하이드리히는 제거해야 할 대상일까? 아니면 창당한 당 내부에서 빛을 잃어 가는 자신의 존재를 다시 드높일 기회를 줄 인물일까? 아니면 유대인의 더러운 피가 나치스 조직 중심부에 스며들까 봐 실제로 두려운 것일까? 확실한 건 뮌헨에서 보내온 보고서가 히믈러의 사무실에 놓였다는 사실이다.

히믈러는 깜짝 놀란다. 새로 채용한 하이드리히가 지닌 장점을 히틀러 총통에게 이미 자랑해 놓았다. 만일 하이드리히가 유대인 피가 섞였다는 의심이 사실로 확인될 경우 히믈러는 사람을 제대로 보지 못한 실수를 저지른 것이기 때문에 곤란한 입장이 된다.

히믈러는 나치스의 조사 보고서를 꼼꼼히 살핀다. 하이드리히의 부계에 유대인 피가 섞여 있을 가능성은 사실이 아닌 것이 분명하다. 쉬스는 하이드리히 할머니의 두 번째 남편의 성이기 때문에 하이드리히와 직접적인 혈연관계는 아니다. 더구나 할머니의 두 번째 남편도 성이 쉬스일 뿐 유대인이 아니다. 하지만 모계 혈통이 순수 독일인이라는 확증은 없다. 확실한 증거는 없으나 어쨌든 하이드리히는 공식적으로 유대인 피가 섞이지 않은 것으로 결론 내려진다. 조사 결과가 이렇게 나오기는 했으나 히믈러는 하이드리히를 쫓아내는 편이 낫지 않을까 하는 생각을 한다. 하이드리히가 유대계가 아니냐는 찝찝한 소문은 평생 따라다닐 수 있기 때문이다. 또 다른 이유도 있다. 하이드리히가 여러 활약을 보여 주며 이미 SS에서 핵심적인 존재까지는 아니더라도 꽤 필요한 존재가 되었기에 더욱 우려스러운 것이다. 우유부단한 성격의 히믈러는 이 문제에 대해 히틀러 총통의 머리를 빌리기로 한다.

히틀러가 하이드리히를 부르고 두 사람은 오랫동안 일대일 면담을 한다. 하이드리히가 히틀러에게 무슨 말을 했는지는 알 수 없으나 면담 후 히틀러는 마음을 정한다. 히틀러 총통은 히믈러에게 이렇게 설명한다. "그자는 매우 뛰어나지만 동시에 위험한 인물이야. 하지만 그런 자의 재능을 활용하지 못하면 우리가 바보인 거지. 나치스는 그자와 같은 인재들이 필요해. 앞으로 그자의 능력은 특히 도움이 될 거야. 더구나 우리가 감싸 주면 그자는 평생 고마워하며 우리에게 절대적으로 충성할 거야." 히믈러는 히틀러 총통도 인정하는 하이드리히 같은 인물을 부하로 두게 되어 왠지 걱정스럽긴 하지만 총통의 말에 동의한다. 히믈러는 상관인 히틀러 총통의 의견에 반박하지 못하는 성격이다.

하이드리히는 목숨을 건졌으나 어린 시절의 악몽을 다시 떠올린다. 도대체 무슨 운명의 장난이기에 유대인이라는 의심을 받는 것일까? 자신은 순수한 아리아인인데 말이다. 더러운 민족 유대인에 대한 하이드리히의 증오심은 커져 간다. 동시에 그는 그레고르 슈트라서라는 이름을 잊지 않는다.

34

정확히 언제인지는 모르겠지만 이 시기에 하이드리히가 자신의 이름에서 철자를 약간 바꾸기로 한 것이 아닌가 하는 생각이 든다. 기존의 'Reinhardt'에서 끝의 't'를 떼고 'Reinhard'로 바꾸기로 한 것이다. 발음은 라인하르트로 같지만 스펠링의 느낌은 좀 더 투박해진다.

35

기억의 착오인지 아니면 뭔가 엉뚱한 상상을 했는지 바보 같은 실수를 하고 말았다. 사실, 그 당시 영국 정보부 수장은 'C'라는 머리글자로 불렸다. 'M'이란 머리글자는 제임스 본드 영화에 나오는 정보부 부장의 별명이다. 하이드리히의 별명도 머리글자로 'H'가 아니라 'C'였다. 하지만 하이드리히가 영국 정보부 수장을 따라 'C'라는 머리글자를 선택했는지는 확실하지 않다. 어쩌면 하이드리히의 별명인 머리글자 'C'는 우두머리를 뜻하는 독일어 'der Chef'에서 나온 것일 수 있다.

이와 관련된 자료를 확인하다가 세간에 잘 알려지지 않은 에피소드를 우연히 알게 되었다. 누가 이 이야기를 퍼뜨렸는지는 모르지만 하이드리히가 얼마나 일을 철저하게 하는지를 보여 준다. "근대 전체주의 정부 시스템에서 국가 보안의 원칙은 제한이 없어야 한다는 것이다. 따라서 국가 보안을 담당하는 인물에게는 무한한 힘이 보장되어야 한다."

사람들은 하이드리히에 대해 비난할 것이 많겠지만 그가 자기가 한 말을 철저하게 지켰다는 점은 인정해야 할 것 같다.

36

1934년 4월 20일은 SS 역사에서 영원히 기념할 날이다. 괴링이 자신이 창설한 게슈타포의 지휘권을 SS의 두 수장에게 넘긴 것이다. 히믈러와 하이드리히는 베를린에 있는 프린츠 알브레히트 거리의 멋진 건물을 차지한다. 하이드리히는 새 사무실에서 곧바로 업무에 뛰어든다. 종이를 앞에 놓고 펜으로 리스트를 작성하기 시작한다.

괴링이 나치스 정부의 핵심 조직 가운데 하나로 성장한 게슈타포의 지휘에서 손을 뗀 것은 본인의 의지가 아니다. 히믈러의 지지를 얻은 대신 룀과 척을 지게 되어 손을 뗀 것이다. 룀은 SS의 시민 계층으로 나치스 돌격대 내부의 사회주의 인사보다 히믈러에게 위협적인 존재는 아니다. 룀은 국가사회주의 혁명이 끝나지 않았다는 주장을 즐겨 한다. 하지만 괴링은 이 상황을 다른 각도로 본다. 이들은 권력을 가졌고 이제 이들의 유일한 임무는 권력을 지키는 일이다. 룀이 하이드리히 아들의 대부이긴 하지만 하이드리히는 확실히 괴링의 생각에 동의한다.

37

베를린 전역에 떠도는 어느 문서 때문에 분위기가 흉흉하다. 문제의 문서는 타자기로 친 리스트다. 중립적인 사람들은 이런 리스트가 카페에서 너무나 쉽게 여러 사람 손에서 돌고 도는 것에 놀라워한다. 카페 종업원들이 하이드리히에게 매수된 끄나풀이라는 것은 이미 알려진 사실이 아닌가.

문서는 바로 새로 들어설 정부의 가상 조직도다. 히틀러는 새 정부의 수상이다. 그러나 파펜이나 괴링의 이름은 리스트에 없다. 반면, 룀과 동지들, 슐라이허, 슈트라서, 브뤼닝 등의 이름이 리스트에 올라 있다.

하이드리히는 이 리스트를 히틀러에게 보여 준다. 편집광적인 히틀러는 분노로 숨이 막힐 지경이지만 음모 세력이 의외의 인물들이라 더욱 당황해한다. 예를 들어 슐라이허는 룀의 동지인 적이 없었고, 오히려 룀을 매우 무시해 왔다. 하이드리히는 슐라이허 장군이 프랑스 대사와 심각하게 이야기하는 장면이 포착되었다며 반역의 증거라고 주장한다.

예상하지도 못한 인물들이 음모 세력 리스트에 올라와 있는 것은 하이드리히가 국내 정치에 대한 정보를 분석해 리스트를 만들었기 때문이다. 문제의 리스트를 작성해 퍼뜨린 장본인이 바로 하이드리히이다. 하이드리히가 그 리스트를 작성할 때 특별히 중요하게 생각한 원칙이 있다. 아주 간단한 원칙이다. '상관인 히믈러와 괴링의 적들, 그리고 나 하이드리히의 정적들을 리스트에 올리자.'

<u>38</u>

웅장한 회색 건물은 겉으로 보면 평범하기 그지없다. 다만 바쁘게 드나드는 사람들을 보면서 건물 안에서 뭔가 심상치 않은 일이 벌어지고 있구나 하는 의심을 할 뿐이다. 한편, 건물 안에서는 정신없이 바쁜 SS 대원들이 극도로 흥분해 있다. 사람들이 여기저기 뛰어다니고 흰색의 커다란 홀에는 여러 목소리가 시끄럽게 뒤섞여 울려 퍼진다. 층마다 문이 요란하게 열고 닫힌다. 사무실마다 전화벨이 쉬지 않고 울린다. 이 건물 한가운데, 소란스러운 분위기 속에서 하이드리히는 훗날 최고의 특기가 될 살인자 관료의 역할을 이미 수행하고 있다. 주변에 테이블과 전화 들이 보이고 검은 제복 차림의 사람들이 분주히 전화를 걸고 끊는다. 하이드리히는 전화가 울리는 족족 모두 받는다.

"여보세요! 죽은 건가……? 시신은 그 자리에 놔두게. 공식적으로는 자살로 보이게 해. 자네 총을 시신의 손에 쥐여 주라고…… 목을 쐈다고……? 뭐, 상관없어. 자살했다고 하면 되니까."

"여보세요! 끝냈다고…… 아주 잘 했어…… 아내도 역시……? 부부가 체포에 저항했다고 말하면 돼…… 그래, 아내도……! 아내가 끼어들려 했다고 해. 그럼 문제없을 거야……! 하인들……? 몇 명이나……? 이름들을 적어 놓으라고. 우리가 나중에 처리할 테니까."

"여보세요! 끝냈다고……? 좋아, 전부 오데르 강에 던져."

"여보세요……! 뭐……? 테니스 클럽에? 테니스를 치다가 울타리를 넘어 숲 속으로 사라졌다고? 지금 나랑 말장난하자는 건가……? 샅샅이 수색해서 그자를 찾아내!"

"여보세요……! 다른 사람이라고? 이름이 같아……? 성도? 좋아. 그자를 데려와. 그럴듯한 이유를 찾을 때까지 다하우 강제수용소에 처넣자고."

"여보세요……! 그자가 마지막으로 목격된 곳이 어딘가……? 아들론 호텔? 거기 종업원들이 우리 끄나풀로 일하고 있다는 건 모두가 알고 있어. 바보! 그자가 집으로 가고 싶다고 말했다고……? 좋아, 다시 가서 그자 집에서 기다렸다가 우리 쪽에 보내."

"여보세요! 제국지도자님을 바꿔 주게……! 여보세요? 그래, 처리했습니다. 네, 그것도…… 진행 중입니다…… 이미 끝냈다고……. 1번은 어떻게 되었습니까……? 총통 각하께서 거절하신다고요? 도대체 왜……? 총통 각하를 설득하는 게 중요합니다……! 총통 각하의 도덕적 치부를 건드리십시오! 우리가 감춰 두었던 스캔들을 이용하세요! 창녀촌에 두고 온 트렁크 기억나지 않으시냐고 떠보시라고요……! 네, 당장 괴링에게 전화하지요."

"여보세요? 하이드리히입니다. 제국지도자님 말로는 총통께서 나치스 돌격대 수장은 축출하길 원치 않으신다고 합니다…… 당연히 절대로……! 군이 절대 받아들이지 않는다고 총통께 전해야 합니다! 저희 쪽은 바이마르 공화국 군대의 장교들을 처형했습니다. 룀이 살아 있으면 블룸베르크는 작전에 찬성하지 않을 겁니다……! 그래요, 정의의 문제입니다! 알겠습니다, 전화 기다리겠습니다."

SS 대원 한 명이 들어온다. 걱정이 가득한 표정으로 하이드리히에게 다가와 귓속말을 한다. 두 사람은 사무실을 나간다. 5분 뒤 하이드리히 혼자 사무실로 돌아온다. 하이드리히의 얼굴에는 아무 표정도 없다. 하이드리히가 다시 통화를 한다.

"여보세요……! 시신을 태워! 그리고 뼛가루는 그자의 미망인에게 보내!"

"여보세요……! 아니. 괴링이 거기에 손대지 말라고 하고 있어. 그자의 집 앞에 대원 여섯 명을 남겨…… 아무도 들어가고 나가지 못하게 해!"

"여보세요……!" 통화가 계속된다.

동시에 하이드리히는 체계적으로 흰 종이들을 채워 나간다.

주말 내내 일어나는 장면이다.

마침내 하이드리히는 기다리던 소식을 듣는다. 총통이 한발 양보해 나치스 돌격대의 수장이자 자신의 오랜 동료인 룀을 처형하라고 지시한 것이다. 룀은 하이드리히의 장남의 대부이기도 하며 무엇보다 히믈러의 직속상관이다. 히믈러와 하이드리히는 나치스 돌격대의 지도층을 제거해 SS를 독립 기관으로 만들고, SS는 히틀러를 직속상관으로 하는 독립 부서가 된다.

하이드리히는 분대장급에 해당하는 SS 중장이 된다. 이때 하이드리히의 나이 서른 살.

39

그레고르 슈트라서는 집에서 가족과 식사를 하고 있다. 때는 1934년 6월 30일 토요일. 초인종이 울린다. 무장 대원 여덟 명이 들어와 슈트라서를 체포한다. 슈트라서는 아내에게 작별 인사도 하지 못하고 무장 대원들에 의해 게슈타포 본부로 끌려가 조사 과정 없이 바로 감옥에 갇힌다. 감옥에는 나치스 돌격대의 다른 부하들도 있다. 부하들이 슈트라서 주변에 모인다. 슈트라서는 수개월째 정치 활동에서 손을 뗐지만 무엇보다 히틀러 총통의 오랜 동지다. 이 때문에 나치스 돌격대 대원들은 한시름 놓는다.

슈트라서는 왜 자신이 나치스 돌격대 대원들과 감옥에 갇히게 되었는지 이해할 수 없지만 나치스의 수법은 잘 알고 있다. 나치스의 독단적이고 비이성적인 수법에 슈트라서는 불안함을 느낀다.

오후 5시. SS 대원 한 명이 슈트라서를 데리고 나와 독방으로 옮긴다. 독방에는 커다란 창문이 달려 있다.

독방에 갇힌 슈트라서는 '장검의 밤(히틀러가 룀과 자신의 정적들을 숙청한 사건 — 옮긴이)'이 시작되었다는 것은 모르고 있지만 대략적인 방향은 예상하고 있다.

슈트라서는 자신의 목숨이 위험한 건지 아직은 감이 잡히지 않는다. 확실히 슈트라서는 과거에 히틀러와 함께 전투를 치른 공로가 있고 나치스의 역사적인 인물이다. 두 사람은 군사 쿠데타 후에 함께 감옥에 갇힌 적도 있다. 하지만 슈트라서는 히틀러가 감정적인 사람이 아니라는 것도 알고 있다. 자신이 룀, 슐라이허에 비해 어떤 위협이 되는지 짐작은 안 되지만 히틀러 총통의 광기 어린 편집증은 가볍게 넘길 일이 아니다. 슈트라서는 목숨을 구하려면 신중하게 게임을 해야 한다고 깨닫는다.

슈트라서가 생각에 잠겨 있는데, 등 뒤로 그림자 하나가 지나간다. 슈트라서는 비밀 작전에 익숙한 베테랑 전투원답게 본능적으로 뭔가 위험이 다가오고 있음을 느끼고 재빨리 몸을 숙인다. 그와 동시에 울리는 총성 한 발. 누군가 창문을 통해 팔 한쪽을 들이밀어 가까운 거리에서 슈트라서에게 총을 쏜 것이다. 용케 몸을 숙였으나 이미 한발 늦었다. 푹 쓰러지는 슈트라서.

감옥 바닥에 엎드린 채 쓰러진 슈트라서는 감옥 문의 자물쇠가 열리는 소리, 주변의 군화 소리, 자신의 목 가까이에 느껴지는 누군가의 숨소리를 듣는다. 그리고 뒤이어 들리는 목소리.

"아직 살아 있습니다."

"어떻게 할까요? 끝낼까요?"

슈트라서는 누군가 권총을 장전하는 소리를 듣는다.

"기다려, 한번 여쭤 보고."

군홧발 소리가 멀어진다. 잠깐의 시간이 지나간다.

여러 명의 군홧발 소리가 다시 들린다. 누가 새로 들어오는 군홧발 소리. 저벅저벅 걸어오는 소리. 침묵. 갑자기 가느다란 하이톤의 목소리가 들린다. 슈트라서도 익숙한 목소리. 슈트라서는 등골이 오싹해진다.

"아직 안 죽었나? 돼지처럼 피 흘리며 죽게 놔둬!"

그것이 슈트라서가 눈을 감기 전에 듣게 된 마지막 인간의 목소리다. 분명 인간의 목소리긴 하다.

<u>40</u>

파브리스가 찾아와 내가 구상 중인 책에 대해 이야기해 준다.

대학 동창 파브리스는 나처럼 역사 마니아이며 내가 쓰고 있는 책에 관심이 있다. 여름날 저녁, 우리 집 테라스에서 파브리스와 함께 저녁을 먹는다. 파브리스는 내 책의 도입부에 대해 칭찬하며 치켜세우더니 '장검의 밤'을 다루는 챕터를 유심히 읽는다. 연속적으로 이어지는 전화 통화 장면이 나치스의 관료주의와 효율적인 일 처리 방식을 그대로 보여 준다고 파브리스는 평가한다. 효율적인 일 처리 방식은 훗날 나치스가 학살을 저지를 때 사용한 대표적인 방식이다. 파브리스의 말에 기분은 좋지만 궁금한 점에 대해서는 자세하게 물어보는 게 좋을 것 같다는 생각이 든다. "통화 내용은 전부 실제 있었던 대화야. 알고 있었어? 필요하면 등장하는 이름 전부를 알려 줄 수도 있어." 내 말에 파브리스는 깜짝 놀란다. 파브리스는 내가 전부 지어낸 통화 내용인 줄 알았다며 순진무구하게 대답한다. 왠지 불안해진 나는 파브리스에게 또다시 질문한다. "슈트라서가 나오는 장면은?" 하이드리히가 감옥에 직접 찾아와 슈트라서가 독방에서 그냥 죽게 놔두라고 지시하는 장면에 대해 물은 것이다. 역시 내가 지어낸 장면이라 생각했다고 파브리스는 대답한다. 자존심이 조금 상한 나는 흥분한다. "아냐, 전부 진짜야!" 동시에 이런 생각도 든다. '젠장, 이게 아니잖아⋯⋯.' 실화라는 느낌이 살아날 수 있게 글을 썼어야 했다.

그날 저녁, 패튼 장군을 다룬 고전 할리우드 영화에 대한 다큐멘터리를 텔레비전에서 보게 된다. 영화 제목은 그야말로 심플하게 「패튼 대전차 군단」. 다큐멘터리는 영화 장면과 증인 인터뷰를 보여 준다. 증인들은 "실제로는 그렇지 않았어요."라고 설명한다. 예를 들어 메서슈미트 독일 전투기 두 대가 기지를 공격해 오자 패튼이 콜트 총만 들고 맞섰다는 일화는 사실이 아니라고 한다(혹시 시간적인 여유가 있었다면 패튼 장군이 콜트 총만 들고 맞섰을 수도 있을 것이라고 증인은 설명한다.). 더구나 이 일화는 패튼이 군에서가 아니라 사적인 자리에서 들려준 이야기라고 한다. 패튼이 프랑스 파견 명령을 마지막 순간에 들은 것은 아니지만 실제로 몇 주 전에 갑작스럽게 들은 것은 사실이다. 패튼이 팔레르모를 탈환할 때 명령에 불복한 것은 아니며 연합군 최고 사령부와 직속상관의 지지를 받았기에 가능한 일이었다. 패튼이 소련 사람들을 싫어한 것은 사실이지만, 어느 소련 장군에게 가만두지 않겠다고 위협한 적은 없다. 결국 영화는 패튼 장군의 영웅담에서 영감을 받아 허구의 인물을 창조해 그 삶을 그린 것이다. 그런데도 영화 제목은 「패튼」이다. 문제는 여기에 놀라는 사람이 없다는 것이다. 실제 사실을 어느 정도 왜곡해 흥미위주의 이야기를 만들어 가거나 지나치게 극적인 우여곡절을 경험하는 인물을 등장시키는 영화를 모두 아무렇지도 않게 받아들인다. 역사적인 사실을 왜곡해 무조건 흥미 위주의 내용만 만들려는 사람들의 오랜 관행 때문에 내 친구마저 픽션 장르에 익숙해져 사실이 교묘히 왜곡되어도 눈치채지 못한다. 친구가 몰랐다는 얼굴로 내게 이렇게 묻는다. "아, 그거 지어낸 이야기 아니었어?"

그래, 지어낸 이야기가 아니야! 나치즘에 대해 지어내서 좋을 게 뭐가 있어?

41

하이드리히 암살 작전에 관한 이야기는 매력적이지만 동시에 내 신경을 예민하게 만드는 것 같다.

어느 날 밤, 꿈속에서 나는 독일 국방군 소속의 병사가 되어 회녹색 군복을 입고 있었다. 나의 임무는 어느 눈 덮인 풍경 속에서 보초를 서는 것이었다. 배경이 된 곳이 정확히 어디인지는 모르겠지만 철조망이 쳐져 있었다. 그 철조망을 따라 걸으며 보초를 서야 했다. 분명히 꿈속의 장소는 제2차 세계대전을 다룬 여러 온라인 게임 속 배경에서 영감을 받은 곳이다. 가끔 유혹에 못 이겨 빠져들고 만 게임들, 「콜 오브 듀티」, 「메달 오브 아너」, 「레드 오케스트라」……

순찰을 도는데 갑자기 하이드리히와 마주쳤다. 하이드리히가 시찰하러 온 것이다. 나는 차렷 자세를 하며 숨을 죽였다. 하이드리히가 의심하는 눈초리로 내 주변을 걸어 다녔다.

혹시 하이드리히에게 꼬투리라도 잡힐까 봐 난 잔뜩 겁을 먹고 있었다. 그리고 꿈에서 깨어났다.

나타샤는 내가 모은 나치즘에 관한 여러 자료를 보며 걱정하는 표정을 짓곤 한다. 날 놀리는 것이다. 우리 집에 쌓여 있는 여러 권의 관련 서적들이 혹시 내 사상에 영향을 끼칠까 봐 걱정된다고 말한다. 나타샤와 편하게 장난치고 싶은 마음에 나치즘에 관한 수많은 사이트, 공개적으로 네오나치라고 드러내지는 않지만 편향적인 사이트에 대해 들려준다. 자료를 찾다가 우연히 인터넷에서 보게 된 사이트들이다. 아무리 그래도 나치즘 같은 사상에 끌린 적은 전혀 없다. 내가 누구인가? 유대인 어머니와 공산주의자 아버지 밑에서 가장 진보적인 시민계급의 공화주의 가치를 배우며 자란 내가 아닌가. 그뿐만 아니라 문학을 통해 몽테뉴의 인본주의와 계몽주의 철학을 접했고 초현실 반란과 실존주의 사상에 심취해 있지 않은가.

하지만 문학의 무한하고 두려운 힘 앞에서는 거듭 굴복할 수밖에 없다. 실제로 이 꿈은 소설 속 인물로서 매력이 넘치는 하이드리히가 내게 깊은 인상을 준다는 것을 확실히 보여 주는 증거다.

42

영국 외무부 장관 앤서니 이든은 깜짝 놀란 표정으로 귀를 기울이고 있다. 체코의 신임 대통령 에드바르트 베네시는 수데텐란트(체코슬로바키아 서쪽 경계의 독일인들이 다수 거주하던 지역 —옮긴이) 문제를 해결할 수 있다며 지나치게 자신만만하다. 베네시는 독일의 영토 확장 야욕을 꺾을 수 있을 뿐만 아니라 프랑스와 영국의 도움 없이 혼자서 할 수 있다며 큰소리를 친다. 이든이 베네시의 연설을 들으며 드는 생각은 오직 하나다. '요즘 체코인으로 살아가려면 낙천적이긴 해야겠지……' 지금은 아직 1935년이다.

43

1936년. 체코슬로바키아의 정보국을 이끌고 있는 모라베츠 소령은 대령 승진 시험을 치르는 중이다. 시험 문제 중 눈에 띄는 것이 있다. "체코슬로바키아가 독일에 공격당한다고 가정해 보자. 헝가리와 오스트리아도 적대적이다. 프랑스는 힘을 실어 주지 않고 소협상은 무용지물이다. 이때 체코슬로바키아가 택할 수 있는 군사적 해결책은?"

문제에 나와 있는 역사적 상황을 자세히 살펴보자. 1918년에 오스트리아-헝가리 제국이 해체되면서 오스트리아와 헝가리는 자연스럽게 과거에 다스렸던 지역을 탐낸다. 과거 오스트리아에 속했던 보헤미아-모라비아, 그리고 과거 헝가리의 지배를 받았던 슬로바키아. 더구나 헝가리 지도자는 독일에 우호적인 파시스트 성향의 호르티 장군이다.

한편, 쇠약해질 대로 쇠약해진 오스트리아는 게르만의 큰형인 독일에 오스트리아가 병합되어야 한다고 주장하는 국경 지대 사람들의 압력 앞에서 겨우 버텨 가고 있다. 오스트리아 문제에 간섭하지 않겠다고 약속한 조약이 히틀러와 체결이 되었으나 한낱 종잇조각에 불과한 명목상의 조약일 뿐이다.

독일과 충돌할 경우, 체코슬로바키아는 붕괴된 옛 제국의 쌍두였던 오스트리아, 헝가리와도 맞서야 할 것이다. 과거 제국의 지배자였던 오스트리아와 헝가리로부터 자국을 지키고자 1922년에 체코슬로바키아가 루마니아, 유고슬라비아와 체결한 소협정은 엄밀히 말하면 그리 억제력 효과가 있는 전략적 동맹은 아니다. 프랑스는 충돌 시에 체코 동맹과 한 약속을 지켜야 할지 주저하고 있다. 시험 문제에서는 상황을 가정한다고 하지만 실제로 일어날 수 있는 일인 것이다. 모라베츠는 다섯 문구로 답을 적어 낸다. "군사적으로 해결할 수 없는 문제." 시험에 합격한 모라베츠는 대령이 된다.

44

하이드리히가 가담한 음모를 전부 이야기하자면 끝도 없을 것이다. 자료를 조사하다가 읽게 된 이야기가 있지만 이 책에서는 다루지 않기로 한다. 첫째, 너무나 지엽적이다. 둘째, 디테일이 부족하거나 퍼즐 조각을 완성하는 데 도움이 되지 않는다. 셋째, 믿기 힘들다. 같은 이야기마다 버전이 다를 수는 있지만 이 이야기는 버전마다 달라도 너무 다르다. 어떤 경우에는 여러 버전 중 하나를 고르거나 다 버리거나 해야 한다.

투하쳅스키의 패배에 하이드리히가 한 역할에 대해서는 다루지 않기로 했다. 우선, 하이드리히가 한 역할이 미비할 뿐만 아니라 말도 안 되어 보였기 때문이다. 그리고 1930년대 소련 정치는 내 책에서 다루기에는 부담스러운 소재이기 때문이다. 마지막으로, 어쩌면 나는 새로운 역사적 상황을 다루기가 두려운지도 몰랐다. 스탈린의 숙청, 투하쳅스키 원수의 활약, 투하쳅스키와 스탈린의 갈등 원인을 다루려면 방대한 지식과 세밀한 묘사가 동시에 필요했다. 원래 쓰려고 한 책의 범위에서 자칫 벗어날 수도 있었다.

그래도 재미 삼아 한 장면을 상상해 보기는 했다. 바르샤바 초입에서 소련 볼셰비키군의 패주를 지켜보는 젊은 장군 투하쳅스키. 때는 1920년, 폴란드와 소련은 전쟁 중이다. "혁명은 폴란드라는 시체를 밟고 지나갈 것이다!" 트로츠키가 말했다. 폴란드는 우크라이나와 연합하면서, 그리고 리투아니아와 벨라루스도 포함하는 연맹을 꿈꾸면서 신생 소비에트러시아의 취약한 부대를 위협하고 있었다. 반면에 붉은 군대는 독일까지 혁명으로 이끌려면 폴란드를 거쳐야 했다.

1920년 8월. 소련의 붉은 군대가 반격에 나서며 바르샤바 초입으로 진격했다. 폴란드인들의 운명은 정해진 듯했다. 신생 국가의 독립은 19년을 더 기다려야 할지도 몰랐다. 1939년도의 독일이었다면 맞설 수 없었을 폴란드지만 1920년 8월의 러시아와는 맞서게 된다. 폴란드군이 러시아군을 무찌른다. '비스와 강의 기적'이다. 이렇게

72

해서 투하쳅스키는 폴란드 독립의 영웅이며 약 서른 살 정도 선배인 명장 유제프 피우수트스키에게 패하고 만다.

　서로 대치하는 두 힘은 막상막하다. 폴란드군 11만 3000명과 러시아군 11만 4000명의 대결. 투하쳅스키는 주도권이 있는 자신이 승리할 것이라고 확신한다. 투하쳅스키는 북쪽에 주력군을 배치한다. 사실, 피우수트스키는 마치 이곳 북쪽에 군대를 집결시킨 것처럼 보이게 해 투하쳅스키를 유인하고 있는 것이다. 오히려 피우수트스키의 군대는 남쪽 배후에서 공격한다. 정확히 이 순간, 이 에피소드는 나의 소설과의 접점을 가지게 된다. 투하쳅스키는 전설적인 장군 부돈니가 이끄는 제1기병대에게 도움을 요청한다. 당시 부돈니 장군의 군대는 리비프를 탈환하기 위해 남서부 전선에서 싸우고 있다. 부돈니의 기병대는 두려운 존재다. 피우수트스키도 부돈니의 군이 개입하는 순간 상황은 역전될 것이라 생각한다. 그런데 믿을 수 없는 일이 일어난다. 부돈니 장군이 명령을 따르지 않고 군대를 그대로 리비프에 주둔시키는 것이 아닌가! 폴란드에게는 진정 비스와 강의 기적이다. 결국 투하쳅스키는 쓸쓸한 패배를 맞지만 패배의 이유가 궁금해진다. 그 답은 멀리 있지 않았다. 부돈니의 상관인 남서부 전선 정치 지도원은 리비프 탈환을 매우 중요하게 생각했기 때문에 자신의 소관이 아닌 투하쳅스키의 군대를 돕자고 최정예 부대를 보낼 생각이 없었다. 전쟁의 승패는 상관없었다. 정치 지도원의 개인적인 야심이 더 중요했다. 이 정치 지도원의 이름은 이오시프 주가시빌리, 전쟁 중 사용한 이름은 스탈린이었다. 그로부터 15년 후, 투하쳅스키는 트로츠키의 뒤를 이어 붉은 군대를 다스리게 되고 스탈린은 레닌의 뒤를 이어 소련을 다스리게 된다. 두 사람은 서로 싫어한다. 권력의 정점에 선 두 사람은 정치 및 전략에 대한 생각이 다르다. 스탈린은 나치스 독일과의 분쟁을 늦추고 싶어 하지만 투하쳅스키는 곧바로 나치스 독일을 공격해야 한다고 주장한다.

에릭 로메르의 영화 「3중 스파이」를 봤을 때도 이 모든 이야기를 아직 모르고 있었다. 그러다가 파리로 망명한 소련 고위층인 스코블린 장군이 주인공으로 등장해 아내에게 하는 말을 듣고 이 문제를 진지하게 연구해 봐야겠다고 결심했다. "당신, 기억나? 내가 전에 베를린에 독일의 첩보국 수장을 만나러 갔다고 했잖아. 하이드리히라고 하는 사람. 그에게 내가 하고 싶지 않았던 말이 뭔 줄 알아? 투하쳅스키에 대한 것이었어. 영국 국왕의 장례식에 참석하려고 서방을 여행 중이던 투하쳅스키를 파리에서 비밀리에 만난 적이 있었지. 물론 투하쳅스키는 내게 마음을 열지 않았지만 그가 신중하게 하는 말을 들으며 몇 가지 결론을 이끌어 낼 수 있었어. 게슈타포는 우리 둘이 만났다는 소문을 들었을 거야. 아니나 다를까 하이드리히가 무덤덤한 표정으로 질문을 해 왔지만 난 얼버무리며 대답했지. 하이드리히는 차가운 눈으로 날 노려봤어. 우리는 그대로 그렇게 있었어."

로메르 영화에 나온 하이드리히, 이에 대해선 다시 언급하지 않겠다.

이어지는 대사에서 스코블린의 아내가 묻는다.

"그런데 그 하이드리히라는 사람은 왜 그 정보를 알고 싶어 했던 걸까요?"

스코블린의 대답은 간단하다.

"아, 당연히 독일 측은 붉은 군대의 수장을 깎아내리고 싶어 했으니까. 독일 측은 붉은 군대의 수장이 스탈린에게 이미 찍혔을지 모른다고 생각했거든……. 내 생각은 그래."

그 후로 스코블린은 나치스 인사들과의 만남을 피한다. 이것도 역시 로메르 감독의 견해 같다. 로메르 감독은 주인공의 모호한 면(흰색, 붉은색, 갈색?)을 부각하고 있지만 말이다(흰색은 왕당파, 붉은색은 사회주의자, 갈색은 나치스를 상징한다 ― 옮긴이). 그러나 아무리 생각해도 스코블린이 일부러 베를린까지 가서 하이드리히를 만나 아무 말도 하지 않았다는 것이 믿어지지 않는다.

오히려 스코블린은 투하쳅스키가 스탈린에 대해 음모를 꾸미고 있다는 것을 알려 주기 위해 하이드리히를 직접 만난 거라고 생각한다. 사실, 스코블린은 내무인민위원회(소비에트연방의 비밀경찰 ― 옮긴이)를 위해, 즉 스탈린을 위해 일했다. 무엇을 위해서? 국가 역모설(근거 없어 보이는)을 퍼뜨리기 위해서.

하이드리히는 스코블린을 믿었을까? 어쨌든 하이드리히는 독일 제3제국을 위협하는 적수를 제거할 기회를 간파하게 되었다. 1937년. 투하쳅스키를 물리쳐야 붉은 군대를 분쇄할 수 있다. 하이드리히는 음모설을 더욱 퍼뜨리기로 한다. 이는 군 문제라 카나리스 제독의 아프베어 소관이라는 사실을 하이드리히는 알고 있다. 자신이 세운 계획에 도취된 하이드리히는 히믈러와 히틀러를 설득해 치밀한 기밀 작전을 펼칠 테니 자신에게 맡겨 달라고 한다. 이를 위해 하이드리히는 지저분한 일을 도맡아 하는 최고의 하수인 알프레트 나우요크스를 이용한다. 나우요크스는 투하쳅스키를 비방하는 거짓 문서들을 3개월 동안 만들게 된다. 투하쳅스키의 서명이야 바이마르 공화국의 문서 창고에서 찾아내면 되니 일도 아니다. 당시 두 나라가 우호적인 외교 관계를 맺을 때 많은 공문서에 투하쳅스키의 서명을 받았다.

거짓 문서들이 준비되자 하이드리히는 부하 한 명에게 이를 내무인민위원회 요원에게 팔라고 지시한다. 접선은 서로를 속이는 과정이다. 러시아는 독일이 꾸민 거짓 서류를 사서 위조지폐 루블화를 지불한다. 각자 상대방이 속아 넘어가고 있다고 생각한다. 모두가 모두를 속인다.

결국 스탈린은 원하는 것을 얻는다. 가장 위협적인 정적인 투하쳅스키가 쿠데타를 꾸민다는 증거. 하이드리히의 작전이 이번 사건에 얼마나 중요한 역할을 했는지 역사가들은 몰라도 너무 모른다. 거짓 문서는 1937년 5월에 건네졌고 투하쳅스키는 6월에 처형당했다. 두 시기가 너무 가깝다 보니 거짓 문서가 투하쳅스키의 처형에 빌미가 되었다는 생각을 하게 된다.

결국 누가 누구를 속인 것일까? 하이드리히가 스탈린의 야심을 도왔다고 생각한다. 어쨌든 하이드리히 덕에 스탈린은 최고로 위험한 유일한 정적을 제거했다. 사실, 투하쳅스키는 독일과의 전쟁을 가장 잘 이끌 수 있는 인물이었다. 1941년 6월. 독일의 공습으로 허를 찔려 와해된 붉은 군대는 이 어두운 이야기의 마지막 결과일 것이다.

결국 대미를 장식해 준 것은 하이드리히가 아니라 자기 발등을

찍은 스탈린인 셈이다. 스탈린은 대대적인 숙청을 단행하고 하이드리
히는 내심 기뻐한다. 사실, 이번 일로 이익을 본 것은 하이드리히다.
  감히 말하자면 공평한 게임이다.

45

  내 나이 서른셋. 1920년의 투하쳅스키보다 많은 나이다. 오늘은
2006년 5월 27일. 하이드리히의 암살을 기념하는 날이자 나타샤의
언니가 결혼하는 날이다. 난 결혼식에 초대받지 않았다. 나타샤는
날 미친놈 취급했다. 나타샤가 더 이상 날 견디기 힘든 것 같다. 내
인생은 마치 폐허가 된 벌판과 같다. 투하쳅스키도 전투에서 패하
는 순간, 자신의 군이 패주하는 모습을 보는 순간, 어쩔 수 없이 실
패를 인정한 순간, 지금의 나보다 더 마음이 아팠을까? 당시 투하쳅
스키는 이제 모든 것이 끝이라고 생각했을까? 운명과 시련과 자신
을 배신한 인간들을 저주했을까? 아니면 자기 자신을 저주했을까?
어쨌든 투하쳅스키는 다시 일어났다. 비록 15년 후에 최고의 정적에
게 짓밟히게 되지만 다시 일어났다는 사실에서 나도 용기를 얻는다.
  '이 또한 지나가리라.'라는 생각이 든다. 나타샤부터 전화가 오지
않는다. 나는 지금 1920년에 있다는 상상을 한다. 뒤에 있는 바르샤
바의 성벽은 흐느끼듯 떨고 있고 아래로는 비스와 강이 무심하게
흐르고 있다.

46

그날 밤, 하이드리히의 암살 사건에 대한 챕터를 쓰는 꿈을 꾸었다. "검은색 메르세데스 한 대가 뱀처럼 미끄러지듯 도로를 지나간다."라는 문장으로 시작했다. 이제부터 이 이야기의 핵심인 암살 사건에 초점을 맞춰 속도를 내서 써 나가야겠다는 생각이 들었다. 인과관계를 끝없이 따지다 보니 정작 태양과 마주할 순간, 즉, 소설에서 결정적인 대목을 쓸 순간을 뒤로 미루고 있었다.

47

세계지도, 그리고 독일 주변의 동심원들을 상상해야 한다. 1937년 11월 5일 오후. 히틀러가 군 장성들인 블롬베르크 국방성, 프리치 육군 총사령관, 레더 해군 제독, 괴링 독일 공군 최고사령관, 그리고 노이라트 외무장관에게 계획을 발표한다. 히틀러는 게르만족의 안전과 생존을 보장하고 발전을 도모하는 것이 독일의 정치가 추구하는 목표라고 다시 한 번 설명한다(모두가 이미 이해하고 있었을 것이라 생각한다.). 결국 생존 공간의 문제다(그 유명한 레벤스라움(유럽 전체를 게르만족의 생활권으로 만들어야 한다는 나치스의 이념 — 옮긴이)이다.). 바로 지도에서 원을 그려 나갈 수 있다. 조그만 원을 크게 키우는 확장주의가 독일 제3제국이 품은 야욕이 아님을 한눈에 알 수 있다. 반대로 커다란 원을 좁혀 가다가 먹어 치울 초기의 목표 지점에서 멈춘다. 이유는 자세히 설명할 필요가 없을 정도로 명확하다. 히틀러는 독일 민족은 다른 민족에 비해 좀 더 넓은 생존 공간을 가져야 한다고 주장한다.

독일의 미래는 필요한 생존 공간 문제를 해결하는 것에 전적으로 달려 있다. 이 생존 공간은 어디일까? 아프리카나 아시아 같은 머나먼 식민지가 아니라 바로 유럽 한가운데다. 독일 제3제국과 붙어 있는 중앙유럽이 동심원에 들어간다. 정확히 이 동심원에 포함되는 곳은 프랑스, 벨기에, 네덜란드, 폴란드, 체코슬로바키아, 오스트리아, 이탈리아, 스위스, 그리고 리투아니아다. 당시 독일은 그단스크에서 클라이페다까지 영토를 확대했고 발트 제국과 인접해 있다.

이어서 히틀러는 이런 질문을 한다. 독일이 최소의 비용으로 최대 이익을 얻을 수 있는 곳은 어디일까? 군사력도 그렇고 영국과의 관계를 생각하면 프랑스는 동심원에서 제외된다. 프랑스에 전략적 이익이 되는 벨기에와 네덜란드도 제외다. 무솔리니가 지배하는 이탈리아는 당연히 제외다. 동쪽으로 눈을 돌려 폴란드와 발트 제국 쪽으로 확장하면 지나치게 일찍 소련의 비위를 건드릴 수도 있다. 스위스는 중립국이라는 이유보다는 금고 역할을 하므로 섣불리 건드릴 수 없다. 동심원의 범위는 점점 줄어 두 나라에서 멈춘다. "오스트리아와 체코슬로바키아를 동시에 공격해 서방에게 측면 공격을 당할 가능성을 일치감치 제거하는 것이 우선적인 목표다." 히틀러는 앞으로 동심원의 범위는 차차 늘려 갈 생각이라 이는 서막에 불과하다.

열렬한 나치스인 괴링과 레더를 제외한 모든 참석자들은 히틀러의 계획에 깜짝 놀라 얼어붙는다. 놀라운 히틀러의 계획 발표가 끝나고 며칠 후, 노이라트는 여러 번 심장 발작까지 일으킨다. 그러나 블롬베르크 국방성과 프리치 육군 총사령관은 독일 제3제국의 지지자들답지 않게 히틀러의 계획을 강하게 반대한다. 1937년, 기존 군대 세력은 이 일로 독재자 성향의 히틀러를 견제할 수 있을 것이라 믿었지만 오히려 히틀러가 정권을 차지하는 데 도움을 주게 된다.

기존 군대 세력은 히틀러에 대해 전혀 몰랐다. 블롬베르크와 프리치라는 비싼 대가를 치르고 나서야 제대로 알게 된다.

이 요란한 회의가 끝나고 얼마 지나지 않아 자신의 비서와 재혼한 블롬베르크는 젊디젊은 새 아내가 과거에 창녀였다는 비밀이 폭로되는 굴욕을 당한다(블롬베르크는 새 아내의 과거를 이미 알았던 것 같다.). 스캔들은 걷잡을 수 없이 커져 블롬베르크 새 아내의 누드 사진들이 각료들 사이에 돌게 된다. 블롬베르크는 이혼을 거부한 죄로 바로 사임된다. 모든 군 조직 지위에서 물러나게 되지만 블롬베르크는 새 아내와 1946년과 뉘른베르크 재판까지, 끝까지 살아남는다. 블롬베르크는 뉘른베르크 재판을 기다리던 중 세상을 뜬다.

한편, 프리치도 예상대로 하이드리히의 교묘한 음모에 빠진다.

48

셜록 홈즈처럼 하이드리히도 바이올린을 켠다(셜록 홈즈보다 실력이 좋다.). 또한 셜록 홈즈처럼 범죄 조사를 담당하고 있다. 다만 셜록 홈즈와 다른 점이 있다면, 하이드리히는 진실을 추구하지 않는다. 오히려 없는 사실을 만들어 낸다. 이는 엄연히 다르다.

하이드리히는 폰 프리치 육군 총사령관의 명예를 실추시킬 음모를 꾸민다. 나치스 친위대 보안방첩부의 수장이 아니더라도 하이드리히가 프리치의 반나치 성향을 알게 된 이유가 있다. 프리치가 숨기지 않고 반나치 성향을 떠벌리고 다니기 때문이다. 1935년 자르브뤼켄에서 열린 행진 때, 관중석 한가운데서 프리치가 SS, 나치스, 여러 유명 나치스 인사에 대해 빈정거리는 소리가 울려 퍼졌다. 어쩌면 그 덕분에 하이드리히가 꾸미는 음모가 더 쉬워질 수 있을지도 모르겠다. 하지만 프리치를 더 나락으로 떨어뜨릴 방법이 필요하다. 프리치가 자신은 프러시안 귀족임을 내세우며 얼마나 거만하고 꼿꼿하게 도덕군자처럼 행세하는지 하이드리히는 잘 알고 있다. 이에 하이드리히는 블롬베르크에 대해 했던 것처럼 프리치에 대해서도 도덕성에 흠집을 내는 작전을 꾸미기로 한다.

그러나 블롬베르크와 달리 프리치는 자제력 있는 독신이다. 하이드리히는 이를 이용하기로 한다. 프리치 같은 사람을 공격하려면 어떻게 해야 하는지 답이 나온다. 하이드리히는 프리치를 비방할 문서를 준비하기 위해 게슈타포의 '동성애자 제거 부서'의 도움을 받는다.

하이드리히는 프리치를 괴롭힐 꼬투리를 찾아낸다. 게슈타포 내에서도 동성애자들에 대한 공갈 협박 실력으로 유명한 사팔뜨기 대원이 포츠담 역 근처 어두운 골목길에서 프리치가 '야만인 조'라는 남자와 관계하는 것을 봤다고 말한 것이다. 꽤 그럴듯하게 들린다.

문제의 프리치가 동명이인이라는 사실만 빼면. 하지만 하이드리히에게 진실은 중요하지 않다. 대원이 봤다는 프리치는 퇴역 장군, 그러니까 군인이다. 더구나 공갈범 프리치는 게슈타포의 독촉 때문에 누구든 걸고 넘어질 준비가 되어 있기에 더욱 혼란스러운 정보를 줄 수 있다.

하이드리히의 풍부한 상상력은 업무를 수행하는 데 큰 도움을 준다. 하지만 프리치를 궁지로 몰아넣으려면 빈틈이 없어야 하기에 하이드리히는 특히 신중을 기한다. 어쨌든 그것으로 거의 충분할 것이다.

총통 집무실에 불려 간 프리치는 괴링과 히틀러 앞에서 자신을 동성애자로 고발한 요원과 직접 대면한다. 프리치는 대꾸할 가치도 없다는 표정으로 동성애 혐의를 부인한다. 하지만 독일 제3제국 고위층에게는 고고한 태도가 전혀 먹히지 않는다. 히틀러는 프리치에게 당장 사임하라고 한다. 여기까지는 전부 하이드리히의 계획대로다.

그런데 뜻밖의 변수가 생긴다. 프리치가 사임을 거부하며 군법회의에 회부해 달라고 요청한 것이다. 하이드리히는 매우 곤란한 입장이 된다. 군법회의를 하려면 게슈타포가 아니라 군에서 실시하는 사전 조사가 필요하다. 히틀러는 망설인다. 하이드리히 역시 정식 재판을 원하지 않으며 기존 군부의 반응도 조금은 두렵다.

며칠이면 상황이 완전히 반전될 수 있다. 군 당국이 사건의 핵심인 두 증인, 즉, 하이드리히의 하수인과 동명이인 군인 프리치를 게슈타포에게서 인도받아 진실을 밝히면 하이드리히의 계획은 완전물거품이 된다. 진실이 밝혀지면 하이드리히의 목숨은 풍전등화 신세가 될 것이다. 히틀러가 군법회의를 허락하면 하이드리히가 꾸민 음모가 드러나 최소한 좌천을 면치 못할 것이다. 그렇게 되면 하이드리히의 야심도 끝이다. 해군에서 쫓겨난 1931년과 비슷한 처지로 전락할 것이다.

하이드리히는 이번 건을 너무 만만히 본 것이다. 냉혹한 킬러였던 하이드리히가 당황한 채 떨고 있다. 하이드리히의 오른팔 셸렌베르크가 기억하는 것이 있다. 한참 위기를 맞고 있던 하이드리히가 언젠가 사무실에서 셸렌베르크에게 총을 가져다 달라고 한 것이다. 그만큼 나치스 친위대 보안방첩부의 수장은 절망적인 상황에 빠져 있다.

하지만 히틀러는 하이드리히를 저버리지 않는다. 결국 프리치는 건강상 이유로 휴가에 들어간다. 사임도, 군법회의도 없다. 모든 문제가 간단하게 해결된다. 이번 사건에서 하이드리히가 얻은 소득이 있긴 하다. 자신과 히틀러가 추구하는 방향이 같다는 점을 눈치챈 것이다. 히틀러는 군을 직접 장악하고 싶다는 야심을 품고 있다. 프리치는 결국 어떻게 해서든 제거될 것이다. 그것이 총통의 확고한 의지다.

1938년 2월 5일, 나치스 기관지 《민족의 파수꾼》에 실린 1면 기사. "모든 권력이 히틀러 총통의 손아귀에 집중." 하이드리히가 걱정할 필요가 없었다.

결국 군법회의가 열리겠지만 그동안 역학 관계는 완전히 달라진다. 오스트리아가 독일에 병합되자 흥분에 휩싸인 군은 히틀러 총통의 천재적인 능력에 고개를 숙이고 문제를 일으키지 않기로 한다. 프리치는 동성애 누명을 벗고 하이드리히의 하수인은 쫓겨난다. 프리치의 문제에 대해선 더 이상 그 누구도 언급을 하지 않는다.

49

히틀러가 도덕적 문제를 갖고 농담하는 법은 없다. 1935년 뉘른베르크 법 이후 유대인 남자가 아리아인 여자와 성관계를 맺는 것은 공식적으로 금지된다. 또한 아리아인 남자도 유대인 여자와 성관계를 맺을 수 없다. 위반할 경우 감옥행이다.

그런데 놀랍게도 남자 쪽만 고발을 당한다. 유대인이건 아리아인이건 여자는 고발 대상이 될 수 없다는 것이 히틀러의 뜻이다.

국왕보다 더 왕당파라 불릴 정도로 보수 성향이 강한 하이드리히로서는 이해가 되지 않는다. 이 같은 남녀차별 조치는 공평함을 중시하는 하이드리히의 원칙에는 맞지 않아 보인다(무엇보다도 여자가 유대인일 경우 아리아인 남자만 고발된다는 조항에 특히 민감하다.). 이 때문에 1937년, 하이드리히는 크리포(범죄경찰)와 게슈타포에게 비밀 지시를 내려 독일 남자가 유대인 여자와 관계를 맺다가 들켜 고발당할 경우 상대방 유대인 여자도 자동적으로 체포되어 은밀히 집단 수용소에 보내지도록 조치한다.

나치스 지도층은 납득하기 힘든 절제를 요구받을 때는 아무리 히틀러 총통의 지시라 해도 과감히 거절했다. 하지만 전쟁이 끝나자 그들은 자신들이 저지른 범죄를 정당화하기 위해 군인의 명예와 선서 때문에 어쩔 수 없이 복종할 수밖에 없었다고 증언했다. 그들의 모순적인 논리를 생각하니 재미있다.

50

마치 폭탄이 터진 것처럼 충격을 주는 사건, 바로 독일의 오스트리아 병합이다. 오스트리아는 마침내 독일에 편입되기로 '결정'했다. 독일 제3제국의 탄생을 알리는 1단계다. 또한 이처럼 전쟁 없이 한 나라를 정복하는 것은 히틀러가 곧 다시 써 먹게 될 비장의 무기이기도 하다.

그러므로 유럽에서는 청천벽력 같은 소식이다. 당시 런던에 있던 모라베츠 대령은 급히 프라하로 돌아가려 하지만 항공편을 구할 수 없다. 겨우 비행기를 타고 프랑스로 날아가 헤이그에 도착하게 되고 거기서부터 프라하까지 기차를 타고 가기로 한다. 기차는 좋은 이동 수단이지만 조그만 문제가 있다. 프랑스에서 프라하로 가려면 독일을 거쳐야 한다는 것이다.

놀랍게도 모라베츠는 위험을 무릅쓰기로 한다.

1938년 3월 13일. 체코의 정보국 수장이 기차를 타고 나치 독일을 횡단하는 묘한 상황이 펼쳐진다.

모라베츠의 기차 여행을 상상해 본다. 모라베츠는 되도록 눈에 안 띄기 위해 노력한다. 모라베츠는 독일어를 할 줄 알지만 과연 의심을 안 받을 정도로 악센트가 완벽했을지는 모르겠다. 물론 독일은 아직 전쟁 중이 아닌 데다가 독일인들이 유대인 음모론에 대한 히틀러 총통의 연설에 흥분한 상태이긴 해도 아직 아무나 보고 경계할 정도는 아니다. 그래도 모라베츠는 되도록 조심하기 위해서 가장 상냥해 보이거나 혹은 가장 만만해 보이는 창구 직원에게 기차표를 사기로 한다.

일단 기차에 오른 모라베츠는 빈칸을 찾아 자리에 앉았을 것이다. 모라베츠가 앉은 자리는 둘 중 하나였을 것이다.

1. 창문 가까운 자리. 다른 승객들과의 대화를 피하기 위해 몸을 돌릴 수 있고 바깥 풍경을 보는 척하면서 창가에 비친 그림자로 칸 주변을 감시할 수 있다.

2. 문 근처 자리. 기차 통로를 오가는 사람들을 지켜볼 수 있다.

모라베츠가 문 가까이 있다고 가정해 보자.

그는 생각에 잠겼을 것이다. 이날 게슈타포는 독일 열차마다 누가 탔는지 알아내기 위해 많은 돈을 쓰겠지. 그 정도로 자신이 중요한 존재라는 생각에 꽤 뿌듯했을 수도 있다.

기차 안에 움직임이 있을 때마다 모라베츠는 신경이 곤두섰을 것이다.

역마다 멈출 때도.

이따금 한 남자가 기차에 올라 모라베츠가 있는 칸에 앉는다. 이윽고 승객들이 많아지면서 모라베츠는 더욱 경계 태세에 들어간다. 가난한 사람들, 가족 단위 승객들, 잘 차려입은 남자들은 그나마 안심이 된다.

하지만 모자를 쓰지 않은 남자가 통로를 지나가면 모라베츠는 왠지 신경이 쓰인다. 모라베츠는 러시아에서 유학했을 때를 떠올린다. 당시 그곳에서 모자를 쓴 남자는 내무인민위원회의 일원이거나 외국인이라는 이야기를 들은 적이 있다. 독일에서 모자를 쓰지 않는 남자는 어떤 의미일까?

기차 환승과 대기 시간이 있을 것이고 그만큼 초조함이 더해진다. 신문팔이들이 특종이라며 외치는 소리가 들린다. 가급적 최종 목적지를 숨기기 위해서라도 표를 여러 장 사야 한다.

그리고 검문소에 도착. 모라베츠는 위조 여권을 가지고 있었을 것이다. 하지만 어느 나라 여권을 가지고 있었는지는 모르겠다. 더구나 모라베츠는 영국 정부와 합의한 어떤 임무 때문에 런던에 있었으니 위조 여권을 갖고 있지 않았을 수도 있다. 모라베츠는 런던에 가기 전에 발트 해 국가에서 며칠 머물며 현지 관계자들을 만났을 것이다. 따라서 모라베츠는 위장 신분이 필요하지 않았기에 아무런 대비가 되어 있지 않았을 수도 있다.

검문소에서 여권 검사를 꼼꼼히 받는 그 순간은 시간이 멈춘 것 같은 기분을 느꼈을 것이다. 다행히 여권에는 이상이 없어 간단히 돌려받았을 것이다.

어쨌든 모라베츠는 무사통과했다.

기차에서 내려 조국 땅을 밟으면서 드디어 모든 위험에서 벗어난 모라베츠는 깊은 안도감에 휩싸인다.

훗날 모라베츠는 그 순간 진정으로 상쾌한 기분을 느꼈고 그런 기분을 다시 느끼기까지 아주 오랜 세월이 흘러야 했다고 말했다.

오스트리아는 독일 제3제국이 첫 번째로 점령한 지역이다. 갑자기 독일의 지방이 된 오스트리아에서 유대인 15만 명의 운명은 순식간에 히틀러의 수중에 놓이게 된다.

1938년, 유대인을 말살해야 한다는 광기 어린 분위기는 아직 감돌고 있지 않다. 오히려 유대인들을 다른 나라로 이주시켜야 한다는 분위기다.

오스트리아의 유대인들을 이주시키고자 나치스 친위대 보안방첩부가 임무를 맡긴 SS 청년 소위가 빈에 온다. 소위는 재빨리 상황을 계산하고 머릿속으로 여러 아이디어를 생각한다. 그중 가장 뿌듯한 아이디어는 '컨베이어 벨트' 아이디어다. 22년 후 전범 재판에서 그가 한 말을 믿을 수 있다면 말이다. 이주 허가를 받기 위해 유대인들은 다양한 서류가 들어 있는 두꺼운 파일을 준비해야 한다. 파일이 준비되면 유대인 이주 사무소로 가서 컨베이어 벨트에 파일을 제출한다. 이 같은 절차가 추구하는 목표는 구체적이다. 유대인들이 가진 모든 재산을 되도록 빠른 시일 내에 빼앗자는 것이다. 유대인들은 소유 재산을 합법적으로 넘겨주기 전까지는 이주를 할 수 없게 되어 있다. 모든 절차를 마치면 유대인들은 바구니에 담겨 나오는 여권을 찾아가게 된다.

이렇게 해서 오스트리아의 유대인 5만 명은 히틀러의 덫을 용케 피해 위험에서 벗어날 수 있게 된다. 어떻게 보면 당시로서는 모두에게 만족스러운 해결책이다. 유대인들은 쉽게 떠날 수 있어서 좋고 나치스들은 유대인들이 소유한 상당한 재산을 빼앗을 수 있어서 좋다. 베를린에 있는 하이드리히도 성공적인 작전이라고 생각한다. 독일 제3제국의 모든 유대인을 이주시키는 것은 현실적인 방법이자 '유대인 문제'에 대한 가장 좋은 해결책처럼 보인다. 하이드리히는 유대인 문제를 기막히게 잘 해결한 청년 소위의 이름을 기억한다. 아돌프 아이히만.

52

아이히만이 유대인 추방과 학살 정책의 기본 전략을 고안한 곳이 빈이다. 그것도 희생자가 될 유대인들의 적극적인 참여를 유도하는 방법이다. 실제로 유대인들은 독일 당국의 소환에 자발적으로 따랐다. 유대인 대부분은 1938년 이주 때도, 1943년에 트레블링카 수용소 혹은 아우슈비츠 수용소에 보내질 때도 독일 당국의 소환에 따랐다. 유대인 인구가 워낙에 많았기 때문에 수용소가 없었다면 그 어떤 대량 학살로도 유대인들을 전부 제거하기란 현실적으로 어려웠을 것이다. 앞으로도 분명 수많은 만행이 있을 테지만 인종청소를 한다는 의심을 받아서는 안 된다는 것이 나치의 전략이다.

하이드리히는 그 특유의 직감으로 아이히만이 재능 있는 관료가 될 재목이라는 것을 단번에 알아본다. 중요한 조력자가 될 것이다. 지금은 1938년. 당시 두 사람은 지금의 계획이 1943년에 어떤 결과를 가져올지 아직은 모르고 있다. 대신 나치스의 시선이 프라하로

쏠리기 시작한다. 두 사람은 자신들이 훗날 프라하에서 어떤 역할
을 하게 될지 아직 모르고 있다.

53

그러나 여러 징후가 나타난다. 수년 전부터 하이드리히는 부서의
책임자들에게 유대인 문제에 관해 다양한 조사를 지시해 왔다. 하
이드리히가 받은 대답은 이렇다. "유대인들의 생계 수단을 빼앗아
야 한다. 경제 부분만이 아니다. 독일은 유대인들에게 전혀 미래의
희망이 없는 나라가 되어야 한다. 노년층만 독일에서 편히 여생을
보낼 수 있게 해야 하고 젊은 층은 다른 곳으로 가야 살 수 있다는
생각을 갖게 해야 한다. 공격적인 반유대주의는 좋은 방법이 아니
다. 쥐새끼들은 권총이 아니라 독약과 가스로 박멸해야 한다."

은유적이고 우회적인 글이지만 하이드리히의 머릿속에서 이미
아이디어가 번뜩이고 있다는 것을 알 수 있다. 이것은 1934년 5월
의 보고서다. 미래를 예측한 사나이!

54

프라하 동쪽의 유서 깊은 보헤미아의 중심, 올로모우츠 도로에 작
은 도시가 있다. 유네스코 세계 문화유산에 등록된 쿠트나호라라는

이 도시에는 그림처럼 아름다운 골목길, 웅장한 고딕풍 대성당, 멋진 납골당이 있다. 겹겹이 쌓인 음울한 흰색의 해골들이 둥근 천장과 첨두 아치를 이루어 현지 명소로 자리 잡은 곳이다.

1237년. 쿠트나호라는 안에서부터 역사의 전염성 세균이 자라고 있다. 아이러니하고 잔인한 기나긴 역사의 챕터 중 하나를 열 전염병. 그 전염병은 무려 700년이나 지속된다.

프르제미슬 오타카르 1세의 아들로 프르제미슬 왕가의 기틀을 다진 바츨라프 1세가 보헤미아와 모라비아 지방을 다스리고 있다. 바츨라프 1세는 독일 공주 쿠니군데와 결혼했다. 독일의 국왕이자 기벨린파인 필립 폰 슈바벤을 아버지로 둔 쿠니군데는 어마어마한 호엔슈타우펜 왕가 혈통이다. 교황을 옹호하는 겔프파와 황제를 옹호하는 기벨린파와의 싸움에서 바츨라프 1세는 게르만족의 신성로마제국 편을 들었다. 로마 교황청에게 패배한다 해도 신성로마제국의 힘은 바츨라프 1세와의 연합으로 강해질 것이다. 이후로 왕가의 문장은 오래된 불꽃 모양의 매에서 양 갈래 꼬리가 달린 사자로 바뀌기 시작한다. 나라 곳곳에 큰 탑들이 세워지기 시작한다. 기사도 정신이 뿌리를 내리기 시작한다.

곧이어 프라하 신시가와 구시가에 유대교 회당이 생긴다.

쿠트나호라는 아직 작은 도시에 불과할 뿐 유럽 대도시 반열에 오르지는 못한 상태다.

마치 케케묵은 서부영화의 한 장면이 떠오를 정도다. 어둠이 깔리자 술집에는 쿠트나호라의 주민들과 몇몇 여행자들이 모여든다. 주민들은 술을 마시고 여종업원들의 엉덩이를 꼬집으며 시시덕거린다. 피곤에 지친 여행자들은 말없이 먹기만 한다. 도둑 무리는 잔에 거의 손도 대지 않고 주변을 살펴보며 도둑질 계획을 세운다. 밖에는 비가 내리고 있다. 옆에 있는 마구간에서 말 울음소리가 들린다. 술집 문 앞에 흰 수염을 기른 나이 든 남자가 나타난다. 남자의 누더기 옷은 비에 젖어 있고 신발은 진흙투성이며 모자도 젖어 있다. 쿠트나호라에 있는 사람들이 모두 알고 있는 남자다. 산에 사는 늙은 미치광이로 아무도 관심을 두지 않는다. 남자는 술과 음식을 주문하고 술을 또 한 잔 주문한다. 그리고 돼지 한 마리도 잡아 달라고 한다. 옆쪽 테이블에서 킥킥 웃음소리가 들려온다. 주인은 의심스러운 눈으로 남자에게 돈은 있냐고 묻는다. 순간, 남자의 눈에 승리의 빛이 번쩍인다. 남자는 싸구려 가죽으로 된 작은 지갑을 테이블에 올려놓고 끈을 천천히 푼다. 거기서 작은 회색 조약돌을 꺼내 주인의 날카로운 눈초리를 애써 무시하며 내민다. 주인은 인상을 찌푸리고 조약돌을 받아서 벽에 걸린 햇불에 비춰 본다. 주인의 얼굴에 두려운 표정이 어린다. 갑자기 뭐에 놀란 듯 뒤로 한 발짝 물러선다. 금속이었던 것이다. 은 덩어리.

55

바츨라프 1세의 아들 프르제미슬 오타카르 2세는 할아버지와 마찬가지로 조상인 '농부 프르제미슬'의 이름을 갖고 있다. 아주 옛날, 농부 프르제미슬은 프라하를 세운 전설적인 여왕 리부셰의 남편으로 간택되었다. 할아버지의 이야기를 들으며 프르제미슬 오타카르 2세는 그 왕국의 위대함을 지켜 나가겠다고 생각하게 된다. 이에 대해서는 그 누구도 프르제미슬 오타카르 2세가 잘못되었다고 비난할 수 없다. 은이라는 자원 덕분에 보헤미아는 프르제미슬 오타카르 2세의 집권 초기 때부터 연간 평균 은화 10만 마르크의 수익을 얻는다. 13세기 보헤미아는 유럽에서 가장 부유한 지역 중 하나로 바이에른보다 무려 다섯 배나 부유했다.

이 때문에 프르제미슬 오타카르 2세는 '철과 황금의 왕'으로 불린다. 철과 황금으로 부를 일군 게 아닌데도 말이다. 그 역시 다른 국왕들처럼 자신이 갖고 있는 것에 만족하지 않는다. 왕국의 번영이 은광과 깊은 관계가 있다는 것을 알고 있기에 은 채굴에 열을 올린다. 아직 개발이 되지 않아 잠자고 있는 은광 생각에 오타카르는 잠을 이루지 못한다. 은광을 채굴할 인력이 더 필요하다. 하지만 체코 사람들은 농부지 광부가 아니다.

오타카르는 자신이 다스리는 도시 프라하를 감상한다. 궁전의 높은 곳에서는 거대한 유디트 다리 주변에 있는 시장들이 한눈에 보인다. 유디트 다리는 과거 목조 건축을 대신하는 초기 석조 건축 중하나로 훗날 카를 다리가 자리 잡게 되는 곳에 있으며 구시가를 흐라드차니와 연결하고 있다. 아직 말라 스트라나까지는 연결되어 있지 않다. 형형색색의 작은 가게마다 은, 천, 고기, 과일, 채소, 보석, 세공 금속 등을 파느라 바쁘다. 오타카르는 상인들 모두 독일인이라는 것을 알고 있다. 체코인들은 농민의 후예지 도시인들이 아니다. 이런 생각을 하니 무시까지는 아니지만 약간 안타깝다는 생각이 든다. 왕국의 위엄을 높이는 것은 도시이며 왕국 이름에 걸맞은 위엄은 토지가 아니라 프랑스인들이 '궁정'이라고 부르는 것에서 나온다고 알고 있다. 당시, 유럽 전역은 프랑스의 궁정을 따라 하느라 여념이 없었다. 다른 유럽 국왕들과 마찬가지로 오타카르도 프랑스의 궁정 풍습과 매너에 영향 받지 않을 수 없다. 하지만 오타카르의 눈에 프랑스는 머나먼 현실, 다소 추상적인 현실에 지나지 않는다. 오타카르가 생각하는 멋진 기사도는 1255년 십자군 전쟁 동안 프러시아에서 같은 편에서 싸운 독일 튜턴족 기사들의 기사도다. 오타카르도 자신의 검으로 싸워 이겨 쾨니히스베르크를 세우지 않았는가? 독일 궁정이야말로 고상함과 세련미의 상징이다. 오타카르는 독일 쪽으로 완전히 눈을 돌린다. 궁전 고문도 반대하고 대신 비셰흐라드도 반대하지만 오타카르는 왕국을 키우기 위해 보헤미아에 독일 이민을 대거 받아들이기로 한다. 이를 통해 광업에 필요한 노동력도 확보할 수 있다. 독일인 소작농 수십만 명이 오타카르의 아름다운 나라로 이주해 살게 될 것이다. 오타카르가 독일인 이민자들에게 세금 혜택과 토지를 주면서까지 적극 받아들이며 기대하는 것이 또 하나 있다. 늘 위협적이고 탐욕적인 지방 귀족 집단 리즈므부르크 가문, 비테크 가문, 팔켄슈테인 가문의 입지를 약화시킬 지지자들을 확보하겠다는 계산이다. 프라하, 이흘라바, 쿠트나호라에 이어 보헤미아와 모라비아에도 독일 귀족들이 나날이 늘어나게 된다. 오타카르는 독일인 이민자들이 가져다줄 이익을 보기도 전에 눈을 감게 되더라도 자신의 정책이 얼마나 훌륭했는지 역사가 증명해 줄 것이라 생각한다.

그러나 장기적으로 봤을 때 오타카르는 큰 실수를 한 것이다.

56

오스트리아 합병 후, 독일은 그 누구도 눈치채지 못하도록 신중함을 유지하며 체코슬로바키아를 안심시키는 성명을 쏟아낸다. 오스트리아가 독일에 병합되면서 체코슬로바키아가 마치 포위된 듯한 생각에 불안해할 수 있으나 독일이 체코슬로바키아를 공격할 일은 없으니 안심하라는 내용이다.

불필요한 긴장은 유발하지 말라는 명령에 따라 오스트리아 주둔 독일군은 체코 국경에서 15~20킬로미터 이상 떨어진 곳에만 머문다.

하지만 독일의 오스트리아 합병으로 수데텐란트는 들썩인다. 독일에 병합될지 모른다는 이야기만이 주민들의 화제에 오른다. 시위와 선동이 늘어난다. 전반적으로 은밀한 결탁이 이루어지는 분위기가 감돈다. 정치 선전 전단과 소책자가 넘쳐난다. 체코 정부는 시위와 선동을 진압하라는 명령을 내리지만 독일인 공무원과 직원 들의 조직적인 방해로 명령이 제대로 시행되지 못한다. 독일계 체코인들의 저항이 전례 없는 규모로 커져 간다. 베네시는 훗날 회고록을 통해 보헤미아의 모든 독일인이 갑자기 신비한 낭만주의에 사로잡힌 듯 보여서 놀랐다고 회상하게 된다.

<u>57</u>

콘스탄츠 공의회가 우리의 철천지원수, 즉, 우리를 에워싼 모든 독일인
을 부추겨 우리를 상대로 부당한 투쟁을 하게 했다. 이들 독일인은 우리의
언어에 분노를 느끼는 게 아니라면 우리에 반대해 들고 일어날 이유가 전
혀 없다.

— 후스파 신도 성명, 1420년경

<u>58</u>

체코슬로바키아 사태 동안 프랑스와 영국이 히틀러에게 단호하게
반대 목소리를 낸 적은 단 한 번뿐이었다. 앞으로는 어떻게 될지!

영국은 정말로 마지못해 반대하는 어정쩡한 분위기다.

1938년 5월 19일. 체코 국경에서 독일군의 움직임이 포착된다. 5월
20일. 체코슬로바키아는 자국 군대 일부를 동원하겠다고 발표하면
서 공격을 받으면 대응하겠다는 분명한 메시지를 보낸다.

프랑스도 매우 단호하게 반응하며 체코에게 한 약속을 지킬 것이
라고 즉각 발표한다. 즉, 독일이 공격해 올 경우 체코에게 군사적인
도움을 주겠다는 약속이다.

영국은 프랑스의 태도에 당혹스러워하지만 동맹국인 프랑스와
같은 편에 선다.

이 때문에 영국은 만일 전쟁이 터질 경우 개입할 수밖에 없는 상

황이 된다. 체임벌린은 외교관들에게 다음과 같은 말을 하며 여기서 벗어나는 섣부른 약속은 하지 말라고 단단히 이른다. "유럽에서 분쟁이 날 경우 영국이 개입할지 여부는 알 수 없다." 애매모호한 말이다.

히틀러는 영국의 이런 애매한 태도를 염두에 두면서도 일단 지금은 두려운 마음에 한발 물러선다. 5월 23일. 히틀러는 독일은 체코를 공격할 의도가 없음을 알리며 국경선에 밀집해 있는 독일군을 자연스럽게 철수한다. 그러나 공식적으로 보여 주기 위한 행동에 불과하다.

사실, 히틀러는 분노에 휩싸여 있다. 베네시에게 모욕을 당했다고 느낀 히틀러는 베네시와 전쟁을 벌이고 싶다는 충동을 느낀다. 5월 28일. 히틀러는 독일 국방군의 고위 장교들을 소집해 이렇게 소리친다.

"체코슬로바키아는 지도에서 사라질 것이다. 내가 반드시 그렇게 할 것이다!"

<u>59</u>

영국이 약속을 지키겠다고는 하지만 소극적으로 느껴져 걱정이 된 베네시는 런던 주재 체코슬로바키아 대사를 불러 소식을 듣는다. 독일 정보국이 녹음한 대화 내용을 들어 보면 체코가 말만 하는 체임벌린을 비롯해 영국에 대해 뭔가 미덥지 않아 한다는 것을 알 수 있다.

"그 빌어먹을 놈은 히틀러에게 비굴하게 나옵니다!"

"머리통을 또 한 번 때리십시오! 다시 한 번 정신 차리게 하라고요."

"늙어 빠진 낙타는 더 이상 제정신이 아닙니다. 그러니까 나치라는 모래 더미 냄새를 맡고도 주변만 맴돌죠."

"그럼, 호러스 윌슨과 이야기해요. 우리가 단호하게 나오지 않으면 영국도 위험해질 거라고 총리에게 전하라고 해요. 이 점을 이해시켜 주시겠어요?"

"윌슨과 이야기가 통하기나 할까요? 비열하기 그지없는 작자인데!"

녹일은 녹음한 내용을 서둘러 영국에 전한다. 화가 단단히 난 체임벌린은 체코를 절대 용서하지 않았다.

하지만 체임벌린의 특별 고문으로 독일과 체코의 화해를 제안하러 온 윌슨에게 히틀러는 이렇게 말한다.

"영국은 어떻게 생각합니까! 그 더러운 늙은 개가 날 이런 식으로 속이려 한다면 제정신이 아닌 거죠!"

윌슨은 깜짝 놀란다.

"히틀러 총통이 말씀하신 그 총리라면 단언컨대 절대 미친 것이 아닙니다. 평화 조건에만 관심이 있을 뿐입니다."

그러자 히틀러는 솔직한 생각을 털어놓는다.

"총리의 비겁한 말에는 관심 없습니다. 내 관심사는 오로지 체코에 있는 우리 독일 민족입니다. 베네시, 그 더러운 호모 작자에게 고문당하고 살해당하는 우리 민족 말입니다! 더 이상은 못 참겠습니다. 정신이 제대로 박힌 독일인이라면 참을 리가 없죠! 멍청한 돼지 베네시, 듣고 있나?"

적어도 체코와 독일은 한 가지 부분에서는 같은 생각인 듯하다. 체임벌린과 그 수하는 비겁한 작자들이라는 사실.

그런데 체임벌린은 특이하게도 독일에서 받은 모욕보다 체코에서 받은 모욕을 더욱 기분 나빠했다. 그 후로 어떤 역사가 펼쳐졌는지를 돌이켜 봤을 때 이는 유감이라 아니할 수 없다.

60

1938년 8월 21일, 우리의 친애하는 총리 에두아르 달라디에가 라디오를 통해 설교한다.

"한쪽에는 노동 시간은 생각하지 않고 시설 확충과 무장에만 열을 올리는 권위적인 나라들이 있고, 또 한쪽에는 번영을 되찾고 국가 안보를 위해 애쓰면서 주당 근무 시간 48시간을 도입한 민주주의 국가들이 있습니다. 전자의 나라들과 대립하고 후자의 나라들 편에 선 프랑스는 가난에 시달리며 위협받고 있습니다. 상황이 이런데 미래에 도움도 안 되는 논쟁이나 하면서 시간을 낭비할 겁니까? 국제 상황이 민감하게 돌아가면 40시간 이상도 일할 수 있어야 하고 국방에 도움을 주는 기업에서는 48시간도 일할 수 있어야 합니다."

이 연설문의 사본을 읽으면서 이런 생각이 들었다. 프랑스인들을 다시 일하게 만들 수 있다는 생각은 분명, 프랑스 우파의 영원한 판타지가 아닐까? 상황은 제대로 알지도 못하면서 수데텐란트가 처한 위기 상황을 이용해 인민전선과 담판 지을 생각만 하는 비뚤어진 엘리트층에게 분노가 치밀었다. 1938년, 자본가 계급을 대변하는 신문의 기자들은 얼마 안 되는 유급 휴가라도 쓰려는 노동자들을 비난하기까지 했다. 참으로 뻔뻔스럽다.

마침 아버지가 달라디에는 극렬 사회주의자라 인민전선과 분명히 협력했을 것이라 상기시켜 주었다. 직접 확인해 보면서 놀라운 사실을 알게 되었다. 달라디에가 레옹 블룸 내각에서 국방부 장관을 지냈다는 사실이다! 숨이 턱 막히는 느낌이다. 다시 겨우 정신을 차려 상황을 요약해 본다. 인민전선의 국방부 장관을 지낸 달라디에가 국가 안보 문제를 꺼낸 이유는 체코슬로바키아를 분할하려는 히틀러의 의지를 꺾으려는 것이 아니라 인민전선이 이룩한 업적 중 하나인 주당 근무 40시간을 문제 삼기 위해서다. 어리석은 정치인은 배신하는 재주도 기가 막히다.

61

1938년 9월 26일. 히틀러는 베를린 실내 경기장에 모인 관중에게 연설을 할 예정이다. 영국 대표단이 체코는 수데텐란트에서 철수할 의사가 없다고 전하자 히틀러는 거침없이 자신의 생각을 말한다.

"독일인들이 검둥이 취급을 받고 있습니다! 10월 1일, 체코슬로바키아에 대해서는 내가 원하는 대로 할 겁니다. 프랑스와 영국이 공격하겠다면 그렇게 하라지요! 상관 안 합니다! 협상을 계속해 봐야 소용없습니다. 뭐 하나 맞는 게 없으니까요!"

그리고 히틀러는 나가 버린다.

이어서 연단에 선 히틀러는 열광한 관중들 앞에서 이렇게 말한다.

"20년 동안 체코슬로바키아의 독일인들은 체코인들의 박해를 견뎌야 했습니다. 20년 동안 독일 제3제국의 독일인들은 이런 상황을 그대로 봐 왔습니다. 독일인들은 어쩔 수 없이 방관자가 될 수밖에 없었습니다. 독일 국민은 이런 상황을 그대로 두고 볼 성격은 아니지만 무기가 없었습니다. 그래서 우리 형제들을 박해하는 적들과 대항해 우리 형제들을 돕지 못했습니다. 하지만 지금은 다릅니다. 그리고 민주주의 세계가 분노하고 있습니다! 오랜 세월 동안 우리는 이 세상의 민주주의자들을 대수롭지 않게 생각하는 데 익숙했습니다. 우리 시대를 통틀어 우리가 만난 유일한 유럽 강국이 있었고 그 나라를 다스리는 인물만이 우리 민족의 고통을 이해했습니다. 바로 우리의 위대한 친구 베니토 무솔리니입니다(관중은 '하일 두세(무솔리니가 사용한 칭호로 '최고 지도자'라는 뜻 — 옮긴이)!'라고 외친다.). 한편 베네시는 프랑스와 영국이 뒤를 봐주고 있어 아무 일도 일어나지 않을 것이라 믿으며 프라하에 있습니다(계속되는 관중의 흥분). 동지들이여, 이제 분명히 말해야 할 때입니다. 베네시의 뒤에는 700만의 개인이 있을 뿐이지만 여기에는 7500만의 국민이 있습니다(열정적인 박수 소리). 이 문제만 해결되면 유럽에 더 이상 영토 분쟁이 없을 것이라고 영국 총리에게 단언했습니다. 우리는 독일 제3제국에 체코인들이 있는 것을 원치 않습니다. 독일 국민 여러분께 이렇게 선언합니다. 수데텐란트 문제에 대해선 나의 인내심에도 한계가 왔습니다. 이제 평화냐 전쟁이냐는 베네시의 손에 달려 있습니다. 베네시가 제안을 받아들여 수데텐란트의 독일인들에게 자유를 주든지, 아니면 우리가 직접 자유를 찾으러 갈 겁니다. 세계가 이를 똑똑히 알게 될 겁니다."

62

초기의 증언에 따르면 분명 히틀러의 광기는 수데텐란트 사태를 계기로 촉발되었다. 이 시기 히틀러는 베네시와 체코인들이라는 말만 들어도 광기 어린 분노에 사로잡혀 완전히 이성을 잃을 정도였다. 심지어 바닥에 달려들어 양탄자 가장자리를 잘근잘근 씹었다는 증언도 있다. 이처럼 광기 어린 분노를 표출한 히틀러를 두고 나치에 적대적인 사람들이 즉각 붙여 준 별명이 있다. '테피 슈프레서(양탄자를 게걸스럽게 먹는 사람 —옮긴이).' 그 후에도 히틀러는 화가 나면 이처럼 양탄자를 씹는 버릇이 있었는지, 뮌헨 이후 이런 증상이 사라졌는지는 알 수 없다.

63

1938년 9월 28일, 협정 체결 3일 전. 전 세계가 숨을 죽인다. 히틀러는 그 어느 때보다 위협적이다. 체코 사람들은 독일에게 천혜의 장벽인 수데텐란트를 넘겨주는 순간 죽은 목숨이라는 사실을 알고 있다. 체임벌린 총리는 이렇게 말한다. "머나먼 나라에서 우리가 전혀 모르는 사람들끼리 벌이는 전쟁 때문에 우리가 방공호를 파고 있다니 참으로 놀랍고 어이없지 않습니까?"

64

생 존 페르스는 클로델이나 지로두처럼 작가 겸 외교관인데, 참으로 역겨운 인간이다. 생 존 페르스가 1938년 9월에 한 행동을 보면 당연히 본능적으로 혐오감이 생긴다.

필명은 알렉시스 레제(실제로 생 존 페르스는 가벼운 인간이라 프랑스어로 가볍다는 뜻인 레제가 딱 맞는 이름이긴 하다.). 알렉시스 레제는 외무부 비서관장 자격으로 달라디에 수상과 함께 뮌헨에 온다. 비굴할 정도로 평화주의자인 알렉시스 레제는 달라디에 수상에게 독일의 요구 조건을 모두 들어줘야 한다고 열심히 설득한다. 체코 대표들 없이 일방적으로 협정 서명이 결정되고 열두 시간이 지난 후, 체코 대표들은 들어오라는 부름을 받는다. 이들이 운명에 대해 듣는 그 자리에 알렉시스 레제가 있다.

히틀러와 무솔리니는 이미 자리를 떠났고 체임벌린은 노골적으로 하품하고 있고 달라디에는 어색할 정도로 꼿꼿이 서 있어 초조해하는 티가 난다. 지칠 대로 지친 체코 대표들은 체코 정부로부터 대답이나 성명 같은 것을 기다리는 중이냐 묻는다. 이때 달라디에는 수치심 때문에 말이 막혔을 수 있다(수치심을 알긴 알았을까? 그도 다른 사람들도!). 알렉시스 레제가 거만하고 건방진 말투로 대신 대답해 준다. 이에 대해 체코 외무부 장관이 짧게 한마디를 남겼는데 우리 프랑스인들도 깊이 생각해 봐야 할 말이다. "역시 프랑스인답군."

협정은 체결되었고 그 어떤 대답도 할 필요가 없는 상황이다.

하지만 체코 정부는 오늘 늦어도 오후 3시까지(지금은 새벽 3시) 대표단을 베를린에 보내 협정 집행위원회 회의에 참석시켜야 한다.

토요일, 체코슬로바키아 고위 공무원이 철수에 관한 세부 사항을 해결하기 위해 베를린에 가야 한다. 명령을 내리는 알렉시스 레제의 말투가 강경해진다. 마주 보고 있던 체코 대표단 두 명 중 한 명은 눈물을 보이기까지 한다. 초조해진 레제는 이렇게 강경하게 나오는 데에는 이유가 있다며 전 세계가 서서히 위험에 빠지고 있다고 덧붙인다.

정색을 하고!

따라서 내가 세상에서 제일로 사랑하는 나라 체코슬로바키아의 사형을 선고한 것은 어느 프랑스 시인인 것이다.

65

뮌헨 호텔의 입구에서 어느 기자가 달라디에에게 질문한다.

"그러니까 대사님, 이 협정을 체결했으니 어쨌든 안심 아닌가요?"

침묵. 이어서 외무부 비서관장 알렉시스 레제가 한숨을 쉰다.

"아, 예! 안심…… 바지에 그냥 싸 버리는 것처럼!"

나름 재치 있게 한 말이지만 레제의 비열한 태도가 감춰지는 것은 아니다. 생 존 페르스는 야비한 놈처럼 행동했다. 겉으로는 점잖을 떨지만 태도가 부자연스러워 영 우스운 외교관이다. 이런 사람은 그냥 '똥'이다.

66

《타임스》에 체임벌린 수상에 대한 기사가 실린다. "그 어떤 정복자도 전장의 승리를 거두고 체임벌린만큼 고귀한 월계관을 쓰고 돌아온 적이 없다."

67

런던의 발코니에 있는 체임벌린. "친구들, 우리 역사상 두 번째로 영국 총리가 독일에서 명예로운 평화를 들고 왔습니다. 나는 이것이 우리 시대의 평화라고 믿습니다." 체임벌린의 말이다.

68

크로프타 체코 외무부 장관. "우리는 이 상황을 강요받은 겁니다. 지금은 우리 차례지만 내일은 다른 나라들 차례가 될 겁니다."

69

이 우울한 사건과 관련해 유치하게 박식한 체하며 프랑스에서 가장 유명한 문장을 인용하고 싶지 않아 망설여지지만 달라디에가 비행기에서 내려 사람들의 환호를 받을 때 한 말을 인용하지 않을 수 없다.

"아, 바보들, 무슨 일이 기다리고 있는지도 모르고, 바보들……!"

그가 이런 말을 과연 했을지, 이 정도로 명석하고 대담했을지 의심하는 사람들이 있다. 사실 이 인용구는 출처가 불분명한데 사르트르의 소설『집행유예』에 쓰이면서 널리 알려진 것이다.

어쨌든 처칠이 하원에서 한 말은 남다른 통찰력, 그리고 여느 때
와 같은 남다른 위엄으로 빛난다.

"우리는 완전히 대패했습니다."

(야유와 항의의 외침이 멈출 때까지 처칠은 몇 분간 연설을 중단할 수밖
에 없다.)

"우리는 일촉즉발의 심각한 위기를 맞고 있습니다. 다뉴브 강의
입구에서 흑해로 통하는 길이 열렸습니다. 중앙유럽과 다뉴브 계곡
의 모든 나라들이 베를린에서 불어온 나치의 무력 외교라는 거대
시스템 속으로 차례로 끌려 들어가고 있습니다. 하지만 이것이 끝
이라고 생각하지 마십시오. 아니, 오히려 시작일 뿐입니다……."

잠시 후 처칠은 불멸의 명연설로 마무리한다.

"여러분은 전쟁과 불명예 중에서 선택해야 했을 때 불명예를 선
택했습니다. 이제 여러분에게는 전쟁만이 남았습니다."

71

배신의 종소리가 울리고 울린다.

종을 울린 것은 누구의 손일까?

감미로운 프랑스, 자신감 넘치는 앨비언(영국의 옛 이름 ─ 옮긴이),

우리는 그들을 사랑했지.

—프란티슐레크 할라스(체코의 시인 — 옮긴이)

<u>72</u>

배신당한 나라의 죽은 것과 다름없는 몸 위에서 프랑스는 블로트(대중적인 카드 게임 — 옮긴이)와 티노 로시(인기 가수이자 영화배우 — 옮긴이)에게 바쳐졌다.

—몽테를랑(전후 프랑스의 정신적 쇠퇴를 비난한 프랑스 작가 — 옮긴이)

<u>73</u>

독일의 오만한 요구에 서방의 두 민주주의 강국, 프랑스와 영국은 찍소리도 하지 못했다. 히틀러는 기뻐해야 하는 게 맞지만 반대로 씩씩대며 베를린으로 돌아와 체임벌린 수상 욕을 해 댄다.

"그 작자 때문에 내가 프라하로 들어가지 못했어!"

체임벌린은 어떻게 한 것일까? 용기 없는 두 나라 프랑스와 영국이 체코 정부에게 모든 것을 양보하라고 강요하면서 일시적으로는 히틀러가 진정한 목표를 이루지 못하게 막았던 것이다. 체코슬로바키아의 일부를 차지하는 것뿐만 아니라 지도에서 완전히 사라지게 하는 것이 히틀러가 진정 추구하는 목표다. 즉, 체코슬로바키아를 독일 제3제국의 지방으로 만들려는 것이다. 체코인 700만 명, 독일인 7500만 명……. 게임이 잠시 보류되었을 뿐…….

74

1946년 뉘른베르크. 체코슬로바키아 대표가 카이텔 독일군 최고 사령관에게 묻는다. "만일 서방 강대국들이 프라하를 지지했다면 독일 제3제국이 1938년에 체코슬로바키아를 공습했을까요?" 이에 대한 카이텔의 대답. "물론 아니죠. 우리는 아직 군사적으로 강한 편은 아니었으니까요."

히틀러 입장에서도 할 말이 있다. 히틀러가 열지 못하는 문을 프랑스와 영국이 활짝 열어 주었으니까. 그리고 분명 두 나라는 이런 식의 배려를 보여 주면서 히틀러에게 다시 시작하라고 부추겼다.

75

모든 것은 정확히 15년 전, 뮌헨의 규모 있는 맥주홀 뷔르거브로이켈러에서 시작되었다. 일단 이날 저녁, 3000명이 움직이고 있으나 뭔가를 축하하는 것은 아니다. 연사들은 차례로 연단에 올라 하나같이 복수를 외친다. 그저께 파리에서 열일곱 살의 유대인 소년이 아버지가 강제수용소에 갇힌 것에 앙심을 품고 독일 대사관의 비서를 죽인 사건이 일어났던 것이다. 물론 비서가 죽은 것이 대수로운 일이 아니라는 것은 하이드리히도 잘 알고 있다. 사실, 대사의 비서는 반나치 사상 때문에 게슈타포의 감시를 받고 있었다. 하지만 명분을 만들어야 한다. 괴벨스는 하이드리히에게 막중한 임무를 맡긴 상태다. 아직 한밤중이지만 하이드리히는 명령을 내린다. 밤에 기습적 시위가 일어날 것이다. 독일의 모든 경찰서는 즉각 나치스 책임자, SS 책임자들과 연락해야 한다. 곧 일어날 소요는 경찰의 진압을 받지 않을 것이다. 독일인의 목숨과 재산에 해가 되지 않는 방법만 사용될 테니까(예를 들어 옆에 있는 독일 건물들은 피해를 받지 않는 범위에서 유대교 회당들이 불태워질 것이다.) 유대인의 상점과 집은 파괴해야지 약탈해서는 안 된다. 유대인을 많이, 특히 부유한 유대인들을 체포해야 한다. 감옥에 이들을 위한 자리가 충분히 있다. 유대인들을 체포하면 적당한 강제수용소들과 신속히 연락해 가둔다. 명령이 전달된 시간은 새벽 1시 20분.

나치스 돌격대는 이미 행동을 시작했고 나치스 친위대도 이들을 따른다. 베를린 거리와 그 외 독일의 모든 대도시에서 거리마다 유대인들의 가게 창문이 산산조각 나고 유대인들의 집에 있는 가구들은 창밖으로 내던져진다. 유대인들은 살해당하거나 폭행당하거나 체포된다. 바닥에는 타자기, 재봉틀, 박살 난 피아노도 보인다. 밤새 압수 수색이 계속된다. 겁이 난 사람들은 집 안에 틀어박혀 있고 그나마 호기심이 발동한 사람들은 괜히 얽히지 않게 조심하며 말없는 유령처럼 상황을 지켜본다. 이들의 침묵이 무엇을 의미하는지 알 수 없다. 동조해서? 반대해서? 어리둥절해서? 만족스러워서? 독일 어느 곳. 81세의 어느 할머니 집 현관문을 누군가 두드린다. 할머니가 문을 열어 준다. 나치스 돌격대가 문 앞에 있자 빈정거린다. "귀한 손님들이군요, 이 새벽에!" 나치스 돌격대 대원들이 할머니에게 옷을 입고 따라오라고 하자 할머니는 소파에 앉아 이렇게 말한다. "옷을 갈아입지도 않을 것이고 아무 데도 안 갈 거라오. 마음대로 해보시구려." 할머니는 또다시 말한다. "마음대로 해보시구려." 그러자 나치스 돌격대 대장이 총을 뽑아 할머니의 가슴을 쏜다. 소파에서 푹 쓰러지는 할머니. 대장이 머리에 두 번째 총을 쏜다. 할머니가 소파에서 굴러떨어져 제자리에서 빙빙 돈다. 하지만 아직 숨이 붙어 있다. 창문 쪽으로 고개를 돌린 할머니는 희미하게 숨을 쉰다. 이번엔 대장이 10센티미터 거리에서 할머니의 이마 한가운데에 세 번째 총을 쏜다.

한편, 망가진 어느 유대교 회당의 지붕에 한 나치스 돌격대 대원이 올라가 모세의 계율이 적힌 두루마리를 흔들며 외친다. "이것으로 밑이나 닦으라고, 유대인들아!" 그리고 두루마리를 카니발의 색종이 테이프처럼 던진다. 잔인한 모욕이다.

어느 소도시의 시청이 작성한 보고서에는 이런 내용이 있다. "유대인에 대한 탄압은 신속하고 차분하게 이루어졌다. 탄압 정책이 취해지자 어느 유대인 커플은 다뉴브 강으로 뛰어들었다."

모든 유대교 회당이 불타고 있다. 하지만 이런 일에 경험이 많은 하이드리히는 이미 회당의 옛 문서들을 전부 나치스 친위대 보안방첩부의 총본부로 옮기라고 지시해 두었다. 서류함들이 빌헬름 거리에 도착한다.

나치스들은 책은 태워도 장부는 태우지 않는다.

독일인다운 효율성일까? 나치스 돌격대 대원들이 귀중한 옛 문서들을 뒤 닦는 데 사용했을지 아무도 모르는 일이다…….

다음 날, 하이드리히는 처음으로 비밀문서 하나를 괴링에게 건넨다. 유대인들의 가게와 집이 어느 정도 파괴되었는지는 아직 수치로 확인되지 않는다. 부서진 가게 815채, 불에 타거나 부서진 주거지 171채는 일부에 불과하다. 유대교 회당 119곳이 불에 탔고 76곳은 완전히 무너졌다. 유대인 2만 명이 체포되었고 사망자는 36명이다. 중상을 입은 사람도 36명이나 된다. 사상자는 모두 유대인이다.

하이드리히는 강간 사건도 보고 받았다. 이는 엄연히 뉘른베르크의 인종법을 위반한 행위다. 문제의 범인들은 체포되어 당에서 쫓겨나 법정으로 넘겨질 것이다. 하지만 살인한 경우라면 걱정할 필요가 없을 것이다. 이틀 뒤 항공교통부에서 괴링이 회의를 연다. 모든 배상금을 유대인들에게 떠넘길 방법을 찾기 위한 회의다. 보험회사의 대변인이 알려 준 대로 깨진 창유리 가격만 500만 마르크다 (그래서 '크리스털의 밤'이라는 말이 나오는 것이다.). 하지만 유대인이 운영하는 가게들의 실제 주인들은 아리아인이기에 따로 보상해 주어야 한다. 괴링은 화를 낸다. 이번 작전에 돈이 들 것이라고는 아무도 생각하지 못했다. 경제부 장관 괴링조차도. 괴링은 하이드리히에게 이렇게 많은 귀중품을 파괴하느니 유대인 200명을 죽이는 편이 나았을 것이라며 큰 소리로 외친다. 하이드리히는 당황해하며 유대인 35명이 죽었다고 대답한다.

유대인들에게 피해 금액을 떠넘길 방법들이 나오자 괴링은 화를 가라앉히고 분위기가 밝아진다. 하이드리히는 괴링이 괴벨스와 함

께 숲에 유대인 보호구역을 만드는 일을 놓고 농담하는 것을 듣는
다. 괴벨스는 여기에 매부리코 큰 사슴처럼 유대인과 똑 닮은 동물
몇 마리를 집어넣어야 한다고 말한다. 자리에 있는 사람들이 모두
크게 웃는다. 단 두 사람만 빼고. 육군 원수가 고안한 재정 계획을
미심쩍어하는 보험사 직원, 그리고 하이드리히.

회의가 끝나고 결론이 나온다. 유대인들이 가진 재산을 모조리 몰
수하고 유대인들의 상업 활동을 일절 금지하기로 한 것이다. 하이
드리히는 토론의 방향을 바로잡는 게 좋겠다고 생각한다.

"유대인들의 경제 활동을 막는다 해도 아직 큰 문제가 있습니다.
유대인들을 독일 밖으로 쫓아내는 것이죠. 그동안 유대인들은 자신
이 유대인임을 나타내는 표시를 달도록 해야 합니다."

하이드리히가 제안한다.

"유니폼 말이로군!"

옷에 관한 것이라면 언제나 관심 있는 괴링이 큰 소리로 말했다.

"그보다는 상징물이 좋겠습니다." 하이드리히가 대답한다.

76

하지만 회의에서 나온 결정된 사항은 이게 전부가 아니다. 이제부
터 유대인은 공립학교도 다닐 수 없고 국립 병원, 해변, 휴양지도 이
용할 수 없다. 장은 정해진 시간에만 봐야 한다. 다만 대중교통의 유
대인 전용 차량과 전용칸 계획은 괴벨스의 반대로 접기로 한다. 만

일 대중교통이 러시아워를 맞게 된다면? 독일인들은 낑낑대며 끼여서 가고 유대인들은 전용 차량을 타고 편히 갈 것이 아닌가! 이제 상세한 부분까지 논의되고 있다.

하이드리히는 유대인의 이동을 제한하는 다른 방법들을 제안한다. 이제 완전히 화가 풀린 괴링은 무덤덤한 얼굴로 중요한 질문을 한다.

"그런데 말이야, 하이드리히, 대도시마다 대규모 유대인 게토를 만드는 방법도 있다고. 게토를 만들어야 해."

하이드리히는 단호한 목소리로 대답한다.

"게토 문제에 대한 제 입장은 지금 이 자리에서 밝히고 싶습니다. 치안 유지라는 관점에서 보면 완전히 고립된 구역 같은 유대인 게토는 의미가 없습니다. 오히려 게토가 만들어지면 각종 유대인들이 모여 살아 통제가 안 될 수 있습니다. 단언컨대 범죄자들의 은신처이자 전염병의 온상이 될 겁니다. 유대인들이 독일 국민과 같은 건물에 살게 놔두고 싶지 않다는 것은 저와 여기 계신 분들 모두의 생각입니다. 이미 독일인들은 마을이나 건물 단위로 유대인들이 똑바로 행동하도록 통제하고 있습니다. 유대인들을 독일 국민의 감시 아래 두어 통제하는 편이 낫습니다. 저와 군인들이 제대로 유대인들의 일상을 통제할 수 없는 게토 지역을 만들어 유대인 수천 명을 살게 하는 것보다 낫습니다."

라울 힐베르크(미국의 역사가이자 홀로코스트 연구의 최고 권위자—옮긴이)는 치안 유지라는 관점에서 분석한 하이드리히의 설명을 통해 하이드리히가 자신의 일과 독일 사회를 어떻게 끌고 가고 싶은지를 눈치챘다. 독일 국민 전체를 경찰의 조수처럼 활용해 유대인들의 행동을 감시하고 수상한 점이 있으면 신고하게 만들려는 것이다. 1943년에 바르샤바 게토에서 일어난 폭동이 독일군에 의해 3주 만에 진압되면서 하이드리히의 주장은 더욱 힘을 얻게 된다. 어쨌든 유대인을 믿어서는 안 된다. 또한 하이드리히는 병균이 다 같은 병균인 것처럼 유대인은 다 같은 유대인이라고 생각한다.

77

외모로 보면 티소 추기경은 땅딸막하고 뚱뚱하다. 역사적으로 보면 그는 최악의 나치 부역자이다. 체코 중앙정부를 증오하던 티소는 슬로바키아의 페탱(프랑스 비시 정부의 수장 — 옮긴이)이 되어 간다. 브라티슬라바의 대주교인 티소는 평생 슬로바키아의 독립을 위해 노력했고 이제는 히틀러 덕분에 목표에 한 발짝 다가가고 있다. 1939년 3월 13일. 독일 국방군은 보헤미아와 모라비아의 침공을 눈앞에 두고 있다. 독일 제3제국의 히틀러 총통이 미래의 슬로바키아 대통령이 될 티소를 맞이한다.

역시나 이번에도 히틀러는 말하고 상대방은 듣고 있다. 티소는 지금 이 순간 기뻐해야 하는 것인지 두려움에 떨어야 하는 것인지 알 수 없다. 평생소원이 이제 이루어지려고 한다. 그런데 왜 사용되는 방법이 최후통첩과 협박인 것일까?

히틀러가 설명한다. 체코슬로바키아가 더 이상 갈가리 찢어지지 않은 것은 오직 독일 덕분이다. 독일 제3제국은 수데텐란트를 병합하는 것에 그쳐 매우 너그러운 마음씨를 보여 주었다. 그럼에도 체코인들은 독일 제3제국에게 전혀 고마워하지 않았다. 최근 몇 주 동안 상황은 걷잡을 수 없이 되고 말았다. 해도 해도 너무한 도발. 체코에 살고 있는 독일인들은 학대받고 습격당하고 있다. 이것이 다시 돌아온 베네시 정부의 의지인 것이다(베네시라는 이름에 히틀러는 흥분한다.).

슬로바키아인들은 히틀러를 실망시켰다. 뮌헨 회담 이후 히틀러는 우호 관계였던 헝가리와 사이가 틀어졌다. 슬로바키아를 차지하려는 헝가리를 막은 것이 히틀러였기 때문이다. 당시 히틀러는 슬로바키아인들이 독립을 원한다고 생각했다. 슬로바키아는 독립을 원하는가, 원하지 않는가? 이것은 날짜의 문제가 아닌 시간의 문제다. 슬로바키아가 독립을 원한다면 히틀러가 도와 슬로바키아를 보호해 줄 것이다. 하지만 슬로바키아가 프라하와 분리되기를 거부한다면, 아니 머뭇거리는 태도를 보이기만 해도 히틀러는 슬로바키아가 어떻게 되건 말건 신경 쓰지 않을 것이다. 슬로바키아가 세계정세의 노리개가 되더라도 히틀러의 책임이 아니다.

바로 이 순간, 히틀러는 리벤트로프 외무장관에게 보고서를 건네받는다. 리벤트로프는 방금 도착한 보고서라고 말한다. 슬로바키아 국경에서 헝가리 군대가 움직이고 있다는 내용의 보고서다. 이 같은 작은 연출은 타소에게 상황이 긴박하게 돌아가고 있으며 슬로바키아는 두 가지 운명 중 하나를 택해야 한다는 것을 이해시키는 효과가 있다. 독립하여 독일에게 충성을 맹세하든가 헝가리에게 먹히

거나 둘 중 하나다. 티소는 대답한다. 슬로바키아인들은 히틀러 총
통의 자비심에 감사해할 것이라고.

78

수데텐란트가 독일에 합병되는 대신 체코슬로바키아는 뮌헨에서
프랑스와 독일에 새로운 국경 지대를 인정받았다. 하지만 슬로바키
아의 독립으로 판도가 달라진다. 더 이상 존재하지 않는 나라를 보
호할 수 있을까? 보호를 약속한 대상은 체코슬로바키아지 체코 단
독이 아니다. 도움을 요청하러 온 프라하의 외교관들에게 영국 외
교관들이 내놓은 대답이다. 독일 침공의 전야. 이제 프랑스와 영국
은 매우 합법적으로 비겁하게 굴고 있다.

79

1939년 3월 14일 저녁 10시 40분, 베를린 안할트 역으로 프라하
발 기차 한 대가 들어온다. 기차에서 내린 나이 지긋한 남자는 검은
색 옷을 입고 있다. 입술은 축 늘어지고 대머리에 눈빛이 탁하다. 남
자의 정체는 뮌헨 회담 이후 베네시의 뒤를 이은 하하 대통령. 히틀
러에게 조국을 침공하지 말아 달라고 부탁하러 온 것이다. 하하는
심장병 때문에 비행기를 타지 않았다. 딸과 외무장관이 이번 베를

린행을 함께한다.

하하는 이곳에서 어떤 일이 기다리고 있을지 두렵다. 독일군이 이
미 국경을 넘었고 지금은 보헤미아 근처에 집결해 있다고 들었다.
침공이 임박해 있다. 하하가 베를린까지 온 이유는 오직 명예로운
항복에 대해 논의하기 위해서다. 하하는 슬로바키아가 요구받은 것
과 비슷한 조건을 받아들일 준비가 되어 있었을 것이다. 독립국의
지위를 갖되 독일의 보호를 받는다는 조건. 하하가 두려워하는 것
은 조국이 사라지는 일이다.

플랫폼에 도착한 하하는 의장대의 환대를 받는다. 하하가 놀란 것
은 환대가 아니다. 리벤트로프 외무장관이 직접 마중을 나온 것이
다. 리벤트로프는 하하의 딸에게 멋진 꽃다발을 전한다. 독일 의장
대는 체코 대표단을 호위하며 국가 원수에게 걸맞은 예우를 표한
다. 아직 하하는 국가 원수니까. 하하는 아까보다는 숨 쉬기가 좀 편
해진다. 독일이 하하에게 제공한 방은 웅장한 아들론 호텔에서 가
장 멋진 스위트룸이다. 하하의 딸은 침대에 놓인 초콜릿 상자를 본
다. 히틀러 총통이 직접 보낸 선물이다.

하하 체코 대통령은 안내를 받아 총통의 집무실로 간다. 그곳에는
SS 대원들이 의장대로 있다. 하하는 어느 정도 마음을 놓는다.

하지만 총통 집무실로 들어간 하하의 표정에 미묘한 변화가 생긴
다. 히틀러 옆에 괴링과 카이텔이 있는 것이다. 독일군의 수장들이
자리를 함께하다니 불길한 징조다. 지금까지 하하는 따뜻한 환대를
받았기에 히틀러의 표정도 밝을 것이라 기대했으나 지금 눈앞에 보
이는 히틀러의 표정은 기대한 것과는 다르다. 하하가 잠시나마 느

낀 안도감이 한순간에 날아간다. 바로 이 순간, 에밀 하하는 역사의 구렁텅이에 돌이킬 수 없이 빠지게 된다.

하하가 통역관을 통해 전한다.

"정치에는 개입하지 않았다고 총통께 확실히 말씀드릴 수 있습니다. 베네시와 마사리크와 만난 적은 한 번도 없습니다. 그동안 일어난 일을 생각하면 두 사람에 대해 그리 감정이 좋지 않으니까요. 베네시 정부에 대해서는 늘 반감만이 있었습니다. 어느 정도 반감이냐 하면 뮌헨 회담 이후 체코슬로바키아가 독립국으로 남아 있어서 좋은 건지 의아해했을 정도입니다. 체코슬로바키아의 운명은 총통의 손에 달려 있다고 확신합니다. 그리고 그 손은 올바른 손이라고 확신합니다. 체코슬로바키아가 국가로 존속할 권리가 있다고 말씀드리고 싶고, 총통께서 정확히 제 생각을 이해해 주시리라 믿습니다. 아직도 남아 있는 많은 베네시 지지자들 때문에 체코슬로바키아가 비난을 듣고 있지만, 제가 이끄는 정부는 모든 수단을 동원해 이들의 입을 막으려 애쓰고 있습니다."

이번에는 히틀러가 말한다. 통역관의 증언에 따르면 히틀러의 말을 전해 들은 하하가 석상처럼 굳어졌다고 한다.

"연세가 있으신데도 대통령께서 친히 이곳까지 와 주시다니 체코슬로바키아에는 대단히 도움이 되겠습니다. 실제로 독일은 신속히 개입할 준비가 되어 있습니다. 나는 그 어떤 나라도 원망하지 않습니다. 체코슬로바키아가 분할된 채 계속 존재하는 것은 오로지 내가 원했기 때문이며 내가 한 약속을 충실히 지켰기 때문입니다. 하지만 베네시가 물러난 후에도 체코슬로바키아의 태도는 달라지지 않았습니다! 내가 경고했죠! 계속 도전해 온다면 체코슬로바키아를 완전히 부숴 버리겠다고 경고했습니다! 그런데도 도전은 멈추지 않았습니다! 이제 주사위는 던져졌습니다……. 독일군에게 체코슬로바키아를 점령해 독일 제3제국에 병합하라고 명령을 내린 상태입니다."

통역관은 당시 하하와 그의 외무장관에 대해 이렇게 증언한다. "두 사람은 죽은 듯이 가만히 있었습니다. 눈을 껌뻑이고 있어서 그나마 살아 있다는 것을 알았죠."

히틀러가 말을 잇는다.

"내일 새벽 6시, 독일군은 사방에서 체코슬로바키아로 들어갈 것이고 독일 전투기가 비행장을 점거할 겁니다. 두 가지 가능성이 있습니다……. 첫째, 독일군이 들어가 전투를 치른다. 이 경우 저항 세력은 가차 없이 분쇄될 겁니다. 둘째, 독일군이 평화적으로 들어간다. 이 경우에는 체코 정부도 기존 권한을 상당 부분 인정받을 수 있을 겁니다……. 자주권과 국가로서의 자유를 어느 정도 보장하죠. 날 자극하는 것은 증오심이 아닙니다. 내가 추구하는 목표는 오직 하나, 독일을 보호하는 겁니다. 하지만 체코슬로바키아가 독일의 뜻을 따르지 않으면 주저 없이 체코 국민을 죽일 겁니다. 그 누구도 날 막을 수 없을 겁니다! 오늘, 체코인들이 싸우려 한다면 이틀 내로 체코군은 더 이상 존재하지 않게 될 겁니다. 당연히 독일 쪽도 희생이 있겠죠. 그렇게 되면 체코인들에 대한 증오심이 커지겠죠. 그렇게 되면 나도 어쩔 수 없이 방어 본능에 따라 체코의 자주권을 허락하지 못하게 되는 거죠. 세계가 대통령의 운명을 비웃고 있습니다. 해외 언론을 읽으면 나도 체코슬로바키아에 대해 동정심이 생겨납니다. 이런 체코를 보며 「오셀로」의 유명한 구절이 떠올랐죠. '무어인은 의무를 다했다, 무어인은 떠날 수 있다…….'"

이 인용문은 독일에서 자주 인용되는 듯하다. 하지만 히틀러가 왜 이 상황에서 이 인용문을 사용했는지, 히틀러가 말하고 싶었던 것이 무엇인지 잘 이해가 가지 않는다……. 무어인은 누구인가? 체코슬로바키아? 그렇다면 체코슬로바키아가 어떤 면에서 의무를 다했다는 것일까? 그리고 체코슬로바키아는 어디로 떠날 수 있단 말인가?

첫 번째 가정은 이렇다. 독일 입장에서 체코슬로바키아는 그 존재만으로도 서방 민주주의 국가들에게 도움이 되었고 1918년 이후 독일을 불리한 입장으로 몰아가고 있다. 이제 체코슬로바키아는 의무를 다했으니 사라져도 된다. 하지만 정확히 말하자면 체코슬로바키아가 탄생하면서 오스트리아-헝가리 제국이 해체되었지 독일이 해체된 것은 아니다. 게다가 체코슬로바키아의 의무가 독일을 약화시키는 것이었다면 1939년은 체코슬로바키아를 버리기에 그리 적절한 시기는 아닌 듯하다. 독일은 힘을 회복해 오스트리아를 합병하며 점점 위협적인 존재가 되어 가고 있지 않은가.

두 번째 가정도 있다. 무어인이 서방 민주주의를 상징하는 것일 수 있다. 서방 민주주의 국가들은 피해를 줄이기 위해 뮌헨에서 최선을 다했으나(무어인은 의무를 다했다.) 이제는 개입하지 않으려고 몸을 사리려고 할 것이다(무어인은 떠날 수 있다.). 하지만 히틀러의 입에서 나온 무어인이라는 단어는 희생자, 이용당해 온 외국인을 상징하므로 체코슬로바키아를 가리킨다.

세 번째 가정은 이렇다. 히틀러도 자신이 무슨 말을 하고 싶었는 지 잘 모를 수 있다. 뭔가 인용구를 뱉고는 싶은데 문학에 별로 조예가 깊지 않다 보니 더 적절한 인용구를 찾지 못한 것이다. 그렇다면 "패배는 무참하도다(서양에서 패자의 굴욕과 수모를 나타낼 때 쓰는 경구 — 옮긴이)."가 상황에 더 잘 들어맞지 않았을까. 간단하지만 늘 효과적인 인용구니까. 아니면 차라리 아무 말도 하지 않는 것이 나 았으리라. 셰익스피어도 이런 말을 하지 않았는가.

"범죄는 말이 없어도 더 그럴듯하게 표현될 수 있다."

80

히틀러 앞에서 하하는 꿀 먹은 벙어리가 되었다. 히틀러는 이런 분명한 상황에서 저항은 미친 짓이 될 것이라 말했다. 벌써 새벽 2시다. 체코 국민의 저항을 막을 수 있는 시간은 네 시간밖에 안 남아 있다. 히틀러는 독일군이 이미 움직였으며(이건 사실이다.) 그 무엇도 막을 수 없을 것이라 했다(어쨌든 그 누구도 막으려 노력하지 않을 것 같다.). 하하는 즉각 항복 조약에 서명해 이를 프라하에 알려야 한다. 히틀러의 제안은 매우 간단하다. 평화를 유지하며 두 나라 국민이 오랫동안 협력하느냐, 아니면 체코슬로바키아가 사라지느냐. 둘 중 하나다.

완전히 겁에 질린 하하 대통령은 괴링과 리벤트로프의 손에 넘겨졌다. 테이블 앞에 앉은 하하 앞에 서류가 놓인다. 여기에 서명만 하면 된다. 펜을 쥔 손이 덜덜 떨린다. 서류 쪽으로 펜을 가져갔다가 멈춘다. 히틀러는 지금 자리에 없다. 원래 히틀러는 세부 사항을 해결할 때는 늘 자리에 없는 편이다. 히틀러가 없자 하하는 정신이 번쩍 든다. 하하가 말한다.

"서명할 수 없습니다. 항복 조약에 서명하면 영원히 우리 민족에게 저주를 받게 될 겁니다."

맞는 말이기는 하다.

괴링과 리벤트로프는 하하에게 물러서기에는 너무 늦었다고 설득해야 하는 입장이다. 그러자 우스꽝스러운 장면이 펼쳐진다. 증언자들에 따르면 테이블 건너편에 앉아 있던 괴링과 리벤트로프가 말 그대로 하하를 뒤쫓아 가서 연신 손에 펜을 쥐여 주며 얼른 앉아 빌어먹을 서류에 서명하라고 독촉했다고 한다. 동시에 괴링은 계속 소리를 질러 댔고, 하하가 계속 서명하지 않겠다고 버티면 프라하의 절반은 독일 전투함에 의해 두 시간 내로 박살 날 것이다……. 그게 끝이 아니다! 폭격기 수백 대가 이륙 명령만 기다리고 있다. 항복 조약에 서명이 이루어지지 않으면 새벽 6시에 명령이 떨어진다.

갑자기 하하는 비틀거리더니 정신을 잃는다. 하하가 쓰러져 움직이지 않자 괴링과 리벤트로프가 당황한다. 하하를 얼른 깨워야 한다. 하하가 죽으면 히틀러가 사무실에서 암살했다는 비난이 일 것이다. 다행히 뛰어난 주사 놓는 솜씨를 자랑하는 모렐 박사가 있다. 훗날 히틀러에게 암페타민을 처방한 의사로 히틀러가 사망할 때까지 매일 주사를 여러 번 놔 주게 된다(히틀러가 점차 정신착란 증상을 일으킨 것도 모렐 박사의 주사와 관련 있어 보인다.). 모렐이 나타나 하하에게 주사를 놓고 하하는 정신을 차린다. 즉각 하하의 손에 전화기가 쥐여진다. 상황이 긴박하니 서류는 나중 문제다.

리벤트로프는 프라하와 직통으로 연결되는 핫라인을 미리 설치해 놓은 상태였다. 하하는 있는 힘을 다해 정신을 차린다. 이어서 프라하에 있는 체코 정부에 베를린의 상황을 알리며 항복을 권한다. 모렐 박사는 하하에게 또 한 번 주사를 놓고 하하는 히틀러 앞으로 안내된다. 하하 앞에 다시 한 번 저주스러운 항복 문서가 놓인다.

새벽 4시가 다 되어 하하는 서명한다. '나라를 구하기 위해 정부를 희생했다.' 하하가 생각한다. 멍청이 하하. 체임벌린의 바보 같은 짓에 전염된 것 같다.

<u>81</u>

베를린, 1939년 3월 15일.

오늘 히틀러 총통은 체코슬로바키아 대통령 하하 박사(독일은 아직 슬로바키아의 독립을 공식적으로 인정하지 않은 듯하다. 그러나 슬로바키아의 독립은 독일이 주도한 것이었다.)와 체코슬로바키아 외무장관인 흐발코프스키 박사의 요청을 받아들여 두 사람을 베를린에서 만났다. 폰 리벤트로프 외무장관도 자리를 함께했다. 회의에서는 최근 몇 주 동안 현 체코슬로바키아 영토에서 일어난 사건으로 인해 얼마나 상황이 긴박해졌는지가 논의되었다.

양측은 중앙유럽 지역의 안정, 질서, 평화를 유지하기 위해 모든 노력을 기울여야 한다는 확신을 함께했다. 체코슬로바키아 대통령은 이 같은 목표를 달성하고 완전한 평화 유지를 위해 국가와 체코 민족의 운명을 독일 제3제국 히틀러 총통의 손에 믿고 맡긴다고 선언했다. 히틀러는 하하의 선언을 녹음했다. 이어서 히틀러는 체코 국민은 독일 제3제국의 보호 아래 들어가며 체코 국민의 고유한 민족적 특성에 맞는 자치권이 보장될 것이라고 밝혔다.

82

기뻐서 어쩔 줄 모르던 히틀러는 보좌관들을 일일이 껴안고 이렇게 말한다.

"여러분, 내 생애 최고로 아름다운 날입니다. 내 이름은 역사에 길이 남을 겁니다. 최고로 위대한 독일인으로 기억되겠죠!"

이날을 축하하기 위해 히틀러는 프라하에 가기로 한다.

83

세계에서 가장 아름다운 도시가 여기저기에서 폭력 시위로 몸살을 앓는다. 이곳에 사는 독일인들이 폭동을 일으키려고 혈안이 되어 있다. 웅장한 자연사 박물관이 내려다보는 넓은 신시가 바츨라프 광장에서 시위자들이 행진한다. 시위자들이 싸우려 들지만 체코 경찰은 개입하지 말라는 명령을 받은 상태다. 형제와도 같은 나치 세력들이 도착하기를 기다리며 독일인들이 벌이는 폭력, 약탈, 파괴가 요란한 함성이 되어 도시를 뒤덮는다. 그러나 조용한 프라하는 그 어떤 메아리도 보내지 않는다.

프라하에 밤의 어둠이 깔린다. 차가운 바람이 프라하 거리를 쓸고 지나간다. 흥분한 몇몇 청소년이 도이치 하우스 주변에서 보초를 선 경찰들을 향해 욕설을 퍼붓는다. 구시가 광장의 천문 시계 아래에서는 해골이 마치 오래전부터 모든 시간을 만들어 온 것처럼 끈을 잡아당긴다. 시계가 자정을 가리킨다. 나무로 된 덧문들이 드르륵 열리는 소리가 들린다. 하지만 이날 저녁, 탑 안쪽으로 빠르게 도는 작은 군용차 행렬을 보려는 사람은 거의 없었을 것이다. 어쩌면 집 안에 있으면 안전할지도 모른다. 틴 성당 주변을 날아가는 까마귀 떼, 을씨년스러운 작은 감시탑이 여기저기 비죽 솟아오른 어두컴컴한 대성당을 상상해 본다. 카를 다리 아래 블타바 강이 흐른다. 카를 다리 아래 몰다우 강이 흐른다. 프라하를 흐르는 평화로운 강은 체코 이름과 독일 이름, 두 가지 이름이 있다. 그러나 지금 같은 상황에서는 독일 이름 하나면 충분할 것 같다.

체코인들은 억지로라도 잠을 청하려 한다. 추가로 양보할 것은 양보해 독일의 탐욕을 달래 주길 바라고 있다. 그런데 체코가 독일에게 양보할 것은 다 양보한 것으로 아는데, 아닌가? 체코인들은 히틀러의 잔혹함을 달래려면 하하 대통령의 비굴한 양보밖에 믿을 수 없다고 생각한다. 체코의 저항 의지는 뮌헨에서 프랑스와 영국의 배신으로 꺾였다. 호전적인 나치와 맞설 수 없다는 무기력함만 느낄 뿐이다. 이제 체코슬로바키아의 소망은 평화로운 작은 나라로 살아가고 싶다는 것뿐이다. 하지만 프르제미슬 오타카르 2세가 수 세기 전부터 받아들인 독일 이민자들이 종양처럼 체코슬로바키아 전역으로 퍼져 나가고 있다. 수데텐란트를 잘라 낸다고 해서 달라 지는 것은 없을 것이다. 새벽이 밝아 오기 전, 라디오에서 하하와 히 틀러가 조약을 체결했다는 소식이 전해진다. 그야말로 합병이다. 체 코의 모든 집마다 청천벽력 같은 이 소식에 충격을 받는다. 날은 아 직 밝지 않았지만 거리마다 조용히 소문이 퍼져 나간다. 소문은 점 차 웅성거리는 소리가 되어가고 소란스러운 분위기가 퍼져 간다. 사람들이 조금씩 집에서 나온다. 작은 짐 가방을 든 사람도 있다. 이 들은 서둘러 대사관으로 가서 은신처와 보호를 요청하지만 거절당 하기 일쑤다. 자살하는 사람들이 나타나기 시작한다.

9시. 마침내 독일의 첫 탱크가 프라하에 들어온다.

84

솔직히 프라하에 맨 먼저 들어온 것이 탱크였는지는 잘 모르겠다. 최첨단 부대는 대부분 오토바이와 사이드카를 타고 오지 않았을까 싶다. 9시에 오토바이를 탄 병사들이 체코의 수도 프라하로 들어온 다. 오토바이 부대가 마주친 것은 자신들을 해방자로 대하며 환호 하는 독일계 주민들, 그리고 주먹을 흔들며 적대적인 슬로건을 외치거나 애국가를 부르는 체코인들이다. 독일계 주민들은 며칠 전부터 감도는 초조한 긴장을 누그러뜨려 주지만 체코인들은 오토바이 부대를 더 불안하게 한다.

체코의 샹젤리제로 불리는 바츨라프 광장에 수많은 인파가 꾸역꾸역 몰려들었고 곧이어 프라하의 주요 도로에서는 독일 국방군의 트럭들이 밀려든 많은 시위자들 때문에 앞으로 나아가지를 못한다. 이 순간, 독일군은 어떻게 해야 할지 감이 잡히지 않는다.

그러나 아직 반란이 일어난 상황은 아니다. 민중 봉기도 아니다. 저항하는 시위라고 해 봐야 침략자 독일군에게 눈 뭉치를 던지는 세 전부일 것이다…….

독일이 우선적으로 세운 전략적 목표는 전쟁 없이 이루었다. 공항, 전쟁부, 특히 높은 언덕에 세워진 권력의 중심부 흐라드차니 성의 점거. 10시가 되기 전, 포병대가 흉벽에 배치되어 저지대 도시를 향해 조준한다.

이제 남은 문제는 병참 수송이다. 독일 차량이 겪는 가장 큰 어려움은 눈보라다. 여기저기서 트럭들이 고장 나고 전차들이 기술적인 문제로 옴짝달싹 못 한다. 또한 독일군은 미로 같은 프라하의 거리에서 길을 잃기 일쑤다. 독일군은 체코 경찰들에게 길을 묻고 체코 경찰들은 겉으로는 친절하게 대답해 준다. 어쩌면 제복 입은 사람들이 보여 주는 조건반사적인 예의일지도 모른다…….성 쪽으로 난 아름다운 오르막길 네루도바는 알 수 없는 간판들로 뒤덮여 있다. 네루도바에 장갑차 한 대가 멈춰 있다. 운전기사가 이탈리아 공사관에 가는 길을 물으러 나간 동안 포탑에 홀로 남은 병사는 기관총 방아쇠 쪽을 쥔 채 주변에 모여든 조용한 체코 구경꾼들을 감시하고 있다. 하지만 아무 일도 일어나지 않는다. 독일 차량들의 선두에 있는 장군이 현재 곤란해하는 일은 매우 하찮은 문제다. 타이어 몇 개가 펑크 났다.

히틀러는 프라하 방문을 조용히 준비한다. 하루가 지나기 전, 프라하는 철저히 독일군의 통제 아래 놓인다. 기마병이 블타바 강 연안을 조용히 지나간다. 야간 통금령이 발표되어 체코인들은 저녁 8시 이후에는 밖에 나갈 수 없다. 호텔과 관공서 입구에는 긴 총검으로 무장한 독일 보초병들이 지키고 있다. 프라하는 싸워 보지도 못하고 지배당하는 처지가 된다. 프라하의 도로는 눈이 녹아 지저분하다. 체코인들에게 기나긴 겨울이 시작되고 있다.

85

메르세데스 행렬이 끝없이 이어진 병사들을 지나 프라하로 향하고 있다. 병사들의 행렬은 얼어붙은 도로에서 기다란 뱀처럼 늘어져 있다. 히틀러 측근 중에서도 최고위층 인사들이 차에 타고 있다. 괴링, 리벤트로프, 보어만.

히틀러의 개인용 차량. 히믈러 옆에는 하이드리히가 앉아 있다.

오랫동안 차를 타고 달려 마침내 목적지에 도착한 순간, 하이드리히는 무슨 생각을 하고 있었을까? 탑으로 둘러싸인 프라하의 구불거리는 길이 보여 주는 아름다움에 반했을까? 높은 지위가 주는 특권을 맛보느라 여념이 없었을까? 메르세데스 행렬이 길을 헤매고 있고 히틀러가 바로 오늘 아침에 손에 넣은 프라하에서 길 찾는 것이 만만치 않아 짜증이 났을까? 프라하를 발판 삼아 출세하려는 계획을 이미 머릿속으로 짜고 있었을까?

훗날 체코인들에게 '프라하의 사형 집행자'로, '도살자'로 불리게될 하이드리히가 보헤미아 국왕들이 살았던 도시를 살펴본다. 야간 통금령으로 거리는 사람이 없어 한산하다. 도로의 진흙과 눈 위로 독일군 차량들이 지나간 자국이 선명하다. 바로 오늘 점령된 도시 프라하에는 무거운 적막감이 감돈다. 가게의 쇼윈도에는 크리스털 식기 또는 많은 양의 햄이 보인다. 모차르트의 「돈 조반니」가 만들어진 유서 깊은 도시 프라하의 한가운데에 오페라 극장이 있다. 이곳도 영국과 마찬가지로 차량의 운행 방향은 왼쪽이다. 홀로 언덕에 위풍당당 서 있는 성으로 통하는 길은 구불구불하다. SS 대원들이 지키고 있는 성의 정문은 화려하면서도 위압적인 동상들로 장식되어 있다.

메르세데스 행렬이 성으로 들어간다. 어제까지 대통령 관저로 쓰였지만 오늘부터는 다르다. 성 위에서 펄럭이는 하켄크로이츠 깃발은 이곳의 주인이 바뀌었음을 알려 준다.

이제 하하가 베를린에서 돌아오면 허락을 받아야 여기 성에 출입할 수 있다. 마침 독일에서 기차가 지연되어 하하는 아직 프라하에 도착하지 못했다. 하하는 허락을 받고 성을 출입할 때 씁쓸한 모욕감을 느낄지도 모르겠다. 어제까지만 해도 베를린에서 국가 원수 자격으로 환대를 받으며 기뻐했지만 이제는 꼭두각시에 불과하다.

독일은 하하에게 이 점을 분명히 알려 줄 생각이다.

히틀러와 일행이 성 안에서 자기 방을 찾아 들어간다. 히틀러는 계단을 오른다. 히틀러가 열린 창의 창틀을 잡고 만족스러운 표정으로 프라하를 내려다보는 사진은 유명하다. 아래층으로 내려온 히틀러는 식당에서 촛불을 켜고 저녁 식사를 한다. 하이드리히는 의무적으로 히틀러가 무엇을 먹는지 유심히 본다. 히틀러는 오늘 저녁으로 햄 한 조각을 먹고 체코에서 가장 유명한 맥주 필스너 우르켈을 마신다. 평소 히틀러는 술을 마시지 않으며 채식주의자다. 히틀러는 체코슬로바키아는 더 이상 존재하지 않는다고 거듭 말한다. 어쩌면 1939년 3월 15일이라는 역사적인 날을 기념하기 위해 평소 손도 안 대는 술과 고기로 축배를 들고 싶었던 건지도 모르겠다.

86

그다음 날인 1939년 3월 16일. 히틀러는 다음과 같이 선언한다.

"1000년 동안 보헤미아와 모라비아 지방은 독일 민족의 생존 공간이었습니다. 체코슬로바키아는 스스로 생존할 능력이 없다는 것을 보여 주었고, 이제는 해체되는 지경에 이르렀습니다. 이 땅에서 분쟁이 계속되는 것을 두고 볼 수 없는 독일 제3제국은 자기 방어 법칙에 의거해 중앙유럽에 적절한 질서의 토대를 마련하기 위해 중요한 정책을 펼치기로 했습니다. 수천 년 역사 동안 독일 민족의 우수성과 능력을 이미 증명한 독일 제국만이 이런 일을 할 수 있는 유일한 국가입니다."

　오후 일찍, 히틀러는 프라하를 떠난다. 이후 히틀러는 프라하 땅을 밟지 않는다. 한편, 히틀러를 수행했던 하이드리히는 나중에 다시 프라하로 오게 된다.

87

　"1000년 동안 보헤미아와 모라비아 지방은 독일 민족의 생존 공간이었습니다."

　정확히 10세기, 그러니까 지금으로부터 1000년 전, 바츨라프 1세, 즉 그 유명한 성 벤체슬라우스가 '매 사냥 왕' 하인리히 1세에게 충성 서약을 한 것은 사실이다. 당시 보헤미아는 아직 왕국이 아니었고 작센의 국왕도 아직은 신성로마제국을 다스리지 않았다.

　그러나 바츨라프는 지배력을 유지할 수 있었다. 그로부터 불과 3세기 후, 독일 정착민들이 보헤미아에 대규모로 유입되지만 그때도 평화적으로 들어왔다. 보헤미아는 독일 제국에서 늘 중요한 위치를 누렸다. 14세기부터 보헤미아 국왕은 황제를 선출할 수 있는 일곱 제후 중 하나로 특히 '각별히 신임받는 자'라는 명예 칭호를 갖고 있었다. 또한 황제는 보헤미아의 왕, 그 유명한 카를 4세였다. 룩셈부르크 가문 출신의 아버지와 프르제미슬 왕가 출신의 어머니 사이에서 태어난 카를 4세는 절반은 체코인, 절반은 독일인으로 프라하를 수도로 삼아 동유럽 최초의 대학을 세웠고 오래된 유디트 다리 대신 세계에서 가장 아름다운 석조 다리를 세웠다. 카를 4세의 이름을 딴 이 석조 다리는 지금도 남아 있다.

간단히 요약하면 체코와 독일은 늘 끈끈한 관계였으며 보헤미아는 대부분 독일의 영향권 아래 있었다. 하지만 그렇다고 해서 보헤미아를 독일의 생존 공간으로 생각하는 것은 억지에 가까워 보인다.

나치의 아이콘이자 히틀러의 우상인 하인리히 1세는 동방에의 팽창 정책을 시작한 인물이다. 히틀러 역시 소비에트연방에 대한 침략 야욕을 정당화하기 위해 동방 진출을 내세웠다. 하지만 하인리히 1세는 단 한 번도 보헤미아를 침략하거나 식민지로 삼으려 한 적이 없으며 보헤미아로부터 매년 조공을 받는 것으로 만족했을 뿐이다. 그리고 내가 알기로는 그 이후에도 독일이 무력을 행사해 강제로 보헤미아-모라비아를 식민지로 삼은 전례가 없다. 14세기에 독일 소작인들이 물밀듯이 들어온 것도 숙련 노동자를 원한 체코의 국왕이 이민을 받아들였기 때문이다. 그러니까 히틀러가 등장하기 전까지는 그 누구도 보헤미아-모라비아에서 체코 주민들을 몰아내야 한다는 생각을 한 적이 없다. 이런 면에서 나치의 정치 프로젝트는 가히 혁신적이라 할 수 있을 것이다. 물론 하이드리히 역시 시대의 흐름에 맞춰 간 인물이라 할 수 있다.

이야기의 주인공인지는 어떻게 판단할까? 등장하는 분량이 많으면 주인공인 것일까? 내가 바라는 것은 조금 더 복잡한 기준이다.

내가 쓰고 있는 책은 '하이드리히에 관한 책'이다. 하지만 이 책에서 하이드리히가 주인공이라고 생각하지는 않는다. 몇 년 전부터 이 책을 구상하면서 내가 생각한 제목은 '유인원 작전' 하나였다(물론 여러분이 지금 보는 제목과는 다르다. 여기에는 나름의 이유가 있다. 출판사가 내가 생각한 원래 제목이 지나치게 공상과학 소설 같고, 로비트 러들럼의 소설 같은 분위기를 풍긴다며 마음에 들어 하지 않아 출판사의 뜻에 따르게 된 것이다.). 하이드리히는 작전의 표적이지 주체가 아니다. 이 책에서 하이드리히 이야기는 배경을 설명해 주는 역할이다. 물론 문학적으로 하이드리히는 매력적인 인물이다. 마치 작가가 프랑켄슈타인 박사를 가지고 소설을 쓰면서 문학 속 가장 유명한 괴물들을 참고해 끔찍한 존재를 만들어 낸 것처럼. 물론 하이드리히는 소설 속에서만 존재하는 괴물이 아니라는 점이 다르지만.

하이드리히를 암살한 두 영웅의 등장이 늦어지고 있다는 기분이 든다. 하지만 기다리는 것도 나쁘지 않을 듯하다. 두 영웅은 단순한 역사적인 인물 그 이상이다. 그렇기에 두 영웅이 역사와 나의 기억 속에 남긴 인상은 내 책을 통해 더욱 깊이 각인될 것이다. 두 영웅의 등장을 미루면서 오랫동안 생각해 보는 것은 나름대로 이유가 있다. 두 영웅을 상투적인 표현으로 역사에 실존했던 인물로만 그리는 것이 아니라 생동감을 불어넣어 입체적인 인물들로 살려 내고 싶어서일지도 모른다. 어쩌면, 어쩌면……. 하지만 그럴 가능성은 매우 희박하다! 하이드리히는 이미 내게 깊은 인상을 남기지 못한다. 이제 나를 압도하는 것은 두 영웅이다.

두 영웅이 보인다. 아니, 두 영웅을 제대로 보기 시작했다는 표현이 더 어울릴지 모르겠다.

89

동슬로바키아의 국경에 내가 잘 아는 도시 코시체가 있다. 여기서 프랑스군 소위로 근무하며 미래의 슬로바키아 공군 장교들이 될 청년들에게 프랑스어를 가르쳤다. 이 도시는 내가 5년간 열정적으로 사랑했던 아름다운 오렐리아가 태어난 곳이기도 하다. 그러고 보니 벌써 10년 전 일이다. 여담이지만 코시체는 내가 다녀 본 중 예쁜 여자들이 가장 많았던 도시다. 여기서 내가 예쁘다고 하는 말은 '뛰어나게 아름답다'는 뜻이다.

1939년에도 별로 다르지 않았을 것이다. 아주 옛날부터 흐발레 거리에는 예쁜 여자들이 걸어 다녔으니까. 흐발레 거리는 코시체의 중심을 가로지르는 주요 도로다. 가장자리에는 파스텔 색채의 화려한 바로크풍 저택들이 있고, 중심에는 멋진 고딕풍 대성당이 있다. 그러나 1939년에는 분위기가 달랐다. 젊은 여성들이 지나갈 때 은근슬쩍 인사하는 독일 군인들의 모습이 보인다. 슬로바키아는 프라하를 배신한 대가로 독립을 얻었지만 보호령에 들어가고 말았다.

겉보기에는 우호적이지만 호시탐탐 침략의 기회만 노리는 독일의 보호령.

요제프 가브치크는 기나긴 흐발레 거리를 올라가 모든 풍경을 바라본다. 예쁜 여자들, 그리고 독일 군인들. 몇 달 전부터 가브치크는 생각이 많아졌다.

가브치크가 코시체를 떠나 질리나에 있는 화학공장에서 일하러 간 것이 벌써 2년 전의 일이다. 오늘 코시체로 돌아온 것은 3년간 복무한 제14보병연대의 친구들을 만나기 위해서다.

봄은 자꾸만 늑장을 부리고 있다. 가브치크가 신은 장화가 눈을 밟을 때마다 뽀드득 소리가 난다. 웬만해서는 녹지 않을 눈 같다.

코시체에서 아늑한 카페를 찾기란 여간 어려운 게 아니다. 보통은 낮은 입구로 몸을 숙이며 들어가거나 계단 여러 개를 오르내려야 꽤 따뜻한 곳에 자리를 잡을 수 있다. 그날 저녁, 가브치크는 겨우 찾은 카페 한 곳에서 옛 친구들을 만나기로 했다. 슈테이게르(슬로바키아 중부 도시 반스카비스트리차에서 양조되는 맥주)를 앞에 둔 채, 가브치크와 친구들은 다시 만나게 된 것을 기뻐한다. 물론 가브치크는 그저 친구들을 만나 회포를 풀기 위해 온 것은 아니다. 슬로바키아 군대는 상황이 어떤지, 나치 부역자 티소 정부에 대해 어떤 입장인지가 궁금해서다.

"고위 장교들은 티소 편에 서 있어. 요제프, 체코 수뇌부와 관계를 끊어야 출세가 빠르다고 계산한 거지……!"

"군대도, 장교들도, 병사들도 가만히 있어. 새로운 슬로바키아 군대 입장에서는 새로운 독립 정부에 따라야 하는 게 당연하니까."

"오래전부터 고대해 온 독립이었잖아. 독립을 어떻게 얻어 냈는지는 중요하지 않아! 체코인들에게도 잘된 일이잖아! 체코인들이 우리 슬로바키아인들을 좀 더 배려해 주었다면 슬로바키아도 이렇게 되진 않았겠지! 여기저기서 언제나 가장 좋은 자리를 차지한 건 체코인들이었어, 자네도 잘 알잖나. 정부, 군대, 관공서, 여기저기서 말이야! 눈꼴시긴 했지!

"어쨌든 다른 방법은 없었어. 티소가 히틀러의 말을 따르지 않았다면 슬로바키아도 체코처럼 먹혔을 거야. 그래, 슬로바키아도 완전한 독립이라 할 수는 없지만 어쨌든 체코와 붙어 있었을 때보다는 자주권이 생겼어."

"프라하에서는 독일어를 공식어로 사용하라고 선포했어! 체코의 모든 대학은 폐쇄되고, 체코의 모든 문화 활동은 검열을 받고 있고, 대학생들은 총살까지 당했어! 그게 자네가 원하는 건가? 슬로바키아의 선택이 최선이었다고……"

"그 방법밖에 없었어, 요제프!"

"하하가 항복한 마당에 슬로바키아인들이 무엇 때문에 싸우겠나? 명령을 따를 수밖에 없지."

"베네시, 그래, 그래, 런던에서 편안하게 투쟁을 계속하고 있지. 훨씬 쉽잖아. 하지만 우리 같은 사람들은 여기 슬로바키아에 있다고."

"이게 전부 베네시 탓이기는 해. 베네시가 뮌헨 협정을 체결했으니까, 안 그래? 베네시가 우리한테 수데텐란트에 가서 전투하라고 지시한 적도 없으니까. 기억하지? 당시 우리 군대는, 어쩌면, 어쩌면 말이야, 독일 군대와 한 판 붙을 수 있었을지도 몰라……. 하지만 지금 우리가 뭘 할 수 있겠어? 독일 공군의 규모가 어느 정도인지 알아? 독일의 폭격기가 몇 대나 출격할 수 있는지 알아? 간단히 들어와 우리를 날려 버렸을 거야."

"하하를 위해서도, 베네시를 위해서도 내 목숨을 바치고 싶지는 않아!"

"티소를 위해서도."

"자, 우리 도시에 어슬렁거리는 독일군이 몇 명 있어. 그래서, 어쩔 건데? 나라고 이런 상황이 마음에 드는 건 아냐. 하지만 진짜로 독일군에 점령당한 것은 아니니까 지금 상황이 그나마 나은 거지. 자네 체코 친구들에게 물어보라고!"

"난 체코인들에게 특별히 악감정은 없어. 하지만 체코인들은 우리 슬로바키아인들을 늘 촌뜨기 취급했어. 프라하에 한번 간 적이 있는데 체코인들이 내 억양을 듣고는 못 알아들은 체했지! 늘 우리를 무시했어. 이제 체코인들은 독일인들을 새로운 국민으로 맞이했으니 알아서 하겠지. 체코인들이 독일어 억양을 더 좋아할지는 보면 알겠지."

"히틀러는 원하는 것을 얻었어. 더 이상 영토 욕심은 안 부리겠다고 했고. 슬로바키아는 단 한 번도 독일 지역이 된 적이 없어. 히틀러가 아니었으면 헝가리가 슬로바키아를 먹어 버렸을 거야, 요제프! 현실을 똑바로 보라고."

"자네가 원하는 것이 뭔가? 쿠데타? 그런 바보 같은 짓을 할 장군은 없을걸. 그다음에는 뭘 할 건데? 우리 혼자 독일군을 물리쳐? 프랑스와 영국이 갑자기 날아와서 우릴 도와줄 줄 알아? 우리는 프랑스와 영국을 1년이나 기다렸다고!"

"요제프, 자네에게는 안정된 직업이 있잖아. 질리나로 돌아가서 상냥한 여자를 찾아봐. 이런 이야기 같은 건 잊고. 결국 우리는 어떻게든 그럭저럭 괜찮은 방향으로 가게 될 거야."

가브치크는 맥주잔을 비운다. 이미 밤은 깊었고 친구들은 조금 얼근히 취해 있다. 밖에는 눈이 내리고 있다. 가브치크는 쉬고 싶은 마음에 자리에서 일어나 친구들에게 인사하고 옷 보관실에 외투를 가지러 간다. 젊은 여자 직원이 외투를 내준다. 같이 술을 마시던 친구들 중 한 명이 요제프에게 다가와 넌지시 말을 건넨다.

"요제프, 혹시 궁금해할까 봐 알려 주는데, 독일이 침공한 후 체코인들은 동원 해제령을 받았어. 그중 민간인으로 돌아가기 싫어했던 체코인들도 있었지. 애국심 때문인 건지, 아니면 다시 실업자가 되기 싫어서였는지, 그건 모르겠어. 어쨌든 동원 해제령을 따르지 않은 체코인들은 폴란드로 가서 체코슬로바키아 해방군을 조직했어. 현재 크라쿠프에 주둔해 있어. 내가 거기에 합류하면 변절자 취급을 받을 거야. 아내와 아이들을 남기고 갈 수도 없어. 하지만 자네 나이였다면, 홀몸이었다면……. 티소는 비열한 자식이지, 그렇게 생각해. 친구들도 대부분 그렇게 생각해. 우리 모두 나치가 된 것은 아니야. 하지만 어쨌든 겁은 나. 프라하에서 끔찍한 일이 일어나고 있는 것 같아. 나치들은 조금이라도 저항하는 사람들은 전부 처형하고 있으니까. 난 담담하게 현재 상황을 받아들이려고 해. 조용히 숨죽이며. 유대인 추방 명령만 없다면 그냥 이대로 조용히……."

가브치크는 친구에게 미소를 짓는다. 외투를 입은 가브치크는 친구에게 고맙다고 말하고 밖으로 나간다. 밖은 이미 어두운 밤이다. 거리는 한산하다. 가브치크가 걸을 때마다 뽀드득 눈 밟는 소리가 난다.

90

질리나로 돌아온 가브치크는 결심했다. 공장 일이 끝나고 아무 일 없는 듯 동료들에게 인사한다. 하지만 평소처럼 근처 바에서 한 잔하고 가자는 동료들의 청을 거절한다. 서둘러 집으로 돌아와 여행 가방이 아닌 작은 천 가방에 짐을 챙긴다. 외투 두 벌을 껴입는다. 그리고 가장 단단한 군인용 장화를 꺼내 신고는 문을 단단히 잠그고 나간다. 뒤이어 누이의 집에 들른다. 누이들 중 제일 사이가 가까우면서 가브치크의 계획을 유일하게 알고 있는 누이에게 열쇠를 맡긴다. 누이가 차를 내오고 가브치크는 조용히 마신다. 가브치크가 자리에서 일어난다. 누이가 가브치크를 꽉 껴안고 눈물을 흘린다. 가브치크는 버스 정류장으로 가 북쪽으로, 국경선 쪽으로 가는 버스를 기다린다. 담배 몇 개비를 태우니 마음이 참으로 편안하다. 버스 정류장에 가브치크만 있는 것은 아니다. 그런데 가브치크의 옷차림이 희한한데도 아무도 쳐다보는 사람이 없다. 5월 달에 두껍게 옷을 입고 있는데 말이다. 버스가 온다. 가브치크는 버스에 올라 승객들 사이에 자리를 잡는다. 버스 문이 다시 닫힌다. 버스가 부르릉 시동을 건다. 가브치크는 창밖으로 질리나가 멀어져 가는 모습을 본다. 다시는 보지 못할 질리나. 역사적인 동네 질리나의 로마네스크 양식과 바로크 양식의 탑들이 희미하게 보이며 점차 멀어져간다. 가브치크는 마지막으로 한번 부다틴 성을 바라본다. 질리나를 흐르는 세 줄기 강 중에서 두 줄기의 강이 만나는 부다틴 성. 이 성이 몇 년 후 거의 파괴되리란 것을 가브치크는 알지 못했다. 또한 슬로바키아에 영원히 돌아오지 못하리라는 것도 알지 못했다.

91

이 장면은 앞의 장면과 마찬가지로 그럴듯해 보이지만 완전히 허구다. 오래전에 세상을 떠나 변명할 수도 없는 사람을 내 마음대로 조종하는 것은 뻔뻔한 일이 아닌가! 어쩌면 가브치크는 커피만 마시는 사람이었을 수도 있는데 나는 차를 마신다고 묘사하고 있다. 가브치크는 어쩌면 외투를 한 벌만 입고 있었을지도 모르는데 내 마음대로 두 벌을 입히고 있다. 기차를 탔을 수도 있는데 내 마음대로 버스에 태우고 있다. 저녁에 떠났을 수도 있는데 내 마음대로 아침에 떠난 것으로 해 버린다. 나 자신이 부끄럽다.

그런데 더 뻔뻔한 일을 해야 할지도 모르겠다. 얀 쿠비시에 대해서는 판타지조차 상상할 수 없을 정도로 자료가 더 빈약하기 때문이다. 어쩌면 슬로바키아보다 쿠비시가 태어난 모라비아에 대해서 모르는 게 더 많아서일지도 모른다. 쿠비시는 1939년 6월이 되어서야 폴란드를 통해 프랑스로 건너갔다. 쿠비시가 어떻게 프랑스 외인부대에 들어갔는지는 모른다. 할 말은 이것뿐이다. 쿠비시가 크라쿠프를 거쳐 갔는지는 모른다. 크라쿠프는 항복 조약을 거부한 체코 병사들이 맨 먼저 모인 곳이다. 쿠비시는 해외 체코슬로바키아 제1보병대와 함께 프랑스 남부 아그드에 있는 외인부대에 입대했을 것이라 추측된다. 어쩌면 나날이 입대자들이 늘어나 보병대는 이미 연대가 되었을지도 모른다. 몇 달 후에는 대규모 전쟁에서 프랑스 군대와 함께 협력하는 완전한 전투 사단이 되었을 게 분명하다. 프랑스 군대에 입대한 체코 해방군 1만 1000명은 지원병 3000명, 국외 거주 징집병 8000명으로 이루어져 있다. 그중에는 샤르트르에서 훈련을 받은 후 프랑스 전투에서 적군 전투기 130대 이상을 격추하거나 격추하는 데 도움을 준 용감한 파일럿들도 있다. 이들에 대해 좀 더 길게 설명을 할 수도 있다……. 하지만 역사 교과서를 쓸 마음은 없다. 이번 책은 개인이 겪은 사건을 중심으로 써 나갈 것이다. 그렇기 때문에 나의 관점과 역사적인 사실이 함께 어우러질 것이다. 그냥 그렇다는 얘기다.

92

아니, 그렇지 않다, 그렇게 되면 너무 간단할 테니까. 기본적인 참고 자료가 되는 책 한 권을 다시 읽어 본다. 체코의 역사학자 미로슬라프 이바노프가 수집한 증언을 엮은 책으로 제목은 『하이드리히 암살』이다. 예전에 '그때 그 시절'이라는 제목에 녹색 표지의 시리

즈로 출간되었다(『지상 최대의 작전』과 『파리는 불타고 있는가?』도 시리즈에 포함되어 있다.). 『하이드리히 암살』을 다시 읽으면서 가브치크에 대해 잘못 쓴 것이 있다는 괴로운 사실을 알게 되었다.

첫째로, 코시체는 1938년 11월부터 슬로바키아가 아니라 헝가리 땅이었고, 마을은 호르티 제독의 군대가 점령한 상태였다. 그러니 가브치크가 제14보병연대의 친구들을 만나러 갈 수 있었을 것 같지는 않다.

둘째로, 1939년 5월 1일은 가브치크가 슬로바키아를 떠나 폴란드로 떠난 날이다. 그런데 그는 이미 2년 전에 슬로바키아 서부의 도시 트렌친 주변에 있는 공장으로 전근했다. 그러니까 가브치크는 더 이상 질리나에 살고 있지 않았던 것이다. 가브치크가 마지막으로 고향의 성탑을 바라본다고 묘사한 구절이 갑자기 우습게 느껴진다. 사실, 가브치크는 군을 떠난 적이 없다. 군사용 화학제품을 만드는 공장에서 일하는 것도 부사관 자격으로서다. 참, 가브치크가 공장을 그만두기 전에 독일에 대한 방해공작 활동을 했다는 에피소드를 깜빡했다. 가브치크가 이페리트 가스에 산을 부은 것이다. 독일군에게 피해를 준 듯하지만, 구체적으로 어떤 피해를 주었는지는 모르겠다. 이런 중요한 에피소드를 깜빡하다니! 가브치크가 벌인 소소하지만 용기 있는 첫 레지스탕스 활동이라 할 수 있는데. 인간의 운명이라는 큰 사슬을 이루는 고리 하나를 깜빡하고 전하지 않은 셈이다. 가브치크는 영국에서 특수 임무에 지원하며 이력서를 적을 때 독일 화학공장에서 이페리트 가스에 산을 부은 후 조국 슬로바키아를 떠났다고 직접 밝혔다. 슬로바키아에 남아 있었다면 틀림없이 붙잡혔을 것이란 설명과 함께.

하지만 내 예상대로 가브치크는 무사히 크라쿠프로 건너갔다. 독일의 공습으로 제2차 세계대전이 발발하자 가브치크는 폴란드 편에서 싸우다가 발칸 반도를 통해 탈출한 것으로 보인다. 당시 수많은 체코인과 슬로바키아인이 루마니아, 그리스를 지나 이스탄불, 이집트로 간 다음 마지막으로 마르세유를 거쳐 프랑스에 도착했다. 아니면 좀 더 간단하게 발트 해를 거쳐서 갔을 수도 있다. 그디니아 항구를 출발해 불로뉴쉬르메르를 거쳐 남프랑스로 가는 것이 더 쉬워 보인다. 어찌 되었든 가브치크의 여정은 책 한 권으로 써노 될 정도로 흥미진진한 모험은 분명하다. 내가 생각하는 클라이맥스는 가브치크와 쿠비시의 만남이다. 두 사람은 언제 어디서 만난 걸까? 폴란드에서? 프랑스에서? 폴란드에서 프랑스로 가다가? 나중에 영국에서? 궁금하다. 두 사람의 만남을 그릴지(그러니까 이야기로 지어낼지!) 말지 아직은 모르겠다. 만일 두 사람의 만남을 상상해서라도 그리게 된다면 소설은 사실 따위에는 신경 쓰지 않는다는 것을 스스로 증명하는 꼴이 된다.

93

기차 한 대가 역으로 들어온다. 넓은 빅토리아 역. 모라베츠 대령은 망명 중인 다른 동포 몇 명과 함께 플랫폼에서 기다리고 있다. 진지한 표정에 콧수염을 기르고 대머리인 키 작은 남자가 기차에서

내린다. 뮌헨 협정 다음 날 대통령 자리에서 물러난 베네시다. 그날
은 1939년 7월 18일로 베네시가 런던에 도착한 날이다. 특히 이 시
기의 베네시는 3월 15일 다음 날에 체코슬로바키아 제1공화국은 독
일의 침공을 받았지만 여전히 존재한다고 선포한 상황이다. 적과
우방들이 평화, 정의, 상식이라는 1938년 사태에 어울리는 그럴듯
한 이유들을 내세워 체코슬로바키아에게서 양보 받아 간 것들을 독
일이 무력으로 모두 빼앗아 갔다고 베니시는 말했다. 체코슬로바키
아 영토는 점령되었으나 체코슬로바키아 공화국은 아직 죽지 않았
다. 해외에서라도 끝까지 싸워야 한다. 체코슬로바키아 국민이 선출
한 유일한 합법적인 대통령인 베네시는 가능한 빨리 임시망명 정부
를 세울 생각이다. 6월 18일 드골의 대독일 항전 의지가 담긴 BBC
방송 연설이 나오기 1년 전, 베네시는 드골과 처칠을 합친 이미지의
인물로 저항 정신을 지니고 있다.

안타깝게도 영국과 세계의 운명을 이끄는 인물은 아직 처칠이 아
니라 비열한 체임벌린이다. 체임벌린은 무능할 뿐만 아니라 무식하
기까지 하다. 체임벌린은 베네시 전 대통령을 맞이하라며 외무부의
하급 직원을 급파했다. 전직 체코슬로바키아 대통령을 맞이하는 데
하급 직원을 보낸다는 것은 그야말로 결례 중 결례로 비친다. 더구
나 하급 직원은 이제 막 기차에서 내린 베네시에게 망명을 받아 주
되 조건이 있다고 전한다. 영국이 체코 국민의 정치적인 망명을 받
아 주는 대가로 조건이 있는데, 그 조건이란 그 어떤 정치 활동도
하지 않겠다는 맹세를 해야 하는 것이다. 동료와 적들 사이에서 이
미 해방운동의 지도자로 유명한 베네시가 아니던가. 베네시는 평소

의 위엄을 지키며 가까스로 모욕을 참는다. 그 누구보다도 베네시는 체임벌린의 건방진 허튼소리도 초인적인 인내심을 갖고 참아야 했을 것이다. 이런 인내심만 놓고 보면 베네시는 드골보다 역사적으로 더욱 대단한 인물일지도 모른다.

94

알프레트 나우요크스 SS 소령이 익명으로 독일과 폴란드 국경 지대의 글라이비츠 마을에 온 지도 14일이 지났다. 나우요크스는 치밀하게 작전을 준비한 후 지금은 기다리는 중이다. 하이드리히가 어제 정오에 나우요크스에게 전화를 걸어 게슈타포 뮐러와 마지막 세부 사항을 해결하라고 지시했다. 뮐러는 직접 와서 옆 마을 오폴레에 머물고 있는 중이다. 뮐러가 나우요크스에게 소위 '깡통'이라 불리는 것을 전하기로 되어 있다.

새벽 4시, 나우요크스의 호텔 방에 전화가 울린다. 전화를 받은 나우요크스는 독일 외무부에 전화를 걸어 달라는 메시지를 받는다. 수화기 너머로 하이드리히가 하이톤으로 나우요크스에게 말한다.

"할머니가 돌아가셨다."

타넨베르크 작전을 시작해도 좋다는 신호다. 나우요크스는 부하들을 데리고 공격 대상인 라디오 방송국으로 향한다. 하지만 행동에 나서기 전, 나우요크스는 부하 한 명 한 명에게 폴란드 군복을 나눠 주고 '깡통'을 접수받아야 한다. '깡통'은 집단 수용소에서 특별히 데리고 나온 수감자를 의미한다. 수감자 역시 폴란드 군복을 입고 있다. 나우요크스의 지시에 따라 뮐러가 치명적인 주사액을 처방해서 수감자는 의식은 없으나 여전히 살아 있다.

공격 시간은 8시. 라디오 방송국 직원들은 손쉽게 제압당한다. 총성 몇 발이 공중에 발사되어 신호를 알린다. '깡통'이 문 앞에 놓인다. '깡통'의 가슴에 총을 쏴 끝내 버린 사람은 나우요크스일 가능성이 크다. 나우요크스는 전범 재판에서도 자신의 짓이라고 자백하지 않았지만. '깡통'이 가슴에 총을 맞은 이유는 독일이 폴란드가 먼저 공격해 왔다는 구체적인 증거를 만들어 내기 위해서다(목에 총을 맞은 경우는 사형되었다는 의미고 머리에 총을 맞은 경우는 신원 확인이 오래 걸릴 수 있다.). 이제 하이드리히가 준비한 연설문을 폴란드어로 읽는 일이 남아 있다. 폴란드어 실력이 뛰어난 SS 대원 한 명이 선발되어 연설문 낭독을 담당한다. 문제는 라디오 작동법을 아무도 모른다는 것이다. 나우요크스는 순간 당황하지만 어찌어찌 방송할 준비가 된다. 연설은 흥분된 느낌의 폴란드어로 낭독된다. 독일의 도발 이후 폴란드가 공격에 나서기로 했다는 내용의 연설문이다. 방송 시간은 4분을 넘지 않는다. 하지만 전파 상태가 그리 좋지 않아 국경 지대에 있는 몇몇 마을만 들을 수 있다. 누가 관심이나 가질까? 하이드리히가 전에 나우요크스에게 이렇게 경고한 적이 있다.

"자네, 실패하면 죽어. 나도 마찬가지일 거야."

그러나 히틀러는 폴란드에 대해 꼬투리를 잡을 생각만 하고 있어서 그런지 라디오 방송의 기술적인 문제에는 관심이 없다. 그로부터 몇 시간 뒤, 히틀러가 제국의회의 의원들에게 전한다.

"어젯밤에 폴란드가 처음으로 정규군을 동원해 독일 영토를 공격해 왔습니다. 이에 독일은 오늘 아침부터 보복에 나섰습니다. 지금부터 독일은 폭탄에는 폭탄으로 맞설 겁니다."

제2차 세계대전이 시작되는 순간이다.

95

하이드리히가 자신이 만든 가장 악랄한 부대, 아인자츠그루펜을 처음 사용한 곳이 폴란드다. 나치스 친위대 보안방첩부와 게슈타포 대원들로 이루어진 이들 SS 특별 부대는 독일 국방군이 점령한 지역에서 '인간 청소' 임무를 담당한다. 팀마다 작은 소책자를 받는다. 얇디얇은 종이로 된 소책자에는 필요한 모든 정보가 깨알 같은 글씨로 적혀 있다. 그 정보란 점령된 지역에서 제거해야 할 모든 사람의 목록이다. 즉, 공산주의자, 교사, 작가, 기자, 사제, 기업가, 금융가, 공무원, 상인, 부유한 농부…… 조금 유명하다 싶은 사람은 다 있다. 수천 명의 이름이 적혀 있고 이들의 주소와 전화번호도 적혀 있다. 그리고 이들 불순분자들이 친척이나 친구의 집으로 피신할 경우에 대비해 이들의 주변 인물 목록도 적혀 있다. 이름마다 옆에 인상착의가 적혀 있고 사진이 붙어 있을 때도 있다. 하이드리히의 정보국은 이미 우수한 능력을 자랑하고 있다.

그러나 이 같은 치밀한 준비는 조금 과한 면이 있는 듯하다. 실제로 현장에 투입된 부대들은 무턱대고 아무나 쏘아 댔다. 폴란드 시골에서 제일 먼저 희생된 사람들 가운데에는 12~16세의 보이 스카우트들도 있다. 시장 광장에서 벽에 일렬로 선 채 총살을 당한 것이다. 마을 사람들과 마지막 예배를 한 사제들도 총살된다. 아인자츠그루펜이 상인, 지역 명사 들을 총살시키는 목표를 달성하자마자 바로 일어난 일이다. 아인자츠그루펜의 활동을 자세히 기록한다면 보고서는 수천 페이지가 나올 것이다. 하지만 이 일 이후로 그들이 처리한 일은 '기타'라는 두 글자로 요약되게 된다. 심지어 무수한 '기타'로는 더 이상 충분하지 않을 소비에트연방에서까지.

96

독일 제3제국의 정책, 특히 끔찍한 정책의 중심에는 언제나 하이드리히가 있다. 정말 놀라울 뿐이다.

1939년 9월 21일, 하이드리히는 직접 서명한 「점령지의 유대인 문제」 공문을 관련 부서들에 전달한다. 유대인들을 게토에 몰아넣기로 결정했으며 유대인 평의회 '유덴라트'를 창설하라고 지시하는 내용이다. 제국보안부 직속 기관인 악명 높은 유덴라트는 아이히만의 아이디어에서 영감을 얻은 듯하다. 하이드리히는 이 아이디어가 오스트리아에서 사용된 것을 본 적이 있다. 피해자들이 살기 위해 나치에 협력하게 만드는 것이 아이디어의 핵심이다. 어제는 약탈, 내일은 파괴.

97

1939년 9월 22일, 히믈러는 제국보안부를 공식적으로 창설한다.
나치스 친위대 보안방첩부, 게슈타포, 크리포를 통합한 것이 제국
보안부다. 이 괴물 같은 조직이 지닌 잠재적인 권한은 상상 이상이
다. 히믈러는 제국보안부의 책임자로 하이드리히를 임명한다. 첩보
부, 정치경찰, 범죄경찰이 하이드리히, 단 한 사람의 손에 들어가게
된다. 이에 따라 하이드리히는 '독일 제3제국에서 가장 위험한 사나
이'라는 새로운 별명으로 불리게 된다. 하이드리히가 담당히지 않
는 유일한 경찰 부서는 질서 유지를 담당하는 곳으로 여기 책임자
는 히믈러를 직속상관으로 둔 멍청한 달루게다. 달루게는 나머지
와 비교해 하찮긴 하지만 권력욕에 있어서는 하이드리히가 무시해
서는 안 될 인물이다. 하이드리히 같은 재능이나 경험이 없는 내가
봐도 달루게는 하찮은 존재라는 생각이 든다. 어쨌든 제국보안부는
히드라처럼 이끌고 갈 머리들이 충분히 많다. 그러다 보니 부서별
로 나누어 맡겨야 한다. 제국보안부의 일곱 개 사단은 각각 미리 선
발된 나치 협력자들에게 맡겨진다. 나치스라는 정신병동 같은 조직
이 정책 기준이 아니라 능력에 따라 인력을 배치하다니 보기 드문
일이다. 예를 들어 게슈타포를 맡은 하인리히 뮐러는 너무나도 잘
들어맞는 인물이라 얼마 후 '게슈타포 뮐러'라는 별명으로 불리게
된다. 뮐러는 기독교민주당 당원으로 활동한 적이 있지만 게슈타포
를 나치 기구 중 가장 무시무시한 곳 중 하나로 만드는 데는 어려움
이 없다. 제국보안부의 나머지 부서들은 똑똑한 지식인들이 담당하

게 된다. 셸렌베르크(독일 해외 담당), 올렌도르프(독일 국내 담당) 같은 청년들, 그리고 직스(자료 수집과 정세 분석 담당) 같은 원로 대학 교수들이 그 주인공이다. 나치스의 상부층을 이루고 있는 무식쟁이, 광신자, 멍청이 들과는 달라도 너무 다른 지식인층이다.

별로 중요하지 않은 게슈타포의 하부 조직이 유대인 문제를 전담한다. 민감한 주제는 눈에 띄지 않는 것이 좋은 법이다. 게슈타포의 유대인 문제 담당 하부 조직을 이끌 후보에 대해, 하이드리히는 자신이 누구를 원하는지 이미 알고 있다. 바로 오스트리아 출신의 SS 대위로 일전에 대단한 일 처리 능력을 보인 아돌프 아이히만이 적임자다. 현재 아이히만은 마다가스카르 프로젝트를 담당하고 있다. 유대인을 모두 마다가스카르로 추방하자는 매우 기발한 아이디어다. 그곳은 유대인들의 무덤이 될 것이다. 이를 위해서는 우선 영국을 무찔러야 한다. 그렇지 않으면 유대인들을 바다로 싣고 갈 수가 없다. 그다음에는…… 무슨 일이 벌어질지 다들 알 것이다. 그때 가서 볼 일이다.

98

히틀러는 영국을 침공하기로 결심했다. 그러나 영국 해안에 성공적으로 상륙하기 위해 독일에 우선 필요한 것은 영공을 확실히 장악하는 일이다. 그러나 뚱뚱보 괴링의 호언장담에도 불구하고 영국의 스피트파이어와 허리케인 공군 전투기들이 계속 영불해협 위를 춤추듯 날아다닌다. 매일 밤낮을 가리지 않고 영국의 용감한 파일 럿들이 독일의 폭격기와 요격기들의 공격을 물리친다. 1940년 9월 11일로 예정된 오타리 작전(영국 공습 계획을 가리키는 코드명으로 독 일어로 바다사자를 뜻한다.)은 14일로 한 번 연기되다가 17일로 또 한 번 연기된다. "적의 공군이 여전히 무너지지 않고 있습니다. 오히려 점점 더 맹렬하게 공격해 옵니다. 대기 조건도 우리에게 불리해 잠 잠해질 순간을 기다리기가 힘듭니다." 독일 해군의 보고서 내용이 다. 결국 히틀러는 오타리 작전을 무기한 연기한다.

그러나 바로 이날, 독일의 영국 공습이 시작되자마자 괴링을 통 해 조직적인 진압과 추방 임무를 지시받은 하이드리히는 협력자 중 한 명인 SS 연대지도자 프랑크 직스에게 지시를 내린다. 직스는 전 에 베를린 대학 경제학과 학과장이었다가 나치스 보안방첩부에 몸 담게 된 인물이다. 하이드리히는 런던으로 보내 아인자츠그루펜에 지시를 내릴 인물로 직스를 선택했다. 혹시 포스교가 파괴되면 여 섯 개 부대가 런던, 브리스틀, 버밍엄, 리버풀, 맨체스터, 그리고 에 든버러 또는 글래스고에 주둔하게 될 것이다. "자네가 할 일은 수단 과 방법을 가리지 않고 모든 불손 조직, 기관, 단체 들을 물리치는 거야." 하이드리히가 직스에게 말한다. 구체적으로 아인자츠그루펜 의 임무는 폴란드에서나, 훗날 러시아에서나 똑같이 '이동 학살 부 대'답게 무자비하게 학살하는 일이다.

하지만 이번에는 영국에 대한 특별 연구 목록 때문에 임무가 복 잡하다. 하이드리히가 직스에게 목록을 건넨다. 가능한 빨리 색출해 체포한 다음 게슈타포에게 넘겨야 할 약 2300명의 목록이다.

리스트의 상단에 있는 이름은 예상한 대로 처칠이다. 그 외 목록에 오른 사람들은 영국 또는 외국의 정치인들, 베네시, 마사리크 같은 망명정부 대표들이다. 여기까지는 이해가 된다. 그런데 허버트 조지 웰스, 버지니아 울프, 올더스 헉슬리, 레베카 웨스트…… 같은 작가들의 이름도 올라 있다. 심지어 1939년에 이미 사망한 프로이트도 있다……. 보이 스카우트를 창시한 베이든 파월도 있다. 과거를 돌아보면 폴란드에서 보이 스카우트 소년들이 처형된 사건이야말로 정신 나간 짓이었다. 보이 스카우트야말로 독일 정보국에 아주 중요한 정보를 제공해 줄 수도 있는 존재이기 때문에 처형해 버린 것은 실수다. 목록에 오른 이름들은 이해가 안 갈 정도로 괴이하다. 목록을 작성한 인물은 하이드리히가 아니라 셸렌베르크인 듯하다. 리스본에서 윈저 공 납치 계획을 세우느라 바빴는지 셸렌베르크가 조금 날림으로 일을 해치운 것 같다.

그러다 보니 목록이 황당할 수 있다. 윈저 공 납치 계획이 실패로 돌아가고 독일 공군이 영국과의 전투에서 패하면서 오타리 작전은 영원히 실행되지 않는다. 비유하자면 독일의 능력이라는 정원에서 돌 몇 개의 아귀가 맞지 않은 느낌이랄까.

99

하이드리히에 관해 수집하는 에피소드들이 객관적으로 믿을 만한 것인지 벌써부터 확신이 서지 않을 때가 있다. 그보다 더 심각한 일이 있다. 내 책에 등장인물로 나오는 셸렌베르크 역시 증인이자 당시의 중심 인물임에도 자신에게 일어난 일에 대해 확신하지 못하고 있다. 셸렌베르크는 나치스 보안방첩부에서 하이드리히의 오른팔이다. 잔인하고 냉혹한 관료이지만 똑똑하고 교양 있고 우아한 청년이기도 하다. 하이드리히는 셸렌베르크와 함께 창녀촌에 다니기도 하지만 셸렌베르크에게 아내 리나와 함께 극장이나 오페라에 가 달라고 부탁할 때도 있다. 셸렌베르크는 하이드리히 부부와 친하게 지내고 있다.

어느 날, 하이드리히로부터 멀리서 열리는 회의에 참석해야 한다는 연락을 받은 리나는 셸렌베르크에게 전화를 걸어 호수 근처를 산책하자고 한다. 두 사람은 커피를 마시고 문학과 음악에 대해 이야기한다. 그 이상은 나도 모른다. 그로부터 며칠 후, 하이드리히는 일이 끝나고 셸렌베르크와 게슈타포 뮐러를 데리고 나이트클럽에 간다. 저녁 시간은 알렉산더 광장에 있는 근사한 레스토랑에서 시작된다. 뮐러가 식전주를 따른다. 분위기는 화기애애하고 모든 것이 순조로워 보인다. 그런데 갑자기 뮐러가 셸렌베르크에게 이렇게 말한다.

"그런데 자네, 지난번에 즐거운 시간을 보낸 것 같은데?"

셸렌베르크는 질문의 뜻을 바로 눈치챘다. 하이드리히는 안색이 창백해져 아무 말도 하지 않는다.

"산책이 어떠했는지 듣고 싶으십니까?"

셸렌베르크가 자신도 모르게 업무적인 말투로 하이드리히에게 묻는다. 갑자기 분위기가 어색해진다. 하이드리히가 하이톤의 목소리로 대답한다.

"자네가 방금 마신 술에는 독이 들어 있어. 여섯 시간 내로 목숨을 잃을 수 있지. 하나도 숨김 없이 진실을 말한다면 해독제를 주지. 내가 원하는 것은 진실이야."

셸렌베르크의 심장 박동이 빨라진다. 셸렌베르크는 떨리는 목소리를 억누르며 그날 오후의 일을 설명하기 시작한다. 뮐러가 중간에 말을 끊는다.

"커피를 마시고 사모님과 산책을 했지. 왜 숨기는 건가? 자네를 감시하는 눈이 있었다는 것은 알고 있지?"

그래, 하이드리히가 이미 전부 알고 있다면 연기해 봐야 무슨 소용인가? 셸렌베르크는 15분간 산책했다고 말하고 사모님과 어떤 대화를 나누었는지를 설명한다. 하이드리히는 오랫동안 뭔가를 생각하며 가만히 있다가 결정을 내린다.

"자, 자네를 믿어야 할 것 같군. 하지만 이런 당혹스러운 일을 다시는 벌이지 않겠다고 맹세하게."

위기가 지나갔다는 것을 느낀 셸렌베르크는 두려움을 가라앉힌다. 그러고는 이 상황에서 강제로 이루어지는 맹세는 아무런 가치도 없으니 해독제를 마신 후에 맹세를 하겠다고 공격적인 말투로 하이드리히에게 대답한다. 심지어 위험을 무릅쓰고 이런 말도 한다.

"전에 해군 장교로 계셨으니 다른 방식이 더 적당하다 생각지 않으십니까?"

하이드리히가 해군 장교 자리에서 어떻게 물러났는지는 이미 세간에 알려진 일이기에 셸렌베르크가 얼마나 대담한 성격인지 알 수 있는 대목이다. 하이드리히는 셸렌베르크를 뚫어지게 바라본다. 그러고는 마티니 드라이를 따라 준다.

"내 상상력이 효과를 발휘한 것일까?" 셸렌베르크가 회고록에 쓴 글이다. "하지만 이성이 주는 효과보다 상상이 주는 효과가 더 씁쓸하게 느껴졌다." 셸렌베르크는 마티니 드라이를 마신 다음, 하이드리히에게 사과하고 다시는 그런 일이 없도록 하겠다고 맹세한다. 저녁 시간의 분위기는 다시 자연스러워진다.

100

창녀촌을 자주 다니던 하이드리히에게 기발한 생각이 떠오른다. 자신이 직접 창녀촌을 열어 보자는 생각.

측근인 셸렌베르크, 네베, 나우요크스가 이번 계획을 위해 동원된다. 셸렌베르크는 베를린 근교의 멋진 동네에 위치한 집 한 채를 발견한다. 오랫동안 사교계에서 일한 적이 있는 네베는 여자들을 모은다. 나우요크스는 내부 단장을 담당한다. 방마다 마이크와 카메라가 가득하다. 그림 뒤, 램프 안, 소파 아래, 옷장 위쪽에 마이크와 카메라가 설치된다. 도청 본부는 지하실에 마련된다.

집으로 찾아가 사람들을 감시하는 대신 직접 사람들을 불러들이자는 간단한 생각에서 나온 기발한 아이디어다. 주요 인사들과 유명인들을 고객으로 끌어들이려면 화려한 창녀촌을 만들어야 한다.

모든 준비가 끝나자 살롱 키티가 문을 연다. 키티 살롱은 입소문을 타고 얼마 지나지 않아 외교관들 사이에서 유명해진다. 도청은 24시간 이루어진다. 카메라는 고객들의 모습을 있는 그대로 찍는다.

마담 키티는 빈 출신으로 야심도 많고 뛰어난 능력을 자랑하며 자신의 일에 열정을 갖고 있다. 유명 인사들이 찾아 주는 것에 커다란 자부심을 느낀다. 특히 이탈리아 외무장관이자 무솔리니의 사위인 차노 백작이 손님으로 찾아와 주었다며 기뻐서 어쩔 줄 몰라 한다. 키티에 대해 책을 쓰면 매우 흥미진진할 것 같다는 생각이 든다.

얼마 안 있어 하이드리히가 시찰하러 온다. 보통은 취한 상태로 밤늦게 와서 여자 한 명과 함께 방으로 올라간다.

어느 날 아침 나우요크스는 우연히 하이드리히의 방을 녹음하게 되고 호기심에 도청해 본다. 필름이 있었는지는 모르겠다. 나우요크스는 즐겁게 감상한 후 녹음 테이프의 내용을 조심스럽게 지우기로 한다. 나로서는 자세한 녹음 내용에 대한 자료는 갖고 있지 않지만 분명 녹음된 하이드리히의 목소리는 듣고만 있어도 웃음이 나왔을 것 같다.

101

나우요크스는 하이드리히의 집무실에 서 있다. 하이드리히는 앉으라는 말을 하지 않는다. 나우요크스의 머리 위로 다모클레스의 칼(언제든 닥칠 수 있는 위기를 뜻하는 서양 경구 ― 옮긴이)처럼 끝이 뾰족하여 위협적인 샹들리에가 번쩍이고 있다. 오늘 아침, 이 샹들리에조차 단순한 장식용이 아닌 것처럼 느껴진다. 하이드리히는 벽에 걸린 커다란 태피스트리를 배경으로 앉아 있다. 전형적인 스칸디나비아풍 스타일로 그려진 하켄크로이츠를 껴안고 있는 거대한 독수리 문양이 자수로 장식되어 있다. 하이드리히는 묵직한 나무테이블 위에 놓인 대리석 판을 주먹으로 탕 내려치고 그 충격에 아내와 아이들의 사진이 흔들린다.

"어젯밤에 내가 키티 살롱에 있을 때 어떻게 감히 녹음할 생각을 했느냔 말이야!"

나우요크스는 오늘 아침 하이드리히가 사무실로 오라고 해서 대략 눈치는 챘으나 막상 이 자리에 서니 너무 떨린다.

"녹음 말입니까?"

"그래, 아니라고 하지 말게!"

나우요크스는 재빨리 머리를 굴린다. 테이프는 조심스럽게 직접 지웠으니 하이드리히에게는 물적 증거가 하나도 없다. 그래서 나우요크스는 가장 그럴듯하다고 생각하는 꾀를 쓰기로 한다. 하이드리히를 잘 알고 있기에 무사히 살아남을 수 있다는 것을 안다.

"부정하는 게 아닙니다! 어느 방에 계셨는지도 모릅니다! 그 누구에게도 전해 듣지 못했습니다."

오랫동안 침묵이 흐르자 나우요크스는 불안해진다.

"거짓말을 하는군! 아니면 부주의한 거지."

나우요크스는 하이드리히의 기준에서 어떤 것을 더 큰 실수로 볼지 생각해 본다. 거짓말하는 것? 아니면 부주의한 것? 하이드리히의 목소리가 아까보다는 차분해지고 있지만 그래서 더 걱정스럽다.

"내가 어디에 있는지 알아야 하는 게 자네 임무야. 내가 키티 살롱에 있을 때 마이크와 녹음기를 끄는 것도 자네 임무고. 하지만 어젯밤에는 그렇게 하지 않은 거지. 날 놀릴 수 있다고 생각하나 본데, 나우요크스, 그러기 전에 다시 한 번 생각해 보는 게 좋을 거야. 그만 나가 봐."

만능 부하인 나우요크스, 글라이비츠에서 전쟁을 일으킨 나우요크스가 지금 쫓겨날 위기에 처했다. 나우요크스는 이대로 쫓겨날 수는 없다고 본능적으로 생각한다. 사소한 장난 한 번 때문에 오랜 시간 동안 자숙하면서 살아야 할지도 모른다. 하이드리히를 상대로 장난을 한 번 한 것치고는 대가가 너무 크지 않은가. 상관인 하이드리히, 히믈러의 오른팔, SS 서열 2위, 제국보안부 수장, 나치스 보안방첩부 책임자, 게슈타포 책임자. 금발의 짐승이라 불리는 하이드리히. 잔혹한 성격과 섹스광 취향을 잘 반영한 별명이다. 아니, 반대로 어울리지 않는 별명일 수도 있다. 나우요크스는 불안한 마음으로 이런 생각을 하고 있다.

102

하이드리히와 나우요크스의 대화야말로 내가 겪는 어려움을 잘 보여 주는 예다. 『살람보』(기원전 3세기 카르타고 용병 반란을 소재로 한 플로베르의 소설 —옮긴이)를 썼다면 이런 어려움은 없었겠지. 한니발과 아버지 하밀카르의 대화를 기록한 사람은 없으니까. 하지만 하이드리히이의 대사 "날 놀릴 수 있다고 생각하나 본데, 나우요크스, 그러기 전에 다시 한 번 생각해 보는 게 좋을 거야."는 나우요크스가 직접 전한 대사를 있는 그대로 베껴 적은 것이다. 당시의 대화를 직접 들은 당사자가 전하는 문장보다 더 나은 증언은 없으니까. 하지만 과연 하이드리히가 이런 말투로 나우요크스를 윽박질렀을까 하는 의심이 든다. 이건 하이드리히 스타일이 아니다. 이건 나우요크스가 수년 후 다시 기억해 낸 문장이 증언 기록자를 거쳐 번역가에 의해 재탄생된 것이다. 금발의 짐승, 독일 제3제국에서 가장 위험한 사나이라 불린 하이드리히가 과연 "날 놀릴 수 있다고 생각하나 본데, 나우요크스. 그러기 전에 다시 한 번 생각하는 게 좋을 거야."라고 말했을까? 도저히 이해가 안 간다. 잔혹하고 권력을 휘두르는 맛에 취한 하이드리히 같은 사람은 화를 낼 때 이런 식으로 말하겠지. "날 놀리려는 건가? 조심하라고, 자네 불알을 뽑아 버릴 테니까!" 하지만 직접 현장에 있던 당사자의 증언이 있는데 내가 상상하는 버전이 무슨 의미가 있겠는가? 다만 내가 당시의 상황을 유추해 내 버전으로 써 본다면 이렇다.

"말해 보게, 나우요크스, 내가 밤을 어디서 보냈나?"

"무슨 말씀이신지요?"

"질문의 뜻을 잘 이해했을 텐데?"

"글쎄요……. 모르겠습니다."

"모른다고?"

"예, 그렇습니다."

"내가 키티의 살롱에 있었다는 것을 모른다?"

"......"

"녹음한 것은 어떻게 했나?"

"무슨 말씀이신지 모르겠습니다."

"날 놀릴 생각은 하지 마! 녹음 테이프를 가지고 있냐고 묻는 거야!"

"그게…… 거기에 계신지 몰랐습니다……! 아무런 보고도 받지 못했습니다! 당연히 알아챈 순간, 그러니까 장군님의 목소리라고 알아챈 순간 녹음본을 파기했습니다……!"

"멍청한 짓은 그만둬, 나우요크스! 나에 대한 것은 전부 파악하고 있으라고, 특별히 내가 어디에 있는지 알고 있으라고 월급 받는 거잖아. 자네 월급은 내가 주고 있으니까! 내가 키티 살롱에 방을 잡는 순간 자네는 마이크를 꺼야 하는 거라고! 또 한 번 날 골탕 먹이려 한다면 다하우로 보내 불알을 매달아 주겠어, 내 말 알겠나?"

"알겠습니다, 장군님."

"나가 봐!"

내 생각으로는 이 버전이 더 현실적이고 생생하고 실제 상황과 비슷할 것 같다. 물론 확실하지는 않다. 하이드리히는 상스럽게 나왔을 수도 있지만 필요할 때는 냉정한 관료 같은 태도를 취할 줄도 알았던 인물이다. 어쨌든, 다소 왜곡된 부분이 있다 해도 나우요크스의 버전, 그리고 나의 버전, 이 두 가지가 있다면 나우요크스의 버전을 택하는 게 나을지 모르겠다. 하지만 그날 아침 하이드리히는 정말로 나우요크스의 불알을 뽑아 버리고 싶을 정도로 화가 나 있었을 것이라는 확신은 변함이 없다.

베벨스부르크의 성 북쪽 탑의 높디높은 창문을 통해 하이드리히는 베스트팔렌 평원을 살펴보고 있다. 숲 한가운데에 막사가 있고 독일에서 규모가 가장 작은 집단 수용소를 둘러싼 철조망 울타리가 보인다. 하이드리히의 눈길을 더욱 사로잡는 것은 아인자츠그루펜이 활동하는 연병장일지도 모른다. 바르바로사 작전은 일주일 이내로 예정되어 있다. 2주 이내로 아인자츠그루펜 대원들은 벨라루스, 우크라이나, 리투아니아로 가 행동을 개시할 것이다. 임무가 끝나면 크리스마스 때 집으로 돌아가게 해 주겠다고 아인자츠그루펜에게 약속한 상태다. 사실, 하이드리히도 현재 준비 중인 전쟁이 언제까지 이어질지는 알지 못한다. 나치스와 군대 내에서 핵심 정보를 아는 사람들은 앞다투어 낙관적인 생각을 내놓는다. 폴란드에서 밀리고 있는 데다가 핀란드에서 형편없는 전투력을 보여 주는 붉은 군대는 무적의 독일 국방군에 조만간 패할 것이다. 나치스 친위대 보안방첩부의 보고서에서도 자신감이 느껴지지만 하이드리히는 불안하다. 예를 들어 적의 전력, 적의 전차 수, 적의 예비 사단 수가 걱정스러울 정도로 과소평가되어 있는 것 같다. 독일군 최고 사령부는 자체 정보기관인 아프베어를 믿고 하이드리히의 경고를 무시하면서 하이드리히의 전 상관인 카나리스 장군이 내놓은 좀 더 낙관적인 결론을 믿는 분위기였다. 해군에서 쫓겨났던 과거가 여전히 아물지 않은 상처로 남아 있는 하이드리히는 화가 치밀었을 것이다. 게다가 히틀러마저도 이렇게 말했다. "전쟁을 시작하는 것은 어둠

속 잠긴 방의 문을 여는 것과 늘 같다. 그 안에 무엇이 숨어 있는지는 절대로 알 수가 없다." 나치스 친위대 보안방첩부의 경고는 어느 정도 근거가 있을지도 모르지만 결국 소비에트연방을 공격한다는 결정이 내려진다. 하이드리히는 평원 위로 뭉게뭉게 피어나는 구름을 걱정스럽게 바라본다.

뒤에서는 부하 장군들에게 말하는 히믈러의 목소리가 들린다.

히믈러에게 SS는 기사단이다. 히믈러는 자신을 하인리히 1세의 후손으로 생각하고 있다. 하인리히 1세, 10세기에 헝가리인들을 물리치고 게르만 신성로마제국의 토대를 세우고 대부분의 집권 기간 동안 슬라브족들을 쳐부순 작센의 국왕이다. 자신을 작센 왕조의 혈통으로 생각하는 제국지도자 히믈러에게는 그에 걸맞은 성이 필요했다. 히믈러가 찾아낸 것은 폐허가 된 성이었다. 성을 원래대로 복구하기 위해서는 작센하우젠 수용소에 갇혀 있던 포로 4000명을 불러들여야 했다. 보수 작업 동안 포로 중 3분의 1 정도가 사망했다. 드디어 완성된 성은 계곡을 흐르는 알메 강을 굽어보며 당당하게 서 있다. 성벽을 통해 이어진 두 개의 탑과 하나의 소탑은 삼각형을 이룬다. 삼각형의 꼭짓점은 아리아 민족의 고향인 신비한 툴레 쪽으로 향해 있어 '아시스 문디', 즉 세상의 중심을 상징한다.

소탑의 중심에서는, '상급집단지도자의 홀'이라는 새 이름을 갖게 된 옛 예배당에서 히믈러가 회의를 연다. 하이드리히도 참석해야 하는 회의다. 커다란 원형 회의실 가운데에 거대한 참나무 원목 테이블이 있고 주변엔 SS 최고위 고관들이 앉아 있다. 아서 왕의 원탁을 재현하고 싶어 한 히믈러는 좌석이 열두 개인 원형 테이블을 원했다. 하지만 독일 제3제국이 1941년에 찾는 성배는 퍼시벌이 찾던 성배와는 조금 다르다. "두 가지 이데올로기 사이의 최후 충돌…… 새로운 생존 공간을 차지해야 할 필요성……." 하이드리히도 당시 여느 독일인들과 마찬가지로 이 말을 하도 들어 외울 지경이다. "생존의 문제…… 가차 없는 인종 간 결투…… 슬라브인과 유대인 2000만 명에서 3000만 명……." 숫자를 좋아하는 하이드리히는 이 부분에서 귀를 쫑긋 세운다. "슬라브인과 유대인 2000만 명에서 3000만 명은 군사 공격과 식량 공급 문제로 목숨을 잃게 될 것이다!"

하이드리히는 속으로는 짜증이 났으나 겉으로 표현하지 않고 대신 바닥 대리석의 그림을 뚫어지게 바라본다. 룬 문자가 새겨진 멋진 검은색 태양 그림이다……. 군사 공격…… 식량 공급 문제…… 더 이상 피할 수 없다. 민감한 문제의 경우 지나치게 분명한 생각을 표현하지 않는 것이 좋다. 하이드리히도 잘 알고 있는 사실이다. 하지만 직접적으로 말해야 하는 순간은 늘 있는 법이다. 하이드리히는 지금이 그 순간이라고 확신한다. 분명한 방향이 없을 경우 인간은 아무 짓이나 하게 된다. 그리고 그 방향을 제시하는 역할을 맡은 사람은 바로 자기 자신, 하이드리히다.

히믈러가 회의를 끝내자 하이드리히는 갑옷, 문장 표시, 그림, 각종 룬 문자 표시로 가득한 복도를 서둘러 지나간다. 이곳에서 연금술사, 신비학자, 마술사 들이 상근하며 난해한 문제를 연구 중이라고 그는 알고 있다. 이 정신병동 같은 곳에 이틀이나 처박혀 있다 보니 하루 빨리 베를린으로 돌아가고 싶은 마음뿐이다.

밖에는 계곡에 구름이 짙게 드리워져 있다. 꾸물거리다가는 비행기가 이륙을 못 할 수도 있다. 비행기를 타러 연병장으로 가자 부대열병식이 기다리고 있다. 하이드리히는 연설은 대충 생략하고 줄지어 선 병사들을 빠르게 지나친다. 동유럽의 열등한 인간 제거 임무를 위해 선발된 대원들이지만 제대로 보지도 않는다. 선발된 인원은 전부 3000명 정도. 어쨌든 이들의 자세는 흠잡을 데 없이 완벽할 것이다. 하이드리히는 대기 중인 비행기에 오른다. 활주로에서 비행기의 엔진이 작동한다. 비행기가 뜨자마자 폭풍우가 친다. 갑자기 내리는 비를 맞으며 아인자츠그루펜 네 부대가 출동하고 있다.

104

베를린에는 원탁 테이블도, 흑마술도 없다. 분위기는 관료적이다. 하이드리히는 지시 사항을 열심히 쓴다. 괴링이 지시는 짧고 간결하게 하라고 충고한 적이 있다. 1941년 7월 2일, 그러니까 바르바로사 작전이 시작되고 15일 후, 하이드리히는 최전선에서 활동 중인 SS 지휘관들에게 지시서를 전달하게 한다.

"코민테른 당원들, 정당 당원들, 민중 대표들, 정당 혹은 정부에서 일하는 유대인들, 기타 극력 분자들(파괴자, 선전자, 독립투사, 암살단원, 선동자)은 처형한다."

간단하지만 신중한 지시서다. 그러면서도 한 가지 궁금증을 불러일으키는 지시서다. 당원이라면 유대인이건 아니건 처형 대상인데 유대인 당원이라고 구체적으로 명시한 이유는? 당시 하이드리히는 정규군 병사들이 아인자츠그루펜의 학살 작업을 어떻게 받아들일지 몰랐다. 실제로 1941년 6월 6일에 카이텔이 서명하고 독일 국방군이 승인한 '정식 지시'는 학살을 허용하고 있으나 어디까지나 정적들만 학살하라고 공식적으로 명시하고 있다. 따라서 정적인 소비에트연방의 유대인들만 학살 대상이 된다. 이 같은 지시서의 문구는 마지막 남아 있는 양심을 보여 준다. 현지 주민이 원한다면 당연히 유대인 박해는 은밀하게 지지를 받게 될 것이다. 하지만 7월 초인 지금은 단지 유대인이라는 이유만으로 대놓고 학살하는 분위기는 아니다.

그로부터 2주 후, 승리의 기쁨이 거추장스러운 문제를 해결해 준다. 독일 국방군은 모든 전선에서 붉은 군대를 무찌르고 독일의 침공은 가장 긍정적인 시나리오보다도 더욱 순조로이 진행되어 간다. 소비에트 병사 30만 명이 이미 포로가 되었다. 하이드리히는 지시서를 다시 쓴다. 요점 사항을 손보고 목록의 범위를 좀 더 상세하게 넓힌다(예를 들어 붉은 군대의 전직 책임자들을 처형 대상에 포함시킨다.). 그리고 마침내 정당과 정부에서 일하는 유대인뿐만 아니라 모든 유대인을 처형하라고 수정한다.

105

하이드리히 대위는 전투기 메서슈미트 109에 타고 있다. 메서슈미트 109 동체에 룬 문자로 새겨진 이니셜 RH는 개인 전용기를 뜻한다. 하이드리히가 탄 전투기가 독일 공군 요격기 부대의 선두에서 소련 영공을 날고 있다. 독일 전투기는 어렵게 퇴각하는 러시아 병사들을 발견하고 마치 호랑이처럼 달려들어 집중사격을 하고 기관총으로 사정없이 난사한다.

하지만 오늘은 하이드리히가 아래를 보며 포착한 것은 줄지어 걷는 러시아 보병들이 아니라 야크 전투기다. 소비에트의 작은 요격기 야크의 통통한 실루엣이 하이드리히의 시야에 곧장 들어온 것이다. 공격 초반부터 독일 폭격기들이 엄청난 양의 적군 전투기들을 격추시켰지만 소련 공군이 아직 궤멸된 것은 아니다. 여기저기서 산발적으로, 저항해 오고 있다. 야크가 대표적이다. 그러나 독일 공군의 우수성은 능력과 규모 면에서 모두 최고다. 실제로 지금 눈에 보이는 소비에트 요격기 가운데 메서슈미트 109와 겨룰 만한 상대는 전혀 없다. 혈기 넘치고 자만심 강한 하이드리히는 독일 전투기 중대에게 편대를 유지하라고 명령한다. 부하들에게 시범을 보여 혼자서 야크를 격추시키고 싶은 마음에서다. 하이드리히의 전투기는 야크가 있는 곳까지 내려와 그 뒤를 쫓아 접근한다. 야크의 조종사는 아직 눈치채지 못한 듯하다. 목표물인 야크에 다가가 150미터 정도의 거리에서 발포하려는 것이 하이드리히의 목표다. 독일 전투기가 훨씬 빠르다. 하이드리히의 전투기가 접근을 시도한다. 야크의 꼬리 부분이 조준기에 분명히 보이자 하이드리히는 발포한다. 곧바로 야크가 제멋대로 움직이는 새처럼 날갯짓을 한다. 하지만 첫 사격에 맞은 것은 아니다. 사실, 야크는 제멋대로 날고 있는 것이 아니라 지면 쪽으로 급강하하면서 피하고 있다. 하이드리히의 전투기는 열심히 쫓아가지만 야크에 비해 회전 범위가 너무 넓다. 그 멍청한 괴링은 소비에트의 전투기가 구식이라고 우겼다. 소비에트연방에 대한 나치스의 예상이 거의 전부 틀렸던 것처럼, 괴링의 생각도 틀렸다. 물론 야크는 성능 면에서는 독일 요격기와는 상대가 되지 않지만 움직임이 상대적으로 느린 대신 조종하기는 훨씬 쉽다는 장점이 있다. 크기가 작은 야크는 좀 더 작은 범위에서 곡선을 그려가며 계속 아래로 내려간다. 하이드리히의 전투기는 계속 쫓아가지만 조준 방향을 맞추지 못한다. 마치 사냥꾼에게 쫓기는 산토끼를 보는 것 같다. 하이드리히는 승리를 가져가고 싶은 마음에 자신의 메서슈미트 109 동체에 작은 비행기 그림을 넣었다. 하이드리히의 전투기는 계속 쫓아가는 데만 신경 쓰다 보니 미처 눈치채지 못하는 부분이 있다. 야크는 추격자의 사격을 피하기 위해 여러 번 방향을 바꾸고 있지만 아무렇게나 움직이는 것이 아니라 정확히 하나의 지점 쪽으로 향하고 있다는 사실이다. 갑자기 주변에서 폭발음이 들리자 그제야 하이드리히는 알아차린다. 러시아의 파일럿이 소비에트 방공용 포대 위쪽으로 유인하고 있었던 것이다. 멍청하게도 하이드리히는 덫에 걸리고 말았다. 강한 충격으로 메서슈미트의 동체가 흔들린다. 꼬리 부분에서 검은색 연기가 나온다. 하이드리히가 탄 전투기가 격추당한 것이다.

히믈러는 뺨을 세게 얻어맞은 것 같은 기분이다. 피가 뺨까지 솟고 두개골 안의 뇌가 부풀어 오르는 듯한 기분이다. 베레지나 상공의 공중전에서 하이드리히가 탄 메서슈미트 109가 격추당했다는 소식을 들은 것이다. 하이드리히가 죽는다면 SS로서는 헌신적이고 열정적인 협력자를 잃은 것이니 당연히 큰 손실이다. 하지만 하이드리히가 살아 있어도 큰 문제가 있다. 하이드리히의 전투기가 격추당한 곳이 소비에트 전선이 아닌가. 하이드리히가 적군의 손에 떨어졌다고 히틀러 총통에게 보고를 해야 하지만 얼마나 끔찍한 장면이 펼쳐질지 히믈러의 눈에 선하다. 히믈러는 하이드리히가 가지고 있는 정보 가운데 스탈린의 관심을 끌 만한 것이 어느 정도나 되는지 생각해 본다. 엄청날 것 같다. 더구나 제국지도자 히믈러는 부하 하이드리히가 알고 있는 정보가 무엇인지도 정확히 모른다. 정치적으로나 작전상으로나 하이드리히가 적에게 입을 열기라도 하는 날에는 엄청난 재앙이 될 것이며 그 파문은 엄청날 것이다. 히믈러로서는 상상도 안 될 정도다. 동그란 작은 안경을 끼고 작은 콧수염을 기른 히믈러는 땀을 흘린다. 사실, 가장 중대한 문제는 따로 있다. 하이드리히가 죽거나 러시아의 포로가 될 경우를 대비해 하이드리히가 가지고 있던 파일을 회수해야 한다. 오직 신만이 파일의 내용은 무엇이고 누구에 관해 어떤 정보가 있는지를 알 것이다. 하이드리히의 집무실과 자택에서 금고를 가져와야 한다. 뮐러에게는 셸렌베르크와 함께 프린츠 알브레히트 거리의 제국보안부 본부를 맡아야 할지 모른다고 얘기해 놔야겠다. 하이드리히의 집에 가서 아내 리나의 동의를 받아 가택을 수색해 파일을 찾아야 할 것이다. 하지만 지금은 기다려야 할 때다. 하이드리히가 아직은 실종 상태이므로 리나의 집에 들러 소식을 알리고 전선에는 하이드리히를 찾는 데 최선을 다하라고, 시신이라도 찾으라고 명령을 내리는 것 외에 달리 할 수 있는 일이 없다. 소비에트 전투 지대 상공에서 독일 요격기를 몰던 하이드리히는 도대체 무엇을 한 것일까? SS에서는 하이드리히가 독일 공군의 예비역 장교로서 요격기를 담당하고 있다. 만일의 전투에 대비해 하이드리히는 조종 훈련을 받은 적이 있다. 폴란드 침공이 시작되었을 때 당연히 하이드리히는 의무를 다하고 싶어 했다. 나치스 친위대 보안방첩부의 수장이긴 하지만 전투에 나가는 것도 관료의 의무라고 생각했기 때문이다. 전쟁이 터지면 진정한 튜턴 기사처럼 일어나 싸워야 한다는 생각이었다. 처음에는 폭격기에서 기관총을 발포하는 임무를 맡았다. 하지만 당연히 하이드리히는 이런 보조적인 역할에 만족하지 않았고 메서슈미트 110을 조종해 영국 상공에서 정찰 비행을 한 다음 메서슈미트 109(영국의 공군전투기 스피트파이어에 대항한 독일 전투기)를 몰고 싶어 했다. 그러나 노르웨이 전역(독일이 폴란드에 이어 노르웨이를 침공한 사건 — 옮긴이) 때 하이드리히는 메서슈미트 109를 이륙시키는 과정에서 실수를 해서 팔 하나가 부러지는 부상을 입고 말았다. 하이드리히의 입장을 변호해 주는 전기를 참고한 적이 있다. 이 책은 하이드리히가 팔에 깁스한 상태인데도 어떻게 비행 임무를 했는지 감탄하는 어조로 설명하고 있다. 그후 하이드리히는 영국 공군과의 전투에 투입된 듯하다.

이 기간 동안 히믈러는 아버지처럼 하이드리히를 걱정하고 있었다. 지금 내 눈앞에는 1940년 5월 15일에 히믈러가 특별 열차(특별 열차 하인리히)에서 '아끼는 하이드리히'에게 보낸 편지가 있다. 히믈러가 자신의 오른팔인 하이드리히를 얼마나 배려했는지가 편지에 고스란히 나와 있다. "되도록 매일 자네의 소식을 알려 주게." 실제로 모르는 것이 없는 정보통인 하이드리히는 매우 귀한 존재였다.

사고 후 이틀이 지나서야 하이드리히는 독일 정찰대에게 발견되었다. 마침 하이드리히가 이끄는 아인자츠그루펜의 대원들이 유대인 마흔다섯 명과 인질 서른 명을 처리하고 오는 길이었다. 하이드리히는 타고 있던 전투기가 소비에트 방공용 대포에 격추당한 후 이틀 밤낮 동안 몸을 숨기고 있다가 마침내 걸어서 독일 전선으로 복귀했던 것이다. 리나에 따르면 남루하고 수염이 덥수룩한 모습으로 집으로 돌아온 하이드리히는 자신이 한 실수에 대해 매우 화가 나 있었다고 한다. 그러나 결과가 어찌 되었든 하이드리히는 원하던 1급 철십자 훈장을 타게 된다. 독일 군인들에게는 최고의 명예가 되는 훈장이다. 대신 이번 일 이후로 하이드리히는 그 어떤 전선에서도 공군 작전에는 투입되지 않았다. 베레지나에서의 일만 생각하면 히틀러 본인도 겁이 났는지 하이드리히가 공군 작전에 투입되는 것을 단호히 반대한 듯하다. 하이드리히가 아무리 노력하고 의욕을 보여도 소용없었다. 이렇게 해서 하이드리히의 파일럿 경력은 초라하게 끝나고 말았다.

나타샤는 내가 방금 쓴 챕터를 읽고 있다. 두 번째 문장에서 나타샤가 큰 소리로 말한다.

"어떻게 뺨까지 솟아오를 수 있지? 두개골 안의 뇌가 부풀어 오른다? 이건 지어낸 거잖아!"

소설 창작이란 유치하고 웃긴 것이라는 나의 이론이 나타샤를 몇 년째 지치게 하고 있다. 내가 이런 생각을 갖게 된 것은 아동서를 많이 읽기 때문이다(『후작 부인이 5시에 외출했다』 등). 두개골 부분을 싫고 넘어가는 나타샤가 맞는 것인지도 모르겠다. 나도 이런 식의 묘사는 피해야지 하고 생각한다. 글을 더 소설처럼 허황되게 만들기 때문에 별로니까. 설령 히믈러의 당시 반응과 불안함을 기록한 자료가 있다 해도 히믈러가 미친 듯이 불안할 때 과연 그런 증상이 나왔을지 확신이 안 선다. 어쩌면 히믈러는 얼굴이 시뻘게졌을 수도 있고(내 상상대로), 얼굴이 새하얘졌을 수도 있다. 어쨌든 내게는 나름 중요한 부분처럼 생각된다.

나타샤와 함께하는 자리에서 즉각 내 생각을 부드럽게 전한다. 어쨌든 히믈러는 머리가 아팠을 것이다. 두개골이 부푼 것 같다는 표현은 하이드리히 소식을 듣고 히믈러가 불안해 어쩔 줄 모른다는 심리를 다소 싸구려처럼 비유한 것에 불과하다는 논리다. 그러나 이렇게 말하고 있는 나도 확신이 들지는 않는다. 그다음 날, 이 문장을 지워 버린다. 안타깝지만 빈 공간이 생긴다. 영 찝찝하다. 이유는 잘 모르겠지만 "히믈러는 뺨을 세게 얻어맞은 것 같은 기분이었다."와 "히믈러는 하이드리히 소식을 들은 것이다."를 연결하면 지나치게 건조한 느낌이 들어 마음에 들지 않는다. "두개골이 부푼 것 같다."는 비유적인 연결 고리가 필요하다는 생각이 든다. 지워 버린 문장 대신 좀 더 신중하게 쓴 문장을 써 넣는다. 내가 고친 문장은 이렇다. "안경을 끼고 있는 히믈러의 쥐새끼 같은 얼굴이 시뻘게졌을 것이라 상상한다." 실제로 히믈러는 볼과 콧수염이 쥐새끼처럼 생기기는 했다. 하지만 이렇게 써 버리면 절제미가 없다. '안경을 끼고 있는'이라는 문구를 지우기로 한다. 그러나 안경에 대한 묘사를 지워도 '쥐새끼'라는 표현이 주는 뉘앙스가 계속 신경 쓰인다. '것이라 상상한다'는 표현은 신중함을 잃지 않는 장점이 있다. 그러면서도 현실과 상충할 위험 부담을 줄일 수 있다. 그런데 왜 '온통 시뻘게졌다'라는 문구를 더 넣어야 한다는 생각이 들었는지는 모르겠다.

히믈러가 독감에 걸린 것처럼 온몸이 시뻘게지는 장면이 떠올랐다(어쩌면 내가 4일 내내 독감에 시달려서 그런지도 모르겠다.). 내 상상력도 꽤 고집스럽기 때문에 좀처럼 굽히지 않는다. 제국지도자 히믈러의 얼굴 표정을 자세하게 묘사하고 싶었다. 그러나 결과는 만족스럽지 않았다. 다시 문장 전체를 지웠다. 첫 번째 문장과 세 번째 문장 사이에 생긴 공백을 오랫동안 바라봤다. 그리고 천천히 다시 워드를 치기 시작했다. "피가 뺨까지 솟구치고 두개골 안의 뇌가 부풀어 오른 것 같은 기분이다."

평소처럼 오스카 와일드를 생각한다. 늘 하는 이야기다. "오전 내내 문장 하나를 고쳤으나 결국 고친 것이라고는 쉼표 하나 지운 것밖에 없다. 오후에 그 쉼표를 다시 써 넣었다."

검은색 메르세데스를 타고 무릎에 올려놓은 서류가방을 꽉 쥐고 있는 하이드리히를 상상한다. 하이드리히의 경력과 독일 제3제국의 운명을 좌지우지할 중요한 서류가 든 가방일지도 모른다.

메르세데스는 베를린 교외를 지난다. 바깥 날씨는 화창하다. 여름 철이고 곧 저녁이 될 것이다. 조만간 검은색 폭격기가 하늘을 가득 메울 것이라는 상상을 하기가 힘들다. 훼손된 건물 몇 채, 부서진 집 몇 채, 걸음을 재촉하는 행인들은 영국 공군의 끈질긴 전투력을 생 각나게 한다.

하이드리히는 아이히만을 시켜 이 서류의 초안을 4개월 넘게 작 성했다. 괴링의 승인을 받아야 한다. 동유럽 영토 담당 장관인 로젠 베르크의 승인도 받아야 한다. 그 무능한 작자가 일을 어렵게 만들 었다. 그 후 아이히만은 서류 초안을 공들여 작성하고 문장을 손보 았다. 자연스럽게 어려운 점들이 해결된 상태다.

여기는 베를린 북쪽의 숲 한가운데다. 메르세데스가 중무장한 SS 대 원들이 지키고 있는 별장의 현관문 앞에 선다. 괴링이 죽은 첫 번째 아내를 기리며 지은 바로크 양식의 작은 궁전, 카린할 별장이다. 경 비를 서고 있는 SS 대원들이 경례하고 철책 문이 열린다. 메르세데 스는 철책 문으로 들어간다. 계단에는 괴링이 이미 서 있다. '향기 나는 네로'라는 별명에 맞게 기발한 제복을 벨트로 조여 맨 채 즐 거운 얼굴로 있다. 괴링은 위험천만한 나치스 친위대 보안방첩부의 수장인 하이드리히와 단둘이 만나게 되어 기쁜지 하이드리히에게 따뜻한 인사를 건넨다. 하이드리히는 괴링에게 독일 제국에서 가장 위험한 사나이로 이미 인정받고 있다는 것을 알고 의기양양하다. 물론 나치스의 모든 인사들이 비위를 맞춰 주는 건 수장 히믈러의 입지를 약화시키기 위해서라는 사실도 하이드리히는 알고 있다.

이들에게 하이드리히는 아직은 경쟁자가 아니라 도구에 불과하다. 물론 하이드리히가 히믈러와 함께 만들어 가는 팀워크에서 하이드리히는 SS의 두뇌 역할을 한다(SS에서는 이렇게 말한다. "HHhH." 히믈러의 두뇌는 하이드리히라는 뜻이다.). 하지만 아직 하이드리히는 오른팔, 부하, 서열 2위다. 야심 많은 하이드리히가 영원히 이 자리에 만족할 리는 없으나 아직은 나치스 내 역학 관계가 어떻게 변하는지 연구하고 있으며 나날이 영향력이 커지는 히믈러에게 충성할 수 있게 된 것만으로도 기뻐하고 있다. 한편, 괴링은 영국과의 전투에서 독일 공군의 작전을 실패로 이끈 이후로 다소 우울해하고 있지만 아직까지는 유대인 문제를 공식적으로 책임지고 있다. 오늘 저녁 하이드리히가 여기에 온 것도 결국 그 문제 때문이다.

우선, 하이드리히가 참고 견뎌야 할 것은 괴링의 유치한 취향이다. 뚱뚱한 괴링은 프러시아 국립극장으로부터 선물로 받은 전기 기차를 자랑 삼아 하이드리히에게 보여 주고 싶어 한다. 괴링이 매일 저녁 가지고 노는 전기 기차 장난감이다. 하이드리히는 괴롭지만 꾹 참는다. 그다음, 하이드리히는 괴링이 소개하는 개인 영화관, 터키탕, 천장 높은 거실, '시저'라는 이름의 사자를 보고 감탄한다. 이윽고 목조 패널을 댄 화려한 사무실에서 괴링 맞은편에 앉게 된다. 드디어 하이드리히는 중요한 서류를 꺼내 괴링에게 건넨다. 괴링이 읽기 시작한다.

대독일제국 원수

4년 계획 장관

제국 국방각료회의 회장

수신자: 나치스 비밀경찰과 친위대 보안방첩부 대표

SS 중장 하이드리히

베를린

1939년 1월 24일 칙령에 따라 현재의 상황을 고려해 이주 또는 철수라는 방법을 사용해 유대인 문제를 해결하라는 임무를 맡았다. 여기에 더해 또 다른 임무도 맡긴다. 유럽에서 독일의 영향권에 놓인 지역을 대상으로 유대인 문제를 전반적으로 해결하기 위해 조직적이고 실용적이며 경제적인 면을 고려한 필요한 모든 준비를 하라는 임무다.

"다른 중앙조직들의 권한이 필요하다면 활용해야 한다." 괴링이 여기까지 읽고 미소를 짓는다. 아이히만은 로젠베르크의 마음에 들려고 이 문장을 덧붙였다. 하이드리히도 미소를 짓고 있지만 부처의 모든 관료들은 무시하는 듯한 비웃음이다. 괴링이 문장을 고친다.

"그뿐만 아니라 유대인 문제에 대한 최종 해결책을 시행하는 데 필요한 조직적이고 실용적이며 경제적인 준비 계획 전체를 가급적 빠른 시일 내에 내게 넘기도록 한다."

괴링은 아무 말 없이 날짜를 적고 서명한다. 훗날 역사의 비극이 될 일을 승인한 것이다. 하이드리히는 만족스러운 듯 씩 웃더니 서류를 가방에 챙긴다. 지금은 1941년 7월 31일. 나치스의 유대인 학살 계획인 '최종 해결책'이 탄생한 순간이다. 주도적으로 계획한 자는 하이드리히가 될 것이다.

109

단번에 이런 문장을 쓴 적이 있다. "푸른색 군복을 벨트로 꽉 조여 매고." 왜인지는 모르겠으나 그가 푸른색 군복을 입은 모습을 본 적이 있다. 실제로 사진에서 괴링이 하늘색 군복을 입은 모습이 자주 보인다. 그러나 그날도 괴링이 푸른색 군복을 입었는지는 모르겠다. 어쩌면 흰색 군복을 입었을 수도 있다. 그리고 이 장면에서 이런 소심한 고민을 하는 것이 아직 의미가 있는지도 모르겠다.

110

1941년 8월 바트크로이츠나흐, 제2회 독일 펜싱 선수권 대회가 열렸다. 독일 제3제국의 엘리트 계급 가운데에서도 최고의 실력을 자랑하는 열두 명이 선발되어 체육국가동맹이 수여하는 금배지 혹은 은배지를 받았다. 5위 수상자로 SS 상급집단지도자이자 경찰 총수가 뽑혔는데(상급집단지도자라는 타이틀은 실수로 표기된 것일 수도 있고 하이드리히가 고속 승진했음을 강조하기 위한 아첨 같기도 하다.). 그자가 바로 게슈타포와 친위대 보안방첩부의 수장 하이드리히다. 하이드리히는 축하를 받으며 기뻐했으나 동시에 승리자의 겸손도 보여 주었다. 하이드리히를 잘 아는 지인은 휴식이 하이드리히에게는 익숙하지 않다는 것을 알고 있다. 스포츠든 일이든 그 어떤 휴식도, 여유도 즐기지 않는다는 것이 하이드리히의 기본 원칙이다.

—《훈련과 체육》에 실린 기사 중에서

하이드리히를 잘 아는 지인에 따르면, 서른여섯 살의 뛰어난 펜싱 선수인 하이드리히에게는 칭찬을 아끼지 않아야 하며 게슈타포의 수장인 하이드리히의 점수를 매기는 심판자들이 느낄 스트레스에 대해서는 개의치 않는 것이 좋다고 한다. 또한 목숨을 보존하려면 감히 황제를 이겨서는 안 되었던 검투사들을 데리고 투기장에서 결투한 코모두스나 칼리굴라 황제에 대해서도 언급하지 않는 것이 좋다고 한다. 선수권 대회에서 상급집단지도자 하이드리히는 규칙에 따라 시합했다. 그러던 어느 날 하이드리히가 심판의 결정에 이의를 제기하자 심판은 무뚝뚝한 목소리로 제자리로 돌아가라고 하고는 모두가 보는 앞에서 이렇게 말했다.

"펜싱 경기에서는 스포츠의 규칙만이 법입니다. 그 외의 법은 없습니다!"

심판의 대담함에 놀란 하이드리히는 더 이상 군말하지 않았다.

하이드리히가 자만심이 꽤 있었는지 바트크로이츠나흐의 대회가 끝나고 친구 두 명에게 매우 유쾌하게 털어놓은 이야기가 있는데 (그런데 언제부터 하이드리히에게 친구가 생긴 거지?) 필요할 경우, 즉,

'히틀러가 허튼 짓을 할' 경우에는 주저하지 않고 히틀러를 해칠 수 있다는 내용이었다.

정확히 무슨 뜻일까? 정말 알고 싶다.

111

올해 여름, 키예프의 동물원에서 한 남자가 사자 우리에 들어갔다. 말리려는 관람객을 향해 남자는 울타리를 넘으며 이렇게 말했다. "신이 절 구해 줄 겁니다." 그리고 남자는 산 채로 사자에게 잡아먹혔다. 내가 그 자리에 있었다면 그 남자에게 이렇게 말했을 것이다. "남들이 하는 이야기를 전부 믿지는 마십시오."

바비야르에서 죽어 간 사람들에게 신은 아무 도움도 주지 않았다.

러시아어에서 '야르'는 골짜기를 뜻한다. '할머니의 골짜기'를 뜻하는 바비야르는 키예프의 외곽에 있으며 자연적으로 형성된 거대한 협곡이다. 지금은 잔디로 덮인 구덩이 하나만 남아 있다. 그리 깊지 않은 이 구덩이 주변에는 여기에 떨어져 죽은 사람들을 기념해 사회주의 스타일로 세워진 거대한 조각상이 하나 있다. 바비야르에 가고 싶었다. 택시 운전사가 당시 바비야르 현장을 보여 주었다. 그러고는 잔디가 심긴 어느 구덩이 쪽으로 안내했고 나와 동행하며 통역 역할을 하는 젊은 우크라이나 여성을 통해 설명해 주었다. 위에서 던져진 시신들이 비탈에서 굴러 떨어진 곳이라고 했다. 우리는 다시 택시에 올랐다. 그리고 운전사는 1킬로미터 이상 떨어진 곳에 있는 기념비 앞에 내려 주었다.

1941년과 1943년 사이에 나치스들은 '할머니의 골짜기'를 인류 역사상 최대의 묘지로 활용했다. 3개 국어(우크라이나어, 러시아어, 히브리어)로 번역된 기념패가 설명하듯 이곳에서 10만 명 이상이 죽었다고 한다. 파시즘의 희생자들이다.

48시간도 채 안 되어 3분의 1 이상이 처형되었다.

1941년 9월 아침. 키예프의 유대인 수천 명은 짐을 챙겨 집합 장소로 갔다. 독일에 의해 어떤 운명과 마주칠지도 모른 채 강제 추방을 당한다고만 생각했다.

이들이 현실을 깨달았을 때는 이미 늦었다. 현장에 도착하자마자 눈치챈 사람들도 있었고 구덩이 근처에 서게 되고 나서야 눈치챈 사람들도 있었다. 그사이 모든 것이 빠른 속도로 진행되었다. 유대인들은 짐, 귀중품, 신분증을 내놓았다. 신분증은 그들이 보는 앞에서 갈기갈기 찢어졌다. 그다음 그들은 양쪽에 늘어선 SS 대원들의 대열 사이에 서서 연달아 매질을 당했다. 아인자츠그루펜은 유대인들을 곤봉이나 몽둥이로 때리는 극단적인 폭력성을 보여 주었다. 유대인 한 명이 쓰러지면 아인자츠그루펜은 이 유대인을 향해 개들을 풀거나 합심하여 미친 듯이 짓밟았다. 이 지옥 같은 행렬을 지나면 공터가 나왔다. 유대인들은 깜짝 놀랐지만, 이어서 옷을 완전히 벗으라는 명령을 받은 후 실오라기 하나 걸치지 않은 몸으로 커다란 구덩이 근처로 끌려갔다. 눈치가 빠르지 않거나 낙관적인 유대인들은 희망을 버리지 않았을 것이다. 그러나 이 순간 극단적인 공포에 사로잡힌 유대인은 울부짖었다. 구덩이에 시체들이 쌓였다.

하지만 유대인 남자, 여자, 어린이 들의 이야기는 이 구덩이 위에서 끝나지 않는다.

실제로 효율성을 매우 중시하는 독일인들답게 SS 대원들은 우선 유대인들을 구덩이 안으로 들어가게 했다. 구덩이 안에는 인간 탑을 쌓는 일을 하는 대원이 기다리고 있었다. 그다음에 학살이 이루어졌다. 인간 탑 담당 대원이 하는 일은 극장의 관객 안내원이 하는 일과 비슷했다. 유대인을 한 명씩 시신 더미로 데려가, 자리를 하나 발견하면 나체의 시신들 위에 역시 나체로 엎드리게 했다. 그러면 사격수가 시신 더미 위를 걸어 살아 있는 유대인들을 목에 총을 쏴 죽였다. 대량 살상을 테일러식 경영처럼 했다니 놀랍다. 1941년 10월 2일, 바비야르를 담당한 아인자츠그루펜은 보고서에 이렇게 적었다. "존더코만도 4a는 나치스 수뇌부와 남부 지역 담당 경찰 조직의 두 작업반과 협동해 1941년 9월 29일과 30일에 키예프에서 유대인 3만 3771명을 처형했다."

112

전쟁 중 키예프에서 일어난 놀라운 이야기에 대해 들었다. 1942년 여름에 일어난 일로 하이드리히 암살 사건의 주인공들과는 아무런 관련이 없다. 내 소설의 주요 소재는 아닌 셈이다. 하지만 자유롭게 이야기할 수 있다는 것이 소설의 장점 중 하나이니까.

그러니까 1942년 여름, 우크라이나는 나치스에게 혹독한 지배를 받고 있었다. 독일에 점령되거나 예속된 여러 동유럽 국가들 사이에 축구 경기가 열렸다. 그중 루마니아와 헝가리 팀을 물리치고 이긴 팀이 눈에 띄게 된다. 해체된 디나모 키예프 팀의 선수들이 모여 신속하게 조직된 FC 스타트 팀이다. 독일에 점령된 이후 경기가 금지되었다가 이 시합을 위해 다시 모인 것이다. FC 스타트가 연달아 승리를 거두었다는 이야기가 독일에까지 전해지자, 독일은 키예프에서 현지 팀과 독일 공군 소속팀 사이에 화려한 경기를 열기로 한다. 우크라이나 선수들은 입장할 때 나치식으로 경례해야 한다.

경기 당일. 두 팀이 관중으로 꽉 찬 경기장에 들어온다. 독일 선수들은 팔을 들어 올려 "하일 히틀러!"라고 외친다. 뒤이어 우크라이나 선수들이 팔을 들어 올리자 이번 경기에서 지배국 독일에 대한 저항의 제스처를 내심 기대한 관중들은 김이 빠진다. 하지만 우크라이나 선수들은 의례적으로 하는 나치식 제스처 대신 주먹을 쥔 채 가슴에 팔을 대고 이렇게 외친다. "체육 만세!" 소비에트적인 슬로건에 관중들은 깔깔 웃는다.

경기가 시작되자마자 우크라이나 공격수가 독일 선수 때문에 다리가 부러지는 사고를 당한다. 그런데 대체 선수가 없다. FC 스타트는 열 명이서 경기를 이끌어야 한다. 수적으로 우세한 독일이 선제골을 넣는다. 시작부터 불리하지만 키예프 선수들은 포기하지 않는다. 관중의 환호 속에서 동점골을 기록한다. 이어서 키예프 선수들이 두 번째 골을 넣자 경기장은 함성 소리로 가득하다.

전반전이 끝나고 휴식 시간에 키예프의 중경 에버헤라트 장군이 우크라이나 선수들의 탈의실을 찾아가 이렇게 말한다.

"브라보, 멋진 경기였습니다. 대단했어요. 하지만 후반전에서는 일부러 져 주어야 합니다. 꼭 그래야 합니다! 독일 공군 소속팀은 점령지에서 열린 경기에 진 적이 없습니다. 그러니 이건 명령입니다! 일부러 져 주지 않으면 여러분은 처형당할 겁니다."

선수들은 아무 말 없이 듣기만 한다. 다시 경기장으로 나온 우크라이나 선수들. 사전에 합의한 것도 아닌데 잠시 머뭇대더니 결심이 선 듯 경기에 임한다. 한 골을 넣고 또 한 골을 넣어 독일을 5 대 1로 이긴다. 우크라이나 관중들은 흥분의 도가니에 빠진다. 독일 관중들은 분해서 으르렁거린다. 공중에 총이 발포된다. 하지만 불안해하는 선수는 아무도 없다. 독일 선수들은 경기에서 진 수모를 갚겠다고 생각한다.

그로부터 3일 뒤, 설욕전이 펼쳐진다. 경기 전부터 여기저기 벽보가 나붙으며 대대적으로 홍보가 이루어진다.

그사이에 독일 측은 베를린의 프로 선수들을 급히 불러들여 팀을 보강한다.

2차 경기가 시작된다. 다시 한 번 관중이 경기장을 가득 메운다. 그런데 이번에는 SS 대원들이 안전 유지를 내세우며 주변에 배치된다.

이번 경기에서도 독일 팀이 첫 골을 터뜨린다. 그러나 우크라이나 팀도 만만치 않게 열심히 뛰어 5 대 3으로 승리한다. 경기가 끝나고 우크라이나 응원단은 정신없이 기뻐한다. 하지만 선수들은 창백한 표정이다. 독일군이 총을 쏜다. 잔디밭 경기장을 독일군이 점령한다. 혼란한 틈을 타 우크라이나 선수 세 명이 관중 속으로 사라진다. 이들은 전쟁통에 살아남게 된다. 남은 우크라이나 선수들은 체포되고 선수 네 명은 즉시 바비야르로 끌려가 처형당한다. 팀의 주장이자 골키퍼인 니콜라이 트루세비치는 구덩이 앞에 무릎을 꿇은 채 "붉은 스포츠는 영원히 죽지 않는다!"라고 외친 후 목에 총을 맞는다. 이어서 다른 선수들이 차례로 처형당한다. 현재는 디나모 경기장 앞에 이들 선수들을 기리는 기념비가 있다.

전설적인 이 '죽음의 경기'에 대한 여러 버전의 놀라운 이야기들이 있다. 세 번째 경기가 열렸는데 우크라이나 선수들이 8 대 0으로 승리했고 이 경기가 끝나자마자 우크라이나 선수들이 체포되어 처형당했다고 말하는 사람들도 있다. 하지만 내가 전하는 버전이 가장 믿을 만한 것 같다. 어느 버전이든 기본 줄거리는 비슷하다. 이 에피소드는 하이드리히와 직접 관련이 없어서 따로 깊이 조사해 보지는 않았기에 몇 가지 오류가 있을까 봐 걱정되기는 한다. 그래도 키예프 이야기를 하면서 이 놀라운 축구 경기 이야기도 해 보고 싶었다.

113

히틀러의 책상에 나치스 친위대 보안방첩부의 보고서들이 쌓여 있다. 보호령에 만연한 지나친 방임주의를 비난하는 내용이다. 체코의 알로이스 엘리아시 총리와 영국의 관계, 방해 공작, 여전히 활발하게 움직이는 레지스탕스 조직, 점점 공공연하게 들리는 불순한 말, 커지는 암시장, 생산량 18퍼센트 감소, 하이드리히의 부하들이 보고하는 상황은 심각해 보인다. 유럽에서 최고에 속하는 체코 산업의 생산량이 러시아 전선의 공격으로 인해 독일 제3제국에게는 중요해지고 있다. 시코다 자동차 공장은 전쟁 물자를 대기 위해 풀 가동해야 한다.

히틀러는 편집광적이기는 하지만 완전히 바보는 아닌 듯하다. 보헤미아-모라비아의 총독인 노이라트의 자리를 탐내고 있던 하이드리히가 노이라트의 정책에 흠집을 내기 위해 상황을 비관적으로 묘사하고 있다는 것을 히틀러도 알고 있다. 그러나 동시에 히틀러는 물러 터진 사람들도 싫어한다(거만한 인간들도 마찬가지로 싫어한다.). 최근의 소식은 불난 곳에 기름을 붓는 격이다. 런던에서부터 베네시와 그 지지자들이 독일 신문을 보이콧하자는 운동을 벌였고 이어서 현지 주민들도 일주일 동안 보이콧 운동에 동참했다. 그 자체로는 심각한 사건이 아니지만 체코 망명정부가 발휘하는 어마어마한 영향력은 전반적인 반독 정신으로 나타나기에 우려스럽다. 히틀러가 베네시에 대해 품은 증오심을 생각해 보면 이 소식으로 히틀러가 얼마나 분노했을지 쉽게 상상할 수 있다.

히틀러는 하이드리히가 목적을 위해서라면 수단과 방법을 가리지 않는 야심가라는 사실에 놀라지 않는다. 여기에는 다 이유가 있다. 히틀러 역시 그렇지 않았는가? 히틀러는 잔인함과 유능함을 모두 갖춘 하이드리히를 내심 존경하고 있다. 여기에 하이드리히가 히틀러에게 보여 주는 충성심은 의심의 여지가 없다. 완벽한 나치스로서의 세 가지 요건을 다 갖춘 셈이다. 그뿐만 아니라 하이드리히의 외모는 전형적인 아리아인 아닌가. 히믈러 역시 충성스럽지만 전형적인 아리아인 외모 부분에서는 하이드리히와 경쟁이 안 된다. 따라서 히틀러는 하이드리히 쪽으로 마음이 기운 상태라고 볼 수 있다. 생전에 이런 영광을 누린 사람은 스탈린 외에 하이드리히가 유일하다 볼 수 있다. 또한 히틀러는 하이드리히를 두려워하지 않은 듯하다. 히틀러 같은 편집광이 하이드리히에 대해서는 그토록 관용적이었다니 놀랍다. 어쩌면 히틀러는 하이드리히와 히믈러를 교묘히 경쟁시키고 싶었는지도 모른다. 전에 히틀러가 히믈러에게 말했듯, 유대인 혈통이라는 소문 때문에 하이드리히가 더욱 확실하게 충성을 바치고 있다고 생각했는지도 모른다. 어쩌면 금발의 짐승이라 불리는 하이드리히는 이상적인 나치스를 상징하기에 절대로 배신이나 변절을 하지 않을 것이라고 생각했을 수도 있다.

히틀러는 보어만을 불러 라슈덴베르크의 사령부에서 긴급 회의를 연다. 즉각 소집된 사람들은 히믈러, 하이드리히, 노이라트와 부하 프랑크(수데텐란트 출신 출판업자)이다.

프랑크가 맨 먼저 도착한다. 50세 정도에 키가 훤칠하고 이마 주름이 깊게 팬 마피아 같은 얼굴이다. 오찬 시간 동안 프랑크는 보호령의 상황을 히틀러에게 보고한다. 보고 내용 모두가 나치스 친위대 보안방첩부의 보고서와 일치한다. 이어서 히믈러와 하이드리히가 도착한다. 하이드리히는 현 상황의 문제점과 이에 대한 해결책을 멋지게 발표한다. 히틀러는 깊은 인상을 받으며 뿌듯해한다. 노이라트는 악천후 때문에 다음 날에야 도착한다. 노이라트는 단단히 찍힌다. 히틀러가 해임하고 싶은 장군들이 생기면 흔히 하는 방법대로 노이라트에게 건강상 이유를 들어 강제로 휴가를 보낸다. 이로써 보헤미아-모라비아 총독의 자리가 비게 된다.

114

1941년 9월 27일, 독일의 통제를 받는 체코 언론사가 다음과 같은 기사를 싣는다.

보헤미아-모라비아의 총독이자 독일 제3제국의 장관 겸 명예시민인 콘스탄틴 폰 노이라트가 건강상 이유로 휴가를 연장해 달라고 총통에게 요청했다. 현재의 전시 상황에서 독일 제3제국의 총독 자리는 한시도 비워서는 안 되기에 노이라트는 총독 대리를 임명하게 해 달라고 요청했다. 상황을 고려해 총통은 노이라트의 요청을 받아들였고 SS 상급집단지도자이자 경찰 총수인 하이드리히를 노이라트의 병가 동안 보헤미아-모라비아 총독 대리에 임명했다.

115

총독이라는 영광스러운 직책을 맡게 된 하이드리히는 그에 걸맞게 SS 서열 2위에 해당하는 상급집단지도자로 승진한다. 서열 1위의 친위대 제국지도자는 히믈러가 맡고 있다. 히믈러보다 높은 직책은 친위대 최상급집단지도자밖에 없는데 1941년 9월을 기준으로 이 자리까지 오른 이는 아직 없다(전쟁이 끝날 무렵 이 지위까지 오른 인물은 단 네 명뿐이다.).

비록 돌아서 온 길이지만 하이드리히는 이번 승진에 기뻐한다. 하이드리히는 아내에게 전화한다. 그러나 아내 리나는 독일을 떠나 프라하에서 살아야 한다는 생각에 크게 낙담한다("오, 당신이 그냥 평범한 우체부였다면!"이라고 말했다고 한다. 하지만 곧이어 그녀는 아까 했던 말과 맞지 않게 우쭐거리는 말을 하게 된다.). 하이드리히는 이렇게 대답한다.

"이번 승진은 내게 큰 의미가 있어! 구질구질한 잡일도 이제 끝이지! 독일 제국의 쓰레기통 같은 일은 안 해도 된다는 거야!"

독일 제국의 쓰레기통, 하이드리히는 게슈타포와 나치스 친위대 보안방첩부의 수장 자리를 이렇게 정의했다. 하지만 이후에도 두 기관의 수장 직을 여느 때처럼 효율적으로 수행하게 된다.

116

하이드리히가 새로운 총독으로 임명되었다는 소식이 체코 국민에게 전해지고 그날 바로 하이드리히가 프라하에 도착한다. 하이드리히는 융커스52 전투기를 타고 정오쯤에 루지네 공항에 도착한다.

그리고 프라하에서 가장 아름다운 곳 중 하나로 꼽히는 에스플라나데 호텔에 도착하지만 오래 머물지는 않는다. 그날 저녁 히믈러는 하이드리히가 전보로 보낸 보고서를 읽게 된다.

오후 3시 10분, 엘리아시 전 총리를 계획대로 체포했음. 오후 6시, 역시 계획대로 하벨카 전직 장관을 체포했음. 저녁 7시, 체코 라디오가 총통께서 본인 하이드리히를 체코 총독에 임명했다는 소식을 알렸음.

엘리아시와 하벨카는 현재 심문을 받는 중. 외교상 이유로 특별 회의를 소집해 엘리아시 총리를 인민재판에 세워야 함.

엘리아시와 하벨카는 하하 대통령 집권 때 독일에 협력한 체코 정부를 대표하는 인물이지만 동시에 런던에 있는 베네시와도 정기적으로 접촉하고 있었다. 하이드리히의 첩보원들이 알아낸 사실이다. 이 두 명은 즉각 처형되어야 마땅하나 하이드리히는 생각 끝에 즉각 처형하지는 않기로 한다. 물론 잠시 미룬 것뿐이다.

117

다음 날 아침 11시. 하이드리히의 총독 임명식이 흐라드차니 성에서 거행되었다. 수데텐란트 출신의 출판업자였다가 SS 장군 겸 국무장관이 된 야비한 카를 헤르만 프랑크가 성의 안마당에서 하이드리히를 성대하게 맞이한다. 「호르스트 베셀의 노래」라는 나치스 당가가 이번 임명식을 위해 특별히 소집된 오케스트라의 연주를 통해 흐른다. 하이드리히가 열병식을 지켜보는 가운데 하켄크로이츠 깃발 옆에는 만만치 않게 두려운 상징인 두 번째 깃발이 게양된다. 룬 문자로 SS가 새겨진 검은 깃발. 이 깃발이 성과 프라하에서 펄럭인다. 이제 보헤미아-모라비아는 공식적으로 SS의 첫 주가 된 것이나 마찬가지다.

118

이날, 체코 레지스탕스의 두 수장이며 반란을 주도한 요제프 빌리 대장과 휴고 보이타 사단장이 총살당한다. 빌리 대장은 "체코슬로바키아 공화국, 만세! 쏴 봐라, 이 개 같은 것들아!"라고 외친 후 독일군의 총에 맞고 쓰러진다. 두 사람이 내 책에서 중요한 역할을 하는 것은 아니지만 왠지 이 두 사람을 언급하지 않고 넘어가면 이들을 무시하는 기분이 들 것 같다.

빌리와 보이타와 함께 전직 체코군 장교 열아홉 명도 처형된다. 이 중 네 명은 영관급이다. 그다음 며칠 후에 첫 번째 조치가 내려진다. 체코 곳곳에 비상사태가 선포된 것이다.

계엄령에 따라 국내외에서 집회는 일절 금지된다. 법원의 판결은 둘 중 하나뿐이다. 어떤 죄목이든 벌금형 아니면 사형 중 하나를 판결 내린다. 전단지를 돌리거나 암시장에서 거래하거나 단순히 외국 라디오를 들어도 체코인들은 사형 선고를 받는다. 각 조항을 체코어와 독일어로 알리는 붉은색 포스터들이 여기저기 벽에 붙어 있다. 체코인들은 새로운 지배자가 누구인지 바로 눈치챈다. 그중에서도 유대인들이 더 빨리 눈치챈다. 9월 29일, 하이드리히는 유대교회당 폐쇄를 선포하고 유대인은 유대인 신분을 알리는 노란별을 의무적으로 달아야 한다는 최근 법에 반대하는 체코인들을 체포하라고 지시한다. 1942년 프랑스에서 유대인 탄압에 반대하는 연대 시위가 열리자, 유대인을 돕는 사람도 강제수용소에 보내진다. 보호령으로 전락한 체코에서 이 모든 것은 서막에 불과하다.

119

1941년 10월 2일. 하이드리히는 체르닌 궁에서 임시 보헤미아-모라비아 총독으로서 펼칠 정책의 주요 방향을 발표한다. 체르닌 궁은 현재 사보아 호텔이며 성벽 끝에 있다.

하이드리히는 나무 책상의 가장자리를 잡고 서 있다. 가슴에는 철십자 훈장이 달려 있고 왼손에는 결혼반지가 보인다. 점령군 주요 대표들 앞에서 연설하는 하이드리히의 얼굴은 자신감과 권위로 빛난다. 하이드리히는 청중에게 인상적인 연설을 하고 싶어 한다.

"전략적인 이유이기도 하고 전쟁 중 필요한 행동이기도 합니다. 체코를 쓸데없이 자극해서도 안 되고 체코가 반란만이 방법이라고 생각할 정도로 궁지로 몰아서도 안 됩니다."

하이드리히의 전략 중 첫 번째 핵심은 당근 정책과 채찍 정책이다. 당근 정책으로 안 통할 때는 채찍 정책으로 다스린다는 것이다.

"독일 제3제국은 그 어떤 수군거림에도 의연하게 평정심을 유지해야 합니다. 즉, 독일 제3제국에서 유대인에게 했던 실수를 반복해서는 안 되기에 독일인이라면 체코인에게 관용을 베풀어서는 안 됩니다. 독일인이라면 체코 사람이 괜찮다고 이야기해서는 안 됩니다. 이를 어길 경우 추방입니다. 우리가 힘을 합해 체코의 민족주의에 대항하지 않으면 체코인은 호시탐탐 배신할 기회를 노릴 겁니다."

키케로처럼 뛰어난 연설가와는 거리가 먼, 연설에 익숙지 않은 하이드리히가 구체적인 예시를 강조한다.

"독일인은 공공장소에서, 예를 들면 레스토랑에서 코가 비뚤어지도록 마셔서는 안 됩니다. 솔직히 술에 취하면 이성이 느슨해집니다. 모두 동의하는 부분일 겁니다. 대신 집과 장교 식당에서는 마음껏 마셔도 됩니다. 독일인은 공사 구분 없이 늘 단정하고 머리부터 발끝까지 타고난 지도자이자 지배자라는 것을 체코인들에게 보여 주어야 합니다."

하이드리히는 이 희한한 예를 든 다음 좀 더 구체적이고 위협적인 말투로 연설한다.

"체코는 독일 제3제국에 속하며 체코 시민들은 독일 제3제국에 충성을 바쳐야 한다고 내가 체코 시민들, 즉, 체코인과 그 밖의 사람들에게 분명하고 완강하게 알려 줄 겁니다. 이는 전쟁 중이라면 꼭 필요한 조치입니다. 체코 노동자마다 독일이 전쟁을 제대로 치를 수 있게 최선을 다해 돕는 모습을 보고 싶습니다. 이를 위해서는 이제부터 체코 노동자는 일한 만큼 먹도록 해야 합니다."

새로운 총독 대리 하이드리히는 사회와 경제 문제에 이어 인종 문제를 다룬다.

"체코 국민은 슬라브인이나 다른 민족과는 완전히 다르게 다뤄야 합니다. 게르만 인종에 속하는 체코인은 엄하되 공정하게 다뤄야 합니다. 이들을 독일 제3제국에 완전히 편입시켜 동화시키려면 우리 독일인과 똑같이 인간적으로 다독여야 합니다. 누가 게르만족으로 동화시키기에 알맞은지 결정하려면 인종 목록이 필요합니다. 체코에는 각종 민족이 섞여 있습니다. 혈통이 우수하고 우리 편을 드는 민족이라면 간단하게 게르만족으로 만들 겁니다. 반대로 열등한 데다가 우리에게 적대적인 민족은 쫓아내야 합니다. 이들을 추방할 자리는 동쪽에 널려 있습니다. 이 두 그룹 사이에 있는 중간 유형에 대해서는 면밀히 관찰해야 합니다. 인종적으로는 열등하지만 우리 편을 드는 민족들이 있습니다. 이런 부류는 독일 제3제국이나 다른 곳으로 이동을 시키되 후손이 퍼져야 좋을 것이 없으니 더 이상 아이를 낳지 않겠다는 약속을 받아야 합니다. 게르만족으로 만들 수 없는 부류는 전체 체코 인구 중 약 절반으로 나중에 북극으로 이주시킬 겁니다. 현재 우리는 북극에 러시아인을 가둘 집단 수용소를 짓고 있습니다. 한 부류가 더 남아 있습니다. 인종적으로는 그럭저럭 받아들일 만하지만 사상이 불손한 부류입니다. 이런 부류는 지도자 계급에 속하기 때문에 가장 위협적이라 어떻게 처리해야 할지 진지하게 생각해야 합니다. 이들 중 일부는 독일 제3제국 쪽에 살게 해 완전히 독일적인 환경에 노출시켜 게르만족으로 재탄생하게끔 재교육을 시킬 수 있습니다. 만일 이것이 불가능하다면 벽에 세워 총살해야 합니다. 이들을 동쪽으로 보냈다가는 그곳에서 반란군 수장이 되어 우리에게 총을 겨눌 게 분명하기 때문입니다."

하이드리히가 모든 가능성을 꼼꼼하게 따져 봤다는 생각이 든다.

다만 하이드리히가 은밀하고 은유적으로 사용한 '동쪽'이라는 표현이 어떤 뜻인지 청중은 아직 모르고 있다. 동쪽은 바로 폴란드 아우슈비츠를 뜻한다.

120

10월 3일 런던. 체코슬로바키아 자유언론은 프라하에서 정책이 바뀌었다는 기사를 보도하며 이런 제목을 내보낸다.

"보호령에서 이루어지는 대량 학살."

121

하이드리히의 부하 한 명이 이미 2년 전에 프라하에 자리를 잡고 준비를 해 두었다. 그 부하는 바로 아이히만. 오스트리아에서 뛰어난 업무 실력을 인정받아 1939년 프라하의 유대인 이주를 위한 중앙관청을 이끌게 되었고 그 후 승진하여 베를린 제국보안부에서 유대인 업무 담당자로 승진했다. 현재 아이히만은 상관 하이드리히의 부름을 받고 다시 프라하로 온 것이다. 2년 동안 프라하의 상황은 많이 달라졌다. 하이드리히가 여는 회의도 유대인 이주 문제가 아니라 보호령 내 유대인 문제 최종 해결책에 대해 다룬다. 데이터 내용은 다음과 같다. 보호령에 살고 있는 유대인 수는 8만 8000명으로 이 중 4만 8000명이 수도 프라하, 1만 명이 브르노, 1만 명이 오스트라바에 살고 있다. 하이드리히는 테레친을 이상적인 중계 수용소로 삼기로 한다. 아이히만이 메모를 한다. 유대인 수송은 신속하게 이루어질 것이다. 즉 매일 두세 대의 기차를 가동해 기차마다 유대인 1000명을 태운다. 시험하여 통과된 방법에 따라 유대인이 가져갈 수 있는 개인 소지품 무게는 50킬로그램으로 제한되며 짐 가방에 자물쇠를 채워서는 안 된다. 또한 1인당 2~4주분의 식량을 챙겨 가 독일의 식량 배급 부담을 줄여 주어야 한다.

122

라디오와 신문을 통해 보호령의 소식이 런던까지 전해진다. 얀 쿠비시 하사는 낙하산 부대 친구가 들려주는 고국의 소식을 듣고 있다. 학살, 학살, 학살. 학살 외에 무엇이 있는가? 하이드리히가 총독으로 부임한 후로 매일이 장례식 날이다. 참수당하는 사람들, 고문당하는 사람들, 강제수용되는 사람들. 오늘은 어떤 끔찍한 소식이 쿠비시를 겁나게 했을까? 고장 난 기계장치마냥 쿠비시는 고개를 흔들며 반복해서 말한다.

"어떻게 이런 일이? 어떻게 이런 일이⋯⋯?"

테레친에 한번 다녀온 적이 있다. 프랑스의 시인 로베르 데스노스가 생을 마감한 곳이라 직접 가 보고 싶었다.

데스노스는 부헨발트, 플로센뷔르크, 플뢰하를 거쳐 아우슈비츠에서 돌아온 후 1945년 5월 8일, 해방을 맞은 테레친에 도착했다. 그러나 죽음의 강행군으로 지친 나머지 티푸스에 걸려 사망하고 말았다. 1945년 6월 8일, 데스노스는 살아생전과 마찬가지로 자유로운 몸으로 눈을 감았다. 데스노스는 마지막 순간에 그의 초현실주의를 사랑하고 그의 작품을 존경한 젊은 남녀 간호사의 품에 안겨 눈을 감았다. 나중에 책으로 써 보고 싶은 이야기다. 데스노스의 임종을 지킨 젊은 남녀 간호사의 이름은 요제프와 알레나였다…….

테레친, 독일어로 테레지엔슈타트. 오스트리아의 여제가 프러시아 국왕 프리드리히 2세의 야욕으로부터 보헤미아의 전략적 요지를 지키기 위해 건설한 요새 도시다. 어떤 여제였을까? 잘 모르겠다. 다만 데스노스의 벗이자 데스노스의 마지막 순간을 지켜본 피에르 볼메르의 문장이 마음에 들어 인용해 본다. "마리아 테레지아? 당연히 테네지엔슈타트는 테레지아의 도시지."

1941년 11월에 하이드리히는 테레친을 게토로, 병영을 집단 수용소로 만들었다.

하지만 천만의 말씀, 테레친의 이야기는 이것이 다가 아니다.

테레친은 다른 게토와는 달랐다.

테레친은 중계 수용소 역할을 했다. 유대인 그룹은 여기서 대기하고 있다가 동쪽으로, 즉, 폴란드나 발트 3국으로 이송되었다. 1차 행렬은 1942년 1월 9일에 리가로 출발했다. 출발한 인원은 총 1000명. 이 중 105명만이 살아남는다. 2차 행렬은 1주일 후에 역시 리가로 출발했다. 1000명이 출발했고 이 중 16명만이 살아남는다. 3차 행렬은 3월에 1000명이 출발했고, 이 중 7명만이 살아남는다. 4차 행렬은 1000명이 출발했고, 이 중 3명만이 살아남는다. 점진적으로 100퍼센트의 유대인을 강제 이주시키는 이러한 끔찍한 작업에서도 독일의 그 유명한 효율성이 잘 발휘되고 있다는 점에 주목해야 한다.

유대인 강제 이주가 계속되면서 테레친의 게토는 외국인 관측 요원들을 위한 중계 게토 역할을 하게 된다. 게토에 사는 유대인 주민들은 국제 적십자의 관측 담당 대표들이 찾아오면 잘 지내는 척 연기를 해야 한다.

반제 회의에서 하이드리히는 제1차 세계대전 때 훈장을 받은 유대계 독일인, 65세 이상의 유대계 독일인, 일부 유명한 유대인, 즉 너무나 유명해서 갑자기 사라지면 파장을 일으킬 수 있는 유대인들은 테레친에서 안락한 환경에서 살아야 독일의 들끓는 여론을 잠재울 수 있다고 말한다. 실제로 독일 여론은 1933년부터 지속적으로 나치의 정책에 찬성했으나 1942년인 지금, 나치의 지나치게 잔혹한 정책에 충격을 받아 다소 동요하고 있다.

테레친의 이미지를 위해 이곳 게토의 유대인들은 괜찮은 대우를 받는 것처럼 보여야 한다. 이에 따라 나치스들은 특별히 테레친의 유대인들에게는 문화 활동을 할 수 있게 허락해 준다. 예를 들어, 예술 공연은 SS 대원의 통제를 받는다는 조건하에 적극 장려된다. 대신, SS 대원들은 유대인들에게 공연을 보며 활짝 웃으라고 한다. 시찰하러 온 적십자 대표들은 깊은 인상을 받아 테레친 게토, 이곳의 문화 생활과 유대인 주민들이 받는 대우에 대해 매우 긍정적인 보고서를 써서 제출한다. 전쟁 중 테레친에서 살게 된 유대인 14만 명 중 살아남은 유대인은 1만 7000명에 불과하다. 이들에 대해 쿤데라는 이런 글을 쓴다. "테레친의 유대인들은 환상이 없었다. 죽음의 대기실에서 살아가는 기분이었다. 이곳 유대인들의 문화 생활은 나치의 선전도구로 사용될 뿐이었다. 비록 임시적이고 가식적인 자유이긴 했으나 그렇다고 테레친의 유대인들이 이 자유마저 포기해야 했을까? 이들의 대답은 하나같이 분명했다. 이들의 생활, 창작 활동, 전시회, 4중창, 사랑 등 일상의 모든 부분은 간수가 지켜보는 죽음의 코미디보다 훨씬 중요했다. 이것이 테레친 유대인들의 운명이었다." 마지막에는 의미심장한 결론을 덧붙인다. "이것은 우리의 운명일 것이다."

124

베네시 대통령은 무척 초조해한다. 굳이 정보국을 통하지 않아도 눈치챌 수 있다. 영국은 나치에게 점령된 나라에 생긴 다양한 비밀 결사 단체가 나치와의 전쟁에 어떤 기여를 하는지 지속적으로 평가하고 있다. 바르바로사의 결과로 프랑스에서 공산당 단체들이 활동을 개시한다. 반면, 체코 레지스탕스의 활동은 거의 제로 상태나 마찬가지다. 하이드리히가 체코의 운명을 틀어쥐면서부터 체코의 비밀 결사 단체들은 하나씩 쓰러졌다. 그나마 얼마 남지 않은 체코의 비밀 결사 단체도 게슈타포의 감시망에서 자유롭지 못하다. 체코의 레지스탕스가 거의 힘을 쓰지 못하자 베네시는 가시방석에 앉은 듯 불안해한다. 현재 영국은 승리를 이룬다 해도 뮌헨 협정이 다시 도마에 오르는 것은 바라지 않고 있다. 즉, 승리를 해도 체코슬로바키아는 1938년 9월 이후에 결정된 국경까지만 회복할 수 있다. 원래 영토를 전부 회복하는 것이 아니라 수데텐란트를 제외한 영토만 회복하는 것이다.

뭔가를 해야 한다. 모라베츠 대령은 베네시 대통령이 씁쓸하게 말하는 불만 사항을 듣고 있다. 영국 측이 무기력한 체코와 달리 프랑스, 러시아, 심지어 유고슬라비아도 애국심을 발휘하며 활발히 활동을 하고 있다며 비교하는데 매우 굴욕적이라고 베네시 대통령은 말한다! 이러한 상황을 더 이상 방치시켜서는 안 된다.

그렇다면 어떻게 해야 하는가? 독일이 철저히 분쇄한 체코 레지스탕스에게 활동을 늘리라고 지시를 내릴 수도 없는 입장이다. 그렇다면 해결책은 여기 영국에 있다. 순간, 베네시의 눈이 반짝 빛났을 것이다. 베네시가 자신의 생각을 모라베츠에게 설명하면서 주먹으로 테이블을 탕탕 내려치는 모습을 상상해 본다. 나치에 대항하는 놀랄 만한 작전. 베네시의 낙하산 특공대가 비밀리에 준비하고 있는 암살 작전.

모라베츠는 베네시의 논리를 이해한다. 체코 국내의 레지스탕스는 거의 궤멸한 것과 다름없는 상태이기 때문에 외부에서 도움을 주어야 한다. 의욕 넘치고 훈련을 받은 특공대가 국내외를 깜짝 놀라게 할 임무를 수행할 것이다. 실제로 이것이 성공하면, 연합군에 체코슬로바키아를 우습게 봐서는 안 된다는 메시지를 주는 동시에 체코의 애국심을 부추겨 레지스탕스의 불씨를 다시 지피게 될 것이다. 나는 '체코의 애국심'이라는 표현을 쓰고 있지만 베네시는 분명 체코슬로바키아라고 말했을 것이다. 모라베츠에게 암살 작전에 체코인 요원과 슬로바키아인 요원을 선정하라고 간곡히 요청한 것도 분명 베네시일 것이다. 체코인 요원과 슬로바키아인 요원이야말로 두 민족이 결코 떨어질 수 없는 끈끈한 관계라는 것을 상정하게 될 테니 말이다.

암살 작전을 실행하려면 우선 암살 대상을 정해야 한다. 모라베츠는 동명이인 에마누엘 모라베츠를 즉각 떠올린다. 나치 부역에 가장 적극적으로 참여한 장관으로 체코의 라발(프랑스 비시 정부의 총리 — 옮긴이) 같은 인물이다. 하지만 에마누엘 모라베츠는 체코에서만 알려진 인물이기 때문에 암살해 봐야 국제적으로 파장이 없을 것이다. 이에 비해 카를 헤르만 프랑크는 좀 더 알려진 인물이다. 잔혹한 성격으로 인해 체코인들에게 상상을 초월하는 증오심을 불러일으키고 있다. 게다가 독일인이고 SS다. 암살 대상으로 적당할 것이다. 하지만 이왕 독일인 SS 인사 중에 암살 대상을 정한다면…….

특히 체코 정보국을 이끄는 모라베츠 대령에게 보헤미아-모라비아의 총독 대리이자 독일 국민 사이에서도 '사형 집행자', '프라하의 도살자'란 별명으로 불리는 독일 정보국의 수장인 하이드리히 상급집단지도자의 암살이 과연 어떤 의미로 다가왔을지 상상해 본다. 어떻게 보면 하이드리히는 정보국의 수장이기에 모라베츠와 같은 급의 인물이기도 하다.

그래, 기왕 암살한다면 하이드리히가 좋지 않을까……?

125

하이드리히 암살의 배경을 다룬 흥미진진한 책을 읽은 적이 있다. 체코의 작가 이르지 베일이 쓴 소설로 제목은 『지붕 위의 멘델스존』이다.

첫 챕터의 소제목을 책 제목으로 하고 있는데 그 내용이 재미있는 농담 같다. 체코 일꾼들이 프라하 오페라의 지붕에서 멘델스존 동상을 쓰러뜨리는 일을 하려 한다. 멘델스존이 유대인이기 때문에 동상을 철거하라는 명령이 떨어졌기 때문이다. 명령을 내린 사람은 클래식 음악 애호가이자 보헤미아-모라비아의 총독으로 최근 부임한 하이드리히다. 하지만 여러 동상이 죽 늘어서 있는데 하이드리히는 어느 것이 멘델스존 동상인지 말해 주지 않았다. 하이드리히가 아니면 멘델스존 동상을 알아볼 수 있는 독일인은 한 명도 없는 듯하다. 그러나 감히 하이드리히에게 뭐라고 할 수 있는 사람은 없다. 작전을 지켜보던 독일 SS가 유대인처럼 코가 큰 동상을 가리키며 체코 일꾼들에게 철거 명령을 내린다. 그러나 이런, 철거되는 동상은 바그너였다!

열 챕터가 지나서야 오해는 가까스로 풀리게 되고 마침내 체코 일꾼들은 멘델스존 동상을 쓰러뜨린다. 하지만 동상을 훼손하지 않으려는 마음에 체코 일꾼들은 멘델스존 동상을 눕혔는데 그 와중에 그만 팔 하나를 부러뜨리게 된다. 이 재미있는 일화는 실화다. 멘델스존 동상이 철거된 것은 1941년의 일이었다. 소설에서 나온 것처럼 멘델스존 동상은 팔 하나가 부러졌다. 그 후 팔이 새로 붙여졌는지는 모르겠다. 어쨌든 동상 철거를 맡은 불쌍한 SS의 한 차례 소동 에 대해 이 당시에 살았던 어느 남자가 상상해서 쓴 것이다. 그야말로 체코 문학이 전형적으로 보여 주는 익살스러운 묘사의 정점이라 할 수 있다. 부드러우면서도 날카로운 유머가 체코 문학의 특징이다. 이 같은 체코 문학의 특징을 보여 주는 수호성인 같은 작가로 야로슬라프 하셰크가 있다. 용감한 병사 슈베이크의 모험을 다룬 영원불멸의 작가다.

126

모라베츠는 낙하산 특공대의 훈련을 지켜본다. 전투복을 입은 병사들이 달리고 장애물을 뛰어넘고 총을 쏜다. 그중에서도 민첩하고 기운이 넘치며 상대방을 하나하나 쓰러뜨리는 키 작은 병사 한 명이 모라베츠의 눈에 들어온다. 모라베츠는 체코에서 복무한 적 있는 나이 지긋한 영국인 훈련 교관에게 저 병사의 폭탄 다루는 솜씨가 어떠냐고 묻는다.

"전문가죠." 영국인 교관이 대답한다.

그렇다면 사격 솜씨는?

"예술가나 다름없죠!"

이름은?

"요제프 가브치크."

슬로바키아인 이름처럼 들린다. 요제프 가브치크는 즉각 불려
온다.

127

모라베츠 대령이 유인원 작전을 위해 선발한 낙하산병 두 명에게
말하고 있다. 두 대원은 요제프 가브치크 중사와 안톤 스보보다 중
사. 베네시 대통령의 바람대로 슬로바키아인과 체코인이다.

"라디오와 신문을 통해 우리 조국에서 벌어지고 있는 잔혹한 학
살에 대해 알고 있을 것이다. 독일은 가장 뛰어난 인재들을 죽이고
있다. 이는 전쟁 중 흔히 일어나는 일이기 때문에 불평해서도, 울
어서도 안 되지만 맞서 싸워야 한다. 우리 조국에서 동포들이 싸웠
지만 지금은 마음대로 활동할 수 없는 상황이 되었다. 이제 우리가
외부에서 체코 레지스탕스들을 도울 차례다. 외부에서 도움을 주
는 이번 임무는 여러분이 맡게 될 것이다. 10월은 우리나라 국경절
이 있는 달이다. 독립한 이후 가장 슬픈 국경절이 되었지만 이런 때
일수록 야찔하고 강력하게 기념해야 할 것이다. 그래서 우리는 우
리 국민을 학살하는 살인마들에게 역사에 남을 일격으로 앙갚음을

해 주기로 했다. 프라하에서 암살해야 할 대상은 두 명으로 카를 헤르만 프랑크와 하이드리히 신임 총독이다. 둘 중 한 명은 반드시 암살하여 모든 사람들의 한을 풀어 주고 주먹에는 주먹으로 맞선다는 것을 보여 주어야 한다는 것이 우리의 생각이다. 바로 두 사람이 이 임무를 맡게 된다. 두 사람은 조국으로 돌아가 서로 힘을 합쳐 임무를 완수해야 한다. 두 사람의 협력은 반드시 필요하다. 왜냐하면 조국 동포들의 협력은 기대하기 어렵기 때문이다. 즉, 임무 완수 때까지 외부 도움을 전혀 없을 것이란 이야기다. 그러나 임무 완수 후에 여러분은 동포들의 지원을 원없이 받게 될 것이다. 따라서 임무 수행 방식과 임무 소요 시간은 두 사람이 스스로 정하도록 한다. 두 사람은 착륙하기 알맞은 곳에 낙하산을 타고 내려가게 된다. 장비는 우리가 제공한다. 조국의 상황은 우리가 알고 있는 대로다. 따라서 두 사람은 현지에서 동포들의 도움을 받게 되겠지만 신중하고 조심스럽게 행동해야 한다. 다시 한 번 강조하지만 두 사람은 우리 역사에 남을 중대한 임무를 맡은 만큼 위험부담도 크다. 두 사람이 어떻게 작전을 수행하느냐에 따라 임무 조건도 달라진다. 아까 하던 특별 훈련을 받고 돌아오면 다시 이야기하기로 하겠다. 아까도 말했지만 매우 중요한 임무인 만큼 나라에 충성하겠다는 마음으로 적극적으로 임해야 한다. 내가 한 말 중에 궁금한 것이 있으면 질문하도록."

가브치크와 스보보다는 궁금한 것이 없다. 다만 군 최고사령부가 암살 대상을 누구로 정해야 할지 좀 더 생각 중인 것 같다는 느낌이 든다. 모라베츠의 말에서 암시되지만, 두 사람은 가장 중요한 암살 대상이 누구인지 대충 눈치챘다. 대가를 치러야 할 대상은 바로 프라하의 사형 집행자, 도살자, 금발의 짐승, 하이드리히이다.

128

수스트르 대위가 가브치크에게 말한다.

"안 좋은 소식이다."

훈련 중 벌어진 낙하산 사고 이후, 유인원 작전의 체코인 파트너 스보보다가 계속 두통을 호소하고 있어 런던으로 이송되어 의사의 진료를 받는 중이라는 것이다. 가브치크 혼자 준비를 마쳐야 한다. 하지만 유인원 작전은 이미 연기가 불가피하다는 것을 눈치챘다. 파트너는 가브치크와 함께 출발하지 못할 것이다.

"스보보다를 대신할 사람이 있는가?" 대위가 묻는다.

"예, 대위님, 있습니다." 가브치크가 대답한다.

얀 쿠비시가 중요한 역사 무대에 등장하는 순간이다.

129

이제는 확실히 가브치크와 쿠비시가 어떤 인물인지 설명할 차례가 된 것 같다. 이를 위해서는 영국군의 평가 보고서를 번역하기만 하면 되기에 망설일 필요가 없다.

요제프 가브치크

정신력이 강인하고 절제력이 있는 병사

지적 능력은 특별하지 않으며 지식 습득 속도가 느리다.

매우 믿음직스럽고 열정 넘치며 유쾌한 성격이다.

실무에는 강하지만 지식을 요하는 일에는 약하다.

　부하들을 잘 챙기는 리더십이 강하고 동시에 아주 사소한 것까지 명령에 복종한다. 놀랄 정도로 상명하달 능력이 뛰어나다.

　또한 실용적인 기술을 잘 알고 있다(전에 유독가스 공장에서 근무한 적이 있다.).

신체 훈련 성적: 매우 좋음

야외 훈련 실력: 좋음

격투 실력: 매우 좋음

무기 조작 능력: 좋음

폭탄 제조 능력: 좋음(86퍼센트)

통신 능력: 매우 좋음(모스 부호 해독률 12단어/분)

보고 능력: 아주 좋음

지도 해독과 제작 능력: 꽤 좋은 편(68퍼센트)

운전 능력: 자전거 운전 가능, 오토바이 운전 불가능, 자동차 운전 가능

얀 쿠비시

믿음직스럽고 과묵하며 우수한 병사

신체 훈련 성적: 아주 좋음

야외 훈련 실력: 좋음

격투 실력: 아주 좋음

무기 조작 능력: 좋음

폭탄 제조 능력: 좋음(90퍼센트, 실행과 지시 부분이 느린 편)

통신 능력: 좋음

보고 능력: 좋음

지도 해독과 제작 능력: 아주 좋음(95퍼센트)

운전 능력: 자전거, 오토바이, 자동차 운전 가능

이 자료를 프라하 군사 박물관에서 얻었을 때 난 마치 어린아이처럼 기뻐 어쩔 줄 몰랐다. 체코어를 아는 나타샤가 읽고 해석해 주었다. 귀한 파일 자료 내용을 받아 적으며 기뻐하는 내 모습을 나타샤는 바라봤다.

가브치크와 쿠비시가 스타일과 성격이 반대였음을 파일은 보여 주고 있다. 가브치크가 키 작고 에너지 넘치는 외향적인 스타일이라면 쿠비시는 키 크고 침착하고 진지한 스타일이다. 내가 얻은 모든 증언 자료들에서도 같은 내용을 읽었다. 이렇게 스타일과 성격이 다른 두 사람이 업무를 분담하게 된다. 가브치크는 기관총 담당, 쿠비시는 폭탄 담당.

그러나 내가 들어 알고 있는 것과 달리 보고서를 작성한 장교는 가브치크의 지적 능력을 지나치게 과소평가한 것이 아닌가 하는 생각이 든다. 가브치크의 상관 모라베츠 대령의 회고록도 나의 생각에 힘을 실어 준다. "훈련을 받을 때 가브치크는 재능 있고 영리해 보였고 아주 힘든 상황에서도 미소를 잃지 않았다. 솔직하고 다정하며 대담하고 적극적이었다. 타고난 리더였다. 아무리 어려운 훈련도 불평불만 없이 아주 잘 해냈다."

반면 쿠비시에 대해서 모라베츠는 이렇게 평가하고 있다. "움직임이 느리지만 인내심이 강하고 끈질겼다. 교관들도 쿠비시가 똑똑하고 상상력이 뛰어나다고 보고했다. 절제력이 매우 강하고 신중하며 믿음직했다. 또한 과묵하고 조심성 있고 진지했다. 유쾌하고 외향적인 가브치크와 정반대 성격이었다."

일리노이 주 어느 도서관에서 정리하려고 내놓은 책들 중에서 손에 넣게 된 『스파이의 대가』는 지금도 매우 소중히 아끼고 있다. 그 책에서 모라베츠 대령은 진짜 이야기를 들려준다. 내 본능을 그대로 따랐다면, 책 한 권을 통째로 베껴 썼을 것이다. 내가 보르헤스의 소설에 나오는 등장인물인 것처럼 느낄 때가 많다. 하지만 난 더 이상 등장인물이 아니다.

130

"만일, 암살 작전을 수행할 때 다행히 목숨을 건지게 된다면 선택은 둘 중 하나다. 체코슬로바키아에서 어떻게든 살아남든가 아니면 국경을 넘어 런던에 있는 기지로 복귀하든가. 독일이 어떻게 나올지 모르기 때문에 두 가지 가능성 모두 위험하긴 하다. 숨김없이 솔직히 말하겠다. 암살 작전 수행 시 현장에서 사살당할 가능성이 가장 높다."

모라베츠는 두 사람을 따로 불러 같은 이야기를 해 준다. 가브치크와 쿠비시는 아무런 감정의 동요 없이 대답한다.

가브치크는 전쟁 중의 작전인 만큼 죽을 각오는 되어 있다고 말한다.

쿠비시는 자신을 이런 중요한 임무에 발탁해 주어 감사하다고 모라베츠 대령에게 말한다.

두 사람은 게슈타포 손에 잡히느니 차라리 죽음을 택하겠다고 말한다.

131

그대들은 체코인, 슬로바키아인이다. 남들이 이래라저래라 하는 걸 좋아하지 않고 남들이 고통을 당하는 것을 그냥 보고만 있지도 못한다. 그렇기 때문에 그대들은 조국을 떠나 나치 독일에 저항하는 동포들에게 가기로 결심한다. 각자 북쪽 또는 남쪽을 통해, 폴란드 또는 발칸 반도를 통해, 복잡한 여정을 거쳐 프랑스로 간다.

하지만 프랑스에 도착하면 더욱 복잡한 상황이 기다리고 있다.

프랑스에서 그대들은 의무적으로 외인부대에 들어가 각각 알제리 또는 튀니지에 배치된다. 마침내 그대들은 체코슬로바키아 사단에 들어간다. 체코슬로바키아 사단은 스페인 난민들이 있는 어느 도시에 편성되어 있다. 프랑스가 전쟁광 히틀러에게 공격을 받으면 그대들은 프랑스 편에 서서 싸운다. 용감하게 싸운다. 하지만 후퇴와 패배가 계속되고 그대들도 끝없는 퇴각의 물결에 휩쓸린다. 하늘에서는 전투기들이 요란한 소리를 내고 있다. 그대들은 길고 고통스러운 패주 대열에 참여한다. 그대들에게는 처음이자 마지막 퇴각이다. 프랑스 남부 전선이 무너져 혼란스러운 상황 속에서 그대들은 다시 한 번 배를 타는 데 성공하게 되고 이번에는 영국에 내린다. 그대들이 독일 침략군에 맞서 용감히 저항하여 1939년 3월 독일의 체코슬로바키아 침공으로 땅에 떨어져 있던 조국의 명예를 다시 살려 주자 이에 깊은 인상을 받은 베네시 대통령이 어느 들판에서 직접 그대들에게 훈장을 수여한다. 그대들은 구겨진 군복 차림에 지친 표정이지만 베네시 대통령이 군복에 메달을 걸어 주는 순간, 그대들은 친구들과 함께 있다. 영국의 처칠 수상이 직접 지팡이를 짚고 와서 그대들을 살펴본다. 그대들은 침략자와 맞서 싸우며 조국의 명예를 구했으나 여기서 만족하지 않는다.

그대들은 특공대에 입대해 영국 스코틀랜드나 잉글랜드에 있는 '하우스', '매너' 혹은 '빌라'라는 이름의 성에서 훈련을 받는다. 장애물을 뛰어넘고 사격하고 결투하고 수류탄 안전핀을 뽑는 훈련을 받는다. 그대들은 훌륭한 솜씨를 유감없이 보여 준다. 인간적으로도 그대들은 매력적이다. 그대들은 좋은 동료이고 젊은 여자들에게 인기가 많다. 그대들은 각자 영국 아가씨와 연애를 하고 연인의 부모네 집으로 가 차를 마시고 부모님에게 호감을 얻는다. 그대들은 그 어느 국가도 두 명에게 단독으로 맡긴 적이 없는 최대 임무에 투입되어 임무를 성공적으로 수행하기 위해 계속 훈련을 받는다. 그대들은 정의와 복수를 믿고 있으며 용기와 의지력과 재능이 있다. 그대들은 조국을 위해 목숨을 바칠 각오가 되어 있다. 마음속에서 커지다가 점차 통제가 불가능해진 무엇인가에 사로잡힌 그대들이지만 꿋꿋하게 자기 자신을 잃지 않는다. 그대들은 평범한 인간이다. 한 남자.

그대들의 이름은 요제프 가브치크와 얀 쿠비시. 이제 그대들은 역사 속으로 들어가게 된다.

132

런던에 피신한 망명 정부마다 자체 편성한 군대에 축구팀을 두고 있어서 정기적으로 친선 경기가 열리고 있다. 오늘은 프랑스 팀과 체코슬로바키아 팀이 경기를 펼친다. 여느 때와 마찬가지로 다양한 국적과 계급으로 이루어진 관중이 떼를 지어 몰려온다. 느긋한 분위기로 가득하다.

각 팀을 상징하는 색깔의 유니폼이 보이자 응원 소리가 터져 나온다. 계단식 좌석에서 큰 소리로 외치는 관중들 사이에 가브치크와 쿠비시의 모습이 보인다. 갈색 군모를 쓰고 있는 두 사람은 열심히 대화 중이다. 두 사람의 입술과 손이 동시에 빠르게 움직이고 있다. 전문적이고 복잡한 주제를 놓고 대화에 열을 올리는 모습이다. 두 사람은 거의 경기에 집중하지 않다가 아슬아슬한 경기로 함성 소리가 커지면 대화를 멈춘다. 잠시 경기를 보다가 다시 대화를 시작한다. 주변에서 관중들의 함성과 응원가가 들린다.

프랑스가 첫 골을 넣는다. 프랑스 응원단이 환호성을 질러 댄다.

정신 없이 경기를 보는 다른 관중들과 달리 경기보다 대화에 집중하는 가브치크와 쿠비시의 태도는 눈에 띌 수 있다. 어쨌든 두 사람이 맡기로 한 특수 임무에 대해 체코슬로바키아 해방군 병사들 사이에서 이런저런 말이 돌기 시작한다. 비밀리에 준비하는 특수 임무 덕분인지 두 사람은 뭔가 위엄이 있어 보인다. 더구나 폴란드를 통해 같이 철수했던 옛 동료들, 프랑스 외인부대 시절의 옛 친구들이 질문을 해도 대답을 아껴서일까. 두 사람은 더욱 신비한 매력을 풍긴다.

가브치크와 쿠비시가 나누는 이야기는 작전에 대한 것이 분명하다. 경기장에서는 체코슬로바키아 팀이 골을 넣기 위해 서둘러 경기를 펼친다. 페널티에 따라 10번 선수가 볼을 넘겨받아 골대 쪽으로 몰지만 프랑스의 수비수에게 밀려난다. 숨어 있는 센터포드가 왼쪽에서 다시 공을 몰아 골대를 향해 곧장 볼을 날린다. 골키퍼가 공에 맞고 흙먼지 바닥에서 구른다. 체코슬로바키아 팀이 동점골을 넣자 경기장은 흥분의 도가니에 빠진다. 가브치크와 쿠비시도 순간 대화를 멈춘다. 두 사람도 왠지 신난다.

프랑스 팀과 체코슬로바키아 팀은 무승부로 경기를 마친다.

133

1941년 11월 19일, 프라하 언덕 위 흐라드차니 한가운데에 있는 성 비투스 대성당의 황금 방에서 의식이 거행되고 있다. 하하 대통령이 프라하의 열쇠 일곱 개를 새로운 주인 하이드리히에게 전달하는 공식 행사다. 세공된 커다란 열쇠 일곱 개가 보관되어 있는 방에는 체코의 가장 귀한 보물인 성 바츨라프의 왕관도 보관되어 있다. 정교한 자수로 장식된 쿠션에 놓인 왕관 앞에 하이드리히와 하하가 함께 서 있는 사진 한 장이 있다. 하이드리히가 이 순간을 참지 못하고 왕관을 써 봤다는 이야기가 전해진다. 체코의 오랜 전설에 따르면 자격이 안 되는 사람이 이 왕관을 쓰게 되면 그 사람과 큰아들은 그해에 죽게 된다.

사진을 자세히 보면 늙고 우중충한 모습의 대머리 하하가 왕실의 상징인 왕관을 불길하게 바라보고 있고 하이드리히는 왕관에 의례적인 존경을 표하고 있다. 전설을 지닌 왕관 정도에 하이드리히가 흥분했을 것 같지는 않다. 오히려 하이드리히는 의식이 지루하다는 생각을 하고 있었을지도 모른다.

사실, 하이드리히가 이 의식에서 왕관을 썼다는 확실한 증거는 없는 듯하다. 하이드리히가 오만함 때문에 천벌을 받았다고 믿고 싶어 이런 이야기를 전하는 사람들도 있다고 생각한다. 하지만 하이드리히가 바그너 오페라에서 나오는 인물처럼 갑자기 왕관을 써 보는 오만한 행동을 했다고 생각하지는 않는다. 이렇게 생각하는 데에는 나름의 이유가 있다. 하이드리히가 열쇠 일곱 개 가운데 세 개를 하하에게 우호의 표시로 돌려주었기 때문이다. 독일에서 온 보호령 총독이 체코 정부와 함께 나라를 이끌어 갈 마음이 있다는 것을 보여 주는 대목이라고도 생각할 수 있다. 하지만 사실, 이는 큰 의미가 없는 상징적 행동일 뿐이다. 뿐만 아니라 형식적으로 이뤄지는 열쇠 교환식은 그야말로 특별한 느낌이 전혀 없다. 가장 형식적인 외교 의례, 즉, 별 의미 없는 의식에 지나지 않는다. 어쩌면 하이드리히는 어서 의식을 끝내고 집으로 돌아가 아이들과 놀거나 유대인 학살 계획에 대해 연구해 보고 싶다는 마음이 더 컸을지도 모른다.

그런데…… 사진을 좀 더 자세히 보면 하이드리히의 오른손이 왕관이 놓인 쿠션에 부분적으로 가려져 있음을 알 수 있다. 하이드리히는 오른손은 장갑을 벗었지만 왼손은 그대로 장갑을 끼고 있다. 하이드리히는 뭔가를 향해 오른손을 앞으로 내민 상태다. 사진에서 왕실 지휘봉이 왕관이 놓인 쿠션의 절반 부분을 조금 지나 놓여 있다. 쿠션에 가려진 것은 지휘봉을 잡고 있거나 잡으려는 손이다. 새롭게 알게 된 정보 덕분에 하이드리히의 표정을 다른 방향으로 해석하게 된다. 탐욕을 억누르려는 표정처럼 보이기도 한다. 찰리 채플린 영화에서와 달리 실제로는 하이드리히가 왕관을 쓰지 않았다고 생각하지만 분명 하이드리히는 지휘봉을 들고 무심하게 봤을 것이다. 분명 대수롭지 않아 보일 수 있지만 어쨌든 꽤 상징적이다. 하이드리히가 제아무리 효율주의자라 해도 권력의 상징에는 마음이 끌렸던 것이다.

134

요제프 가브치크와 얀 쿠비시는 하숙집 아주머니 엘리슨 부인이 내온 차에 비스킷을 담근다. 당시 모든 영국인은 어떻게 해서든지 조국이 참여한 전쟁에 힘을 보태고 싶어 했다. 엘리슨 부인도 가브치크와 쿠비시를 머물게 해 달라는 부탁을 받자 흔쾌히 그러겠다고 했다. 더구나 가브치크와 쿠비시는 매력적인 청년이다. 어디서 어떻게 배웠는지는 모르겠지만 가브치크는 영어에 능통하다. 활달하고 매력적인 가브치크가 대화를 이끌자 엘리슨 부인은 즐거워한다. 그에 비해 영어가 능통하지 않은 쿠비시는 말수는 적지만 순진하게 미소를 짓는다. 엘리슨 부인은 쿠비시가 천성적으로 친절한 청년이라고 느낀다.

"차 좀 더 드실래요?"

같은 소파에 나란히 앉은 가브치크와 쿠비시는 공손하게 그러겠다고 대답한다. 두 사람은 이미 충분히 어려운 고비를 넘겼기에 오랜만에 갖는 티타임을 놓치고 싶지 않다는 생각을 한다. 두 사람은 작은 비스킷을 입에 넣고 살살 녹인다. 겨울에 주로 먹는 향신료를 넣은 비스킷 종류를 상상해 본다. 갑자기 벨소리가 들린다. 엘리슨 부인이 자리에서 일어나지만 벌써 열쇠 따는 소리가 들린다. 아가씨 두 명이 들어온다.

"어서 와라, 얘들아. 자, 여기 소개해 줄게!"

이번에는 가브치크와 쿠비시가 자리에서 일어난다.

"로나, 에드나, 여기는 요제프와 얀. 당분간 우리 집에서 머물 거야."

두 딸이 웃으면서 앞으로 다가온다. 이 순간 가브치크와 쿠비시는 고달프고 잔인한 이 세상에도 정의가 조금은 남아 있다는 생각을 했을 것이다.

135

나의 임무는 또 한 명의 체코슬로바키아 군대 소속 병사와 함께 조국으로 파견되어 그때그때 상황에 맞는 방법에 따라 장소를 정하고 파괴공작이나 테러 활동을 실행하는 것이다. 목표한 결과를 얻기 위해 조국 안팎에서 최선을 다할 것이다. 내가 자원한 이번 임무를 성공적으로 마칠 수 있게 성심을 다해 노력할 것을 맹세한다.

1941년 12월 1일, 가브치크와 쿠비시가 서명한 서류의 내용이다. 혹시 영국에 주둔한 모든 군대 소속의 낙하산병들이 의무적으로 서명해야 했던 서류인지 궁금하다.

136

히틀러의 건축가이자 군수 장관인 알베르트 슈페어는 하이드리히의 마음에 들어야 할 것이다. 세련미와 고상함이 넘치는 매력적인 하이드리히는 다른 나치스 고관들에 비해 문화 수준이 남다르다. 히믈러처럼 양계장을 했던 사람도 아니고 로젠베르크처럼 광신적인 몽상가도 아니며 괴링이나 보어만 같은 돼지도 아니다.

슈페어가 프라하에 들른다. 하이드리히가 드라이브를 하며 슈페어에게 프라하를 안내하며 멘델스존 동상이 더 이상 지붕 위에 없는 오페라 극장을 보여 준다. 슈페어도 하이드리히처럼 클래식 음악을 좋아한다. 하지만 두 사람은 서로를 탐탁지 않게 생각하고 있다. 뛰어난 지식인인 슈페어가 보기에 하이드리히는 히틀러가 지시하는 지저분한 일들을 군말 없이 하는 행동대원이다. 즉, 교양은 부족하고 행동으로 밀어붙이는 사람인 것이다. 반면, 하이드리히가 보기에 슈페어는 좋게 볼 만한 장점이 있고 능력도 있는 사람이지만 철 모르는 민간인에 속물 근성이 있는 샌님이다. 하이드리히는 슈페어가 구정물에 손을 담가 보지 않은 인물이라 마음에 들지 않는다.

군수 장관인 슈페어는 독일이 전쟁을 제대로 수행해 나갈 수 있도록 체코 노동자 1만 6000명을 추가로 제공해 달라는 괴링의 요청을 하이드리히에게 전한다. 하이드리히는 최대한 신속하게 그리할 수 있다고 큰소리를 친다. 하이드리히가 슈페어에게 설명하길, 체코인들은 이미 길을 잘 들여 놓아 공산주의자 레지스탕스와 불순분자가 판을 치는 프랑스와는 다르다고 한다.

독일군이 탄 위압적인 메르세데스 행렬이 카를 다리를 건넌다. 고딕풍과 바로크풍 건물들을 보면서 슈페어는 흥분을 감추지 못한다. 멋진 건물들을 지나고 길이 눈앞에 펼쳐지자 슈페어는 다시 군수 장관의 자세로 돌아와 다양한 도시 정비를 구상해 본다. 레트나의 넓은 미개발 지역은 독일 정부의 새로운 본부를 짓기에 알맞을 것 같다는 것이 슈페어의 생각이다. 하이드리히는 잠자코 있지만 보헤미아 국왕들이 살았던 흐라드차니 성을 떠나야 한다는 생각이 마음에 들지는 않는다. 이 성에 있으면 군주가 된 기분인데 말이다. 유럽에서 가장 아름다운 도서관이 있는 스트라호프의 수도원을 보며 슈페어는 커다란 독일 대학을 지을 생각을 하고 있다. 몰다우 강 연안을 완전히 재정비할 아이디어도 넘쳐난다. 슈페어는 프라하에서 가장 높은 페트린 언덕에 있는 에펠탑 모조품처럼 생긴 조악한 탑을 완전히 철거해야 한다고 권한다. 하이드리히는 프라하를 독일 제국의 문화 수도로 만들고 싶다고 슈페어에게 설명한다. 하이드리히는 다가올 음악 시즌의 시작을 알리기 위한 작품으로 아버지가 작곡한 오페라를 소개할 생각을 하고 있다고 자랑스럽게 떠벌린다.

"멋진 생각입니다."

슈페어는 하이드리히 아버지의 오페라에 대해 아는 것이라고는 전혀 없으나 깍듯이 대답한다.

"첫 공연은 언제로 잡혀 있습니까?" 슈페어가 묻는다.

5월 26일이다. 한편, 두 번째 차에 타고 있는 슈페어의 아내는 하이드리히의 아내 리나의 옷차림을 유심히 관찰한다. 두 여자는 서로 차갑게 견제하고 있는 듯하다. 두 시간 동안 검은색 메르세데스 행렬이 프라하 도로를 누비고 다닌다. 프라하를 둘러보는 드라이브가 끝나자 슈페어는 아까 하이드리히가 말해 주었던 공연 날짜를 이미 잊어버린 상태다.

1942년 5월 26일. 암살 작전 전날이다.

슬로바키아 출신 가브치크와 모라비아 출신 쿠비시는 프라하에 한 번도 가 본 적이 없다. 그것이 두 사람이 선발된 이유 중 하나이 기도 하다. 실제로 두 사람은 프라하에서 아는 사람이 없을 테니 그 만큼 눈에 띌 위험이 없다. 그러나 동시에 프라하의 지리에 어둡다 는 것은 촌뜨기 청년인 두 사람의 약점이기도 하다. 현지의 지식을 활용할 수 없으니 말이다. 그렇기 때문에 두 사람이 받는 집중 훈련 중에 아름다운 수도 프라하의 지도를 공부하는 과정이 있다.

가브치크와 쿠비시는 열심히 프라하의 지도를 보며 주요 광장과 도로의 위치를 외운다. 지금까지 두 사람은 카를 다리, 구시가 광장, 말라 스트라나 지구, 바츨라프 광장, 카를 광장, 네루도바 거리, 페 트린 언덕, 스트라호프 언덕, 블타바 강 연안, 레슬로바 거리, 흐라 드차니 성 안뜰, 비셰흐라드 성의 묘지에 한 번도 가 본 적이 없다. 참고로 당시는 이 묘지에 불멸의 작품집 『비 내리는 프라하』의 작 가인 비테즈슬라프 네즈발이 묻히기 전이다. 백조와 오리 들이 노 니는 강의 쓸쓸한 섬들, 중앙역을 따라 뻗어 있는 빌소노바 거리, 체 코의 광장과 탑도 한 번도 본 적이 없다. 또한 틴 대성당의 푸르스 름한 탑들, 매시간 작은 자동인형들이 움직이는 시청의 천문 시계 도 직접 눈으로 본 적이 없다. 루브르 카페의 쇼콜라도, 슬라비아 카 페의 맥주도 아직 마셔 본 적이 없다. 하지만 이런 두 사람을 바라 보는 플라트네르슈스카 거리의 청동상의 눈에서는 무시하는 눈빛 이 느껴지지 않는다. 두 사람이 지도를 보면서 생각나는 것이라고는 어릴 때 들었던, 혹은 군사 훈련을 받을 때 들었던 이름들뿐이다. 작전의 무대가 될 장소의 지형을 관찰하는 가브치크와 쿠비시는 군인이 아니라 마치 꼼꼼하게 여행을 준비하는 사람들처럼 보일 수 있을 것 같다.

138

하이드리히가 체코의 농부 대표단을 만난다. 농부들을 맞이하는 태도가 얼음장처럼 차갑다. 하이드리히는 체코 농부단이 협조하겠다며 굽실거리며 약속하는 이야기를 조용히 듣고 있다가 체코 농부들은 불순분자라고 설명한다. 가축과 곡물 목록을 조작하기 때문이다. 조작의 목적은? 안 봐도 뻔하다. 암시장을 키우기 위해서다. 하이드리히는 푸줏간 주인, 도매상인, 술집 주인 들을 이미 처형하기 시작했으나 주민들을 굶주리게 하는 골칫거리들을 효과적으로 해결하려면 농장 생산물을 빈틈없이 효과적으로 통제해야 한다. 어쨌든 하이드리히는 농부 대표단에게 위협적으로 경고한다. 생산량을 정확히 보고하지 않는 농민은 농장을 몰수당할 것이라며 으름장을 놓는다. 농부 대표단은 얼어붙은 듯 꼼짝도 하지 않는다. 만일 법을 어겨서 하이드리히에게 구시가 광장으로 끌려가 산 채로 가죽이 벗겨진다 해도 아무도 도와줄 사람이 없을 것이라는 사실을 농부 대표단은 알고 있다. 암시장과의 결탁은 사람들을 굶주리게 하는 불법 행위이기 때문에 이를 해결하려는 하이드리히의 정책은 많은 사람들에게 지지를 받는다. 공포정치를 하면서 동시에 서민을 위한 정책을 펼치는 정치 쇼.

농부 대표단이 물러가자 하이드리히의 부관 카를 헤르만 프랑크는 몰수할 농장 목록을 작성하자고 회의 도중 제안한다. 하이드리히는 프랑크에게 흥분을 가라앉히라고 하고는 게르만화할 수 없는 농부들의 농장만 몰수될 것이라고 설명한다.

그렇다, 어쨌든 여기는 소비에트연방은 아니니까!

139

아마도 내벽 장식이 되어 있는 하이드리히의 집무실에서 벌어진 장면인 듯하다. 하이드리히가 서류들을 열심히 보고 있다. 그때 누가 문을 노크하는 소리가 들린다. 군복 차림의 부하가 몹시 불안한 표정으로 들어온다. 손에는 서류가 하나 들려 있다.

"상급집단지도자님, 방금 들어온 소식입니다! 독일이 미국에 전쟁을 선포했다고 합니다!"

하이드리히는 눈 하나 깜빡이지 않는다. 부하가 전해 준 전보를 말없이 읽는다.

오랫동안 침묵이 흐른다.

"대장님, 어떻게 할까요?"

"소대를 역으로 데려가 윌슨의 동상(우드로 윌슨의 민족자결주의 선언은 체코슬로바키아 독립의 계기를 마련했다 ─ 옮긴이)을 철거시켜."

"……."

"내일 아침, 그 조악한 동상이 눈에 띄어서는 안 된다. 즉각 시행한다!"

140

베네시 대통령은 책임을 다해야 한다는 것을 알고 있고 어찌 되었든 준비는 할 것이다. 유인원 작전이 성공하면 독일은 반드시 대대적인 보복을 해 올 것이다. 통치란 선택하는 일이다. 일단 결정이 내려졌다. 하지만 결정하는 것과 결정에 대한 책임을 지는 것은 엄연히 다른 일이다. 베네시는 1918년에 토마시 마사리크와 함께 체코슬로바키아를 세웠으나 그로부터 20년 후, 뮌헨 협정이 가져온 참담한 결과를 피할 수 없었다. 역사의 압박이란 무겁고 역사의 평가가 제일 두렵다는 것을 베네시는 알고 있다. 이제부터 베네시는 직접 세운 조국이 모든 영토를 회복할 수 있도록 최선을 다하리라 결심한다. 안타깝게도 체코슬로바키아의 해방은 그의 손에 달려 있지 않다. 체코슬로바키아의 운명은 영국 공군과 소련의 붉은 군대가 정할 것이다. 다만 분명한 것은, 베네시는 영국 공군을 위해 프랑스보다 일곱 배 많은 조종사들을 보냈다는 것이다. 가장 많은 비행기를 격추시킨 기록도 요제프 프란티셰크가 보유하고 있다. 영국 공군의 에이스 프란티셰크가 체코 출신이라는 것에 베네시는 큰 자부심을 느낀다. 또한 전쟁 중에는 국가 원수의 영향력이 얼마나 많은 결정을 하느냐에 달려 있다는 사실도 베네시는 알고 있다. 하지만 베네시 대통령이 하는 일이라고는 굴욕적인 외교밖에 없다. 베네시는 독일의 식인귀 히틀러와 아직은 대항할 능력이 있는 유일한 두 강대국, 영국과 소련에게 성심을 다해 돕겠다고 약속하지만 이두 강대국이 승리하리라는 보장은 없다. 영국은 1940년에 독일의 폭탄 공격을 받자 깜짝 놀라며 반격을 시도해 겨우 공중전에서 이길 수 있었다. 한편, 붉은 군대는 모스코바까지 후퇴했다가 독일이 목표를 이루기 직전에야 겨우 독일의 진격을 막아섰다. 각자 겨우 패배를 면한 영국과 소련은 이제 무적의 독일을 제압할 능력이 있어 보인다. 1941년 3월 말 현재, 독일 공군의 위력은 절정을 맞고 있다. 아직까지 큰 패배를 한 적이 없는 독일 공군은 그야말로 무적이다. 독일군이 패배로 고개를 숙이고 눈길을 걸어가게 되는 스탈린그라드 전투까지 앞으로 한참은 더 있어야 한다. 베네시는 불확실한 결과에 기대를 걸 수밖에 없다.

물론 미국이 참전한다니 대단히 희망적이지만 미군은 아직 대서양을 건너기 한참 전이다. 더구나 미국은 일본과의 전쟁에 신경을 쓰느라 중앙유럽의 조그만 나라가 처한 운명 따위에는 관심이 없다. 결국, 베네시는 파스칼의 원리(밀폐된 용기에 담긴 액체의 한 점에 주어진 압력은 같은 크기로 액체의 각 부분에 골고루 전달된다는 물리 법칙 ─ 옮긴이)가 적용되는지 시험해 보기로 한다. 베네시가 믿는 신은 영국과 소련이라는 두 개의 머리를 가졌다. 머리 두 개가 모두 살아남아야 한다. 그런데 문제는 두 개의 머리를 동시에 만족시키기가 그리 쉽지 않다는 데 있다. 물론 영국과 소련은 동맹국이다. 비록 처칠이 타고난 반공주의자이기는 해도 전쟁 중에는 이성적으로 판단해 소련과 군사적으로 협력할 것이다. 그러나 전쟁 후에는, 만일 연합군이 승리를 거두게 되면, 그때는 새로운 역사가 펼쳐지겠지.

베네시는 유인원 작전을 성공시켜 유럽의 두 강대국에게 깊은 인상과 충격을 안겨 주려고 한다. 유인원 작전과 관련해 런던 측의 승인과 물자 지원도 약속 받았다. 작전 계획은 런던 본부와의 긴밀한 협력으로 이루어졌다. 그러나 소련 측의 심기를 건드려서도 안 된다는 생각에 베네시는 모스크바 쪽에도 유인원 작전 개시에 대해 알려 주기로 한다. 그래서 지금은 부담감이 너무 크다. 처칠과 스탈린이 지켜보겠지. 체코슬로바키아의 미래는 아직 처칠과 스탈린에게 달려 있는 만큼 실망시키지 않는 것이 좋다. 만일 작전이 성공하면 붉은 군대에 의해 조국의 해방을 맞을 때 베네시는 스탈린 앞에 믿음직스러운 상대로 당당히 설 수 있을 것이다. 스탈린이 체코 공산주의자들의 영향력을 두려워하기에 더더욱 당당히 설 수 있을 것이다.

비서가 소식을 전하러 올 때 베네시는 아마도 이런 모든 생각을 하고 있었을 것이다.

"각하, 모라베츠 대령이 두 청년과 함께 와 있습니다. 대령이 약속을 하셨다고 하는데 오늘 방문 예약이 되어 있지는 않습니다."

"들어오시라고 해."

가브치크와 쿠비시는 어디로 가는지도 모른 채 택시를 타고 런던 거리를 지나 여기까지 안내를 받아 오게 되었다. 알고 보니 대통령과의 면담이다. 대통령의 사무실에 들어온 두 사람의 눈에 맨 먼저 띈 것은 주석으로 만든 스피트파이어 전투기의 작은 모형이다. 두 사람은 차렷 자세로 인사한다. 두 사람이 체코슬로바키아로 떠나기 전에 베네시가 만나 보고 싶어 한 것이다. 대신 베네시는 두 사람과의 만남을 공식적인 기록으로 남기고 싶어 하지는 않는다. 역시 신중을 기하려는 것이다. 지금 두 사람은 베네시 대통령과 마주 보고 있다. 베네시 대통령은 이번 작전이 역사적으로 중요하다는 말을 하면서 두 사람을 살피는데 얼굴이 너무나 앳돼 내심 놀란다. 특히 쿠비시는 가브치크보다 한 살 어릴 뿐인데 매우 어려 보인다. 또한 베네시는 두 사람의 순수한 결심에 놀란다. 갑자기 베네시의 머릿속에는 모든 지정학적 계산이 잠시 사라진다. 영국도, 소련도, 뮌헨 협정도, 마사리크도, 공산주의자들도, 독일군도, 심지어 하이드리히도 더 이상 생각나지 않는다. 이 두 명의 병사, 작전의 결과와 관계없이 살아 돌아올 가능성은 매우 희박한 이 두 청년을 바라보는 일에 완전히 빠져 있다.

베네시가 두 사람에게 마지막으로 무슨 말을 건넸는지는 모르겠다. "행운을 비네.", "신의 가호가 있기를.", 혹은 "체코슬로바키아의 명예를 맡기네." 같은 말을 하지 않았을까. 모라베츠의 증언에 따르면 가브치크와 쿠비시가 사무실을 나가자 베네시의 눈에 눈물이 고였다고 한다. 어쩌면 두 청년에게 닥칠 끔찍한 운명을 예감했는지도 모르겠다. 작은 스피트파이어 모형이 무심하게 허공으로 기수를 향하고 있다.

141

리나 하이드리히는 남편을 따라 프라하에 온 뒤로 기분이 아주 좋다. 회고록에서도 그때의 그 심정이 고스란히 드러난다. "공주가 된 기분이다. 동화 속 나라에서 살고 있는 것 같다." 왜 그랬을까?

우선, 프라하는 실제로 동화 같은 도시다. 월트 디즈니가 틴 대성 당에서 영감을 받아 「잠자는 숲 속의 미녀」에 등장하는 왕비의 성 을 만화로 그린 것만 봐도 알 수 있다.

그리고 남편 하이드리히가 총독으로 승진해 거의 국왕 같은 위치 에 올랐으니 당연히 왕비는 리나 하이드리히다. 이 동화 같은 도시 에서 하이드리히는 히틀러가 임명한 총독이고 자신이 가진 높은 지 위의 명예를 아내 리나와 함께 나누고 있다. 총독의 아내인 리나는 부모님인 폰 오스텐 부부가 딸뿐만 아니라 자신들을 위해서도 꿈꾸 지 못했던 최고의 대우를 받고 있다. 예전에 리나는 군에서 쫓겨난 라인하르트 하이드리히와 파혼하라고 한 아버지의 뜻에 따르지 않 고 버틴 적이 있다. 지금은 오히려 남편 덕분에 리나의 일상은 끝없 이 이어지는 리셉션 파티, 개막식 파티, 그리고 모두에게 깍듯이 대 우받는 공식 행사들로 채워진다. 모차르트 탄생일을 맞아 루돌피눔 에서 열린 콘서트 때 찍힌 리나의 사진을 본다. 한껏 머리를 꾸미고 화장을 하고 흰색 드레스 차림에 반지, 팔찌, 기다란 귀걸이를 단 멋 쟁이 리나는 진지한 표정으로 담배를 피우는 남자들에게 둘러싸여 있다. 남자들은 리나 옆에 있는 하이드리히에게 말을 걸고 있다. 미 소 짓고 있는 하이드리히의 편안한 모습에서 총독이 되었다는 무한

한 자신감이 느껴진다. 리나는 두 손을 포갠 채 만족스러워 어쩔 줄
모르는 얼굴로 서 있다.

리나가 기쁜 이유는 멋진 프라하 때문만은 아니다. 남편의 지위
덕에 독일 제국의 상류층 인사들과 자주 만날 기회가 생겼다. 이미
오래전부터 리나는 히믈러와 친구 같은 사이가 되었고 괴벨스와 슈
페어와도 알게 되고 심지어 히틀러 총통과도 만나는 최고의 영광을
누렸다. 하이드리히의 팔짱을 끼고 있는 리나를 보며 히틀러는 이
런 말을 했다고 한다. "아름다운 커플이야!" 이제 리나는 상류층 사
람이며 히틀러에게 칭찬을 듣는다.

그뿐만 아니라 리나에게는 자신의 성도 생겼다. 어느 유대인에게
서 몰수한 성이다. 프라하에서 북쪽으로 20킬로미터 떨어진 곳에
있고 주변의 넓은 땅으로 둘러싸여 있다. 리나는 그 땅을 열심히 가
꾸기 시작한다. 공주 대신 성의 여주인이 된 셈이다. 하지만 「잠자
는 숲 속의 미녀」에 나오는 왕비와 마찬가지로 리나 역시 성격이 표
독스럽다. 하인들을 혹독하게 다루고 기분이 안 좋을 때는 아랫사
람들 모두에게 욕을 해 댄다. 기분이 좋을 때도 아랫사람들에게는
절대 말을 걸지 않는다. 호화로운 성에 대규모 공사가 필요하면 집
단 수용소에서 많은 노동력을 끌어다가 마구 부려 먹는다. 리나는
긴 승마복 차림에 승마용 채찍을 들고 공사를 감시한다. 그렇게 공
포, 사디즘, 에로티즘 분위기를 조성한다.

그러나 집에서 리나는 세 아이를 돌보면서 남편 라인하르트 하이
드리히가 보여 주는 애정에 행복해한다. 하이드리히는 막내딸 실케
를 특별히 아끼고 아내 리나는 넷째 아이처럼 아껴 준다. 리나가 하

이드리히의 오른팔 셸렌베르크와 잠자리를 하는 일도 이제는 없을 것이다. 하이드리히가 일 때문에 집에 들어오지 않는 일도 이제는 없을 것이다. 프라하에 부임하면서부터 하이드리히는 거의 매일 저녁 집에 돌아와 리나와 사랑을 나누고 승마를 하고 아이들과 놀아준다.

142

가브치크와 쿠비시는 조국으로 향하는 핼리팩스 폭격기에 오른다. 하지만 그 전에 거쳐야 할 절차가 있다. 책상 뒤에 앉은 어느 영국인 부사관이 두 사람에게 옷을 벗으라고 지시한다. 착륙 지점과 관계없이 영국 낙하산병 차림으로 체코 평원을 달려서는 안 되기 때문이다. 두 사람은 군복을 벗는다.

"완전히 벗도록!"

팬티 차림인 두 사람에게 부사관이 이어서 말한다. 두 사람은 침착하게 명령에 따른다. 이제 두 사람은 실오라기 하나 걸치지 않은 나체가 된다. 두 사람 앞에 선택해야 할 옷들이 놓인다. 영국 부사관은 영국인답게, 그리고 군인답게 절도를 유지하면서도 마치 해로즈 백화점의 옷가게 직원처럼 두 사람에게 옷가지들을 가리켜 보이며 자랑스럽게 말한다.

"체코슬로바키아에서 만든 옷. 체코슬로바키아에서 만든 셔츠. 체코슬로바키아에서 만든 속옷. 체코슬로바키아에서 만든 신발. 사이즈를 확인해 보라고. 체코슬로바키아에서 만든 넥타이. 색깔을 골라 보게. 체코슬로바키아에서 만든 담배. 브랜드는 여러 가지야. 성냥은…… 치약은……."

옷을 입은 두 사람은 스탬프가 찍힌 위조 신분증을 받는다.

준비를 마친 두 사람. 이미 엔진에 시동이 걸린 핼리팩스 아래에서 모라베츠 대령이 두 사람을 기다리고 있다. 두 사람과 함께 떠나는 낙하산병 다섯 명도 같은 전폭기를 타게 되지만 목적지와 임무는 다르다. 모라베츠는 쿠비시와 악수하며 행운을 빌어 주고 이어서 가브치크 쪽으로 가 잠시 둘이서만 뭔가 이야기를 나눈다. 모라베츠는 막판에 두 사람의 마음이 바뀔까 봐 걱정이 되어 마음이 불안하다. 자신의 손으로 직접 뽑은 두 사람에게 했던 말이 갑자기 후회되기 시작한다. 이번 임무를 해낼 수 없다고 생각한다면 솔직히 말해 달라고, 생각이 달라져도 괜찮으니 말해 달라고 한 적이 있다. 출발 준비를 하는 폭격기 아래에서 계속 이런 생각을 하다니 적당한 순간은 아닐 것이다. 마음 같아서는 쿠비시를 내려오게 하고 가브치크를 대신할 사람을 찾을 때까지 출발 시간을 연기하고 싶다. 작전을 무기한 연기하고 싶다. 이때 가브치크가 조심스럽게 이야기를 꺼내기 시작한다. 좋은 조짐은 아니다.

"대령님, 이런 부탁을 드리게 되어서 무척 죄송합니다만……."

하지만 가브치크의 다음 말이 모라베츠의 근심을 덜어 준다.

"식당에 10파운드어치 외상을 달았는데 저 대신 계산 좀 해 주시겠습니까?"

그제야 모라베츠는 안심한다. 훗날 회고록에서 모라베츠는 가브치크의 부탁에 고개를 끄덕일 수밖에 없었다고 털어놓는다. 가브치크가 모라베츠에게 손을 내민다.

"저희를 믿으십시오, 대령님. 명령에 따라 임무를 수행하겠습니다."

가브치크가 폭격기 안으로 사라지기 전에 마지막으로 남긴 말이다.

143

가브치크와 쿠비시는 폭격기가 이륙하기 직선에 마지막으로 하고 싶은 말을 적었다. 두 사람이 그때 급하게 휘갈겨 쓴 두 장의 종이가, 그 귀한 자료가 지금 내 눈앞에 있다. 잉크 자국이 묻어 있고 틀린 곳에는 줄이 그어진 게 두 장이 거의 비슷하다. 가브치크와 쿠비시는 1941년 12월 28일 날짜로 된 종이를 각각 한 장씩 받아 몇 마디 글을 끼적인다. 가브치크와 쿠비시는 자신들이 죽을 경우 가족을 돌봐 달라고 부탁하는 글을 썼고, 이를 위해 가브치크는 슬로바키아의 주소를, 쿠비시는 모라비아의 주소를 적는다. 두 사람 모두 고아에, 아내도, 자식도 없다. 그런데 내가 알기로 가브치크에게는 누이들이, 쿠비시에게는 형제들이 있다. 이어서 두 사람 모두 자신들이 죽을 경우 각자의 영국인 여자 친구에게 알려 달라고 부탁하는 글을 쓴다. 가브치크는 로나 엘리슨의 이름을, 쿠비시는 에드나 엘리슨의 이름을 적는다. 형제나 다름없는 두 사람은 데이트도 자매랑 한 것이다. 가브치크의 군사 수첩에 끼워졌던 로나의 사진한 장은 이제 나를 포함해 누구나 볼 수 있다. 갈색 곱슬머리를 한

로나. 가브치크는 그런 로나의 얼굴을 영영 보지 못한다.

144

가브치크와 쿠비시에게 옷을 준 사람이 영국 SOE(특수작전국)이라는 증거는 어디에도 없다. 오히려 반대로 옷 문제를 해결해 준 것은 모라베츠가 이끄는 체코 부서일 가능성이 높다. 영국인 부사관이 이 일을 담당할 이유는 없지 않은가. 굳이 피곤하게……

145

민스크에서 근무 중인 벨라루스 사령관은 하이드리히의 아인자츠그루펜이 벌이는 유대인 학살 작업에 불만이 많다. 유대인이 대량 학살되는 바람에 귀한 노동력이 없어져 안타까운 것이다. 그뿐만 아니라 훈장을 받은 베테랑 전투원 출신 유대인들마저도 민스크의 게토로 강제 이송되었다는 사실을 들은 사령관은 하이드리히에게 항의 편지를 쓴다. 사령관은 아인자츠그루펜이 닥치는 대로 학살하며 광기를 보이는 것 같다고 쓴소리하며 석방해 주었으면 하는 유대인 목록도 함께 적는다. 사령관이 하이드리히에게 받은 답장은 이렇다. "전쟁 3년째지만 경찰 조직과 첩보 기관이 독일의 승리 기원하며 해야 할 중요한 일이 있습니다. 사령관님도 나와 같은 생각일 겁니다. 여기저기 뛰어다니며 유대인들의 편의나 살펴 주고 목록을 작성하느라 시간을 낭비하거나 훨씬 급박한 임무를 해야 할 우리 동료들의 주의를 산만하게 하는 것보다 더 중요한 일이 있으실 텐데요. 사령관님의 목록에 적은 유대인들에 대해 조사해 달라고 한 이유는 사령관의 비난이 얼마나 근거 없는지 문서로 증명하기 위해서입니다. 뉘른베르크의 인종법이 발효된 지 6년 반이나 지났는데도 내가 하는 일이 얼마나 중요한지 아직도 증명을 해야 한다니 유감스럽군요."

적어도 이 부분은 분명히 짚고 넘어갈 필요가 있다고 하이드리히는 생각한 것이다.

146

이날 밤, 고도는 700미터, 거대한 폭격기 핼리팩스가 체코슬로바키아의 얼어붙은 평야 위에서 윙윙거리고 있다. 네 개의 프로펠러가 흩어진 구름 조각을 휘젓고 다니다가 축축한 검은색 동체 쪽으로 접힌다. 얀 쿠비시와 요제프 가브치크는 차가운 폭격기 바닥에 관 모양으로 뚫린 승강구를 통해서 조국 땅을 바라본다.

앨런 버제스가 1960년에 쓴 소설 『새벽의 7인』의 도입부다. 도입부에서부터 앨런 버제스의 소설은 내가 쓰려고 하는 종류의 책은 아니라는 느낌이 왔다.

가브치크와 쿠비시가 1941년 12월의 칠흑 같은 밤, 조국 땅 고도 700미터 위에서 도대체 무엇을 볼 수 있었는지 모르겠다. 그리고 '관 모양으로 뚫린'처럼 지나치게 무거운 느낌의 비유는 가급적 피하고 싶다.

두 사람은 장비와 낙하산 자동 투하장치를 무의식적으로 확인한다. 잠시 후, 두 사람은 어두운 허공 속으로 뛰어내린다. 자신들이 체코슬로바키아에 최초로 뛰어내리는 낙하산 부대에 속하며 가장 위험한 특수 임무를 맡고 있다는 사실을 두 사람은 기억하고 있다.

두 사람의 낙하에 대해서 알려진 사실은 나도 전부 알고 있다. 가브치크와 쿠비시가 짐에 무엇을 챙겨 왔는지도 알고 있다. 접이식 칼, 탄창 두 개가 달린 권총, 실탄 열두 개, 청산가리 캡슐 한 개, 초콜릿 조각, 고기 농축 정제, 면도칼, 위조 신분증, 체코 돈. 두 사람이 체코에서 만들어진 민간인 복장을 입었다는 것을 알고 있다. 내가 알기로 두 사람은 명령에 따라 낙하산병 동료들에게 "안녕.", "행운을 빌어." 외에 아무 말도 하지 않았다. 내가 알기로 가브치크와 쿠비시의 임무가 아무리 일급 비밀이었다 해도 다른 낙하산병 동료들은 두 사람이 하이드리히 암살 작전을 위해 조국에 파견되었다는 것을 눈치채고 있었다. 비행하는 동안 낙하산 투하 순서를 정해 주는 장교에게 가장 좋은 인상을 남긴 것은 가브치크다. 내가 알기로 두 사람과 동료들은 이륙 전에 서둘러 유서를 쓰라는 지시를 받았다. 두 사람과 함께 탔던 다른 두 팀에 소속된 낙하산병들의 이름과 이들이 각자 맡은 임무의 성격에 대해서도 당연히 알고 있다. 폭격기에는 낙하산병 일곱 명이 타고 있었다. 또한 내가 알기로 낙하산병마다 위조 신분증을 갖고 있었다. 예를 들어 가브치크와 쿠비시의 위조 신분증에 적힌 이름은 각각 즈데네크 비스코칠과 오타 나브라틸이고, 두 사람의 직업도 가브치크는 열쇠공, 쿠비시는 노동자다. 이 낙하 비행과 관련된 이야기는 나도 거의 전부 알고 있다. 때문에 "두 사람은 장비와 낙하산 자동 투하장치를 무의식적으로 확인한다." 같은 문장은 쓰고 싶지 않다. 틀림없이 두 사람이 이런 행동을 했다 해도 말이다.

"두 사람 중 하나는 스물일곱 살이고 키는 약 1미터 75센티미터였다. 금발에 짙은 눈썹 아래 깊이 들어간 두 눈으로 세상을 의연하게 바라봤다. 입술은 깨끗하고 또렷했다……." 여기까지 읽는다. 버제스는 자료 조사를 굉장히 꼼꼼히 한 것으로 아는데 이런 상투적인 묘사를 하느라 시간을 낭비했다니 안타까운 마음이 든다. 버제스의 책에서 하이드리히의 아내에 대한 오류가 두 가지 있다. 첫째, 하이드리히의 아내 이름이 '인가'라고 나오는데 리나가 맞다. 둘째, 하이드리히가 탄 메르세데스의 차가 녹색이라고 주장하지만 검은색이 맞다. 사실이 맞는지 의심스러운 에피소드들도 있다. 버제스가 지어낸 이야기가 아닌가 하는 생각이 든다. 예를 들어 쿠비시의 엉덩이에 달군 쇠로 찍은 하켄크로이츠 낙인 같은 우울한 에피소드가 그렇다. 그러나 암살 작전에 돌입하기 전 몇 달 동안 가브치크와 쿠비시가 어떻게 살았는지에 대해서는 버제스의 소설에서 배운 것이 많다. 버제스가 나보다 유리한 점이 있기는 하다. 사건이 일어나고

20년 후에 책을 썼기 때문에 살아 있는 증언자들을 만날 수 있었던 것이다. 실제로 몇 명이 여전히 생존해 있었다.

147

마침내 가브치크와 쿠비시가 폭격기에서 뛰어내렸다.

148

하이드리히의 전기를 준비 중인 저명한 대학 교수 에두아르 위송에 따르면 암살 작전은 처음부터 모든 것이 꼬였다고 한다.

가브치크와 쿠비시는 착륙 예정 지점보다 아주 멀리 떨어진 곳에 낙하하게 된다. 두 사람이 착륙해야 할 지점은 플젠 옆인데 프라하에서 몇 킬로미터 떨어진 곳에 내리게 된 것이다. 어쨌든 두 사람의 최종 목적지는 프라하니까 오히려 시간을 아낀 것이 아니냐고 반문할지도 모르겠으나 레지스탕스 활동에 대해 전혀 모르고 하는 소리다. 현지 레지스탕스의 연락 요원들이 두 사람을 기다리고 있는 곳은 플젠이다. 플젠 주민의 안내를 받을 예정이기 때문에 프라하에는 두 사람이 접촉할 주소가 하나도 없다. 그렇기 때문에 두 사람이 프라하 근처에 착륙했고 최종 목적지가 프라하는 맞지만, 원래의 작전대로라면 플젠을 먼저 거치고 나서 프라하로 가는 것이 맞다. 아무리 필요한 일이라지만 여러분도 먼 길을 갔다 다시 돌아와야 한다면 눈앞이 캄캄할 것이다. 가브치크와 쿠비시도 마찬가지다.

두 사람은 착륙한 지점이 어디인지를 알고 난 후 먹먹해진다. 이곳에 대해 아는 것이 전혀 없기 때문이다. 두 사람이 있는 곳은 묘지 근처다. 낙하산을 어디에 숨겨야 할지도 모르겠다. 가브치크는 조국 땅에 낙하산을 타고 내려오는 도중 발가락 하나를 삐는 바람에 다리를 약간 절고 있다. 두 사람은 어디로 가는지 알지 못한 채 정처 없이 걷는다. 눈길에 발자국이 남는다. 두 사람은 서둘러 눈 더미 아래 낙하산을 숨긴다. 조금 있으면 날이 밝게 되고 사람들의 눈에 띄기 때문에 일단 어딘가로 가서 몸을 숨겨야 한다.

마침 돌길이 깔려 있는 바위 동굴이 보인다. 눈과 추위는 피할 수 있어도 게슈타포에게는 들킬 염려가 있다는 것을 알기에 이대로 있을 수 없지만 어디로 가야 할지 알 수 없는 상황이다. 낯선 곳에서 길을 잃은 데다 가브치크는 부상까지 입었다. 그뿐만 아니라 분명히 두 사람을 내려다 준 폭격기의 엔진 소리를 들었을 사람들이 이미 찾아다닐 게 뻔하다. 두 사람은 기다리기로 한다. 그 밖에 다른 방법이 없지 않은가? 지도를 열심히 본다고 무엇이 나오는가? 여기 돌길의 지점을 알아낼 수나 있는가? 두 사람의 임무는 시작부터 실패할 수 있다. 하지만 설령 사람들 눈에 띄지 않는다 해도 작전을 시작하지 못할 수 있으니 실패부터 생각하는 것도 우습다.

사실, 결국 두 사람은 누군가에게 발견된다.

새벽에 두 사람을 발견한 사람은 사냥터지기. 밤에 비행기 소리를 들은 사냥터지기는 눈 더미 아래에서 낙하산을 발견하고 눈길에 찍힌 발자국을 따라 동굴로 들어오게 된 것이다. 사냥터지기가 두 사람에게 "안녕들 하십니까!"라고 말하며 잔기침한다.

에두아르 위송에 따르면 모든 것이 처음부터 꼬였다고 하지만 행운이 따를 때도 있었다. 사냥터지기는 목숨이 위험해질 것을 알면서도 용기를 내어 두 사람을 돕기로 한다.

149

레지스탕스의 오랜 여정은 우리의 두 영웅을 프라하까지 안내하는 사냥터지기, 그리고 모라베츠 가족의 아파트와 함께 시작된다.

모라베츠 가족은 아버지, 어머니, 작은아들 아타, 그리고 영국으로 가 스피트파이어 조종사로 있는 큰아들이다. 모라베츠 대령과 이름이 같지만 친척 관계는 전혀 아닌 동명이인이다. 대신, 모라베츠 대령과 마찬가지로 모라베츠 가족도 독일 점령군에 맞서 싸우고 있다.

이들 가족뿐만이 아니다. 이후 가브치크와 쿠비시는 목숨을 아끼지 않고 도움을 주려는 많은 평범한 사람을 만나게 된다.

150

이미 진 것이나 다름없는 싸움이다. 이런 이야기는 솔직하게 할 수밖에 없다. 얽히고설킨 수많은 등장인물, 사건들, 날짜들, 끝없는 원인과 결과, 사람들, 실존했던 사람들, 그들의 인생, 활동, 빙산의 일각처럼 다뤄 보는 그들의 생각, 실망스러운 인간관계의 덩굴이 멈추지 않고 언제나 더 높고 더 무성하게 퍼지는 역사의 벽, 그 벽에 번번이 부딪히는 나.

낙하산병들을 도와주고 집에 묵게 해 준 가족의 아파트들이 모조리 점으로 표시되어 있는 프라하의 지도를 바라본다. 이들 가족들은 거의 목숨을 잃었다. 남자들, 여자들, 아이들. 카를 다리에서 아주 가까운 곳에 사는 스바토시 가족, 성 근처의 오고운 가족, 좀 더 동쪽에 사는 노바크 가족, 모라베츠 가족, 젤렌카 가족, 파페크 가족. 각 가족마다 책으로 쓸 만한 이야기가 나올 것 같다. 레지스탕스 활동 참여에서 마우트하우젠 수용소까지의 이야기, 비극적인 결말. 역사라는 거대한 묘지에 잠들어 있는 잊힌 영웅들이 몇 명이나 되는가……. 파페크 가족, 모라베츠 가족, 노바크 가족, 젤렌카 가족처럼 잊힌 영웅들이 수천 명, 수백만 명…….

죽은 사람은 죽은 사람이다. 우리가 아무리 경의를 표해도 죽은 사람들은 모른다. 하지만 우리, 살아 있는 사람들에게는 의미 있는 일이다. 기억은 당사자인 죽은 사람들에게는 아무 도움도 되지 않지만 기억하는 사람들에게는 도움이 된다. 기억을 통해 나 자신을 성장시키고 스스로 위로받을 수 있다.

이 이름들을 기억할 독자는 없을 것이다. 군이 기억할 이유가 있겠는가? 뭐든지 기억으로 남기려면 우선 문학으로 써야 한다. 냉정하지만 그게 현실이다. 내 책에서 모두 다루기에는 지면이 한정되어 있기 때문에 모라베츠 가족과 파페크 가족만 다룰 것이다. 스바토시 가족, 노바크 가족, 젤렌카 가족, 그 밖에 이름도, 존재도 알 수 없는 많은 사람들은 안타깝지만 다시 한 번 잊히게 된다. 하지만 어쨌든 이름은 이름일 뿐이다. 이들 모두를 생각한다. 이들에게 말하고 싶다. 아무도 내 말을 듣고 있지 않다 해도 상관없다. 이들을 위해서도, 나를 위해서도. 언젠가 위로가 필요한 누군가가 노바크 가족, 스바토시 가족, 젤렌카 가족, 파페크 가족에 대해서 책을 쓸 것이라 생각한다.

151

1942년 1월 8일. 가브치크와 쿠비시는 성스러운 프라하 땅을 처음으로 밟는다. 가브치크는 다리를 약간 절며 걷는다. 두 사람은 분명히 프라하의 바로크적인 아름다움에 감탄했을 것이다. 하지만 레지스탕스로서 눈앞에 당장 해결해야 할 세 가지 큰 문제가 있다. 머물 집, 식량, 서류. 런던 본부가 위조 신분증을 만들어 주긴 했지만 당연히 이것만으로 충분하지 않다. 1942년, 나치 독일의 보호령이 된 보헤미아-모라비아에서는 노동 수첩을 발급받아야 한다. 따라서 대낮에 거리를 어슬렁거리고 돌아다니면 의심을 받을 수 있다. 두 사람은 앞으로 몇 달 동안 대낮에 거리를 돌아다녀야 할 일이 많으므로 일을 하지 못하는 타당한 이유가 필요하다. 가브치크의 발을 치료해 주는 의사는 현지 레지스탕스가 찾아가는 의사다. 이 의

사는 가브치크에게 십이지장 궤양, 쿠비시에게 쓸개 염증이 있는 있다는 거짓 진단서를 만들어 준다. 일을 할 수 없다는 것을 충분히 증명해 주는 서류다. 이렇게 해서 진단서 문제는 해결이 되었다. 돈도 있다. 이제 남은 것은 머물 집을 찾는 일이다. 다행히 두 사람은 머물 집을 찾게 된다. 시대는 우울하지만 선한 사람들은 꽤 있으니까.

152

들리는 이야기를 전부 믿어서는 안 된다. 특히 나치가 하는 말이라면 더더욱. 일반적으로 나치는 현실이 원하는 대로 될 것이라는 근거 없는 희망적인 망상을 얘기하다가 큰코를 다치게 된다. 뚱보 괴링이 그러하다. 아니면 나치는 선전 목적으로 뻔뻔한 거짓말을 한다. 요제프 로트가 '마이크 인간'이라고 부른 괴벨스가 그러하다. 물론 나치는 비현실적으로 낙천적인 태도와 뻔뻔한 거짓말, 이 두 가지 태도를 동시에 보여 줄 때가 많다.

하이드리히 역시 이런 나치의 속성에서 벗어나지 않는다. 하이드리히는 체코 레지스탕스의 수뇌부를 제거해 레지스탕스를 분쇄했다고 주장하고 있다. 아마도 나름 진지하게 생각하면서 한 말일 수도 있다. 하이드리히 말이 완전히 틀린 것은 아니지만 다소 과한 자신감이 깃들어 있다. 가브치크가 조국 땅에 낙하산으로 착지하는 도중 부상을 입은 때가 1941년 12월 28일. 나치의 보호령이 된 체코슬로바키아의 레지스탕스는 심각한 위기에 처해 있으나 그렇다고 완전히 절망할 정도는 아니다.

레지스탕스에 아직 희망이 남아 있다.

우선, '세 명의 국왕'이라 불리는 수뇌부가 심각하게 타격을 입었으나 체코 레지스탕스의 거대 연합조직은 여전히 활동이 가능하다. 세 명의 국왕이라 불리는 조직 수장들은 전직 체코슬로바키아군 장교 출신이다. 1942년 1월 '세 명의 국왕' 중 두 명이 쓰러진다. 한 명은 하이드리히가 총독으로 부임하자마자 총살되고 또 한 명은 게슈타포의 감옥에서 고문받고 있다. 그러나 마지막 국왕인 바츨라프 모라베츠가 남아 있다(모라베츠 대령, 모라베츠 가족, 에마누엘 모라베츠 교육부 장관과 혼동할 필요는 없다. 바츨라프 모라베츠(Morávek)는 다른 모라베츠(Moravec)와 다르다.). 바츨라프 모라베츠는 여름에도 겨울 장갑을 끼고 다닌다. 게슈타포의 감시망에서 벗어나기 위해 피뢰침을 타고 내려오다가 손가락 하나가 잘렸기 때문이다. 마지막 남은 국왕 바츨라프 모라베츠는 남은 조직을 총괄하며 활발히 활동하고 있으나 그만큼 언제나 더 큰 위험에 노출되어 있는 것도 사실이다. 바츨라프 모라베츠는 몇 달 전부터 조직을 대표해 런던 측에 요청한 낙하산병들을 기다리고 있다.

모라베츠를 통해 런던으로 중요한 정보가 전해진다. 모라베츠와 런던을 오가는 정보 요원은 제2차 세계대전의 최고 스파이 중 하나로 꼽히는 파울 튀멜이다. 독일군 정보기관 아프베어에서 근무하는 고위 장교로 코드명은 A54, 일명 르네다. A54 혼자서 모라베츠 대령에게 나치가 체코슬로바키아, 폴란드를 침공하리라고 경고한 데 이어 1940년 5월에 프랑스를 침공할 것이라고 알려 주었고, 1940년 6월에는 나치가 영국을 침공할 계획을 세우고 있다는 소식을 전해 주었으며, 1941년 6월에는 나치가 소련을 침공할 것이라고 알려 주었다. 안타깝게도 정작 관련된 나라들은 A54가 알아낸 정보들을 미처 전달받지 못하기도 했다. 런던 본부는 A54가 전하는 유용한 정보에 깊은 인상을 받는다. A54는 프라하에서 활동하며 모라베츠를 통해 런던에 소식을 전한다. 또한 신중한 성격이라 오직 한 사람하고만 연락하고 싶어 한다. 그래서 A54는 베네시의 정보망에 훌륭한 무기가 된다. 베네시는 A54가 전하는 귀한 정보를 더 얻고자 아낌없이 투자한다.

끝으로 체코에 레지스탕스 활동을 돕는 작은 손길들이 있다. 이들은 여러분이나 나처럼 평범한 사람들이지만 목숨을 걸고 요원들을 숨겨 주고 장비를 모아 놓고 메시지를 전하면서 결코 무시할 수 없고 믿음직스러운 체코의 그림자 군단이 된다.

암살 작전을 수행할 사람은 가브치크와 쿠비시, 단 두 사람이지만 실제로 이들은 혼자가 아니다.

153

스미호프라 불리는 동네에 있는 프라하의 어느 아파트에서 두 남자가 기다리고 있다. 벨소리가 울리자 두 사람은 깜짝 놀란다. 이들 중 한 명이 일어나 문을 열어 준다. 당시로서는 키가 꽤 큰 편인 남자가 들어온다. 쿠비시다.

"오타라고 합니다." 남자가 말한다.

"인드라라고 합니다." 또 한 남자가 대답한다.

인드라는 가장 활발히 움직이는 레지스탕스 조직 중 하나로, '소콜스'라는 체육문화협회 사람들로 이루어져 있다.

새로운 손님 쿠비시를 위해 마실 차가 나온다. 세 남자는 아무 말 없이 서로 관찰한다. 조직을 대표하는 남자가 마침내 이 무거운 침묵을 깬다.

"이 집은 경비가 세워져 있고 우리는 각자 주머니에 무기를 숨기고 있다는 것을 알려 드리고 싶습니다."

쿠비시가 미소를 짓더니 윗옷에서 권총을 꺼낸다(사실, 소매 속에 한 자루 더 있다.).

"나도 장난감을 좋아합니다." 쿠비시가 말한다.

"어디서 온 겁니까?"

"말할 수 없습니다."

"왜죠?"

"비밀 임무니까요."

"하지만 영국에서 왔다고 이미 여러 사람들에게 말했잖아요……."

"그래서요?"

침묵이 흘렀다. 그랬을 거라고 생각한다.

"우리가 의심한다고 해서 놀라진 마십시오. 이 나라에 스파이가 워낙에 많아서 그러니까."

쿠비시는 아무 대답도 하지 않는다. 쿠비시도 여기 두 남자를 모른다. 이들의 도움이 필요할지도 모르지만 일단 말을 아끼기로 한다.

"영국에 있는 체코 장교들을 압니까?"

쿠비시는 몇 가지 질문에는 대답하기로 한다. 곤란한 질문에도 대답한다. 이번에는 다른 남자가 묻는다. 남자는 런던에 가 있는 손자의 사진을 쿠비시에게 보여 준다. 쿠비시는 사진 속 손자를 알 듯말 듯하지만 어쨌든 안심이 되기 시작한다. 인드라라고 자신을 소개한 남자가 다시 묻는다.

"보헤미아 출신입니까?"

"아뇨, 모라비아입니다."

"이거 대단한 우연이군요, 나도 거기 출신입니다!"

다시 침묵이 흐른다. 쿠비시는 테스트 하나를 통과한 기분이다.

"모라비아의 어느 쪽인지 말해 주겠습니까?"

"트르제비치 근처입니다." 쿠비시가 마지못해 대답한다.

"그곳이라면 구석까지 알고 있죠. 블라디슬라브 역의 특징에 대해 알고 있나요?"

"멋진 장미 숲이 있습니다. 역장이 꽃을 좋아하는 것 같고요."

그제야 두 남자는 마음을 놓기 시작한다. 쿠비시가 한마디 덧붙인다.

"우리 임무에 대해 내가 아무 말도 하지 않는다고 해서 불안해하지 마십시오. 여러분에게는 작전명만 알려 드릴 수 있습니다. 유인원 작전."

체코 레지스탕스의 남은 요원들은 현실을 지나치게 낙관적으로 보는 경향은 있지만 이번만은 틀리지 않았다.

"하이드리히를 죽이러 온 겁니까?"

인드라라고 자신을 소개한 남자가 묻는다.

쿠비시가 깜짝 놀란다.

"어떻게 아십니까?"

냉랭한 분위기가 풀린다. 세 남자는 차를 마신다. 이제 프라하 레지스탕스들에게는 런던에서 온 두 낙하산병을 돕는 일이 중요한 임무가 된다.

154

15년 동안 플로베르를 싫어했다. 프랑스 문학이 고상함과 환상을 잃고 하찮은 것이나 시시콜콜 묘사하는 지루하기 그지없는 사실주의에 빠지고, 소시민을 비판한다면서 내심 소시민의 세계를 즐기게 만든 작가라고 생각해서였다. 그러다가 플로베르의 『살람보』를 읽게 되었고 이 책은 즉각 내가 제일 좋아하는 10대 책 목록에 들어가게 되었다.

체코와 독일의 분쟁 원인을 몇 장면으로 묘사하기 위해 중세 시대로 거슬러 올라가야겠다는 생각을 했고 근대 시대를 넘어 영향을 끼치는 역사 소설에서 참고할 만한 예를 찾았다. 그때 다시 생각난 것이 플로베르였다.

플로베르는 『살람보』를 쓰면서 느끼는 고민에 대해 편지에 쓴 적이 있다. "역사, 그건 잘 알고 있어. 하지만 소설은 과학책만큼 골치 아프지……." 또한 플로베르는 자신이 '한심할 정도로 식상한 문체'

로 글을 쓰고 있다고 생각했다. "그리고 그를 '귀찮게 하는' 것은 스토리에 들어가는 심리적인 면이다. 그것이야말로 등장인물들에게 평소에 전혀 떠올리지 않는 언어로 생각하게 하는 일이기 때문이다." 자료 조사에 대해서 플로베르는 이런 고민을 털어놓는다. "대사 하나, 혹은 생각 하나를 글로 옮기기 위해 조사하고, 열심히 횡설수설하고, 끝없는 공상에 빠지지……." 이런 고민은 정확성 문제와도 연결된다. "고고학은 이러했을 것이라고 예상하는 학문이다. 그게 전부다. 내가 황당한 소리를 한다는 것이 입증되지 않는 한 이런저런 가정을 할 수 있다." 지금으로서는 내가 불리하다. 기원전 3세기의 고끼리에 달린 안장에 대해 묘사하는 것보다 1940년대 메르세데스의 번호판에 대해 묘사할 때 더 쉽게 반박당할 수 있으니 말이다.

어쨌든 플로베르도 걸작을 쓰면서 나보다 먼저 이런 불안감을 느꼈고 이런저런 고민을 했다는 생각에 조금이나마 위로가 된다. 또한 플로베르가 편지에 쓴 또 다른 글 "우리는 작품보다는 자신의 영감을 통해 더 가치 있어진다."도 내게 위로가 된다. 최고의 작품을 완성하겠다며 발버둥치지 않아도 된다는 말이렸다. 이제 모든 것을 좀 더 서둘러야겠다.

155

하이드리히 암살을 다룬 소설을 또 하나 발견했다. 놀라울 뿐이다. 데이비드 챠코라는 작가가 쓴 『사람 같은』이라는 제목의 소설이다. 소설 제목은 '유인원'을 뜻하는 그리스어를 직역한 것 같다. 작가는 매우 꼼꼼하게 자료 조사를 했다. 암살과 하이드리히에 대해 지금까지 알려진 모든 자료를 이용해 소설의 에피소드를 구상했다는 느낌이 든다. 심지어 잘 알려지지 않은 독이 든 폭탄 같은 가설들(믿어지지 않는 것도 있다.)도 소설에 등장한다. 하이드리히 암살 사건에 대해 작가가 꽤 많이 알고 있어서 놀라웠다. 작가가 수집한 여러 세세한 에피소드들은 내 지식으로 단숨에 반박할 수 없을 정도로 탄탄해서 사실적이라는 생각이 든다. 그렇다 보니 황당하다는 생각이 들었던 앨런 버제스의 소설 『새벽의 7인』을 세세하게 평가해 볼 수밖에 없었다. 특히 『새벽의 7인』에서 쿠비시의 엉덩이에 달군 쇠로 찍힌 하켄크로이츠 낙인이 있다는 부분은 정말로 믿기가 힘들다. 그뿐만 아니라 버제스에게는 건방지게 보일 수는 있지만 하이드리히가 탄 메르세데스의 색깔이 녹색이라는 것도 오류라고 짚어 주고 싶다. 데이비드 챠코의 소설도 버제스가 쓴 하켄크로이츠 부분과 메르세데스의 색깔이 잘못되었다는 것을 확인시켜 준다. 더구나 챠코는 매우 전문적인 디테일에서도 한 번도 실수를 하지 않았다. 나 혼자 알고 있을 것이라고는 오만하게 생각한 디테일 한 부분들까지도 챠코는 알고 있었다. 그러다 보니 챠코가 쓴 모든 이야기를 신뢰할 수밖에 없다. 갑자기 이런 생각을 해 본다. 내가 메르세데스의 색이 검은색이라고 확신하는 이유는 프라하 군사 박물관에 메르세데스가 전시되어 있고 여러 사진을 통해 확인했기 때문이다. 물론 흑백 사진이라 검은색과 짙은 녹색을 헷갈릴 수 있다. 전

247

시된 자동차에 대해서도 어느 정도 논란이 있다. 박물관이 하이드리히가 타던 차라고 소개한 메르세데스가 사실은 똑같이 만든 복제품(펑크 난 타이어, 너덜해진 오른쪽 뒷문까지 그대로 재현한)이라고 주장하는 사람들도 있다. 설령 복제품이라 해도 색깔은 그대로 살렸을 것 아닌가. 그래, 어쩌면 장식에 불과한 소품에 내가 너무 큰 비중을 두는 것일지도 모른다. 나도 잘 알고 있다. 신경쇠약증 환자에게 나타나는 전형적인 증상 같다. 강박에 사로잡힌 것이 분명하다. 그냥 넘어가자.

챠코의 소설에 나온 구절이다. "다른 사람들은 다른 길을 통해 성으로 갈 수 있었지만 쇼맨십이 강한 하이드리히는 반드시 경비병이 있는 정문을 통해 지나갔다." 작가가 너무나 당당하게 확신하는 것이 느껴져 매력적이다. 이런 생각을 해 본다. '작가는 그걸 어떻게 알지? 어떻게 그렇다고 확신할 수 있지?'

또 다른 예도 있다. 가브치크, 그리고 하이드리히의 체코인 요리사가 나눈 대화다. 요리사는 하이드리히가 자택에서 누리는 신변 보호에 대해 가브치크에게 알려 준다. "하이드리히는 보호는 필요 없다며 거절하고 있지만 SS는 이에 아랑곳없이 열심히 할 일을 합니다. 자신들의 우두머리니까요. 이해하시겠죠. SS는 하이드리히를 신처럼 모십니다. 하이드리히야말로 SS 대원이 모두 닮고 싶어 하는 이상적인 모습이죠. 금발의 짐승. 독일인들에게 금발의 짐승이라는 것은 칭찬입니다. 아마 잘 이해가 안 되실 겁니다."

여기서 챠코의 재능이 나타난다. 역사적인 사실을 대사 속에 넣는 능력. 하이드리히는 실제로 금발의 짐승이라는 별명으로 불렸다.

더구나 대사 자체도 이미 섬세한 심리, 특히 문학적으로 긴장감을 끝까지 유지하는 능력에 힘입어 주옥같다. 전반적으로 챠코는 대화 처리 기술이 뛰어나다. 주로 대화를 통해 역사를 소설로 바꾸는 데 탁월하다. 이런 방법은 잘 쓰지 않는 나로서는 챠코의 능력이 매우 탁월하다고 인정할 수밖에 없다. 실제로 여러 부분이 흥미롭게 느껴진다. 하이드리히를 무시무시하게 표현하는 요리사에게 가브치크가 하는 대답이 좋은 예다. "걱정 마십시오. 그래 봐야 인간입니다. 증명해 보일 수도 있습니다." 마치 이탈리아 마카로니웨스턴을 보는 듯한 대화에 웃음이 나온다.

하지만 가브치크가 거실에서 오럴 섹스를 하는 장면 혹은 쿠비시가 욕실에서 자위행위를 하는 장면은 아무래도 챠코가 지어낸 이야기 같다. 가브치크가 오럴 섹스를 했는지, 만일 했다면 어떤 환경에서 했는지, 쿠비시가 언제 어디서 자위행위를 했는지 챠코가 알 리가 없지 않은가. 당연히 이런 장면들은 증거 자료가 전혀 없다. 쿠비시가 자위행위를 했다는 이야기를 누군가에게 했다거나 일기에 써두었으면 모를까. 어쨌든 챠코는 인물의 독백을 많이 넣고 역사적으로 증명되지 않은 묘사들도 덧붙여 소설의 심리적인 부분을 완벽하게 살리고 있다. 그렇다고 역사적인 사실이라고 주장하지도 않는다. 챠코의 소설은 이렇게 시작된다. "사실과 비슷하다는 것은 전부 우연에 지나지 않을 것이다." 그러니까 챠코는 자료 조사를 매우 꼼꼼히 했지만 자료에 얽매이지 않고 소설을 쓰고 싶었던 것이다. 실화를 기반으로 하되 소설적인 요소도 최대한 이용하고 역사적인 증거가 미심쩍은 부분도 가독성을 위해 대범하게 지어내는 방식이다.

교묘한 트릭꾼. 마법사. 어쨌든 소설가.

그래, 사진을 자세히 보면 메르세데스의 색깔이 의심스럽긴 하다. 수년 전에 본 전시회였으니 내 기억이 잘못되었을 수도 있다. 메르세데스는 분명 검은색으로 보였는데! 어쩌면 나의 상상력이 요술을 부리고 있는지도 모르겠다. 때가 되면 녹색인지 검은색인지 결정할 것이다. 아니면 확인해 보든가. 어떻게 해서든.

156

나타샤에게 메르세데스 색이 어떻게 보였냐고 물었다. 나타샤도 검은색으로 보였다고 했다.

157

하이드리히는 권력이 커질수록 히틀러처럼 행동한다. 이제는 히틀러 총통처럼 하이드리히도 부하들 앞에서 세계의 운명에 관해 열을 올리며 길게 연설한다. 프랑크, 아이히만, 뵈메, 뮐러, 셸렌베르크는 상관 하이드리히가 지도를 보며 토하는 열변을 얌전히 듣는다.

"스칸디나비아인, 네덜란드인, 플라망인은 게르만 인종입니다……. 중동과 아프리카는 이탈리아인과 나눌 것입니다……. 러시아인은 우랄 산맥 밖으로 쫓겨날 것이고 그들의 조국은 농부 출신 병사들이 장악할 것입니다……. 우랄 산맥은 동쪽으로 독일과 국경이 닿아 있습니다. 우리가 새로 모집한 병사들은 그곳에서 군 복무를 하고 국경 수비대 같은 유격대 훈련을 받을 것입니다. 끝까지 싸우지 않을 병사는 도망갈 수도 있습니다. 하지만 그렇다고 벌을 주지는 않을 겁니다……."

폭력을 통해 얻은 권력에 취해 있는 것인지는 몰라도 하이드리히는 히틀러와 마찬가지로 이미 자신을 세상의 주인이라고 생각하고 있다. 하지만 아직 싸워서 승리해야 할 전쟁, 무찔러야 하는 러시아군, 제거해야 할 경쟁자들의 기나긴 목록이 남아 있다. 아무리 하이드리히가 낙천적이라 해도, 독일 제3제국이라는 밤하늘에서 계속 높이 떠오르는 별 같은 존재라 해도, 이 모든 것은 좀 더 시간을 두고 봐야 한다.

히틀러의 후계자 자리를 놓고 벌어지는 경쟁은 처음부터 지금까지 언제나 치열했다. 이 경쟁 구도 속에서 하이드리히의 위치는 어디쯤일까? 하이드리히가 내뿜는 사악한 카리스마에 매혹된 많은 사람은 하이드리히가 초고속 승진을 하는 것을 봐서 결국 히틀러 총통의 뒤를 잇거나 총통의 자리를 차지할 것이라고 확신한다.

하지만 지금은 1942년. 정상까지 오르려면 아직 갈 길이 멀다. 하이드리히는 그 어느 때보다도 후계자 1순위 후보로 떠오른 괴링, 보어만, 괴벨스로부터 호감을 받고 있다. 이들 모두 하이드리히를 히틀러에게서 빼내려 한다. 히틀러는 오른팔인 하이드리히를 질투 어린 시선으로 감시한다. 하이드리히는 프라하 총독으로 임명되고 유대인 학살 계획을 담당하게 되었지만 아직 괴링, 보어만, 괴벨스, 히플러와 같은 레벨은 아니다. 후계자 경쟁에서 한참 뒤처진 괴링이지만 아직은 공식적으로 독일 제3제국에서 서열 2위이고 히틀러가 지목한 후계자다. 보어만은 루돌프 헤스 대신 나치스 대표를 맡고 있고 총통을 근접 보좌한다. 괴벨스의 선전 기법은 그 어느 때보다도 독일 제3제국의 버팀목이 되고 있다. 히믈러는 모든 전선에서 승리의 영광을 가져다주는 무장 친위대를 이끌고 있고 강제수용소 시스템의 총책임자다. 하이드리히가 아직 장악하지 못하고 있는 두 분야다.

프라하 총독 자리에 올라 빠르게 권력 중심부를 향해 승진했고 히틀러에게 가까이 다가간 것은 맞지만 하이드리히는 히믈러를 밀어낼 생각은 하지 않는다. 하이드리히는 상관인 히믈러가 겉보기에는 물러 보여도 절대 과소평가해서는 안 되는 인물이며 SS 서열 2위인 자신이 필요할 때 의지할 수 있는 대상이라는 것을 알고 있다. 권력이 강해져 더 이상 두려운 상대가 없어질 때까지 하이드리히는 히믈러 뒤에 있을 것이다.

따라서 하이드리히의 직접적인 경쟁자들은 아직 지위가 좀 더 낮은 인물들이다. 동부 영토 장관이자 동부 영토 식민지 이론가인 알프레트 로젠베르크, 강제수용소 본부장이며 역시 독일 제3제국 중앙안보사무국이라는 요직을 차지하고 있는 오스발트 폴, 폴란드 바르샤바 총독 한스 프랑크, 카나리스 독일 국방군 총독……. 확실히 하이드리히는 승진할 때마다 특권을 누리면서 직접적인 경쟁자들을 하나씩 따돌리고 있다. 그러나 각자 자신의 영역을 지키고 있어 하이드리히가 날개를 펴고 나가는 데 방해가 된다. 이런 식으로 보면 SS 조직도에서 히믈러 직속인 또 다른 중앙안보사무국에 해당하는 질서경찰을 총괄하는 달루게도 포함시켜야 한다. 달루게는 보통 경찰 업무, 질서 유지, 보통법 유지 업무만 담당하고 있으며 오르포(치안경찰), 슈포(보안경찰), 크리포(범죄경찰)는 하이드리히가 통제할 수 없는 영역이다. 게슈타포 같은 권한이나 악명은 없어도 결코 무시할 수 없는 경찰 조직들이다.

따라서 최고 권력에 다가가기 위해 아직 넘어야 할 산이 많다. 하지만 이미 충분히 보여 주었듯이 하이드리히는 쉽게 포기하는 성격이 아니다.

158

여러 책에서 찾아낸 에피소드가 있다. 민스크에서 처형 장면을 지켜보던 히믈러가 바로 눈앞에서 소녀 두 명이 죽으면서 피가 튀자 기절했다는 에피소드다. 이 끔찍한 장면에 질린 히믈러는 다른 방법을 찾아야겠다고 생각했다고 한다. 처형 담당자들에게 정신적인 스트레스를 주지 않으면서 동시에 유대인과 기타 하등 민족을 제거하는 임무는 계속할 수 있는 방법.

내가 메모해 놓은 자료를 보면 기존의 처형 방법이 중단된 이유는 하이드리히도 비슷한 생각을 하고 있었기 때문이다. 하이드리히도 어느 날 부하 게슈타포 뮐러와 함께 처형 장면을 시찰하러 온 적이 있다.

아인자츠그루펜은 늘 같은 방법을 사용하고 있었다. 커다란 구덩이를 판 다음, 각 도시와 주변 마을에서 체포한 유대인 또는 반체제 인사 수백 수천 명을 데려와 구덩이 가장자리에 일렬로 서게 하고 기관총으로 쏴 죽이는 방식이었다.

무릎을 꿇린 다음 목 뒤에 총을 쏴 죽이는 방식도 있었다. 심지어 모두 죽었는지 확인하지 않을 때도 많았다. 일부는 산 채로 묻혔다. 간혹 어느 시체 뒤에 몸을 숨긴 덕에 완전히 죽지 않은 사람들은 밤이 되기를 기다렸다가 흙을 파헤쳐 밖으로 다시 나오는 경우도 있었다(기적적인 경우다.). 여러 증인에 따르면 시신 더미가 쌓여 있었고 시신 더미에서 죽어 가는 사람들의 비명 소리와 신음 소리가 새어 나왔다고 한다. 그다음에 구덩이는 흙으로 다시 메워졌다. 이렇게 단순한 방식으로 아인자츠그루펜은 약 150만 명을 처형했다. 물론 희생자의 대부분은 유대인이었다.

하이드리히는 처형 장면을 보러 올 때 히믈러와 함께 온 적도 있고, 아이히만과 함께 온 적도 있고, 뮐러와 함께 온 적도 있었다. 한번은 어느 젊은 여자가 하이드리히에게 아기를 내밀며 이 아기의 목숨만은 살려 달라고 애원했으나 결국 하이드리히의 눈앞에서 엄마와 아기 모두 처형되었다. 히믈러보다 감정이 메마르고 정신력이 강한 하이드리히는 기절하지 않았다. 다만 처형 장면이 잔인해서 놀란 그는 과연 옳은 방법일까 하는 의문을 가졌다. 히믈러와 마찬가지로 하이드리히 역시 소중한 SS 대원들이 처형 장면에 동요되어 정신적으로 충격을 받지 않을지 걱정된다고 말했다. 그렇게 말을 하고 나서 하이드리히는 병에 든 자두술을 들이켰다. 자두로 만든 체코의 브랜디로 매우 독하다. 그런데 여러 체코인에 따르면 자두술 맛이 별로라고 한다. 그러나 술고래인 하이드리히는 프라하에 부임해 온 이후로 자두술을 즐겨 마셨던 것이 분명하다.

하이드리히는 얼마 후 아인자츠그루펜이 유대인 문제를 해결하기에 이상적인 방법은 아니라는 결론을 내렸다. 1941년 7월부터 하이드리히는 히믈러와 함께 민스크 처형 장면을 시찰했다. 두 사람은 제국지도자의 특별 열차를 타고 왔다. 당시 처형 장면을 시찰하면서 하이드리히는 상관 히믈러와 마찬가지로 처형 방법에 이의를 제기하지 않았다. 하지만 몇 달 후 두 사람 모두 이런 처형 방법을 고수한다면 자칫 나치즘과 독일의 이미지가 야만적으로 비칠 수 있고 독일 제3제국의 미래 세대에게 비난을 받을 수도 있다는 생각을 하게 되었다. 이를 대신할 방법을 찾아야 했다.

그러나 대규모 처형은 이미 진행 중이었기에 두 사람이 찾을 수 있었던 유일한 대안은 아우슈비츠 수용소였다.

159

놀랍게도 이 어둡고 끔찍한 시기에 체코에서는 오히려 결혼 건수가 계속 늘어난다. 여기에는 다 이유가 있다. 1942년 초 강제동원 체제는 미혼 남자들만을 대상으로 하기 때문이다. 갑자기 일찍 결혼하는 체코 시민들의 수가 폭발적으로 늘어난다. 이런 움직임을 눈치채지 못할 하이드리히의 부서가 아니다. 결국 강제동원 체제의 대상은 모든 체코 남자로 확대된다. 기혼자든 미혼자든 체코 남자 수만 명이 독일 제3제국의 여기저기에 강제로 보내져 필요한 곳에서 노동자로 동원된다. 독일 노동자는 수백만 명씩 독일 국방군에 징집되고 있기 때문이다. 체코인들만 대상은 아니다. 폴란드인, 벨기에인, 덴마크인, 노르웨이인, 프랑스인 들에게도 같은 법이 적용된다.

하지만 이러한 정책은 부작용도 있다. 하이드리히의 책상에 꾸준히 놓이는 제국보안부의 수많은 보고서 중 하나는 이러한 내용을 담고 있다.

외국인 노동자 수백만 명이 동원되는 독일 제3제국의 여러 곳에서 외국인 노동자와 독일 여자가 성관계를 맺는 경우가 있다는 소리가 들려옵니다. 이렇게 되면 열등한 유전자가 계속 퍼질 위험이 있습니다. 성관계를 위해 체코 남자를 찾아다니는 젊은 독일 여자에 대한 불평이 계속 늘어나고 있습니다.

보고서를 읽는 하이드리히의 표정이 일그러졌을 것이다. 외국 여자들과 성관계를 맺는 것은 상관없다. 하지만 아리아인 여자들이 몸이 달아올라 외국인 남자들과 관계를 맺고 싶어 하다니 정말 역겨운 일이다. 하이드리히로서는 여자를 믿지 못할 이유를 또 하나 찾아낸 것이다. 설령 하이드리히의 외도에 복수하기 위해서라도 리나는 절대로 외국 남자들과 잠자리하는 짓은 하지 않을 것이다. 리나는 순수한 독일 여자, 고귀한 혈통의 독일 여자다. 유대인, 흑인,

슬라브인, 아랍인, 기타 열등한 인종과 잠자리를 하느니 차라리 자살을 택할 것이다. 독일인이 될 자격조차 없는 더러운 암퇘지들과는 차원이 다르다. 하이드리히는 마음 같아서는 이런 여자들을 창녀촌으로 보내 버리고 싶다. 젊은 금발 여자들이 팔팔한 SS 대원들과 잠자리하는 아리안계 사육장 같은 창녀촌. 더러운 여자들이 괴로워하는 모습을 보면 통쾌할 것이다.

나치스가 아름다운 슬라브 여인들 앞에서도 인종주의를 고집했을지 궁금하다. 동유럽에는 유럽 최고의 미녀들이 있는데 이 미녀들은 금발에 푸른 눈일 때가 많다. 괴벨스는 체코의 아름다운 여배우 리다 바로바와 관계를 가졌을 때 바로바가 인종적으로 순수한지 어쩐지 따지지 않았다. 어쩌면 괴벨스는 바로바의 치명적인 아름다움을 보고 게르만인으로 만들 수 있다고 생각했을 수도 있다. 사실, 나치스의 고관 대부분이 외모가 형편없다. 괴벨스는 안짱다리지만 그나마 외모가 준수한 축에 속한다. 이런 그들이 열등한 인종이 퍼져 갈까 봐 두려워했다니 웃음만 나온다. 하지만 하이드리히는 다른 나치스 고관과는 다르다. 갈색 머리 땅딸보도 아니고 외모는 순수 게르만인이다. 하이드리히도 그렇게 생각했을까? 그렇다고 생각한다. 사람은 자주 듣는 칭찬과 자신의 장점을 꽤 쉽게 믿는 법이다. 폴 뉴먼의 글이 다시 생각난다. "만일 내가 푸른 눈이 아니었다면 이렇게 성공하기는 힘들었을 것이다." 하이드리히도 같은 생각이었을지 궁금하다.

하이드리히에 관한 픽션을 한 편 더 우연히 찾아냈다. 이번에는 로버트 해리스의 소설 『당신들의 조국』을 원작으로 한 텔레비전 영화 「독수리의 황혼」이다. 이 영화에서 주인공 역할은 루트거 하우어가 맡았다. 루트거 하우어는 리들리 스콧 감독의 「블레이드 러너」에서 리플리컨트라는 역을 맡아 이름을 알린 네덜란드 출신 배우다. 「독수리의 황혼」에서 루트거 하우어는 크리포에서 근무하는 SS 지휘관 역을 맡았다.

이야기의 배경은 1960년대. 히틀러 총통이 여전히 독일을 다스리고 있다. 알베르트 슈페어의 도면에 따라 재건된 베를린은 바로크, 아르누보, 신고전주의, 순수 미래지향적 양식이 혼합된 도시의 모습이다. 러시아와의 전쟁은 계속되고 있고 유럽 전역이 독일 제3제국의 지배를 받고 있다. 하지만 미국과는 관계 개선이 이루어지려 하고 있다. 며칠 안으로 케네디가 히틀러를 만나 역사적인 조약에 서명할 것이다. 이 영화에서는 대통령으로 당선된 것이 아들 존 피츠제럴드가 아니라 아버지 조지프 패트릭이다. 그리고 존 F. 케네디의 아버지는 나치에 노골적인 호감을 보인다. 따라서 이 영화는 '만일'이라는 가정하에 전개된다. 히틀러의 제국이 계속되었다면 어떻게 되었을지 상상해 보는 것이다. 이를 가리켜 '대체역사'라고 한다.

이 텔레비전 영화는 경찰 스릴러 형식의 대체역사물이다. 나치의 고관들이 쥐도 새도 모르게 살해되는 사건이 벌어진다. 케네디 대통령의 독일 방문을 취재하러 온 미국인 여기자의 도움을 받아 SS

형사(루트거 하우어)가 살인 사건들 간의 연관성을 발견한다. 뷜러, 슈투카르트, 루터, 노이만, 랑게…… 모두 20년 전인 1942년 1월에 하이드리히가 직접 반제에서 연 미스터리한 회의에 참석한 적이 있다는 공통점이 있다. 1960년대, 하이드리히는 괴링 대신 장관이 되어 독일 제3제국의 서열 2위가 된다. 히틀러는 케네디와 서명하기로 한 조약에 차질을 일으키지 않기 위해 회의에 참석했던 이들은 영원히 제거하고 싶어 한다. 그날 회의의 의제가 밝혀지는 것을 원치 않기 때문이다. 실제로 1942년 1월 20일에 유대인 학살 계획이 관련 장관들에 의해 공식적으로 통과되었다. 바로 여기서 하이드리히와 충직한 부하 아이히만의 주도로 유대인 1100만 명의 가스실 처형이 계획되었다.

당시 외무부의 리벤트로프에 의해 파견된 대표 자격으로 회의에 참석했던 프란츠 루터는 죽고 싶지 않은 마음에 유대인 학살을 증명하는 증거를 미국에 파는 대가로 미국에 정치 망명을 하기로 한다. 아직 전 세계는 이 같은 유대인 학살에 대해 모르고 있다. 유럽의 유대인들은 공식적으로는 강제 이주되어 우크라이나에 재정착했다. 우크라이나는 러시아 전선과 가까이 있어서 그 어떤 국제 관측 요원도 직접 와서 확인할 길이 없다. 루터는 살해되기 직전, 미국인 여기자에게 연락한다. 여기자가 도착했을 때 루터는 이미 살해된 뒤다. 한편, 히틀러는 케네디를 성대하게 맞을 준비를 한다. 여기자는 막판에 중요한 서류를 케네디 대통령에게 전한다. 갑자기 케네디와 히틀러의 만남이 취소된다. 미국은 다시 독일을 상대로 전쟁을 벌이고 독일 제3제국은 원래의 역사보다 20년 늦게 무너지게 된다.

이 영화는 반제 회의를 어떤 의미에서는 유대인 학살 계획의 중요한 순간으로 삼고 있다. 하지만 사실, 반제에서 유대인 학살 계획이 결정 난 것은 아니다. 하이드리히의 아인자츠그루펜이 이미 동쪽에서 유대인을 수십만 명 씩 죽인 것 또한 사실이니까. 그러나 인종 청소의 공식화가 이루어진 곳은 반제 회의다. 더 이상 특정 부대에게 인종 청소를 은밀히 맡기는 것이 아니라(수백만 명을 은밀하게 죽일 수 있다고 가정하면) 독일 제3제국의 모든 정치적, 경제적 인프라를 인종 청소에 동원하기로 결정한 것이다.

회의 자체는 겨우 두 시간 걸렸다. 두 시간 동안 법률 문제를 어떻게 할지 주로 논의되었다. 유대인 혼혈은? 조부모 중 한 명이 유대인인 경우는? 제1차 세계대전에서 훈장을 받은 유대인은? 독일 여자와 결혼한 유대인은? 이들을 전부 어떻게 할 것인가? 유대인 남편을 두었던 아리아인 미망인들에게 연금을 지급해야 할까? 여느 회의와 마찬가지로 반제 회의에서도 모든 것은 이미 결정 나 있었다. 사실, 하이드리히는 독일 제3제국의 모든 장교들에게 하나의 목표를 위해 노력해야 한다는 메시지를 전하기로 결정했다. 그 한 가지 목표는 유럽의 모든 유대인들을 대대적으로 제거하는 것.

하이드리히가 회의 참석자들에게 나눠 준 도표가 지금 내 눈앞에 있다. 나라별로 강제 이주시킬 유대인의 수를 자세히 설명한 도표다. 도표에서 나라들은 두 개의 그룹으로 나뉜다. 첫 번째 그룹은 독일 제3제국이 직접 통제하거나 점령한 나라들로 이 중 에스토니아는 유대인이 학살로 전멸되었고 총괄 정부(폴란드)에는 여전히 유대인이 200만 명 이상 남아 있다. 두 번째 그룹은 위성 국가(슬로바키아 유대인 8만 8000명, 크로아티아 유대인 4만 명), 동맹 국가(사르데냐 섬을 포함한 이탈리아 유대인 5만 8000명), 또한 중립 국가(스위스 유대인 1만 8000명, 스웨덴 유대인 8000명, 터키 유대인 5만 5500명, 스페인 유대인 6000명) 혹은 적국(이 시기에 유일하게 남은 유럽의 두 국가, 소련과 영국. 소련은 이미 유대인이 많이 살고 있는데 실제로 500만 명이다. 여기에 완전히 유대인 천지라 할 수 있는 우크라이나도 소련에 포함되어 있다. 우크라이나에 사는 유대인은 약 300만 명이다. 영국은 유대인 33만 명이 살고 있어서 아직 유대인이 우글거리는 곳은 아니다.). 설득을 하든가 아니면 힘으로 밀어붙여서라도 모든 유럽 국가에서 유대인을 반드시 쫓아내야 한다는 생각이다. 유럽에 있는 유대인의 수가 도표 아래에 적혀 있다. 1100만 명 이상. 계획은 반쯤 달성될 전망이다.

아이히만은 회의 이후 어떤 일이 있었는지 이야기했다. 각 부서의 대표들이 회의장을 나가자 하이드리히와 최측근 부하 두 명, 즉, 아이히만과 게슈타포 뮐러만 남게 된다. 세 사람은 나무 내벽으로 우아하게 장식된 작은 거실로 갔다. 하이드리히는 코냑을 따라 마시며 클래식 음악(슈베르트 음악인 듯하다.)을 들었다. 그리고 세 사람은 함께 담배를 피웠다. 아이히만에 따르면 이때 하이드리히는 기분이 무척 좋은 상태였다고 한다.

어제, 라울 힐버그가 세상을 떠났다. 힐버그는 실용주의파의 아버지로 불리는 인물이다. 유대인 학살은 미리 계획된 것이 아니라 상황에 자극을 받아 이루어진 것이라고 생각하는 역사학자들이 실용주의파다. 이와 반대의 입장을 가진 것이 목적주의파다. 목적주의파 역사학자들은 유대인 학살 계획은 처음부터, 그러니까 1924년에 『나의 투쟁』이 집필될 때부터 분명히 계획되었다고 주장한다.

힐버그가 사망하자 《르몽드》는 1994년 힐버그와 가진 인터뷰의 일부를 소개한다. 이 인터뷰에는 힐버그 이론의 핵심이 나와 있다.

처음에 독일인들은 자신들이 무엇을 하게 될지 몰랐던 것 같습니다. 유대인에 대해 점점 폭력적으로 행동하는 것은 맞지만 정확한 목적지는 정해지지 않은 기차를 모는 것처럼 어디로 가야 할지 모르는 상황이었겠죠. 꼭 기억해야 할 것은 나치즘은 단순한 정당이 아니라 멈추지 않고 계속 앞으로 가야 했던 사상이었다는 사실입니다. 이전에 한 번도 이루어지지 않은 일과 마주하게 된 독일 관료들은 무엇을 해야 할지 몰랐습니다. 바로 이런 상황에서 히틀러의 역할이 두드러지게 됩니다. 누군가가 수장으로 앉아 천성이 보수적인 관료들에게 행동 개시를 허락해 주어야 했던 겁니다.

한편, 목적주의파 역사학자들은 1939년 1월에 히틀러가 했던 대중 연설에 유대인 학살 계획이 처음부터 철저하게 계획된 것임을 보여 주는 구절이 있다고 주장한다. "유럽과 유럽 바깥에 있는 전 세계 유대인의 자본이 다시 한 번 여러 민족들을 세계대전으로 몰아넣는 데 성공하고 있습니다. 그 결과가 토지의 볼셰비키식 공산화와 유대주의의 승리로 이어져서는 안 됩니다. 유럽 내 유대인 제거로 이어져야 합니다." 하지만 실용주의파 역사학자들의 손을 들어 줄 결정적인 증거가 있다. 나치스는 실제로 오랫동안 유대인을 강제 이주시킬 영토를 찾아다녔다. 마다가스카르, 북극해, 시베리아, 팔레스타인. 아이히만은 유대민족주의 투쟁가들을 여러 번 만나기도 했다. 하지만 전쟁이 일어나면서 나치스는 이런 계획을 모두 포기하게 되었다. 특히 해양을 장악하지 않는 한, 그러니까 영국과의 전쟁이 길어지는 한, 유대인을 마다가스카르로 실어 나를 수 없었기 때문이다. 그러다가 동부 전선에 전쟁이 터지면서 확실한 해결책을 서둘러 찾아야 했을 것이다. 나치스가 스스로 인정한 적은 없으나 그들도 동유럽 정복은 일시적이라는 것을 알고 있었다. 더구나 소련의 엄청난 저항에 어느 정도는 두려움을 느꼈을 것이다. 1942년에는 그 누구도 붉은 군대가 독일로 들어와 베를린까지 진격하리라고는 상상도 하지 못했지만 그럼에도 나치스는 소련에게 점령지를 빼앗길까 봐 두려워했고, 그러니 서둘러야 했다. 이렇게 해서 유대인 문제를 대량 학살로 해결하자는 쪽으로 조금씩 기울어지게 된 것이다.

162

화물 열차가 끼익하는 쇳소리를 내며 멈춘다. 플랫폼에는 긴 난간
이 있다. 하늘에서는 까마귀가 깍깍거린다. 난간 끝에는 상단에 독
일어로 뭔가 적혀 있는 커다란 철문이 있다. 철문 너머로 갈색의 석
조 건물이 있다. 철문이 열린다. 아우슈비츠로 들어가는 입구다.

163

이날 아침, 하이드리히는 히믈러의 편지를 받는다. 히믈러는 스윙
을 즐기다가 함부르크 경찰에 체포된 독일 젊은이 500여 명 때문에
단단히 화가 나 있다. 스윙, 검둥이 음악을 들으며 추는 퇴폐적인 외
국 춤.

이 문제가 어설프게 처리되어서는 안 된다. 주모자들은 전부 강제수용소
로 보낼 것이다. 그 젊은이들은 우선 거기서 실컷 두드려 맞을 것이다. 수
감 기간은 이삼 년으로 꽤 길어질 것이다. 이들 젊은이들은 더 이상 공부할
자격이 없다. 영미권 문화에 빠지는 현상이 번지는 걸 막으려면 혹독하게
다룰 수밖에 없다.

실제로 하이드리히는 이 중 50여 명을 수용소로 보낼 것이다. 히
믈러로부터 유럽에서 유대인을 마지막 한 명까지 없애라는 역사적

인 과업을 맡긴 했지만 작은 문제도 소홀히 넘겨서는 안 된다는 것이 하이드리히의 생각이다.

164

1942년 1월 21일, 괴벨스의 일기.

하이드리히가 마침내 체코슬로바키아의 새로운 정부를 임명했다. 하하는 하이드리히의 뜻을 받아들여 독일 제3제국과 연대하겠다고 다시 한 번 선언했다. 하이드리히가 점령지 체코슬로바키아에서 보여 준 정책은 그야말로 귀감이 될 만하다. 하이드리히는 위기 상황을 쉽게 수습했고 그 결과 체코슬로바키아는 다른 점령지나 위성국에 비해 상황이 안정되었다.

165

여느 때와 마찬가지로 히틀러는 끊임없이 혼자 떠들고 자신이 한 정치적인 분석을 열심히 설명한다. 부하들은 얌전히 아무 말 없이 듣고 있다. 한참을 이야기하던 히틀러가 체코슬로바키아 상황에 대해 말한다.

"노이라트가 체코 놈들에게 완전히 속았어! 6개월만 더 놔두었으면 생산량이 25퍼센트는 감소했을 거야! 슬라브인들 중에서도 체코 놈들은 노동자라 가장 위험해. 원칙대로 하고 체계적이고 생각을 드러내지 않거든. 하지만 체코 놈들, 우리가 거칠고 가차 없다는 것을 아니까 이제는 제대로 일하겠지."

하이드리히의 작업이 매우 만족스럽다고 말해 주는 히틀러 나름의 방식이다.

166

얼마 후, 히틀러는 하이드리히를 베를린에서 맞이한다. 하이드리히가 다시 히틀러 앞에 서게 된 것이다. 아니, 그 반대일 수도 있다. 히틀러가 거드름을 피우며 말한다. "우리가 적절한 정책을 밀고 나가면 체코의 혼란한 상황을 잠재울 수 있어. 체코인 대부분은 게르만족의 후손이야. 따라서 독일인으로 만들 수도 있어." 히틀러는 슈페어와 함께 가장 신임하는 부하인 하이드리히를 격려하기 위해 이렇게 말하고 있다. 하이드리히와 슈페어는 매우 다른 분야에서 히틀러에게 신임을 받고 있다.

히틀러는 슈페어와 함께 있으면 정치, 전쟁, 유대인 문제가 아닌 다른 사안을 이야기할 수 있다. 음악, 미술, 문학에 대해 이야기하면서 게르마니아 계획을 실현해 갈 수 있다는 희망을 품는다. 게르마니아는 두 사람이 함께 계획한 미래의 베를린이다. 뛰어난 건축

가인 슈페어가 계획을 구체적으로 실현시키는 책임을 맡을 것이다. 히틀러에게 슈페어는 공기 같은 존재다. 슈페어야말로 히틀러에게 즐거움이다. 히틀러가 만들었지만 이제는 그를 가두고 있는 국가사회주의라는 미로를 외부 세상과 연결해 준 것이 바로 슈페어라는 창문이다. 분명 슈페어는 충성스러운 나치스 당원이다. 더구나 공식 건축가, 군수 장관이 된 뒤부터 새로운 결과물을 만들어 내기 위해 모든 지식과 재능을 쏟고 있다. 슈페어의 충성심과 능력은 의심하지 않아도 된다. 그러나 이 때문에 히틀러가 슈페어를 더 좋아하는 것은 아니다. 충성심이라면 히틀러가 '충직한 하인리히'라 부르는 히믈러만 한 인물도 없어 보인다. 효율성 역시 아마도…… 하지만 슈페어는 훨씬 세련미가 넘친다. 단정한 옷차림에 품위가 있으며 어떤 상황에서도 여유가 있다. 실패한 예술가이자 전에 뮌헨의 부랑자로 생활한 적 있는 히틀러에게 슈페어는 미워해야만 하는 지식인에 속한다. 하지만 슈페어는 히틀러에게 그 누구도 주지 못하는 것을 준다. 똑똑한 사람이 표하는 우정과 존경. 상류층인 그에게 이런 대접을 받으면 그 자체로 모든 사람에게 인정받는 기분이 든다.

분명히 히틀러가 하이드리히를 좋아하는 이유는 이와는 다르다. 아니, 정반대 이유다. 슈페어는 히틀러가 한 번도 속하지 못한 '정상적인' 세상의 엘리트를 상징하지만 하이드리히는 완벽한 나치스의 전형적인 모습이다. 훤칠한 키, 금발, 잔인함, 나무랄 데 없는 충성심, 엄청난 효율성. 운명의 장난인지는 모르겠으나 히믈러에 따르면 하이드리히에게 유대인 피가 섞였다는 소문이 있다고 한다. 하지만 히틀러가 보기에 하이드리히가 이 더러운 소문에 격렬히 맞서 싸워 승리를 거둔 것을 보면 그에게는 유대인 피보다는 아리아인 피가 흐른다는 증거다. 설령 하이드리히가 유대인 출신이라 믿는다 해도 하이드리히에게 유대인 학살 계획을 맡겨 완벽한 이스라엘 민족 학살자로 만드는 것도 무척 흥미로운 일이다.

167

나는 이 장면을 잘 알고 있다. 바이에른 알프스의 정상에 세워진 거대한 호화 벙커인 독수리 요새의 테라스에서 히믈러와 하이드리히가 사복 차림으로 히틀러와 이야기를 나누는 장면. 하지만 히틀러의 정부가 직접 찍은 영상이라는 것은 몰랐다. 저녁 시간에 어느 케이블 채널이 방영한 「에바 브라운」에서 알게 된 사실이다. 왠지 횡재한 기분이다. 내가 쓰는 책 속에 등장하는 인물들의 사생활에 되도록이면 들어가는 것이 좋다. 히틀러가 하이드리히를 맞이하는 장면을 다시 본다. 훤칠한 키에 금발, 매부리코의 하이드리히는 다른 사람들보다 머리 하나가 더 크다. 소매가 아주 짧은 베이지색 옷을 입은 하이드리히는 미소를 짓고 있고 편안해 보인다. 그런데 영상에는 소리가 나오지 않아 무척 실망스러웠다. 그래도 「에바 브라운」 다큐멘터리 제작팀은 훌륭한 일을 해냈다. 독순술 전문가에게 해독을 부탁한 것이다. 햇빛이 비치는 계곡 위로 나 있는 석조 난간 앞에서 히믈러는 하이드리히에게 이렇게 말한다. "우리가 하고 있는 일에 차질이 있어서는 안 돼." 맞는 말이다. 두 사람은 계속해서

의견을 교환한다. 조금 실망스러우면서도 동시에 기쁘다. 어쨌든 대화가 하나라도 해독되었으니 다행이다. 내가 기대한 것은 무엇일까? 히믈러가 하이드리히에게 이런 말을 하지는 않았을 것이다. "하이드리히, 리 하비 오스월드(존 F. 케네디 암살범 — 옮긴이)는 훌륭한 신병이 될 거야."

168

유대인 학살 계획을 이끌어 가는 책임이 점점 막중해지고 있지만 하이드리히는 보호령 내부 문제도 소홀이 다루지 않는다. 1942년 1월, 하이드리히는 시간을 내어 체코 정부의 내각 개편을 단행한다. 9월에 많은 관심을 받으며 프라하 총독으로 부임해 온 이후 잠시 미뤘던 일이다. 반제 회의 전날인 19일에도 하이드리히는 새로운 총리를 임명했다. 하지만 무늬만 총리이기 때문에 아무 의미도 없었다. 꼭두각시 체코 정부에서 핵심 요직 두 개는 경제부와 교육부다. 경제부 장관은 어느 독일인이 맡게 된다. 경제부를 맡은 독일인의 이름을 굳이 알 필요는 없다고 생각한다. 교육부는 에마누엘 모라베츠가 맡게 된다. 하이드리히는 독일인을 경제부 장관으로 임명하며 정부 공식 언어를 독일어로 정한다. 그리고 모라베츠를 교육부 장관에 앉히면서 언제나 협력할 준비가 되어 있는 인물의 도움을 확실히 받을 수 있게 된다. 두 장관이 추구하는 목표 하나는 똑같다. 독일 제3제국에 필요한 산업 생산을 유지하고 늘리는 것이다. 이를 위해 경제부 장관이 할 일은 모든 체코 기업들이 독일이 전쟁에서 승리할 수 있도록 힘을 보태도록 하는 것이다. 한편 모라베츠는 노동자 교육을 담당하는 교육 시스템을 개발해야 한다. 체코 아이들은 미래 직업에 꼭 필요한 기술, 즉 육체노동 방법만을 배우게 된다. 여기에 기본적인 기술 지식만 더해지면 된다.

1942년 2월 4일, 하이드리히는 흥미로운 연설을 한다. 내가 속한 분야에 대한 내용이라 흥미롭게 다가온다.

"교사들은 저항의 온상이므로 체코 교사 문제를 처리해야 합니다. 교사들을 처형하고 체코 고등학교는 폐쇄해야 합니다. 당연히 체코 청소년들은 학교가 아닌 곳에서 교육을 받으며 저항 정신이 싹트지 못하게 싹을 잘라야 합니다. 가장 좋은 교육 공간은 운동장입니다. 체육과 스포츠는 청소년들의 성장, 교육, 재교육을 돕습니다."

여기에 주요 내용이 모두 담겨 있다고 생각한다.

1939년 11월 이후 정치적으로 혼란을 일으킨다는 이유로 3년째 폐교 중인 체코 대학들이 문을 다시 열 가능성은 없다. 대학교 폐교 기간을 늘리기 위한 구실을 찾아내는 것은 모라베츠의 몫이다.

이 연설에서 나는 세 가지 사실을 알아낸다.

첫째, 다른 나라와 마찬가지로 체코에서도 국민교육의 명예를 교육부 장관이 앞장서서 망치고 있다. 원래는 나치에 강하게 반대하던 에마누엘 모라베츠가 뮌헨 협정 이후 하이드리히에 의해 임명된 체코 정부에 가장 적극적으로 협력하게 되었다. 독일이 우선적으로 대화하려는 상대는 아무것도 모르는 노망 든 에밀 하하 대통령보다는 에마누엘 모라베츠 교육 장관이다. 체코 역사에서는 모라베츠를 '체코의 크비슬링'이라 부르곤 했다. 대부분의 유럽 언어에서 '부역자'라는 뜻으로 사용되는 비드쿤 크비슬링, 즉 유명한 노르웨이인 부역자 이름에서 따온 표현이다.

둘째, 우리가 어떻게 생각하든, 국민 교육의 명예는 저항정신으로 무장한 교사들이 지킨다. 이 때문에 이런 교사들에게는 존경을 표할 만하다.

셋째, 스포츠는 어쨌든 파시즘의 추잡한 도구다.

<u>169</u>

다시 한 번, 소설이라는 장르의 한계에 좌절한다. 평범한 소설을 쓸 때는 특별한 효과를 주려는 목표가 있지 않은 한 이름이 같은 등장인물 세 명 때문에 고민할 필요가 없을 것이다. 그런데 나는 이런 고민을 해야 한다. 런던 주재 체코 정보국의 수장인 모라베츠 대령, 체코 레지스탕스에서 용감하게 활동하는 모라베츠 가족, 야비한 나치 부역 장관 에마누엘 모라베츠. 여기에 레지스탕스 조직의 지도자이며 '세 명의 국왕'에 속하는 바츨라프 모라베츠도 있다. 서로 다른 인물이지만 이름이 똑같을 경우 독자는 매우 헷갈릴 것이다. 그냥 소설이라면 모라베츠 대령의 이름을 노박 대령으로 바꾸든가 모

라베츠 가족을 스비가르로 바꾸든가 에마누엘 모라베츠의 이름을
그럴듯한 이름으로 바꾸면서 깔끔하게 고민을 해결했을 것이다. 누
텔라, 코닥, 프라다 같은 이름. 하지만 나는 그렇게 하고 싶지 않다.
독자들을 편하게 하자고 실존한 사람들의 이름을 바꿀 수는 없다.
모라베츠의 여성형은 논리적으로 당연히 모라브코바가 될 것이다.
하지만 모라베츠 부인에 대해 이야기할 때 여성형을 쓰지 않을 것
이다. 가뜩이나 복잡한 상황(같은 이름을 쓰는 실존 인물들)을 더 복잡
하게 만들지 않기 위해서다(슬라브 이름을 여성형 혹은 복수형으로 만
들기). 내가 러시아 소설을 쓰는 건 아니지 않은가. 어쨌든 『선쟁과
평화』의 프랑스어판에도 나타샤 로스토바가 나타샤 로스토프로 되
어 있다.

170

괴벨스의 일기, 1942년 2월 6일.

 그레고리로부터 보호령에 관한 보고서를 받았다. 분위기는 아주 좋다.
하이드리히는 훌륭히 해냈다. 하이드리히가 정치적인 지략과 신중함을 보
여 준 덕분에 더 이상 위기 상황이라는 말은 나올 수가 없다. 그뿐만 아니
라 하이드리히는 그레고리 후임자로 어느 SS 대장을 앉히고 싶어 했다. 하
지만 나는 반대다. 그레고리는 보호령에 대해서, 체코 국민에 대해서 매우
잘 알고 있다. 하이드리히의 인사 정책이 현명하지 못하고 엉뚱할 때가 있

다. 내가 그레고리를 지지하는 이유다.

그레고리가 누구인지, 물론 나는 전혀 모른다. 만일 내가 가식적인 밝은 문체로 "누구인지 알아내려 했다."고 써도 아무도 속아 넘어가지 않을 것이다.

171

괴벨스의 일기, 1942년 2월 15일.

하이드리히와 함께 보호령의 상황에 대해 오랫동안 대화를 나눴다. 그곳 분위기는 많이 나아졌다. 하이드리히의 전략이 빛을 발하고 있다. 하지만 지식인들이 여전히 우리에게 적대적이다. 그래도 독일의 안전에 위협이 될 체코 보호령의 위험 요소는 완전히 제거됐다. 하이드리히의 방식은 성공적이다. 하이드리히는 체코인들과 술래잡기를 하는 중이고 체코인들은 하이드리히가 시키는 대로 하고 있다. 그는 일련의 친서민 정책들도 내놓았는데 그중 제일 우선순위가 암시장 통제다. 하이드리히가 암시장을 대대적으로 통제하면서 그동안 체코인들이 숨겨 놓은 식량이 얼마나 많이 수면 위로 떠올랐는지 놀랄 정도다. 체코인 대부분을 강제로 게르만화시키는 하이드리히의 정책도 성공을 거두고 있다. 이 부분에서 하이드리히는 매우 신중하게 진행하고 있고 장기적으로 봤을 때 훌륭한 성과를 거둘 것이다. 하이드리히는 슬라브인은 독일인과 같은 방식으로 교육할 수 없는 민족이라고 강조한다. 그러니 슬라브인을 없애거나 영원히 굴복시켜야 한다. 하이드리히는 슬라브인을 굴복시키는 일에 큰 성공을 거두고 있다. 그야말로 성공적이다(하이드리히의 표현에 의하면). 보호령에서 우리가 해야 할 일은 분명하다. 노이라트가 완전히 실수하는 바람에 프라하에서 위기가 발생했다.

또한 하이드리히는 모든 담당 분야를 위해 치안부를 설치하는 중이다. 이와 관련해 독일 국방군이 하이드리히에게 많은 문제를 일으켰다. 그러나 이러한 어려움은 제거될 것이다. 상황이 진전될수록 독일 국방군은 이 상황을 해결할 능력이 없음을 보여 준다.

하이드리히는 독일 국방군 쪽에도 경험이 있다. 독일 국방군은 국가사회주의에 동조하지 않고, 국가사회주의 전쟁을 추진할 준비도 안 되어 있고, 국민을 이끌어 갈 방향에 대해 전혀 이해하지 못하고 있다.

172

2월 16일, '실버 A' 작전의 대장인 바르토스 중위는 송신기 '리부셰'를 통해 런던 측에 권고 사항을 보낸다. 리부셰를 갖춘 바르토스 중위의 그룹은 가브치크와 쿠비시가 낙하산을 타고 내려온 바로 그 날 밤에 역시 낙하산을 타고 내려왔다. 바르토스 중위가 런던에 보낸 권고 사항은 낙하산병들이 레지스탕스 활동을 하며 겪는 어려움이 무엇인지 정확히 알려 준다.

런던 측에서 파견할 요원들에게 충분한 돈과 적절한 옷을 준비해 주시길 바랍니다. 권총과 권총집, 여기서 구하기 힘든 서류가방도 준비해 주시면 좋겠습니다. 독약은 크기가 작은 적당한 튜브에 넣으십시오. 가능하면 요원들을 원래의 목표 지점과는 다른 지역에 내려 주시기 바랍니다. 그래야 독일 치안 조직들의 수색을 교란시킬 수 있습니다. 여기서 가장 큰 어려움은 일자리를 찾는 일입니다. 노동 수첩을 소지하지 않으면 일자리를 구할 수 없습니다. 노동 수첩 소지자는 노동청에서 직업 안내를 받게 됩니다. 봄에는 강제 노동에 동원될 위험이 높아지기 때문에 대규모로 불법 노동자를 고용했다가는 발각될 수 있습니다. 그렇기 때문에 여기 사람들을 최대로 활용하고 새로운 인원들은 꼭 필요한 경우에만 최소한으로 받는 것이 더 낫다고 생각합니다. 이상.

173

괴벨스의 일기, 1942년 2월 26일.

하이드리히로부터 보호령 상황에 관한 상세한 보고서를 받았다. 상황이 달라진 것은 없다. 하지만 확실한 것은 하이드리히의 전략이 효과적이라는 사실이다. 하이드리히는 체코의 장관들을 마치 하인처럼 다룬다. 하하는 하이드리히가 펼치는 새로운 정책에 완전히 협조적이다. 현재로선 보호령에 대해 걱정할 필요가 없다.

174

하이드리히는 문화를 잊는 법이 없다. 3월에는 자신의 부임을 축하하는 문화 축제를 최대 규모로 연다. '소련이 말하는 천국의 실상'이란 제목의 전시회가 대표적이다. 하이드리히는 프랑크에게 전시회 오프닝을 성대하게 열도록 지시한다. 오프닝 기념식에는 하하 대통령, 야비한 나치 부역자 장관 에마누엘 모라베츠가 참석한다.

어떤 전시회인지는 정확히 모르겠지만 소련은 야만적이고 생활 수준이 형편없이 낮은 후진국이라는 것을 보여 주면서 볼셰비키즘이 본질적으로 얼마나 사악한지를 강조한 듯하다. 그리고 동부 전선에서 독일이 승리한 것을 찬양하고 전리품으로 소련군에게 빼앗은 탱크와 군수품을 보여 주는 전시회가 될 것 같다.

전시회 기간은 4주다. 가브치크와 쿠비시를 포함해 50만 명의 관람객이 몰린다. 여기서 가브치크와 쿠비시는 처음이자 마지막으로 소련의 탱크를 보았을 것이다.

175

처음에는 간단히 할 수 있는 이야기인 줄 알았다. 두 사람이 다른 한 사람을 죽여야 한다. 그들이 목표에 다가가고 있는지 아닌지는 모르지만 거의 끝나 간다. 나머지 다른 사람들은 역사의 배경으로 우아하게 미끄러져 사라질 유령이라고 생각했다. 유령을 돌보려면 신경을 많이 써야 한다. 그건 알고 있었다. 하지만 유령이 단 하나 간절히 바라는 것이 부활이라는 사실은 알지 못했다. 짐작을 했어야 하는데. 더 이상 바랄 것은 없지만 내 이야기를 써야겠다는 의무감에 사로잡힌다. 끝없이 많아지고 있는, 어쩌면 내가 소홀한 것에 대해 복수를 하기 위해 내 머릿속을 사로잡고 있는 유령들의 무리. 이들에게 모든 공간을 할애하고 싶지만 마음대로 그럴 수가 없다.

그런데 이게 다가 아니다.

파르두비체는 동부 보헤미아에 있는 작은 도시로 엘베 강이 흐른다. 인구 약 9만 명인 이 소도시는 예쁜 중앙 광장과 르네상스 스타일의 멋진 건물들을 자랑한다. 역사상 최고의 아이스하키 선수 중한 명이자 전설적인 골키퍼인 도미니크 하셰크의 고향이 파르두비체다.

화려한 호텔 레스토랑 바셀카가 있다. 여느 때 저녁처럼 바셀카에는 독일인이 가득하다. 게슈타포 대원들도 시끌벅적하게 떠들며 테이블에 앉아 있다. 게슈타포 대원들은 잘 먹고 마신다. 이들이 종업원을 부른다. 종업원이 다가온다. 완벽한 서비스에 매우 공손하다. 게슈타포 대원들이 브랜디를 주문하는 모습을 상상한다. 종업원이 주문을 받는다. 게슈타포 대원 한 명이 입에 담배를 물자 종업원이 얼른 주머니에서 라이터를 꺼내 불을 붙여 준다. 그리고 친절하게 굽실거리며 라이터를 대원에게 내준다. 매우 잘생긴 종업원이다. 일한 지는 얼마 안 되었다. 젊고 서글서글한 인상에 눈동자 색이 밝고 눈빛은 순수하며 이목구비가 또렷하다. 여기 파르두비체에서 이 종업원의 이름은 미레크 숄크. 특별히 관심 가질 필요 없는 평범한 종업원이다. 그런데 게슈타포가 이 종업원을 눈여겨본다.

실제로 어느 화창한 아침, 게슈타포가 호텔 사장을 부른다. 미레크 숄크에 대한 정보를 얻기 위해서다. 어디에서 왔고, 누구를 만나는지, 외출을 하면 어디로 가는지를 게슈타포가 묻는다. 사장은 숄크가 오스트라바 출신이고 고향에서 아버지는 호텔을 운영하고 있다고 대답한다. 게슈타포 대원들은 수화기를 들어 오스트라바 쪽에 전화를 해 본다. 그런데 오스트라바에 숄크라는 성의 호텔리어에 대해 들어 본 사람이 없다는 것이다. 파르두비체의 게슈타포는 바셀카의 사장을 다시 부르고 숄크도 데려오라고 한다. 그런데 사장 혼자서 온다. 사장은 숄크가 접시를 깨뜨려 해고했다고 설명한다. 게슈타포는 사장에게 숄크를 찾아서 다시 데려오라고 하지만, 그 후로 미레크 숄크의 모습은 보이지 않는다.

176

보호령에서 활동하는 낙하산병들은 모두 위조 신분증을 셀 수 없이 많이 사용했다. 미레크 숄크도 그중 하나였다. 숄크가 사용한 신분증을 살펴보면 앞으로 숄크가 역사에서 어떤 역할을 할지 알 수 있다. 본명은 요제프 발치크. 미레크 숄크란 이름과 달리 기억해야 하는 이름이다. 파르두비체에서 종업원으로 일할 당시 발치크는 잘생긴 스물일곱 살 청년이다. 현재는 도주해 모라비아로 가고 있다. 그곳에 있는 부모님의 집에서 휴식을 취하기 위해서다. 발치크도 쿠비시처럼 모라비아 출신이다. 사실, 두 사람의 공통점은 또 있다. 발치크 중사도 12월 28일 밤에 가브치크와 쿠비시를 낙하산으로 출동시킨 핼리팩스에 타고 있었다. 하지만 발치크는 '실버 A' 작전에 투입되는 그룹에 속해 있었다. 실버 A 그룹은 송신기(코드명 리부셰)만 가진 채 다시 런던 측, 그리고 모라베츠(이름 끝에 K가 들어간 모라베츠)를 통해 독일의 기밀을 전달하는 정보 요원 A54와 연락을 재개할 때까지 임무가 미뤄진다. 모라베츠는 손가락을 사고로 잃은 레지스탕스 조직의 수장, 즉 '세 명의 국왕' 가운데 마지막 남은 인물이다.

물론 계획대로 이뤄지는 일은 하나도 없었다. 발치크는 낙하산 투입 때 동료들과 헤어져 다시 교신을 하느라 애를 먹었다. 썰매를 이용해 이동하다가 택시로 파르두비체에 합류했고 그곳에서 현지 요원들의 도움을 받아 종업원 일자리를 구하게 되었다. 신분을 세탁하기에 안성맞춤이었다. 독일인이 많이 오는 장소에서 일한다는 것이 아이러니했지만.

안타깝게도 이제 종업원이라는 그럴듯한 신분은 더 이상 사용할 수 없었다. 어쩔 수 없이 다른 낙하산병들과 새로운 운명이 기다리고 있는 프라하로 가야 했다.

내가 쓰는 책이 소설이었다면 발치크는 전혀 필요 없는 등장인물이었을 것이다. 무엇보다도 두 주인공 가브치크와 쿠비시와 겹치는 부분이 많기 때문에 오히려 거추장스러운 존재가 되었을 것이기 때문이다. 발치크 역시 가브치크와 쿠비시와 마찬가지로 유쾌하고 낙천적이고 용감한 성격에 호감을 준다. 그러나 유인원 작전에 필요한 것이 무엇인지 내가 결정할 수는 없다. 유인원 작전이 필요로 하는 것은 잠자코 지켜보는 사람이리라.

177

두 사람은 서로 알고 있다. 영국에서 SOE 소속 특별군과 같은 훈련을 받았을 때부터, 아마도 프랑스에서 외인부대나 체코슬로바키아 해방군 부대에서 만나 프랑스를 위해 싸웠을 때부터 두 사람은 친구 사이다. 두 사람은 성도 같다. 그래서 두 사람은 기쁨을 감추지 못하며 서로 손을 꼭 잡고 악수하면서 이렇게 자신을 소개한다.

"안녕, 나는 즈데네크라고 해."

"안녕, 나도 즈데네크야!"

두 사람은 우연의 일치에 신기해하며 미소를 짓는다. 요제프 가브치크와 요제프 발치크는 런던 측으로부터 똑같은 가짜 이름을 받은 것이다. 만일 내가 편집증에 자기중심적인 성격이었다면 런던 측이 내가 쓰는 스토리를 혼란스럽게 하려고 일부러 두 사람에게 같은 이름을 주었을 것이라 생각했을지 모른다. 어쨌든 두 사람은 각자 사람을 만날 때마다 거의 다른 이름을 사용하기에 두 사람의 가명이 같다는 것은 그리 중요하지 않다. 가브치크와 쿠비시가 가끔 공개적으로 자신들이 맡은 임무를 이야기하는 경솔함을 보일 때 나는 조금 비웃기도 했다. 하지만 가브치크와 쿠비시는 필요할 경우에는 엄격히 규칙을 준수할 줄도 알았고 현장에서 상대가 누구냐에 따라 어떤 신분으로 소개해야 할지 전문가답게 기억해 냈다.

물론 낙하산병들끼리 있을 때는 다르다. 발치크와 가브치크가 마치 처음 만난 사람처럼 자기소개를 하는 이유는 그저 상대방이 어떤 이름으로 불리는지 알기 위해서거나, 아니면 각자 현재 사용하고 있는 위조 신분증이 여러 장이라서 이름이 그때 그때 달라서다.

"아주머니 집에 묵고 있어?"

"그래. 하지만 조만간 옮길 거야. 너한테 연락하려면 어디가 좋을까?"

"경비실에 메시지를 남기면 돼. 경비는 믿을 수 있는 사람이야. 열쇠 꾸러미를 볼 수 있냐고 물으면 경비가 자네를 믿을 거야. 암호는 '얀'이고."

"아주머니에게 얘기 들었어. 그런데…… '얀'이란 이름을 그대로 쓰는 거야?"

"아니, 여기서 사용하는 이름은 오타야. 그냥 우연이지."

"아, 알겠어."

이 장면은 그리 필요하지 않다. 더구나 사실상 내가 지어낸 장면이기 때문에 계속 이어 갈 마음이 없다.

178

발치크가 프라하에 오면서 프라하에서 활동하는 낙하산병은 이제 10여 명이다. 이론상으로는 각자 맡은 임무를 이어 간다. 각자가 맡은 일을 하고 가급적 서로 연락하지 않는 것이 좋다. 그래야 만일 요원 한 사람이 체포되더라도 다른 요원들이 줄줄이 잡힐 위험이 없다. 그러나 실제로는 이렇게 하기가 힘들다. 낙하산병들이 은신할 수 있는 장소는 제한적이며 요원들은 신중을 기하기 위해 여러 번 장소를 옮겨야 한다. 그래서 실제로 어느 그룹 또는 어느 낙하산병이 어느 장소를 떠나면 다른 그룹이나 낙하산병이 대신 들어온다. 이렇게 해서 모든 그룹의 요원들이 정기적으로 마주치게 된다.

특히 모라베츠의 집에는 프라하에 있는 거의 모든 낙하산병이 드나든다. 이 집의 아버지는 아무 질문도 하지 않는다. 낙하산병들이 '아주머니'라고 부르는 이 집의 어머니는 과자를 만들어 준다. 이 집의 아들 아타는 소매에 권총을 숨기고 다니는 베일에 싸인 낙하산병들을 매우 존경하고 있다.

모라베츠의 집에서 여러 요원과 접선한 발치크는 원래 소속인 실버 A 작전에서 나와 갑자기 유인원 작전에 참여한다. 얼마 후 발치크는 가브치크와 쿠비시가 사전 물색하는 일을 돕게 된다.

또한 '아웃디스턴스' 팀에 속한 카렐 추르다도 여기서 거의 모든 요원을 만나게 된다. 낙하산병들, 그들에게 은신처를 제공하는 사람들. 밀고할 이름들과 주소들.

179

쿤데라를 아주 좋아하지만 파리를 배경으로 한 소설만은 별로다. 쿤데라의 진가가 살아나지 않기 때문이다. 비유하자면, 마치 쿤데라가 근사한데 너무 크거나 작은 사이즈 옷을 입고 있는 것처럼 어색하다고 할까(웃음). 밀로스와 파벨이 프라하를 걸을 때 진짜 쿤데라를 만나는 기분이다.

마르잔 사트라피가 영화 「페르세폴리스」의 개봉에 맞춰 문화잡지 《레 쟁록큅티블》과 한 인터뷰에서 한 말이다. 이 인터뷰 기사를 읽으니 은근히 걱정된다. 누군가의 아파트에서 이 잡지를 읽다가 그곳에 사는 젊은 여자에게 내가 가진 걱정거리를 얘기하니 위로해준다.

"그래요, 하지만 당신은 프라하에 직접 가서 살아 봤으니 그 도시를 사랑한다고 할 수 있죠."

그렇긴 하다. 하지만 쿤데라와 파리의 관계도 이와 똑같다.

그런데 마르잔 사트라피가 인터뷰에서 이렇게 덧붙인다. "프랑스에서 20년째 살고 있지만 여기서 자란 건 아니죠. 때문에 저의 작품에서는 언제나 이란의 분위기가 조금 느껴져요. 물론 랭보를 사랑하지만 제 마음에 언제나 더 말을 많이 거는 작가는 오마르 하이얌(12세기의 페르시아 학자이자 시인 — 옮긴이)이죠." 이상하게도 나는 아직 한 번도 이런 문제를 생각해 본 적이 없다. 내게 말을 많이 걸어오는 마음의 작가는 네즈발보다 데스노스일까? 잘 모르겠다. 플로베르, 카뮈, 혹은 아라공이 카프카, 하셰크, 혹은 홀란보다 내게 더 말을 많이 건다는 생각은 들지 않는다. 가르시아 마르케스, 헤밍웨이, 혹은 아나톨리 리바코프보다 더 말을 걸어온다는 생각도 들지 않는다. 마르잔 사트라피는 내가 프라하에서 자라지 않았다는 것을 느낄 수 있을까? 메르세데스가 방향을 바꿔 등장할 때 사트라피는 말도 안 된다고 생각할까? 사트라피는 이런 말도 한다. "루비치는 할리우드 감독이 되었지만 언제나 유럽을 재창조하고 유럽에 새로운 판타지를 주입했죠. 동유럽 유대인이 중심이 되는 유럽 말이에요. 영화 작품들은 배경만 미국일 뿐 마치 빈이나 부다페스트에서 일어나는 일 같아요. 차라리 이게 낫죠." 그렇다면 내가 쓰는 책도 배경은 체코라고 해도 내가 태어난 파리가 배경인 것 같은 느낌을 줄까? 내가 프라하 교외 트로이에 다리 근처에서 홀레쇼비체로 메르세데스를 모는 장면을 묘사할 때, 사트라피는 파리 교외를 떠올릴까?

아니, 내가 쓰는 이야기는 독일 북부 도시에서 시작되어 킬, 뮌헨, 베를린으로 이어지고 다시 슬로바키아 동부로 이동한 후 잠시 프랑스를 거쳐 런던, 키예프에서 계속되다가 다시 베를린으로 돌아와 프라하, 프라하, 프라하에서 끝이 나게 된다! 프라하, 탑들로 둘러싸인 도시, 세계의 심장, 나의 상상력이라는 폭풍의 중심, 비 내리는 프라하, 황제의 이상한 꿈, 중세풍 석조 건물, 다리 아래에 흐르는 영혼의 음악, 황제 카를 4세, 얀 네루다, 모차르트와 바츨라프, 얀 후스, 얀 지슈카, 요제프 K, 『비 내리는 프라하』, 골렘의 이마에 새겨진 '셈(Shem, 여호와를 뜻함 — 옮긴이)'이라는 문자, 릴리오바 거리의 머리 없는 기마병의 동상, 100년에 한 번 자신을 해방시켜 줄 소녀를 기다리는 철인, 다리 기둥에 숨겨진 검, 행진하는 군화 소리의 메아리는 얼마나 오래 계속될까? 1년. 어쩌면 2년. 실제로는 3년 이상. 내가 있는 곳은 파리가 아닌 프라하다, 프라하. 1942년. 봄이 시작되었고 나는 웃옷을 입지 않은 상태다. "이국 정서는 내가 싫어하는 것이다." 이것도 사트라피가 한 이야기다. 세계의 심장이자, 유럽의 중심인 프라하는 이국적인 면이 전혀 없다. 바로 여기서 1942년 봄, 세상에서 가장 비극적인 장면 중 하나가 펼쳐지기 때문이다.

물론 마르잔 사트라피, 밀란 쿤데라, 얀 쿠비시, 요제프 가브치크와 달리 나는 정치 망명자는 아니다. 그렇기 때문에 어쩌면 내가 어디서 왔는지를 이야기할 때 정체성 고민을 할 필요가 없을지도 모른다. 조국에 대해서 특별히 묘한 감정을 가질 일이 없기 때문이다. 망명자가 아니기 때문에 파리에 대해 가슴 찢어지는 향수도 없고, 마음 아픈 우울함도 없다. 그렇기 때문에 프라하에서 자유롭게 꿈꿀 수 있는 것이다.

180

발치크는 가브치크와 쿠비시가 이상적인 장소를 찾는 데 도움을 주고 있다. 어느 날 발치크가 프라하를 걷고 있는데 길을 돌아다니는 개가 발치크에 관심을 보인다. 개는 그에게 어떤 친근함이나 묘한 감정을 느낀 걸까? 개가 졸졸 따라온다. 발치크는 곧바로 뒤에 뭔가 있다는 것을 느끼고 뒤를 돌아본다. 개가 멈춘다. 발치크가 다시 걸어가자 개도 다시 따라온다. 둘은 함께 프라하를 걷는다. 발치크는 은신하고 있는 모라베츠 가족 아파트의 수위실로 들어간다. 개를 기르기로 하고 이름을 지어 준다. 수위가 돌아오자 발치크는 개를 보여 주며 모울라라고 소개한다. 이제 두 사람은 함께 모울라를 돌본다. 발치크는 모울라를 밖으로 데려갈 수 없을 때는 용감한 수위에게 자신의 '용'을 돌봐 달라고 부탁한다(모울라가 실제로 커다란 개였을 수도 있고, 반대로 작은 개였는데 반어법으로 '용'이라 부른 것일 수도 있다.). 주인 발치크가 없으면 모울라는 몇 시간이고 꼼짝도 하지 않고 거실의 테이블 아래에 얌전히 엎드려 기다린다. 솔직히 유인원 작전에서 개가 결정적인 역할을 했을 것 같지는 않다. 하지만 중요한 에피소드를 놓칠 위험을 무릅쓰기보다는 쓸모없어 보이는 에피소드라도 적어 놓는 것이 나의 스타일이다.

181

슈페어가 프라하로 돌아온다. 하지만 지난번에 왔을 때보다는 조출한 접대를 받는다. 내 생각으로는 슈페어 군수 장관과 독일 제3제국 최대 산업 지역의 책임자인 하이드리히 총독은 노동력 수급 문제를 의논하기 위해 만난 듯하다. 1942년 봄이다. 1941년 12월보다 훨씬 더 많은 노동력이 필요한 상황이다. 군인 수백만 명이 동부 전선에서 싸우고 있고 소련 전차가 계속해서 독일의 전차를 밀어내고 있고 영국 폭격기도 공중에서 독일의 여러 도시를 공격하는 일이 빈번해지고 있다. 그야말로 문제가 심각하다. 상황이 이렇다 보니 탱크, 비행기, 대포, 총, 유탄, 잠수함을 더 만들어 내려면 그만큼 노동자가 더 필요하다. 이러한 신무기들이 독일 제3제국에게 승리를 안겨 줄 것이다.

이번에 슈페어는 프라하를 죽 둘러보고 공식적인 행렬의 호위를 받는 과정을 생략한다. 아내 없이 혼자 와서 하이드리히와 실무 회의를 갖는다. 두 사람 모두 형식적인 행사에 쓸 시간이 없다. 하이드리히만큼 자기 분야에서 효율성을 중시하는 슈페어이기에 형식적인 행사가 없어진 것을 기뻐할지도 모르겠다. 그런데 슈페어는 하이드리히가 호위대 없이 이동하고 방탄 장치가 없는 오픈카를 타고 운전사만 대동한 채 프라하 거리를 조용히 달린다는 것을 눈치챘다. 걱정하는 슈페어에게 하이드리히는 이렇게 대답한다. "체코인들이 무슨 이유로 날 쏠 것이라 생각합니까?" 하이드리히는 파리로 망명한 빈 출신 유대계 작가 요제프 로트가 쓴 1937년 기사를 읽어 본 적이 없을지도 모른다. 로트는 어느 신문 기사에서 나치스 고관들이 1937년부터 신변 보호를 위해 지나치게 많은 방법과 인력을 동원한다며 비아냥거리면서 나치스 고관들이 이런 마음일 것이라고 말했다. "그래요, 난 너무 대단해져서 무서워할 것이 많아요. 난 너무 소중해서 죽을 수 없어요. 나의 별을 너무나 믿기 때문에 여러 별에 치명적일 수 있는 우연을 믿지 않아요. 용기를 내는 사람이 이겨요! 세 번 이긴 사람은 더 이상 용기를 낼 필요도 없어요!" 이후로 요제프 로트는 더 이상 그 누구도 풍자하지 못하게 된다. 1939년에 세상을 떠났기 때문이다. 아니, 어쩌면 하이드리히는 반체제 인사나 망명자들이 보는 신문에서 이 기사를 읽었을지도 모른다. 반체제 매체이니 만큼 나치스 친위대 보안방첩부의 감시망에 들어가 있었을 것이다. 운동신경 좋고 조종과 전투에 능한 행동파인 하이드리히 입장에서는 슈페어처럼 샌님 같은 민간인에게 자신의 인생관에 대해 언제나 설명해야 할 의무가 있다고 생각한다. 경호원들에게 둘러싸여 있는 것은 품위 없는 소시민이나 하는 짓이며 보어만과 기타 나치스 고관들에게나 어울린다고 생각한다. 하이드리히는 이런 식으로 요제프 로트에게 반격하는 셈이다. 두려워하는 것을 드러내느니 차라리 죽는 게 낫다고.

그래도 하이드리히가 대뜸 내놓은 대답에 슈페어는 당황했을 것이다. 무슨 이유로 하이드리히의 목숨을 노리겠냐고? 나치스의 수장들, 특히 하이드리히를 죽이고 싶어 하는 사람이 없다고 생각하는 것 같았다! 슈페어는 점령지에서 독일인들이 환영받지 않는다는 것을 잘 알고 있다. 하이드리히 역시 마찬가지일 거라고 슈페어는 생각한다. 하지만 하이드리히의 자신감은 하늘을 찌르는 듯하다. 하이드리히가 체코인들을 이미 길들인 것처럼 말하는데 허세를 부리는 것인지, 아니면 정말로 자신의 말대로 무소불위의 권력을 휘두르고 있는 것인지 슈페어로서는 알 수가 없다. 소시민 같은 반응일지는 모르겠으나 메르세데스 오픈카를 타고 프라하를 지나간다면 슈페어는 솔직히 불안할 것 같다.

182

세 명의 국왕 중에서 유일하게 살아 있는 왕이자, 체코 레지스탕스 수장 중 마지막으로 남은 모라베츠 대위. 모라베츠는 오랜 친구인 르네, 일명 파울 튀멜 대령과 한 약속에 가서는 안 된다는 것을 알고 있다. 튀멜은 아프베어의 장교이며 체코슬로바키아를 위해 일해 온 가장 중요한 스파이, 일명 A54다. A54가 모라베츠에게 자신의 정체가 탄로났다고 알려왔다. 따라서 이번 약속은 함정이다. 하지만 모라베츠는 과감하게 대처하면 무사할 것이라 생각한다. 이제까지 과감함 덕에 여러 번 목숨을 구하지 않았는가? 게슈타포의 총책임자에게 엽서를 보내 자신이 한 일을 자랑하듯이 알렸던 그가 하찮은 일로 겁을 먹어서야 되겠는가. 가서 이유를 알아보겠다고 굳게 결심한다. 약속 장소인 프라하 공원에 도착한 모라베츠는 연락원을 알아본다. 동시에 감시하는 사람들도 있음을 알게 된다. 모라베츠는 도망칠 준비를 하지만 레인코트를 입은 두 남자가 등 뒤로 다가와 말을 건다. 나는 총격전을 본 적이 없다. 그날 프라하처럼 평화로운 도시에서 총격이 일어났을 때 어떤 장면이 펼쳐졌을지 상상이 잘 안 된다. 추격전이 시작되고 50발 이상의 총탄이 발사된다. 모라베츠는 블타바 강을 지나는 다리(안타깝게도 난 모르는 장소다.)를 달리다가 출발하는 전차로 뛰어든다. 하지만 수많은 게슈타포 대원들이 마치 순간 이동이라도 한 것처럼 여기저기에서 나온다. 전차 안에도 게슈타포 대원들이 있다. 모라베츠는 전차에서 뛰어내리지만 다리를 삔다. 철로 위에 쓰러진 모라베츠. 사방에서 게슈타포 대원들이 포위망을 좁혀 온다. 결국 모라베츠는 자신에게 총을 겨눈다. 적에게 아무 말도 발설하지 않으려면 자살이 가장 확실한 방법이다. 하지만 모라베츠의 주머니에 정보가 있다. 모라베츠의 시신에서 게슈타포 대원들은 한 남자의 사진을 발견한다. 아직은 잘 모르는 남

자. 바로 요제프 발치크다.

'세 명의 국왕' 중 마지막까지 살아남았던 모라베츠, 체코 레지스
탕스의 전설적인 수장인 모라베츠가 최후를 맞은 이야기다. 이 사건은
유인원 작전에서 발에 박힌 가시와도 같다. 이날은 1942년 3월 20일,
발치크는 이미 유인원 작전에 깊이 개입한 상태다. 모라베츠의 죽
음으로 하이드리히는 보헤미아-모라비아의 총독으로서 체코에 남
아 있는 가장 위험한 레지스탕스 조직 중 하나를 분쇄해 임무를 달
성하는 동시에, 나치스 친위대 보안방첩부 수장으로서 고위 첩자가
경쟁자이자 이전 멘토인 카나리스가 이끄는 첩보국 아프베어에 잠
입해 있는 장교라는 사실을 알아내게 되었다. 또 한 번 하이드리히
가 공을 세운 셈이다. 역사상 처음의 불운도, 마지막 불운도 아니지
만 1942년 3월 20일은 독일과의 첩보전에서 완전히 기념할 날은 아
니다.

183

런던은 초조한 분위기에 휩싸인다. 유인원 작전을 위해 낙하산병
들이 프라하에 잠입한 지 5개월이 되었으나 거의 아무런 소식도 들
려오지 않고 있다. 런던 측은 가브치크와 쿠비시가 아직 살아 있고
활동 중이라는 것은 알고 있다. 유일하게 작동 중인 비밀 송신기(코
드명 리부셰)가 정보가 들어오는 대로 보내 주고 있기 때문이다. 그
래서 런던 측은 리부셰를 통해 두 요원에게 새로운 임무를 맡기기

로 한다. 예나 지금이나 지시를 내리는 사람들은 임무를 수행하는 사람들이 거두는 성과에 민감한 법이다. 새로운 임무는 이전 임무를 취소하는 것이 아니라 이전 임무에 더 보태지는 것이다. 그러다 보니 이전 임무가 뒤로 밀려난다. 가브치크와 쿠비시는 분통을 터뜨린다. 두 사람은 플젠으로 가서 파괴 공작에 참여해야 한다.

플젠은 체코 서부에 있는 산업 도시로 독일 국경과 가까우며 필스너 우르켈 맥주로 유명하다. 하지만 런던 측이 플젠에 관심을 갖는 것은 맥주가 아니라 시코다 자동차 공장이다. 사실, 1942년부터 시코다 공장은 자동차가 아니라 대포를 생산하고 있다. 공습 일정은 4월 25일과 26일 사이 밤으로 정해진다. 낙하산병들이 공장 사방에 불을 붙여 영국 폭격기들에게 공격 목표를 알려 주는 작전이다.

적어도 네 명의 낙하산병이 작전을 위해 따로따로 플젠에 간다. 요원들은 미리 정해진 접선 지점에서 만난다(티볼리 레스토랑, 이 레스토랑이 아직 있는지 모르겠다.). 정해진 날의 밤이 되자 요원들은 공장 근처의 창고와 짚더미에 불을 붙인다.

폭격기들은 도착하는 대로 불이 붙은 두 지점 사이에 폭탄을 떨어뜨리기만 하면 된다. 그러나 폭격기들이 발사한 폭탄은 매번 목표물을 비켜 간다. 낙하산병들이 임무를 완수했는데도 작전은 완전히 실패하고 만다.

한편, 쿠비시는 잠시 플젠에 머무는 동안 젊은 여성 점원과 알게된다. 여자는 레지스탕스의 일원으로 이번 작전의 성공을 위해 돕는다. 쿠비시는 케리 그랜트와 토니 커티스를 섞어 놓은 잘생긴 미국 배우 같은 외모 덕에 어딜 가든 여자를 사귈 수 있었다. 비록 작전은 씁쓸한 실패로 끝났지만 쿠비시는 허탕을 치진 않았다. 그로부터 2주 후, 그러니까 하이드리히 암살 작전을 2주 앞둔 날, 쿠비시는 여자 점원 마리 질라노바에게 편지를 쓴다. 조금은 경솔한 행동일 수도 있지만 다행히 작전에 영향을 끼치지는 않았다. 편지 내용이 궁금하지만 편지가 내 눈앞에 있었다면 체코어로 베껴야 했을 것이다.

프라하로 돌아온 낙하산병들은 매우 초조해한다. 런던 측의 명령대로 여러 위험을 무릅썼지만 고작 대포 몇 발 쏘는 일을 하다가 정작 중요한 작전, 역사적인 임무를 망칠 수도 있다. 낙하산병들은 런던 측에 항의 메시지를 보내며 다음에는 체코의 지리를 제대로 아는 조종사들을 보내 달라고 쓴다.

솔직히 말해, 플젠 작전에 가브치크도 참여했는지는 모르겠다. 쿠비시, 발치크, 추르다가 참여한 것은 알고 있다.

178챕터에서 잠깐 언급했을 뿐 아직 카렐 추르다에 대해 말한 적이 없다. 어쨌든 추르다는 역사적으로도, 극적으로도 중요한 역할을 할 인물인데 말이다.

184

흥미진진한 이야기마다 배신자가 있다. 내가 쓰는 책에도 배신자가 등장한다. 그 이름은 카렐 추르다. 나이는 서른. 내가 가지고 있는 사진들을 보면 추르다는 배신할 사람처럼 보이지 않는다. 추르다도 낙하산병으로 가브치크, 쿠비시, 발치크와 놀랍도록 행적이 비슷하다. 군에 입대했다가 체코가 독일 보호령이 되자 제대한 추르다는 체코를 떠나 폴란드를 통해 프랑스 외인부대에 들어간다. 그 후 체코슬로바키아 망명 군대에 들어갔다가 프랑스가 패하자 영국으로 간다. 다만, 가브치크, 쿠비시, 발치크와 달리, 추르다는 프랑스의 후퇴 기간 동안 전방으로 파견되지 않았다. 하지만 그가 다른 낙하산병들과 근본적으로 다른 것은 이 때문이 아니다. 영국에서 추르다는 특수 임무에 자원해 똑같이 집중 훈련을 받는다. 그리고 1942년 3월 27일에서 28일 사이 밤중에 다른 두 대원과 함께 보호령 체코에 낙하산을 타고 침투한다. 그다음 이야기는 나중에. 아직은 너무 이르다.

이미 영국에서부터 비극은 싹트고 있었다. 애초에 그곳에서 추르다를 제외시킬 수 있었는데. 그 무렵 카렐 추르다의 문제 있는 성격이 점점 드러났다. 추르다는 술을 많이 마셨다. 물론 과음 자체가 죄는 아니다. 하지만 술을 너무 마시면 부대 동료들을 당황시키는 말을 한다. 추르다는 히틀러를 존경한다던지, 나치스 치하 체코를 떠난 것을 후회한다던지, 거기에 남았다면 더 잘살고 있었을 것이라는 말을 한다. 동료들은 추르다가 별로 믿을 만하지 않다고 생각해 추르다의 행동과 말을 체코 망명정부의 국방부 장관인 인그르 장군에게 편지를 써서 알린다. 추르다가 두 영국 여자를 상대로 혼인 빙자 사기를 치려 했다는 사실도 덧붙여 알린다. 한창 때 하이드리히도 여자 문제로 해군에서 쫓겨난 적이 있다. 인그르 장군은 요원들에게 받은 정보를 정보국의 특수 임무 담당자인 모라베츠 대령에게 알린다. 많은 사람의 운명이 그의 결정에 달린 셈이다. 그런데 모라베츠는 어떻게 했을까? 아무것도 하지 않았다. 파일에 추르다가 운동신경이 좋고 체격이 건장하다고 평가했을 뿐이다. 어쨌든 모라베츠 대령은 특수 작전에 투입할 낙하산병들을 선택할 때 추르다도 포함시킨다. 1942년 3월 27일과 28일 사이 밤, 추르다는 다른 두 요원과 함께 낙하산을 타고 모라비아에 침투한다. 그리고 현지 레지스탕스의 도움을 받아 프라하로 오게 된다.

전쟁이 끝나고 누군가 이런 사실을 알려 주게 된다. 보호령에서 수행할 임무를 위해 선발된 10여 명의 낙하산병들 대부분은 애국심 때문에 지원했다고 밝혔다. 그러나 추르다를 포함해 단 두 명만이 모험이 좋아 지원했다고 말했다. 이 두 명이 배신자가 되었다.

파급력으로 따졌을 때, 추르다의 배신은 다른 한 명의 배신과 비교가 되지 않을 정도로 어마어마한 결과를 가져왔다.

185

프라하 기차역은 어두운색의 석조로 지어진 멋진 건물로 매우 우울한 느낌의 탑들이 딸려 있어 마치 엔키 비라르 감독의 영화를 생각나게 한다. 이날은 1942년 4월 20일로 히틀러 총통의 생일이다. 하하 대통령이 체코 국민을 대표해 히틀러에게 선물을 전한다. 의료진이 타고 있는 열차가 선물이다. 공식 행사의 하이라이트는 하이드리히가 직접 역에서 열차를 시찰하는 일이다. 하이드리히가 열차를 시찰하는 동안 바깥에 구경꾼들이 모여든다. 바로 이곳에 세워진 흰색 표지판에는 이런 내용이 적혀 있다. "이곳에는 윌슨의 동상이 세워져 있었으나 하이드리히 대장의 명령으로 철거되었다." 구경꾼들 가운데 가브치크나 쿠비시가 있었다고 말하고 싶지만 여기에 대해서는 전혀 아는 것이 없어 확신이 서지 않는다. 이러한 상황에서 하이드리히를 본다고 해서 두 사람에게 실제로 이익이 되는 것도 아니다. 이번에만 열리는 일회성 행사인 데다가 행사 장소라 경비가 무척이나 삼엄하기에 두 사람이 여기에 있어 봐야 괜한 위험에 노출될 수 있을 테니 말이다.

반면에 그 당시 체코 전역에 즉각 퍼진 농담의 진원지는 이 행사가 맞는 듯하다. 군중들 틈에서 누군가가, 아마도 체코의 정신을 간직한 체코 노인이 주변 사람들이 다 듣게 큰 소리로 이렇게 말하지 않았을까 하고 상상해 본다. "불쌍한 히틀러! 치료를 받기 위해 열차 하나가 통째로 필요한 것을 보니 어디가 아파도 단단히 아픈가 보구먼……." 용감한 병사 슈베이크(체코 작가 하셰크가 창조한 소설 속 인물로 천진난만하게 권력자들의 위선을 풍자한다—옮긴이) 같은 노인이다.

186

요제프 가브치크는 쇠난간이 있는 작은 침대에 누워 바깥에서 전차가 카를 광장으로 다시 올라갈 때 내는 종소리를 듣는다. 여기서 아주 가까운 곳에 강으로 이어지는 내리막길인 레슬로바 거리가 있다. 조만간 비극의 무대가 되지만 그 거리는 아직 아무것도 모르고 있다. 가브치크가 요즘 은신처로 삼아 머물고 있는 이 아파트의 닫힌 덧문을 통해 빛이 새어 나온다. 이따금 바깥 복도에서, 층계 쪽에서, 혹은 이웃집에서 누군가 바닥을 디디는 소리가 들린다. 가브치크는 언제나 귀를 쫑긋 세우며 침착하게 있다. 눈으로는 천장을 뚫어지게 바라보며 머릿속으로 유럽의 지도를 그려 본다. 그중 하나에는 원래의 국경을 되찾은 체코슬로바키아의 모습이 그려진다. 나치즘이라는 갈색의 흑사병이 영불해협을 지나 영국까지 퍼져 영국에 하켄크로이츠가 걸리는 장면도 상상된다. 하지만 가브치크는 쿠비시와 마찬가지로 전쟁은 1년 내로 끝날 것이라고 누구에게나 반복해 말한다. 어쩌면 두 사람은 그렇게 믿고 있는지도 모른다. 물론 독일이 희망하는 방향처럼은 아니고. 소련에 전쟁을 선포한 것은 독일 제3제국이 저지른 치명적인 실수였다. 일본과의 동맹을 과시하며 미국에 전쟁을 선포한 것 또한 실수였다. 프랑스가 1938년에 체코슬로바키아와 했던 약속을 지키지 못해 1940년에 패했는데, 이제는 독일이 일본과 한 약속을 지키기 위해 오히려 전쟁에서 패하는 길로 가고 있으니 참으로 아이러니하다. 그러나 1년! 돌이켜 보면 이 당시 독일은 애처로울 정도로 낙천적인 모습을 보이고 있었다.

확신하건대, 가브치크와 친구들은 머릿속에 온통 이 같은 지정학적 상황에 대한 생각뿐이라서 잠을 이룰 수 없을 때, 잡담이라도 좀 하면서 긴장을 풀 수 있을 때, 밤새 끝없이 토론을 한다. 단, 이 순간만은 게슈타포가 밤에 들이닥칠 것이라는 생각을 잠시 잊고, 거리,

계단, 집에서 조금만 무슨 소리가 나도 신경을 곤두세우지 않고, 초인종 소리를 상상하지 않는다. 그래도 실제로 초인종 소리가 들릴까 하여 감시의 끈을 놓지 않는다.

이 무렵 사람들은 운동 경기 결과가 아닌 러시아 전선 소식을 초조하게 기다렸다.

하지만 러시아 전선은 가브치크가 가장 걱정하는 일이 아니다. 현재 전쟁에서 가장 중요한 것은 그의 맡은 바 임무다. 몇 명이나 가브치크와 쿠비시의 성공을 믿었을까? 두 사람은 성공을 확신한다. 두 사람은 도울 미남 낙하산병 발치크도 마찬가지다. 런던 주재 체코 정보국의 수장 모라베츠도 믿는다. 지금은 베네시 대통령도 믿는다. 그리고 나도 믿는다. 그것이 다인 것 같다. 어쨌든 유인원 작전의 목표는 소수만 알고 있었다. 그러나 그들 중 몇 명은 반대 의견을 냈다.

프라하에서 활동 중인 낙하산 부대 장교들과 체코 레지스탕스(남아 있는 레지스탕스)의 수장들은 작전이 성공하면 나치가 보복할 거라며 반대한다. 어느 날 가브치크는 이들과 격렬하게 토론을 벌인다. 반대하는 동료들은 가브치크에게 작전을 포기하든가 아니면 적어도 암살 목표를 바꾸라며 설득하려 한다. 하이드리히 대신 유명한 체코인 부역자 에마누엘 모라베츠를 표적으로 하라고 한다. 하필 독일에서도 두려워하는 하이드리히라니! 가브치크가 보기엔 다들 주인의 폭력에 길들여진 개가 된 것 같다. 개는 가끔 주인이 시키는 대로 하지는 않지만 절대로 주인을 공격하지 않는다.

다른 레지스탕스 임무를 위해 런던에서 낙하산을 타고 투입된 바르토스 중위는 작전 취소 명령을 내리려 했다. 바르토스는 프라하에 있는 낙하산병들 가운데 가장 높은 계급이다. 그러나 계급은 아무 의미가 없다. 가브치크와 쿠비시 단둘로만 이루어진 유인원 작전팀이 런던에 있는 베네시 대통령으로부터 직접 지시를 받았다. 유인원 작전팀은 그 외 더 이상 그 누구의 명령도 받지 않으며 맡은 바 임무만 성공시키면 된다. 그것이 전부다. 가브치크와 쿠비시는 평범한 인간이다. 친하게 지낸 사람들에 따르면 가브치크와 쿠비시는 인간적이고 마음이 따뜻하고 유쾌하며 헌신적이었다고 한다. 그러나 유인원 작전은 암살 기계처럼 냉철하게 진행해야 한다.

바르토스는 런던 측에게 유인원 작전을 중단시켜 달라고 요청하지만 가브치크와 쿠비시만이 풀 수 있는 암호 메시지를 받았을 뿐이다. 작은 쇠난간 침대에 누워 있는 가브치크는 암호 메시지를 손에 들고 있다. 역사적으로 매우 의미가 있는 이 암호 메시지를 다시 찾아낸 사람은 아무도 없다. 하지만 해독이 이루어진 지시문 몇 줄에 따르면 이미 운명은 정해져 있었다. 목표 변동 없음. 유인원 작전은 그대로 시행한다. 하이드리히를 제거해야 한다. 바깥에서는 전차 한 대가 끼익 쇳소리를 내며 멀어져 가고 있다.

187

아인자츠그루펜 C조 존더코만도 4a의 지도자로 우크라이나 바비야르에서 엄청나게 열심히 임무를 완수한 파울 블로벨 SS 연대지도자는 미쳐 가고 있는 중이다. 밤에 키예프의 범죄 현장 앞을 다시 차를 타고 지나가면서 헤드라이트 불빛에 비치는 을씨년스러운 바비야르 골짜기의 풍경을 보던 블로벨은 마치 맥베스가 자신이 죽인 사람들의 유령을 보는 것처럼 환각에 빠진다. 바비야르의 시신들은 자신들이 쉽게 잊히도록 그냥 놔두지 않을 생각인가 보다. 이들이 매장된 땅은 살아 있다. 그 땅에서 연기가 피어오르고 마치 샴페인의 마개가 뽑히듯 흙이 팍 튀어오르면서 부패 중인 시신들에게서 나오는 가스가 만들어 내는 거품이 부글부글 땅에서 흘러나온다. 냄새가 고약하다. 블로벨은 자신을 찾아온 사람들에게 미친 듯이 웃으며 이렇게 설명한다. "여기에 저의 유대인 3만 명이 잠들어 있습니다!" 그리고 블로벨은 마치 꾸르륵거리는 커다란 배 속 같은 골짜기 전체를 품에 안듯 두 팔을 활짝 벌린다.

이대로 계속 있다가는 바비야르에 묻힌 망자들이 다시 살아날지도 모른다.

더 이상 견딜 수 없던 블로벨은 베를린까지 가서 하이드리히에게 자신을 다른 곳에 배치해 달라고 직접 부탁한다.

제국보안부의 수장 하이드리히는 의례적으로 블로벨을 맞이해 준다. "그건 말이야 복통 같은 거야, 별게 아니라고. 이제 보니 자네 약해 빠졌군. 호모처럼 되어 버렸어. 이래서는 가서 도자기나 팔아야지. 내가 직접 자네 얼굴을 도자기 더미에 처박아 버릴 거야!" 하이드리히가 독일어로는 어떤 표현을 썼는지 모르겠다. 어쨌든 하이드리히는 곧바로 화를 가라앉힌다. 하이드리히 앞에 서 있는 블로벨은 젖은 누더기처럼 흐물거린다. 오랫동안 해 온 학살 임무를 더 이상은 할 수 없는 상태가 되어 버렸다. 이런 자에게 억지로 일을 계속 맡겨 봐야 소용없고 무슨 일이 일어날지 모른다. "뮐러 SS 중장에게 가서 휴가를 원한다고 말하게. 그럼 중장이 자네를 키예프 지휘관 자리에서 해임할 거야."

188

프라하 동쪽에 있는 공장 지대 지슈코프는 프라하에서 술집이 가장 많이 모여 있는 곳으로 유명하다. 그리고 '100개의 종탑이 있는 도시'라는 별명에 걸맞게 성당도 많다. 성당 한 곳의 어느 사제는 '튤립이 피었을 때' 찾아온 한 젊은 커플을 기억하고 있다. 남자는 눈빛이 날카롭고 입술이 가늘었으며 여자는 매력적이고 생기가 넘쳤다고 한다. 나도 그렇게 알고 있다. 두 사람은 서로 사랑해서 결혼하고 싶어 하지만 당장은 아니라고 한다. 두 사람은 결혼 날짜를 애매하게 말한다. "전쟁이 끝나고 15일 후예요."

189

작가 조너선 리텔은 우크라이나에서 아인자츠그루펜 C조의 존더코만도 4a를 이끌던 술고래 블로벨이 오펠 자동차를 갖고 있었다는 사실을 알고 있다. 리텔이 이 사실을 어떻게 알았는지 궁금하다. 만일 진짜로 블로벨이 오펠을 몰았다면 내가 인정하고 고개를 숙이겠다. 리텔이 자료 조사에서는 나보다 한 수 위라는 것을 인정할 테니까. 하지만 허풍이라면 리텔의 소설에 대한 믿음이 흔들린다! 완전히! 나치스들이 대거 오펠 차를 구입한 것은 맞다. 따라서 블로벨도 오펠 차를 가지고 있거나 사용했을 수 있다. 하지만 그건 추측이지 확실한 것은 아니다. 내 말이 틀린가? 내가 이런 말을 하면 사람들은 나보고 너무 깐깐하다고 한다. 하지만 뭐가 문제인지 모르고 하는 소리다.

190

발치크와 모라베츠 가족의 작은아들 아타는 방금 경찰의 검문에서 기적적으로 무사히 빠져나왔다. 다만, 검문 과정에서 낙하산병 두 명은 숨지고 말았다. 두 사람은 모라베츠 가족이 사는 아파트에 딸린 수위실로 몸을 피했고 수위에게 나치의 작전이 실패한 이야기를 들려준다. 나도 어떤 내용인지 이야기해 줄 수는 있지만 첩보 소설 장면을 하나 더 써 봐야 무슨 소용이 있겠는가? 현대 소설은 묘사를 간결히 한다. 현실이 그렇다. 나도 이런 논리를 계속 무시할 수는 없다. 다만 여러분이 알아야 할 사실은 발치크가 침착하게 행동하고 상황을 완벽히 파악한 덕분에 두 사람은 체포되지도, 죽지도 않았다는 정도일 것이다.

10대인 아타는 이 일로 엄청난 타격을 받았지만 발치크에게 깊은 인상을 받은 듯하다. 발치크는 마침 아타에게 의미심장한 말을 한다.

"이 나무 상자가 보이니, 아타? 독일 놈들은 이 상자가 입을 열 때까지 때릴 거야. 하지만 네가 이 상자 입장이 되면 절대 아무 말도, 아무 말도 해서는 안 돼. 알겠지?"

내레이션을 아껴야 하지만 이 대화는 꼭 필요한 내용이라 적어 본다.

191

물론, 사람들은 조너선 리텔의 소설이 출간되어 베스트셀러가 되자 내가 조금 마음이 불안해졌다고 생각할 수도 있다. 리텔과 나는 다른 주제를 다루고 있다고 말하면 위안이 되겠지만, 우리 두 사람의 소재가 꽤 비슷하기는 하다. 리텔의 소설을 읽고 있다. 한 페이지씩 읽을 때마다 평가를 해 보고 싶은 마음이 굴뚝같지만 참아야 한다. 다만 소설 초반에 하이드리히에 대한 묘사가 나온다는 말만 하겠다. 이와 관련해 딱 한 구절만 인용하겠다. "그의 손은 마치 팔에 달라붙은 끈질긴 해조류처럼 너무나 길어 보였다." 왜인지는 모르겠지만 마음에 드는 묘사다.

192

역사적 사실을 쉽게 풀어내기 위해 등장인물을 만드는 것은 증거를 위조하는 것과 같다. 나는 그렇게 생각한다. 어쩌면 이 주제에 대해 같이 토론해 본 내 배다른 형이 말한 비유가 맞을지도 모르겠다. "유죄 증거가 바닥에 널려 있는 범죄 현장에 가짜 증거를 들이미는 것⋯⋯."

193

1942년 프라하는 확실히 흑백사진 같은 분위기가 흐르고 있다. 지나가는 남자들은 폭신한 모자에 어두운색 옷을 입고 여자들은 꼭 끼는 치마를 입고 있어 마치 비서처럼 보인다. 이렇게 묘사할 수 있는 이유는 내 앞에 사진들이 있기 때문이다. 그런데 솔직히 내가 조금 과장한 부분도 있다. 여자들이 모두 비서로 보이는 것은 아니다. 간호사처럼 보이는 여자도 있다.

사람들의 통행을 통제하며 사거리 가운데에 서 있는 체코 경찰들은 희한하게 생긴 모자 때문인지 런던 경찰처럼 보인다. 그때 막 체코에도 영국처럼 오른쪽 운전석 시스템이 도입되었다. 그래서 그런 느낌이 드는 건지도⋯⋯.

종소리를 내며 오가는 전차들은 붉은색과 흰색으로 된 오래된 열차처럼 보인다(사진이 흑백인데 어떻게 아냐고? 그냥 안다.). 전차마다

가로등처럼 둥근 헤드라이트가 달려 있다.

구시가의 건물들은 네온사인을 번쩍이며 각종 광고를 한다. 맥주, 의류 브랜드, 유명한 신발 브랜드인 바타의 광고도 있다. 아래는 바츨라프 광장. 샹젤리제만큼 길고 넓은 대로가 있는 광장이다.

사실, 도시 전체가 광고뿐만 아니라 낙서로도 도배되어 있는 것처럼 보인다. V 자 표시가 여기저기 보인다. 처음에는 체코 레지스탕스의 상징이었지만 나치스가 독일 제3제국의 전쟁 승리를 독려하는 상징으로 다시 쓰고 있다. 전차와 자동차에도, 심지어 바닥에도 V 자가 새겨져 있다. 마치 두 이데올로기 간의 대결을 상징하는 듯한 V 자가 여기저기에 있다.

칠이 되어 있지 않은 벽에는 "유대인들 꺼져!"라는 낙서가 보인다. 쇼윈도에는 독일 손님들을 안심시키려는 듯 '순수 아리아인 가게'라고 적혀 있다. 술집에는 "사랑하는 손님들, 정치 이야기는 하지 말아 주세요."라고 적혀 있다.

그리고 도시의 여느 표지판처럼 체코어와 독일어로 적혀 있는 붉은색 포스터는 을씨년스러운 느낌이다.

물론 그 밖에 군기와 현수막 이야기는 하지 않겠다. 붉은색 바탕에 그려진 흰색 원 속 검은색 하켄크로이츠보다 확실한 메시지를 전하는 깃발은 없다. 언젠가 누군가에게 붉은색, 흰색, 검은색이 바로 가전제품 매장 '다티'의 색이라는 말을 듣고 당황한 적이 있다…….

어쨌든 1940년대 프라하의 분위기는 묘하다. 물론 불안감이 감돌고 있다. 사진을 보면 행인들 가운데 험프리 보가트 혹은 체코의 유명한 미녀 배우 리다 바로바가 있을 것만 같다(영화 잡지 표지에 나온 그녀의 사진이 내 눈앞에도 있다.). 참고로 리다 바로바는 전쟁 전에 괴벨스의 정부였다. 희한한 시대다. 구시가지에 '고양이 두 마리'라는 이름의 레스토랑이 아케이드 아래 자리 잡고 있다고 알고 있다. 아케이드 위쪽 아치 양편에는 커다란 고양이의 모습이 담긴 벽화가 각각 하나씩 있다. 어디 있는지, 아직도 있기는 한 것인지는 모르겠으나 '고양이 세 마리' 여인숙도 있다.

그곳에서 남자 세 명이 맥주를 마시며 정치 이야기 대신 일정에 대해 이야기하고 있다. 테이블에는 가브치크와 쿠비시가 앉아 있고 맞은편에는 목수가 앉아 있다. 평범한 목수가 아니다. 성에서 일하는 목수로 매일 하이드리히의 메르세데스가 성에 왔다가 저녁에 나가는 장면을 볼 수 있다.

목수에게 말을 거는 것은 같은 모라비아 출신인 쿠비시다. 쿠비시의 억양에 목수는 마음을 놓는다. "걱정하지 말게. 자네는 작전 중이 아니라 작전 전에 우리를 도우면 되니까. 작전 실행하기 전에 멀리 떠나 있으라고." 이런. 이게 유인원 작전의 비밀인가? 하이드리히의 일정을 알려 달라는 부탁을 받은 목수조차 작전의 비밀이 하이드리히 암살이라는 것을 알게 된다. 어디선가 읽었는데 낙하산병들이 입조심을 하지 않을 때도 있었다고 한다. 하지만 꽁꽁 숨긴다고 해서 무슨 소용인가? 목수도 프라하에서 운행 중인 메르세데스에 대해 통계를 내려고 묻는 게 아니라는 사실쯤은 눈치채고 있다. 목수의 증언을 다시 읽어 보니 쿠비시가 멋진 모라비아 억양으로 이렇게 말했다고 한다. "오늘 한 이야기는 집으로 돌아가서 한마디도 하지 말게!" 만약 목수가 말했다면…….

이제 목수는 매일 하이드리히가 성에 도착하고 나가는 시간뿐만 아니라 매번 호위대가 따라붙는지 아닌지도 정확히 체크해 알려 주기로 한다.

194

하이드리히는 여기저기를 다닌다. 프라하, 베를린, 다가오는 5월에는 파리다.

마제스틱 호텔의 내벽 장식이 된 방에서 하이드리히 경찰 총수 겸 보안방첩부 수장은 괴링 대신 SS 점령군의 주요 고위 장교들을 만나 자신이 맡고 있는 사안에 대해 이야기하기로 되어 있다. 하이드리히가 맡고 있는 유대인 학살 계획이 아직 세상에 알려지기 전이다. 심지어 부하들도 아직 잘 모르고 있다.

1942년 5월. 아인자츠그루펜이 추진하는 학살 임무에 투입된 병사들은 심각한 정신적인 고통을 호소한다. 학살하는 대신 점차 이동식 가스실을 쓰기로 한다. 이 새로운 시스템은 매우 간편하고 기발하다. 유대인들을 태운 트럭에 배기가스 호스를 연결해 일산화탄소로 질식시키는 방법이다. 장점은 두 가지다. 첫째, 학살에 참여하는 병사들이 정신적인 고통을 겪지 않고도 유대인들을 한 번에 더 많이 죽일 수 있다. 두 번째, 학살 담당자들이 재미있게 생각하는 특이한 현상이 발견된다. 시신이 핑크색으로 변해 있는 것이다. 한 가지 단점은 사람이 가스에 질식되어 죽는 과정에서 변이 나오는 경우가 많아 독가스 사살 후 매번 트럭 바닥에 널린 변을 치워야 한다는 것이다. 하지만 하이드리히는 이동식 가스실의 기술이 아직 부족하다고 설명한다. 하이드리히는 이렇게 말한다.

"좀 더 탄탄하고 완벽하며 효율적인 방법이 나올 겁니다."

그리고 갑자기 하이드리히는 경청하고 있는 장교들에게 불쑥 한마디를 덧붙인다.

"유럽의 유대인들에게는 전부 사형선고가 내려졌습니다."

아인자츠그루펜이 이미 유대인 100만 명 이상을 처형했으니 참석자 중 하이드리히의 말을 못 알아듣는 사람은 없었을 것이다.

하이드리히가 이런 식으로 유대인 전면 학살을 암시하는 장면은 이번이 두 번째다. 반제 회의가 열리기 얼마 전에 총통이 유대인을 전부 제거하기로 결심했다는 뜻을 아이히만에게 전할 때도 차분하고 담담한 태도를 보여 아이히만을 놀라게 한 적이 있다. 이 두 가지 상황에는 공통점이 있다. 비록 미리 공식적으로 정해진 것은 없으나 즉흥적인 결정은 아니라는 것이다. 하이드리히는 마치 그 누구도 상상하지 못한 진실을 조금씩 구체화하려는 듯, 완전히 새롭고 그 누구도 생각지 못한 것을 말하면서 특종을 전할 때의 기쁨보다 더한 짜릿한 즐거움을 느끼고 있다는 생각이 든다. '자, 이것이 내가 여러분에게 전하려고 했던 말입니다. 이제 알겠죠. 그러나 여러분에게 말한 건 나지만 실행은 우리가 하는 겁니다.' 이런 기분이었을까. 차마 입에 담기 힘든 사실을 통보하며 느끼는 도취감. 앞으로 자신이 앞장서서 보여 줄 잔혹상을 암시하는 괴물이 느끼는 짜릿함.

 목수는 하이드리히가 매일 차에서 내리는 곳이 어디인지를 가브치크와 쿠비시에게 보여 준다. 가브치크와 쿠비시는 주변을 살펴본다. 어느 집 뒤에 모퉁이가 하나 보인다. 그곳에서 하이드리히를 기다리고 있다가 쏘면 된다. 그러나 이 부근은 당연히 경비가 삼엄하다. 목수는 두 사람에게 도망칠 시간도 없고 성에서 살아서 나가기도 힘들 것이라고 힘주어 말한다. 가브치크와 쿠비시는 처음부터 죽을 각오는 되어 있었다. 둘은 같은 마음이다. 그런데 지금은 할 수만 있나면 탈출하고 싶은 생각도 있다. 어렵더라도 운이 좋으면 살아남을 수도 있는 계획을 세우고 싶다. 실제로 두 사람에게는 전쟁이 끝나면 하고 싶은 일이 있다. 체코 레지스탕스 내부에, 그리고 죽음을 각오하고 두 사람을 돕는 체코인들 가운데 용감하고 젊고 예쁜 여자들도 있다. 나의 두 영웅이 어떤 연애를 했는지 자세히는 모르지만 프라하에서 몇 달 레지스탕스 활동을 하는 동안 가브치크는 파페크 가족의 딸 리베나와, 쿠비시는 산딸기 같은 입술을 가진 아름다운 안나 말리노바와 결혼을 생각하게 된다. 전쟁이 끝나면…….가브치크와 쿠비시는 환상 따위는 없다. 전쟁에서 살아남을 가능성은 1000분의 1정도로 희박하다는 것도 알고 있다. 그래도 혹시 모를 행운에 기대를 걸고 싶다. 암살 작전은 성공시킬 것이다. 반드시. 하지만 자살할 상황은 오지 않았으면 좋겠다. 생각만 해도 끔찍하다.

 가브치크와 쿠비시는 성에서 말라 스트라나 지구까지 점집이 죽

늘어서 있는 기나긴 네루도바 거리를 다시 내려간다. 더 내려가면 메르세데스가 커브를 돌 장소가 나온다. 잘 봐야겠다.

196

하이드리히의 생각과 달리 체코의 레지스탕스는 여전히 움직이고 있다. 게다가 단순한 움직임이 아니다. 목수에게 하이드리히의 일정에 대한 정보를 듣기 위해 유인원 작전팀은 성 아래 1층에 있는 아파트를 얻어 아지트로 삼는다. 필요할 경우(거의 매일 그랬을 것이다.) 목수는 아파트 창문을 두드린다. 젊은 여자 한 명이 창문을 연다(젊은 여자 두 명이 교대로 문을 열어 준다. 목수는 두 여자가 자매이거나 가브치크와 쿠비시의 여자 친구들이라고 생각한다. 여자 친구가 맞을지도.). 모두 한마디도 하지 않는다. 목수가 작은 메모지를 전달하고 나간다. 오늘 목수가 쓴 내용은 이렇다. "9-5(없음)." 뜻은 이렇다. "오전 9시. 오후 5시. 호위대 없음."

가브치크와 쿠비시에게 한 가지 난감한 문제가 있다. 호위대가 따라붙는지 아닌지를 미리 알 방법이 없다는 것이다. 목수가 전달해 준 쪽지들을 분석해 통계를 내도 정해진 법칙을 돌출해 내기가 힘들다. 호위대가 따라붙지 않을 때가 있고 따라붙을 때가 있다. 호위대가 따라붙지 않는다면 탈출할 실낱같은 희망이 있지만 호위대가 따라붙는다면 희망은 접어야 한다.

따라서 작전을 성공시키려면 가브치크와 쿠비시는 어쩔 수 없이 운에 맡겨야 한다. 작전을 위해 정한 날짜에 호위대가 따라붙을지 어떨지 알 수가 없다. 두 사람의 작전이 극도로 위험한 임무에 그칠 것인지 아니면 자살로 막을 내려야 하는 임무인지도 여전히 알 수가 없다.

<u>197</u>

가브치크와 쿠비시는 자전거를 타고 커브 길 여기저기를 다니며 하이드리히의 집에서 성까지 달리고 또 달린다. 하이드리히가 살고 있는 곳은 시내에서 자동차로 15분 거리에 있는 교외의 작은 동네 파넨스케 브르제자니다. 직선으로 길게 이어진 길은 외지고 주변에 집이 없다. 만일 하이드리히가 탄 차를 여기서 막으면 사람들의 눈에 띄지 않고 암살할 수 있을지도 모른다. 두 사람은 도로 앞에 철사를 쳐서 메르세데스를 막아설까 하고 생각한다. 하지만 그다음에는 어떻게 도망갈 것인가? 도망치려면 자동차나 오토바이가 있어야 하지만 체코 레지스탕스에게는 없는 것들이다. 아니다, 대낮에 사람이 많이 모인 도시에서 해야 한다. 이를 위해서는 커브 길이 필요하다. 가브치크와 쿠비시의 생각은 온통 구불구불한 커브 길에 쏠려 있다.

이상적인 커브 길을 꿈꾸는 두 사람.

마침내 두 사람은 그곳을 찾아낸다.

하지만 엄밀히 말해 이상적인 곳은 아니다.

198

리벤 지구의 홀레쇼비체 거리의 커브 길이 여러모로 유리하다. 우선, U 자형 급커브에 가까워서 메르세데스가 속도를 대폭 줄여야 한다. 그리고 커브 길에 높은 곳이 있어서 망을 보는 대원이 메르세데스가 오고 있다는 것을 알려 줄 수 있다. 마지막으로 이 커브 길은 파넨스케 브르제자니와 흐라드차니 사이에 있어서 시내 한가운데도 아니고 시골 한복판도 아닌, 프라하 교외다. 따라서 도망칠 가능성이 열려 있다.

하지만 단점도 있다. 전차 노선과 만나는 것이다. 만일 전차가 메르세데스와 같은 시간에 지나가면 전차에 메르세데스가 가려져 보이지 않거나 시민들이 위험에 처할 수 있어서 작전에 차질이 생길수 있다.

난 이제까지 암살을 해 본 적은 없지만 이상적인 조건은 없다고 생각한다. 결정을 내려야 하는 순간이 있다. 어쨌든 더 나은 것을 찾으려고 고민할 시간이 없다. 따라서 홀레쇼비체로 할 것이다. 이 커브 길은 현재 없다. 그 자리에는 연결도로가 깔려 있고 현대적인 분위기가 흐르고 있어서 나의 아련한 추억을 망치고 있다.

지금도 기억한다. 매일, 매시간, 기억은 더욱 또렷해진다. 이 커브 길, 홀레쇼비체 거리에서 나는 오래전부터 뭔가를 기다리는 기분이 든다.

199

툴롱에 있는 예쁜 집에서 며칠 휴가를 보내고 있다. 글은 조금밖에 쓰지 못했다. 여기는 평범한 집이 아니다. 바로 폴 엘뤼아르, 엘사 트리올레(그리고 폴 클로델도)를 가깝게 알고 지낸 알자스 출신의 인쇄업자가 살던 집이다. 이 인쇄업자는 전쟁 동안 리옹에서 유대인들을 위해 위조 신분증을 인쇄해 주고 반체제 활동을 하는 미뉘 출판사를 위해 자금을 모았다. 그 당시 인쇄업자의 툴롱 땅은 독일군 야영지로 사용되었으나 그 집은 아무도 사는 사람이 없어 지금도 그대로 남아 있는 듯하다. 가구와 책도 옛날 그 자리를 그대로 지키고 있다.

내가 이 시대에 관심이 있다는 것을 알게 된 인쇄업자의 증손녀가 집안 서재에서 가져온 얇은 책을 보여 준다. 1943년 7월 25일에 출간된 베르코르의 『바다의 침묵』 원본이다. 책 마지막 부분에 적힌 대로 1943년 7월 25일은 '로마의 폭군이 실각한 날'이다. 또한 책 끝에 저자는 증조부에게 바치는 글을 쓴다.

피에르 브라운 증조부님과 증조모님께, 우울한 시대를 산 『바다의 침묵』 속 인물들의 심정을 담아, 베르코르의 진심을 담아, 이 책을 바칩니다.

휴가 중에 역사의 한 부분을 손에 넣었다. 매우 감미롭고 기분 좋은 느낌이다.

하이드리히에 관한 불안한 소문이 돈다. 하이드리히가 프라하를 떠난다는 소문이다. 그것도 영원히. 내일 하이드리히는 베를린행 비행기를 탄다. 다시 돌아올지는 모른다. 체코 국민에게는 분명 안심스러운 소식일 것이다. 그러나 하이드리히가 프라하를 떠나면 유인원 작전은 완전히 실패로 돌아가게 된다. 이 소식은 낙하산병들에게 불안감을 준다. 아무런 예상도 할 수 없는 상황이나 프랑스인들에게도 불안감을 주기는 마찬가지다…… 역사학자들 사이에서는 하이드리히가 체코를 완전히 굴복시키는 임무를 성공적으로 마쳤기에 요즘 말로 '새로운 도전'을 하고 싶어 하는 것일지도 모른다는 말이 돌고 있다. 보헤미아-모라비아에서 거침없는 잔혹함을 보여 준 하이드리히가 이제 프랑스를 접수하려는 것이다.

하이드리히는 히틀러와 프랑스를 접수할 방법을 논의하기 위해 베를린으로 가는 것이 분명하다. 프랑스는 동요한다. 페탱과 라발은 멍청하다. 하이드리히는 체코 레지스탕스를 다뤄 봤기에 프랑스 레지스탕스도 다룰 수 있다. 그것도 완벽하게 해낼 것이다. 가정일 뿐이지만 15일 전에 하이드리히가 파리에 들러 보여 준 행동을 생각하면 불가능한 일도 아니다.

1942년 5월. 하이드리히는 파리에서 일주일을 보냈다. 당시 하이
드리히가 파리를 방문한 영상 자료를 프랑스 국립시청각연구소의
자료실에서 찾아냈다. 당시 상황을 보도하는 뉴스 발췌본으로 하이
드리히의 파리 방문 소식을 전하는 59초짜리 영상이다. 1940년대
에 흔히 들을 수 있는 코맹맹이 소리로 나오는 보도 내용은 이
렇다.

> 파리. SS 장군이자 치안 담당 수장이자 프라하의 독일 제3제국 총독이며,
> SS와 독일 경찰을 총괄하는 히믈러로부터 오베르크를 프랑스 SS 친위대와
> 경찰의 고급지도자로 임명하는 임무를 맡은 하이드리히가 도착했습니다.
> 하이드리히는 국제 범죄 경찰 위원회의 대표이며 프랑스도 위원회에 가입
> 했습니다. 하이드리히는 파리를 방문해 부스케 경찰 사무국장과 일레르 행
> 정부 사무국장을 만났습니다. 또한 유대인 문제 담당 위원으로 임명된 다
> 르키에 드 펠르푸아, 드 브리농과도 만났습니다.

하이드리히와 부스케의 만남은 언제나 관심이 갔다. 두 사람의 대
화 내용이 기록된 문서가 있었으면 좋았을 것이라는 생각이 든다.
전쟁 후 부스케는 하이드리히에 대항했다는 주장을 오랫동안 펼쳤
다. 물론 부스케가 한 가지에 대해서 절대 양보하지 않았다는 것은
사실이다. 바로 프랑스 경찰의 권리는 축소되어서는 안 되었다. 특
히 프랑스 경찰의 체포권이 중요했다. 그중에서도 유대인을 체포

할 권리가. 사실 하이드리히도 프랑스 현지 경찰이 유대인을 체포해 준다면 독일 경찰의 일손이 줄어드니 나쁘지는 않다고 생각하고 있다. 하이드리히는 체코에서 경험해 보니 경찰과 행정부에게 어느 정도 자율권을 주면 최고의 성과가 나왔다고 오베르크에게 전한다. 하이드리히가 양보하는 대신 당연히 조건이 있다. 부스케가 '독일 경찰과 같은 정신으로' 프랑스 경찰을 이끌어야 한다는 조건이다. 하이드리히는 부스케가 상황에 따라 유연하게 대처하는 사람이라고 확신한다. 파리 방문을 마치고 하이드리히는 이렇게 말한다. "젊음, 지성, 권위를 모두 갖춘 유일한 인물, 그건 바로 부스케입니다. 부스케 같은 인물들과 함께한다면 우리는 미래의 유럽, 지금과는 완전히 다른 유럽을 준비할 수 있을 겁니다."

하이드리히가 르네 부스케에게 다음에는 드랑시에 수감되어 있는 무국적자 유대인들(프랑스인이 아닌 유대인들)을 강제수용소로 보내 달라고 하자 부스케는 자유지역에 수감 중인 무국적자 유대인들도 강제수용소로 보낼 것이라고 즉각 대답한다. 참으로 친절한 부스케 씨.

202

모두 알고 있는 사실이지만 르네 부스케는 평생 프랑수아 미테랑의 친구로 남아 있었다. 이 때문에 부스케를 비난하는 것이 아니다.

부스케는 바르비 같은 경찰, 투비에 같은 친독 의용대원, 파퐁 같은 보르도 경찰서장이 아니다. 앞날이 창창한 고위 경찰이다. 그러나 나치 부역자의 길을 선택해 유대인 강제 추방에 가담하게 된다. 1942년 7월 코드명 '봄바람' 작전을 독일 경찰이 아니라 프랑스 경찰이 하겠다고 승인한 것도 부스케다. 그러니까 부스케는 프랑스 역사에 가장 큰 수치를 안겨 준 인물일지도 모른다.

프랑스 정부도 무능하기는 마찬가지였다. 이 같은 역사적인 오명을 씻어 내기 위해 얼마나 많은 월드컵 경기의 승리에 목을 매야 할까?

전쟁 후 부스케는 유대인 학살 과거를 세탁하고 살아남지만 비시 정부에 가담한 것 때문에 원래의 꿈인 정치인의 길을 걸을 수 없게 된나. 하지만 부스케는 그대로 주저하지 않고 일간지《라 데페슈 뒤 미디》의 이사회 등을 전전한다.《라 데페슈 뒤 미디》에서 부스케는 1959년에서 1971년까지 극렬한 반드골 성향의 글을 쓰기도 한다. 한마디로 부스케는 화해를 지지하는 지도층의 관용 덕을 톡톡히 본다. 이후에는 뻔뻔하게도 시몬 베유와 자주 만나는 것을 즐기지 않았나 하는 상상을 해 본다. 아우슈비츠에서 살아남은 베유는 부스케가 비시 정부에서 활동했다는 것을 까맣게 몰랐다.

그러나 결국 그는 1980년대에 과거 행적으로 발목이 잡혔고 1991년에는 반인륜적인 범죄를 저지른 혐의로 고발을 당한다.

그로부터 2년 후, 부스케가 어느 정신병자에게 자택에서 살해당하면서 수사가 종결된다. 부스케를 죽인 직후에, 그리고 경찰에게 체포되기 직전에 기자 회견을 가진 범인이 지금도 생생하게 기억난다. 단지 부스케에 대해 알리고 싶어 죽였다고 침착하게 설명하던 범인의 만족스러운 표정이 기억난다. 당시에 이미 난 이자를 바보 멍청이라고 생각했다.

기 드보르(프랑스 철학자로 '스펙타클' 개념을 통해 현대 자본주의 사회를 비판했다 — 옮긴이) 자신도 상상하지 못했을 정도로 악몽에서 곧바로 나온 이 스펙타클한 멍청이 때문에 우리는 부스케의 재판을 볼 기회를 놓쳐 버렸다. 부스케의 재판은 파퐁과 바르비의 재판을 합친 것보다, 페탱과 라발의 재판보다, 세기의 재판이라 불린 랑드뤼와 프티오(전설적인 연쇄 살인마 앙리 랑드뤼와 마르셀 프티오를 가리킨다 — 옮긴이)의 재판보다 열 배는 흥미로웠을 것이다. 암살 사건을 저질러 역사의 진실을 밝힐 기회를 앗아가 버린 멍청한 범인은 10년 형을 선고받았지만 7년으로 감형되어 지금은 자유의 몸이다. 부스케 같은 사람에 대해서는 증오심과 혐오감을 느끼긴 하지만 부스케를 암살한 범인도 멍청하다고 생각한다. 그가 부스케를 암살하는 바람에 역사가들은 엄청난 손해를 본 것이고 법정에서 밝혀졌을 진실을 우리가 들을 수 있는 기회가 영영 사라져 버린 셈이다. 나는 증오에 휩싸인다.

물론 범인이 아무 잘못 없는 사람을 죽인 것은 아니지만 역사적 진실이 밝혀질 수 있는 기회를 앗아가 버린 건 맞다. 암살범의 기자 회견은 텔레비전으로 3분 분량이다! 앤디 워홀스러운 끔찍하고 바보 같은 퍼포먼스!

부스케의 삶과 죽음을 윤리적인 시선으로 봐야 할 사람들은 피해자들뿐이다. 부스케 같은 사람의 잘못으로 나치에게 피해를 당한 생존자들과 사망자들뿐이다. 확신하건대 이들은 부스케가 살기를 바랐을 것이다. 부스케의 어이없는 암살 소식에 피해자들은 허무한 실망감을 느꼈을 것이다! 이 같은 어이없는 행동, 정신병자들을 만들어 내는 사회가 역겹다. "진실에 무관심한 사람들이 싫다." 보리스 파스테르나크가 쓴 글이다. 이보다 더 나쁜 것은 진실에 무관심할 뿐만 아니라 진실을 가리기 위해 적극 노력하는 천박한 인간들이다.

부스케는 자신의 비밀을 전부 무덤 속으로 가져가 버린 셈이다…….

그만 생각해야지, 기분만 나빠진다.

부스케의 재판은 예루살렘에서 이루어진 아이히만 재판의 프랑스판이 되었을 텐데 안타깝다.

203

자, 다른 이야기를 해 보자! 헬무트 크노헨의 증언을 찾아냈다. 크노헨은 파리를 방문한 하이드리히가 프랑스 내 독일 경찰 대표로 임명한 인물이다. 그런 그가 파리를 방문한 하이드리히에게서 들은 비밀을 폭로하겠다고 나선 것이다. 그 후 그 누구에게도 말하지 않은, 크노헨만 아는 비밀 이야기라고 한다. 이 증언이 이루어진 때는 그로부터 58년 뒤인 2000년 6월…….

하이드리히는 크노헨에게 이렇게 말했다고 한다. "전쟁은 더 이상 이길 수 없어. 타협을 통해 평화를 찾아야 해. 총통이 받아들일지가 걱정이지만. 생각을 좀 해 봐야겠어."

그러니까 독일 제3제국이 최고의 위력을 보여 주고 있던 1942년 5월에, 스탈린그라드 전투가 일어나기 이전에 이미 하이드리히가 이런 생각을 했다는 것이다!

이때 크노헨은 하이드리히가 통찰력이 매우 뛰어난 인물이고 다른 나치스 고관들보다 훨씬 똑똑하다는 생각을 하게 된다. 또한 하이드리히가 히틀러를 몰아낼 생각도 하고 있음을 눈치챈다. 크노헨의 증언이 사실이라면 다음과 같은, 아무도 생각지 못했던 논리가 성립된다. 하이드리히 암살은 처칠의 최우선 과제였다. 처칠은 그 어떤 경우에도 히틀러를 상대로 완전한 승리를 거둘 기회만을 노리고 있었다. 한마디로 영국이 체코를 지지한 것은 하이드리히 같은 빈틈없는 나치스가 히틀러를 몰아내고 평화 조약으로 나치스 체제를 구할까 봐 두려웠기 때문이다. 크노헨은 자신도 히틀러를 몰아내는 음모에 가담하려고 했다고 증언한다. 독일 제3제국의 경찰 조직에서 자신이 한 역할을 축소하려는 의도가 아닌지 의심스럽다. 60년이 지났는데 크노헨 자신도 확실히 기억하고 하는 이야기일까. 내 생각에는 근거 없는 이야기 같지만 어쨌든 적어 둔다.

204

어느 게시판에서 독자 한 명이 조너선 리텔의 소설 주인공에 대해 확신을 갖고 쓴 글을 읽은 적이 있다. "막시밀리안 아우에는 그 시대를 비추는 거울이기에 실존 인물 같다." 물론 아니다. 막시밀리안 아우에는 우리 시대를 비추는 거울이기에 실존 인물처럼 보이는 것이다(속이기 쉬운 독자들이 있다.). 간단히 말해 막시밀리안 아우에는 허무주의적이고 포스트 모던적이다. 막시밀리안 아우에는 단한 순간도 나치즘에 동조한 적이 없어 보인다. 오히려 반대로 국가 사회주의 이론을 비판하며 거리를 둘 때가 많다. 그 때문에 막시밀리안 아우에는 당시 만연하던 광기를 반영한다고 볼 수 없다. 오히려 무덤덤한 얼굴로 이런 분위기와 동떨어진 채, 늘 불안 속에서 철학적인 사색에 빠져 도덕적 판단도 내리지 않고 우울해하며 번민하고 성적인 욕구 불만으로 늘 괴로워하는 인물이다……. 당연히 그렇다! 어떻게 좀 더 일찍 이런 생각을 못 했을까? 갑자기 제대로 보인다. 『착한 여신들』은 간단히 말해 '나치스 사이의 미셸 우엘벡(현대 문명에 대한 냉소와 현대인의 권태를 주로 다룬 프랑스 소설가 — 옮긴이)'을 그린 작품이다.

205

이제 이해가 되기 시작하는 것 같다. 내가 쓰고 있는 것은 인프라소설(실화, 가상의 내러티브, 작가의 생각이 결합된 소설 — 옮긴이)이다.

이제 때가 왔다는 느낌이 든다. 메르세데스가 다가오고 있다. 프라하 공기 중에 뼛속까지 파고드는 뭔가가 떠돌고 있다. 구불구불한 길은 한 사람, 또 한 사람, 또 한 사람, 그리고 또 한 사람의 운명을 나타내고 있다. 얀 후스의 청동 조각상 머리에 앉아 있던 비둘기들이 날아오른다. 세계에서 제일 멋진 배경을 이루는 틴 성당이 뒤에 보인다. 검고 뾰족한 작은 탑이 딸린, 회색빛에 음울한 느낌을 주는 이 대성당의 모습을 볼 때마다 그 웅장함에 취해 무릎을 꿇고 싶다. 내 가슴속에서 프라하의 심장이 뛴다. 전차의 종소리가 들린다. 회청색 군복을 입고 군화로 저벅저벅 걸어가는 군인들이 상상된다. 거의 다 왔다. 나는 그곳에 가야 한다. 프라하에 가야 한다. 작전이 전개되는 부분을 쓰려면 프라하에 가야 한다.

그 장면은 그곳에서 써야 한다.

뱀처럼 구불거리는 도로 위를 지나가는 검은색 메르세데스의 엔진 소리가 들리는 듯하다. 레인코트를 꽉 껴입고 인도 위에서 대기 중인 가브치크의 숨소리가 들린다. 맞은편에는 쿠비시가 서 있고, 언덕 위에 발치크가 자리 잡고 있는 모습이 보인다. 쿠비시의 레인코트 주머니에 든 거울의 차가운 광택이 다시 느껴진다. 아직 아니다, 아직은.

아직 아니다.

자동차에 타고 있는 독일인 두 명의 얼굴을 스치는 바람이 느껴진다. 운전기사는 속도를 높인다. 이를 뒷받침하는 여러 증언을 통해 알게 된 사실이라 신빙성에서는 걱정되는 것이 없다. 메르세데스가 전속력으로 달린다. 그 뒤를 따라 조용히 싹트는 것은 가장 소중하고 뿌듯한 내 상상력이다. 바람이 불고 메르세데스가 부르릉 소리를 낸다. 차에 타고 있는 하이드리히가 키 큰 운전기사에게 "더 빨리, 더 빨리."라고 계속 말한다. 속력을 늦춰야 할 때라는 것을 모르는 모양이다. 잠시 후 세상의 흐름은 어느 커브 길에서 멈추게 될 것이다. 지구도 메르세데스와 동시에 정지될 것이다.

하지만 아직은 아니다. 너무 이르다. 아직 모든 것이 제자리에 있지 않다. 아직 할 이야기가 남아 있다. 어쩌면 너무나 열심히 내게 가까이 다가오는 이 순간을 영원히 미루고 싶은 것인지도 모르겠다.

슬로바키아인, 모라비아인, 체코 보헤미아인도 기다리고 있다. 당시 이 세 사람이 느낀 것을 느낄 수만 있다면 뭐든지 다 할 텐데. 그러나 나는 문학에 너무 물들어 있다. "내 안에서 위험한 뭔가가 올라오는 것 같아." 햄릿이 했던 말이다. 이런 순간에 여전히 생각나는 것은 셰익스피어의 문장이다. 용서를 받았으면 좋겠다. 그들이 날 용서해 주었으면 좋겠다. 나는 그들을 위해 이 모든 것을 하고 있다. 검은색 메르세데스의 시동을 걸어야 한다. 쉽지는 않다. 모든 준비를 마치고 점검한다. 좋아, 이 이야기를 자세히 해 보는 거다. 레지스탕스의 교수대를 세우고 화려한 투쟁의 커튼으로 끔찍한 죽음의 칼날을 감싼다. 물론 이 모든 것은 아무것도 아니다. 걱정은 접어 두고 이들에게 협력해야 한다. 엄청나게 커다란 존재인 이들이 땅바닥으로 시선을 돌려도 벌레처럼 작은 나의 존재는 보이지도 않을 것이다.

가끔은 속임수를 써야 한다. 문학에 대한 나의 신념은 지금 일어나고 있는 일에 비하면 전혀 중요하지 않기 때문에 내가 믿고 있는 것을 버려야 한다. 잠시 후에 벌어질 큰 사건. 여기. 지금. 홀레쇼비체 거리, 프라하의 이 커브 길에서. 이곳에는 나중에, 아주 나중에 교차로가 생길 것이다. 안타깝게도 도시의 모습이 인간의 기억보다 빨리 변하기 때문이다.

사실, 이건 그리 중요하지 않다. 검은색 메르세데스 한 대가 뱀처럼 도로 위를 지나간다. 이제 중요한 것은 이것뿐이다. 내가 쓰는 이야기가 이렇게 가깝게 느껴진 적은 처음이다.

프라하.

가죽에 닿는 금속이 느껴진다. 세 사람도 점점 불안해지지만 애써 침착한 표정을 짓는다. 앞으로 죽일 대상을 알고 있는 이들이 갖는 남자다운 자신감이 아니다. 아무리 꼼꼼히 준비한 상태라 해도 암살이 실패할 가능성이 있기 때문이다. 이 때문에 더 초조해지는 것이다. 세 사람이 어떻게 이런 초조함을 억누르고 정신적으로 꿋꿋하게 버텼는지 모르겠다. 나도 살면서 지금까지 이런 침착함을 가져야 했던 순간들이 있었는지 생각해 본다. 그야말로 별것 아닌 순간들이었다! 생각할 때마다 우습다. 다리 하나가 부러진 일, 밤에 보초를 서던 일, 거절당한 일, 내 처량한 인생을 위기로 몰고 갔던 하찮은 일들이다. 이런 내가 세 사람이 느끼는 기분을 감히 짐작이나 할 수 있겠는가?

계속 이런 기분에 머물러 있을 순 없다. 나도 해야 할 일이 있으니 의무를 다해야 한다. 가만히 서서 지나가는 메르세데스를 바라본다.

이날 5월 아침의 생명의 소리를 듣는다. 서서히 휘리릭 소리를 내는 역사의 바람을 느낀다. 옛날 12세기부터 지금까지 등장한 모든 인물들, 그리고 나타샤를 지나가게 한다. 그리고 다섯 명의 이름만 남겨 둔다. 하이드리히, 클라인, 발치크, 쿠비시, 가브치크.

역사라는 깔때기 안에 마지막 남은 이들 다섯 명이 햇빛을 보기 시작한다.

207

1942년 5월 26일 오후. 프라하 음악 주간의 개막 콘서트에 하이드리히가 참석할 예정이다. 하이드리히는 아버지의 작품을 공연 목록에 넣는다. 그리고 기자 회견을 열어 체코의 기자들 앞에서 이렇게 말한다.

"건방진 것까지는 아니지만 독일인에 대한 무례한 태도, 나아가 야비한 태도가 다시 관찰되고 있습니다. 여러분도 아시다시피 전 마음이 넓고 혁신적인 계획이라면 모두 지지합니다. 하지만 제가 아무리 인내심이 있어도 독일 제3제국을 얕보거나 저의 호의를 도리어 악용하는 사람이 있다면 가차 없이 공격하리란 것도 여러분은 알아야 합니다."

마치 어린아이처럼 하이드리히의 기자 회견 연설이 재미있어 죽겠다. 권력의 정점에 올라 두려울 것이 없는 하이드리히가 교양 있는 군주, 자신의 영토를 보며 뿌듯해하는 총독, 엄격하지만 공정한 주인이 된 것처럼 말을 하고 있다. 하이드리히는 총독이라는 자리에 취해 자신을 정말로 군주처럼 생각하는 것 같다. 하이드리히는 연설 때마다 당근 정책과 채찍 정책을 적절히 사용하는 자신의 방식을 자랑스러워한다. 하이드리히의 연설은 전형적인 독재자의 연설 방식을 보여 준다. 사형 집행자 하이드리히, 도살자 하이드리히. 관용과 진보적 성향을 보여 주면서도 최고로 교활한 독재자들의 오만함과 노련함도 지니고 있는 하이드리히. 그러나 내가 하이드리히의 연설에서 관심을 갖는 것은 이 부분이 아니다. 내 관심을 끄는 것은 하이드리히가 사용한 '무례한 태도'라는 용어다.

208

5월 26일 저녁. 리베나가 약혼자 가브치크를 만나러 온다. 마침 가브치크는 레지스탕스 요원들이 하이드리히의 암살 이후에 벌어질 일에 대해 불안해하며 작전을 망설이자 짜증이 나서 마음을 가라앉히려고 외출한 상태다. 문을 열어 준 것은 쿠비시다. 리베나는 담배를 가져왔다. 리베나는 잠시 주저하다 쿠비시에게 담배를 전한다. "하지만 예니체크(리베나가 얀을 부를 때 사용한 애칭이다. 쿠비시의 진짜 이름을 안다는 뜻이다.), 이 담배 다 피우면 안 돼요……!" 그리고 리베나는 돌아간다. 약혼자 가브치크를 다시 볼 수 있을지 기약하지 못한 채.

209

늘 불행한 인생만 산 사람이 아니라면 적어도 한 번은, 그게 맞든 틀리든, 본인이 인생의 피날레라고 생각하는 순간을 만나기 마련이다. 무난한 삶을 살았던 하이드리히에게도 이런 순간이 찾아온다. 인생의 달콤한 우연에 의해 그 순간은 암살 작전 전날에 찾아오게 된다.

하이드리히가 발렌슈타인 궁전 예배실에 들어오자 참석자 전원이 일어선다. 하이드리히는 진지하면서도 미소를 짓는 표정으로 고개를 들고 레드카펫을 걸어 1등석 자리까지 간다. 옆에서 아내 리나가 함께 걷는다. 아이를 가진 리나는 행복한 모습에 어두운색 드레스를 입고 있다. 모든 시선이 일제히 두 사람에게 쏠리고 군복을 입은 병사들이 하이드리히 부부가 지나갈 때 나치식으로 경례한다. 하이드리히는 예배당의 웅장함에 압도된다. 나는 그의 눈빛에서 이를 읽는다. 하이드리히는 조각상들로 장식된 제단을 자신만만한 눈빛으로 감상한다. 이윽고 제단 아래에 연주자들이 들어와 자리를 잡는다.

음악, 오늘 저녁 하이드리히는 음악이 그의 인생이었음을 기억한다. 그동안 음악을 잠시 잊었다 해도 음악은 인생 자체다. 태어날 때부터 지금까지 한 번도 음악과 떨어져 본 적이 없었다. 언제나 하이드리히의 마음속에서는 예술가 기질과 행동가 기질이 서로 싸움을 벌였다. 하이드리히는 세상의 흐름에 맞춰 현실적인 직업을 택했지만 언제나 마음속에 음악이 살아 있었다. 죽을 때까지 음악은 마음속에 남을 것이다.

초대 손님마다 이날 저녁 콘서트의 프로그램을 들고 있다. 프로그램에 유치한 글이 보인다. 하이드리히가 소개문으로 쓰면 좋겠다고 생각해 넣은 문구다.

음악은 예술가와 음악 애호가 들의 창의적인 언어이자 내면의 세계를 표현하는 수단이다. 힘들 때 음악을 들으면 위로가 되고 큰일을 하거나 전투를 할 때 음악을 들으면 힘이 난다. 음악은 독일인이 만든 문화 중 가장 뛰어난 표현 수단이다. 그런 의미에서 프라하의 음악 축제는 현재를 훌륭하게 빛내 주는 역할을 한다. 현재란 독일 제3제국의 중심인 이 지역에 활기찬 음악 생활의 미래를 만들어 나갈 토대라고 본다.

하이드리히의 글솜씨는 바이올린 솜씨에 비하면 별로지만 예술가의 영혼을 표현하는 진정한 언어는 음악이기에 글은 아무래도 상관없다.

프로그램 구성은 훌륭하다. 하이드리히는 독일 음악을 연주할 가장 유명한 음악가들을 초대했다. 베토벤, 헨델, 모차르트도 역시. 아마도 이날 저녁에는 예외적으로 바그너는 깜박하고 초대하지 않은 듯했다(프로그램을 손에 넣지 못했기 때문에 확실하지는 않다.). 아버지 브루노 하이드리히가 작곡한 피아노 다단조 콘체르토가 할레 음악 학교 졸업생들의 연주로 울려 퍼지고 반주는 이번 콘서트를 위해 특별히 초빙된 유명 피아니스트가 맡는다. 하이드리히는 기분 좋은 파동처럼 음악을 마음으로 느끼며 영예로운 기분을 느꼈을 것이다. 그 음악을 들어 보고 싶다. 연주가 끝나고 하이드리히는 박수를 친다. 그의 얼굴에 음악 애호가이자 자기중심적인 유명인들에게 볼 수 있는 자신감 넘치는 몽환적인 표정이 나타났을 것이다. 하이드 리히는 돌아가신 아버지의 음악이 연주되는 것을 들으며 개인적인 성취감을 맛본다. 하지만 성취감과 영예는 확실히 다르다.

210

가브치크가 외출에서 돌아왔다. 가브치크와 쿠비시 모두 아파트 에서는 담배를 피우지 않는다. 자신들을 묵게 해 주는 용감한 오고 운 가족에게 폐를 끼치고 싶지 않고 괜히 이웃의 의심을 받고 싶지 않아서다.

창문 너머로 밤 풍경 속 성의 윤곽이 선명하게 드러난다. 쿠비시 는 웅장한 성을 바라보면서 혼잣말처럼 중얼거린다.

"내일 이 시간이면 우리는 어떻게 되어 있을까⋯⋯."

그러자 오고운 부인이 묻는다.

"무슨 일이라도 일어나나요?"

가브치크가 부인에게 대답한다.

"아무것도 아닙니다."

211

5월 27일 아침. 가브치크와 쿠비시는 평소보다 일찍 나갈 채비를 한다. 오고운 가족의 막내아들은 마지막으로 한 번 더 시험공부를 복습한다. 그날이 대학 입학시험이라 막내아들은 안절부절못한다. 쿠비시가 이렇게 말해 준다.

"걱정 마, 루보시, 시험에 꼭 붙을 거야. 꼭 붙어야지. 오늘 저녁 우리 모두 네 합격을 축하해 줄게……."

212

하이드리히는 평소와 마찬가지로 새벽에 배달되는 프라하의 신문을 읽으면서 아침 식사를 했다. 오전 9시, 하이드리히가 탈 메르세데스가 도착했다. 색깔은 검은색 아니면 짙은 녹색이겠지. 차를 몰고 온 그의 운전사는 '클라인(독일어로 키가 작다는 뜻 — 옮긴이)'이라는 이름에 어울리지 않게 키가 2미터 가까이 되는 거구다. 그런데 오늘 아침은 웬일인지 하이드리히가 운전기사에게 기다리라고 한다. 마침 하이드리히는 아이들과 놀고 있었다(하이드리히가 아이들과 놀아 주는 모습이 상상이 안 간다.). 이어서 하이드리히는 아내와 함께 성 주변의 넓은 정원을 산책했다. 리나는 현재 진행 중인 공사 이야기를 했을 것이다. 물푸레나무를 베고 대신 과실나무를 심을 계획이라고. 하지만 미로슬라프 이바노프가 지어낸 이야기는 아닌지 의심이 된다. 이바노프에 따르면 막내딸 실케가 하이드리히에게 헤르베르트라는 아저씨가 권총에 총알을 넣는 법을 알려 주었다는 말을 했다고 한다. 헤르베르트는 부대 내에서도 잘 알려지지 않은 인물이다. 겨우 세 살짜리에게 총알 넣는 법을 가르치다니. 하지만 이런 혼란스러운 시대에는 이보다 더한 것도 놀랍게 느껴지지 않을 것 같다.

213

5월 27일 아침. 파리에서 3년 전에 알코올 중독과 슬픔을 이기지 못해 세상을 떠난 요제프 로트의 기일이다. 1934년부터 야욕을 드러내기 시작한 나치스 정권을 신랄하고 통찰력 있게 꿰뚫어 본 로트는 이런 글을 썼다. "이 세상이 혼란스럽구나, 앞으로 한 시간 뒤에 멸망할 것 같다!"

가브치크와 쿠비시는 전차를 타면서 어쩌면 이번이 마지막일지도 모른다는 생각에 창밖으로 지나가는 프라하 거리를 열심히 본다. 반대로 두 사람은 아무것도 보지 않고 마음을 비우며 외부 세상을 잊고 정신 집중을 하려고 했을 수도 있다. 그러나 정말 그랬을까 의심이 된다. 두 사람은 그 와중에도 촉각을 곤두세웠을 것이다. 전차에 오르는 남자 승객들의 얼굴을 무의식적으로 확인해 보았을 것이다. 전차를 오르내리는 남자, 출입구 앞에 앉는 남자. 두 사람은 맞은편 맨 끝에 있는 승객들 가운에 누가 독일어를 하는지도 바로 알아볼 수 있을 정도다. 어느 거리에서 어떤 자동차가 전차 앞에 있고 뒤에 있는지를 알고, 얼마나 떨어져 있는지를 안다. 오른쪽에 다가온 독일 국방군의 사이드카와 도로를 따라 위로 걸어가는 순찰대를 본다. 그리고 맞은편 건물 앞에서 망을 보고 있는 가죽 레인코트 차림의 두 남자에 주목한다(자, 여기까지 하겠다.). 가브치크도 레인코트를 입고 있다. 날이 화창하기는 하지만 이 시간에는 아직 쌀쌀하기 때문에 레인코트를 입어도 의심을 받을 일은 없다. 아니면 레인코트를 팔에 걸치면 되지 않을까? 가브치크와 쿠비시는 오늘 이 중요한 날을 위해 모양을 냈다. 두 사람 모두 각자 묵직한 서류가방을 꼭 쥐고 있다.

두 사람은 지슈코프 쪽 어딘가에 내린다. 지슈코프는 애꾸눈을 하고도 14년 동안 게르만 신성 로마제국 군대와 맞서 싸운 가장 위대하고 용감한 후스파 장군이자 보헤미아를 위협하는 모든 적에게 하늘의 노여움을 맛보게 한 전설적인 타보르파(중세 가톨릭교회에서 파생된 분파들 중 가장 급진적인 종파 — 옮긴이) 대장 얀 지슈카의 이름을 따서 지어진 동네다. 여기서 가브치크와 쿠비시는 접선책의 집으로 가 자전거 두 대를 찾아 탄다. 한 대는 모라베츠 부인의 것이다. 홀레쇼비체 거리에서 두 사람은 잠시 멈춰 그동안 신세 진 크호들로바 부인에게 인사를 하러 간다. 역시 레지스탕스로 활동하면서 두 사람을 숨겨 주고 과자를 만들어 준 또 다른 엄마 같은 존재다.

"두 사람, 작별 인사를 하러 온 거 아닌가요?"

"아, 아닙니다, 조만간 또 놀러 올 겁니다. 아마 오늘이라도. 집에 계실 건가요?"

"물론이죠, 놀러 와요."

가브치크와 쿠비시는 크호들로바 부인 집에서 나온다. 발치크는 이미 현장에 나와 있다. 네 번째 낙하산병도 있는 듯하다. 지원팀인 아웃디스턴스 작전의 오팔카 중위. 하지만 오팔카 중위는 역할도 분명치 않고 실제로 오팔카 중위에 대한 증언도 없다. 그냥 내가 알고 있는 것에 충실하려고 한다. 아직 오전 9시 전이다. 가브치크, 쿠비시, 발치크는 잠시 대화를 나눈 후 각자의 위치로 간다.

214

오전 10시가 되어 가지만 하이드리히는 아직 출근하지 않았다. 이날 저녁에는 비행기로 베를린에 가 히틀러와 만나기로 되어 있다. 히틀러와의 약속을 앞두고 특별히 신경 써서 준비하고 있는지도 모른다. 꼼꼼한 관료답게 서류들을 마지막으로 한 번 더 확인하고 서류가방에 넣는다. 어쨌든 10시가 되어서야 하이드리히는 메르세데스 앞좌석에 탄다. 클라인이 시동을 건다. 성의 철책 문이 열리고 보초병들이 오른팔을 내밀어 하이드리히가 지나갈 때 경례한다. 메르세데스 오픈카가 도로를 달린다.

하이드리히가 탄 메르세데스가 험난한 운명의 줄 위를 아슬아슬하게 달린다. 낙하산병 세 명은 죽음의 커브에서 촉각을 곤두세우며 초조하게 망을 본다. 그동안 나는 조르주 상드의 소설『얀 지슈카』에 나오는 지슈카의 이야기를 다시 읽어 본다. 이 작품은 조르주 상드의 소설 중에서 상대적으로 덜 알려졌다. 다시 한 번 나는 상상의 나래를 편다. 용감한 지슈카 장군이 산에 서 있다. 애꾸눈에 대머리, 골족 스타일 수염을 덩굴식물처럼 가슴팍에 늘어뜨린 지슈카 장군을 상상한다. 지슈카 장군이 세운 요새 아래에서 지기스문트 황제의 군대가 공격을 해 올 것이다. 전투, 살육, 약탈, 포위 공격 장면이 내 눈앞을 지나간다. 지슈카는 프라하에서 국왕의 시종이었다. 지슈카가 누이를 강간한 어느 사제 때문에 사제 전체를 증오하게 되어 가톨릭교회와의 전쟁에 뛰어들었다는 이야기가 전해진다. 이 시기에 프라하에서 제1차 창문 투척 사건(종교 개혁가 얀 후스가 화형당하자 그를 지지하던 시민들이 시 의원들을 창밖에 던져 죽인 사건 — 옮긴이)이 일어났다. 보헤미아에서 일어난 이 작은 사건이 1세기 넘게 이어진 끔찍한 종교전쟁의 불씨가 되리라고는, 화형당한 얀 후스가 종교개혁의 단초가 되리라고는 아무도 알지 못했다. 프랑스어로 권총을 뜻하는 '피스톨레(pistolet)'가 체코어 '피스탈라(pistala)'에서 유래되었다는 사실을 알게 된다. 그리고 짐수레들을 단단히 무장시켜 전장에 내보내는, 오늘날의 기갑부대 전투를 처음 생각해 낸 인물이 지슈카라는 사실을 알게 된다. 지슈카가 누이의 강간범을 찾아내 엄벌에 처했다는 이야기도 전해진다. 또한 지슈카는 단 한 번도 전투에서 패해 본 적이 없는 가장 위대한 장군 중의 한 명이라고 한다. 이야기가 흥미로워 계속 여기에 몰두하게 된다. 소설을 읽는 동안 커브 길은 저 멀리 사라지고 있다. 조르주 상드가 쓴 이 문장이 눈에 띈다. "가난한 노동자들, 혹은 몸이 불편한 사람들이여, 그대들에게 '많이 일해서 가난하게 살아.'라고 이야기하는 사람들과 언제나 맞서야 한다." 단순히 일하지 말란 얘기가 아니다. 진정한 도발이다. 다시 내가 쓰는 책에 집중을 해야겠다. 더 이상 딴생각을 하고 있을 수 없다. 검은색 메르세데스가 뱀처럼 도로 위를 지나는 모습을 상상한다.

216

시간이 지났는데도 하이드리히가 아직 도착하지 않았다. 벌써 10시다. 러시아워가 지나고 홀레쇼비체 거리의 인도에는 이제 가브치크와 쿠비시만 남는다. 1942년에는 유럽 어디든 두 남자가 같은 장소에 오랫동안 서 있으면 곧장 의심을 받게 된다.

분명 가브치크와 쿠비시는 작전이 실패했음을 확신했을 것이다. 시간이 지날수록 인적이 뜸해져 가브치크와 쿠비시는 그만큼 눈에 띄게 되고 순찰대에게 체포될 위험도 커진다. 하지만 두 사람은 계속 기다린다. 메르세데스가 지나가기로 예정된 시간보다 한 시간이나 지났다. 목수가 알려준 일정에 따르면 하이드리히는 10시가 넘어 성에 도착한 적은 없다. 하이드리히가 오지 않을 수도 있다. 다른 길로 갔거나 공항으로 직접 갔을 수도 있다. 이미 비행기를 탔을 수도 있다.

쿠비시는 커브 길에 있는 가로등에 기대어 서 있다. 사거리 맞은편의 가브치크는 전차를 기다리는 척한다. 지나간 전차만 열두 대가 넘는 것 같다. 더 이상 지나가는 전차 수를 세지 않는다. 러시아 워에 쏟아졌던 체코 노동자들의 수가 점점 줄어들고 있다. 가브치크와 쿠비시 주변에 점점 인적이 드물어진다. 프라하의 바쁜 웅성임도 점차 가라앉는다. 커브 길에 감도는 조용한 분위기는 작전의 실패를 알리는 아이러니한 메아리처럼 느껴진다. 하이드리히가 이처럼 늦은 적은 없다. 이제 오지 않을 것이다.

물론 하이드리히가 오지 않았다면 내가 이 책을 쓸 이유가 없었을 것이다.

그런데 10시 30분, 갑자기 가브치크와 쿠비시는 벼락에 맞는다, 아니, 언덕에서 발치크가 주머니에서 꺼낸 작은 거울에 반사되는 햇빛을 보고 정신이 번쩍 든다. 신호다. 하이드리히가 오고 있는 것이다. 이리로. 잠시 후에 하이드리히의 차가 올 것이다. 가브치크는 도로를 달려 커브 길의 출구에 선다. 마지막까지 커브 길에 몸을 숨겨야 한다. 좀 더 앞에 서 있는 쿠비시와 달리(쿠비시가 가브치크 뒤에 서 있었다는 증언도 있지만 믿기 힘들다.) 가브치크는 저 멀리서 오는 메르세데스에 호위대가 따라붙지 않은 것까진 보이지 않는다. 가브치크는 그런 생각조차 하지 않았을 것이다. 그 순간 활활 타오르는 그의 머릿속을 차지하는 단 한 가지의 생각은 목표를 죽이겠다는 일념뿐. 그런데 뒤에서 전차 소리가 들린다.

갑자기 메르세데스가 나타난다. 예상한 지점에서 속도를 줄이기 시작한다. 그렇지만 운이 없으면 메르세데스가 승객을 가득 태운 전차와 마주치게 될 수도 있다. 바로 그 순간 메르세데스가 가브치크와 마주치게 된다. 맙소사. 민간인들이 위험해질 수 있다는 생각이 들지만 위험을 무릅쓰기로 한다. 가브치크와 쿠비시는 카뮈의 소설 속 등장인물보다 냉혹한 원칙주의자들이다. 그럴 수밖에 없다. 두 사람은 단순히 소설 속 문단을 이루는 검은색 글자로만 표현되는 등장인물이 아니라 역사 속 인물이기 때문이다.

217

그대는 강하고 권력이 있다. 그대는 자신감이 넘친다. 그대는 많은 사람들을 죽였고 앞으로도 많은 사람들을 죽일 것이다. 그대는 모든 것을 이뤘다. 아무것도 그대를 막을 수 없다. 10년도 채 안 되어 그대는 '독일 제3제국에서 가장 위험한 사나이'가 되었다. 이제 감히 그대를 놀릴 수 있는 사람은 없다. 그대는 사람들에게 더 이상 '염소'가 아니라 '금발의 짐승'이라 불린다. 그대가 속한 동물의 등급은 완전히 달라졌다. 모두가 그대를 두려워한다. 심지어 안경 낀 작은 햄스터를 닮은 그대의 상관조차 그대를 두려워한다. 그도 위험인물인데도.

그대는 메르세데스 컨버터블에 앉아 있다. 바람이 그대의 얼굴을 스친다. 그대는 그대의 사무실로 가는 길이다. 그대는 성에서 일한다. 그대는 한 나라의 왕처럼 군림한다. 그 성의 주민들은 그대의 백성이다. 그대는 그들의 생사여탈권을 쥐고 있다. 마음만 먹으면 마지막 남은 백성 한 명까지 죽일 수 있다.

어쩌면 그것이 그들을 기다리고 있는 운명일지도 모른다.

그러나 새로운 운명이 부르고 있기에 그대는 그 장면을 보지는 못할 것이다. 그대에게는 새로운 도전이 있다. 잠시 후 그대는 비행기를 타고 이곳 왕국을 떠날 것이다. 그대는 이 나라의 질서를 바로잡기 위해 부임해 온 것이고, 그 임무를 성공적으로 해냈다. 그대는 모두를 굽실거리게 만들었고 철권통치로 보호령을 다스렸다. 그대는 다스리고 지배하고 군림했다. 그대는 후임자에게 그대의 유업을 계속 이어 나가야 한다는 막중한 과제를 안겨 주었다. 그대가 분쇄해 버린 레지스탕스가 부활하지 못하게 막을 것, 독일의 전쟁 물자 공급을 위해 체코의 생산 체제를 유지할 것, 그대가 이미 방법을 정해 시행한 게르만화 과정을 계속할 것.

그대는 지나간 과거와 다가올 미래를 생각하며 엄청난 자만감에 휩싸인다. 그대는 무릎에 올려놓은 가죽 서류가방을 꼭 쥔 채 할레, 해군, 그대를 기다리는 프랑스, 앞으로 죽게 될 유대인들, 그대가 단단하게 토대를 세우고 무적으로 키워 낸 독일 제3제국을 생각한다. 그대는 현재를 잠시 잊는다. 메르세데스가 달리는 동안 달콤한 생각을 하느라 그대의 예민한 경찰 본능이 무뎌진 것일까? 이 따뜻한 봄날에 레인코트를 팔에 걸치고 앞을 지나가는 남자를 그대는 보지 못한다. 남자를 보자 그대는 공상을 멈추고 현실로 돌아온다.

저 멍청이가 지금 뭘 하는 거지?

남자가 도로 한가운데에서 멈춘다.

돌아서며 메르세데스 앞에 선다.

그대와 눈이 마주친다.

남자의 기관총이 드러난다.

그대를 향하는 총.

조준.

그리고 발사.

218

그는 총을 쏘지만 아무 일도 일어나지 않는다. 이 장면을 시시하게 묘사하고 싶지 않지만 어떻게 해야 할지 모르겠다. 아무 일도 일어나지 않는다. 방아쇠가 말을 듣지 않고 오히려 힘없이 허공에 대고 찰칵 소리만 낸다. 몇 달 동안 준비했는데 이 빌어먹을 스텐이, 영국 기관총이 말을 듣지 않는다. 하이드리히가 이렇게 가까이 있는데, 절호의 기회인데 가브치크의 총이 작동하지 않는다. 가브치크는 방아쇠를 당기지만 스텐은 총알을 내뿜는 대신 조용하기만 하다. 가브치크의 손은 쓸모없어진 금속 총의 방아쇠를 계속 쥐고 있다.

차가 멈췄다. 이 순간, 시간이 정말로 멈춰 버렸다. 온 세상이 더 이상 움직이지도, 숨 쉬지도 않는다. 차에 타고 있던 하이드리히와 운전기사는 깜짝 놀란 상태다. 오직 전차만이 아무 일도 없는 듯 제갈 길을 계속 간다. 행인들 몇 명이 무슨 일인가 해서 놀란 눈으로 쳐다보지만 아무 일도 없다. 전차가 철로를 지나가면서 내는 끼익 소리가 정지한 시간의 침묵을 깬다. 아무 일도 일어나지 않고 있다. 하지만 가브치크의 머릿속은 다르다. 머릿속이 어지럽고 빙빙 돈다. 이 순간 내가 가브치크의 머릿속에 들어갈 수 있었다면 쓸 이야기가 수백 페이지는 나왔을 것이다. 하지만 가브치크의 머릿속에는 들어가 보지 않았으니 어떤 생각을 했는지 알 수 없다. 심지어는 가브치크가 절망적인 기분을 느꼈을 이 순간과 비슷한 일조차 내 인생에서는 일어난 적이 없다. 몸의 모든 구멍이 동시에 열린 것처럼 혈관 속에서 아드레날린이 요동치는 듯한 놀라움과 두려움.

"언젠가는 죽게 될 우리가 이 순간에 불멸의 인간을 논한다." 생존 페르스는 싫지만 그의 시는 싫지 않다. 그 어떤 찬사도 아깝지 않은 가브치크와 쿠비시에게 경의를 표하기 위해 이 시구를 선택한다.

이런 가정을 내놓는 사람들도 있다. 가브치크가 가방 속 스텐을 숨기기 위해 풀을 잔뜩 덮어 두었다는 것이다. 희한한 생각이다! 감시가 삼엄한 상황에서 어떻게 풀을 가득 넣은 가방을 들고 도시를 걸을 수 있겠는가? 변명은 간단하다. 토끼 먹이라고 대답하면 된다. 실제로 일상의 즐거움을 위해 집에서 토끼를 기르며 공원에 가서 풀을 캐는 체코인들이 많았다. 어쨌든 가방에 든 풀이 스텐에 끼었다는 것이다.

그래서 스텐이 발사되지 않은 것이라 한다. 비록 몇 초에 불과하지만 매우 길게 느껴지는 이 순간에 모두가 깜짝 놀라 그대로 얼어붙어 있다. 가브치크, 하이드리히, 클라인, 쿠비시. 너무나 키치적이

다! 너무나 서부영화스럽다! 네 사람은 석고상처럼 꼼짝하지 않는
다. 모두의 시선이 스텐에 쏠린다. 모두가 미친 듯이 빠르게, 보통
사람은 생각하지 못할 빠른 속도로 머리를 굴린다. 이 이야기의 끝
에는 커브 길에 선 네 사람이 있다. 메르세데스 뒤로 또 한 대의 전
차가 다가온다.

219

무한정 이러고 있을 순 없다. 쿠비시가 움직인다. 가브치크의 등
장에 깜짝 놀란 하이드리히와 운전기사는 뒤에 있던 쿠비시가, 조
용하고 친절한 쿠비시가 가방에서 폭탄을 꺼내는 모습을 미처 보
지 못했다.

220

최근에 프랑스어로 번역 출간된 윌리엄 T. 볼먼의 『중앙유럽』을
읽고 나 역시 깜짝 놀랐다. 내가 쓰고 싶었던 책 스타일이라 그런지
읽으면서 흥분이 되었다. 첫 챕터를 읽으면서 이 놀라운 문체와 어
조, 침착성을 어느 정도 유지하는 것을 보고 대단하다고 생각했다.
솔직히 첫 챕터는 여덟 페이지에 불과하지만 문장들이 꿈속에 있는
것처럼 펼쳐지는 마법 같은 여덟 페이지다. 아무것도 이해되지 않

지만, 반대로 전부 이해가 된다. 역사의 목소리가 이토록 완벽하게 울리는 것은 처음인지도 모른다. 내 눈을 사로잡은 문장은 이렇다. "역사는 '우리'라고 말하는 선지자다." 첫 챕터의 제목은 '움직이는 검'이다. 내가 읽은 문장은 이렇다. "한순간, 검이 천천히 움직이는 데 처음에는 역을 출발하는 군대 수송 열차처럼 천천히 움직이다가 점점 빨라진다. 철모를 쓴 남자들이 대오를 정렬한 채 앞으로 가고 있고 옆에는 반짝이는 비행기들이 길게 늘어서 있다. 이어서 탱크, 비행기, 포탄 들이 쉴 새 없이 빠르게 움직인다." 좀 더 읽다 보면 이런 문장이 나온다. "몽유병 환자도 황홀하게 할 정도로 괴링은 로켓 추진식 전투기 500대가 순식간에 준비될 것이라는 그럴듯한 약속을 한다. 그러고는 대담하게도 체코 영화배우 리다 바로바와 함께 약속 장소로 간다." 체코. 작가의 말을 인용할 때는 일곱 줄 단위로 끊어야 한다. 전화로 첩보 활동을 할 때 발각되지 않으려면 통화 시간이 30초를 넘어서는 안 되는 것처럼 작가의 인용문도 일곱 줄을 넘어서는 안 된다. "모스크바에서 투하쳅스키 장군은 다음 전쟁에서는 대규모 작전이 펼쳐질 것이라고 말한다. 얼마 후 장군은 총에 맞는다. 중앙유럽의 장관들 역시 총에 맞고 나체 여인 조각상들이 받치는 발코니에 나타나 전화벨 소리를 기다리며 몽상적인 연설을 한다." 신문에서 누군가 이렇게 설명한다. "이건 서서히 강력해지는 이야기, 역사 소설이라기보다는 환상 소설이죠. 읽을 때 정신분석학적인 경청이 필요합니다." 이해된다. 기억해야지.

　내가 어디 있었더라?

221

내가 오고 싶었던 곳에 정확히 서 있다. 홀레쇼비체 거리의 커브 길을 보니 아드레날린이 마구 분출된다. 오로지 본능과 두려움에 이끌려 이루어진 개개인의 작은 결정이 모여 역사가 가장 요란하게 요동치거나 딸꾹질을 하게 되는 바로 그 순간이다.

각자 해야 할 일이 있다. 운전기사 클라인이 다시 시동을 걸지 않은 것은 실수다.

하이드리히가 일어나 총을 빼 든 것이 두 번째 실수다. 클라인이 하이드리히만큼 민첩했거나 하이드리히가 클라인처럼 그대로 자리를 지키고 앉아 있었다면 모든 것이 달라졌을 수도 있다. 그랬다면 나도 이 이야기를 책으로 쓰며 여러분에게 들려줄 일은 없었을 것이다.

쿠비시가 팔을 크게 휘둘러 폭탄을 던진다. 이 순간 그 누구도 목표를 정확히 이루지 못했다. 쿠비시는 앞좌석을 맞히려 했으나 폭탄은 오른쪽 뒷바퀴 쪽에 떨어지고 말았다.

어쨌든 폭탄이 터진다.

제2부

불길한 소문이 프라하에서 들려온다.

— 괴벨스의 일기, 1942년 5월 28일

222

폭탄이 터지면서 앞에 있는 전차의 유리창이 곧바로 산산조각 난다. 메르세데스가 1미터 정도 날아간다. 쿠비시도 얼굴에 폭탄 파편을 맞고 뒤로 물러선다. 연기가 주변을 가득 메운다. 전차에서 비명 소리가 들린다. 전차의 기다란 뒷좌석에 걸려 있던 SS 대원의 재킷이 날아간다. 잠깐 동안 현장에 있다가 너무 놀란 사람들의 눈에 보이는 것은 먼지구름 위로 펄럭이며 날아가는 군복 재킷뿐이다. 어쨌든 나도 그 장면만 상상된다. 군복 재킷이 마치 낙엽처럼 뱅글뱅글 돌면서 날아간다. 폭발의 여파가 조용히 베를린과 런던까지 퍼지는 것 같다.

울려 퍼지는 폭발음과 펄럭이며 날아가는 군복뿐이다. 홀레쇼비체 커브 길에는 전혀 움직임이 느껴지지 않는다. 지금부터는 시간 단위로 말할 것이다. 잠시 후에 모든 것이 달라져 있을 것이다. 이곳, 이날 1942년 5월 27일 수요일, 화창한 아침에 시간이 다시 한 번 다른 방식으로 2분 만에 멈춘다.

메르세데스가 육중한 소리를 내며 아스팔트 도로 위에 떨어진다. 한편, 베를린에 있는 히틀러는 하이드리히가 오늘 저녁 약속을 지키지 못하리라는 생각은 단 한 순간도 하지 못한다. 런던에 있는 베네시는 유인원 작전이 성공하리라고 여전히 믿고 있다. 두 사람 다 대단히 확신에 차 있다. 공중에 뜬 타이어 네 개 중 마지막으로 땅에 떨어진 타이어가, 오른쪽 뒷바퀴가 펑크가 난 채 땅에 떨어지자 시간이 다시 흐르기 시작한다. 하이드리히는 본능적으로 손을 뒤로 가져간다. 오른손에 권총을 쥔다. 쿠비시가 자리에서 일어난다. 두 번째 전차의 승객들은 창가에 몰려들어 무슨 일이 일어난 건지 살펴본다. 첫 번째 전차의 승객들은 콜록콜록 기침을 하거나 소리를 지르며 얼른 내리려고 난리다. 이 시간, 히틀러는 아직 자고 있다. 베네시는 모라베츠의 보고서를 초조하게 읽고 있다. 처칠은 벌써 위스키 두 잔째다. 발치크는 언덕에 서서 메르세데스 한 대, 전차 두 대, 자전거 두 대로 혼잡한 교차로의 어수선한 분위기를 바라본다. 오팔카는 골목길 어딘가에 있을 것이다. 하지만 어디에 있는지 찾을 수가 없다. 루스벨트는 영국 공군 소속 파일럿들을 돕기 위해 영국에 미국 파일럿들을 파견한다. 린드버그는 1938년에 괴링에게 받은 메달을 반납할 마음이 없다. 드골은 연합군을 대상으로 프랑스의 해방을 인정받기 위해 노력한다. 폰 만슈타인의 군대는 세

바스토폴을 공격한다. 아프리카 군단은 어제부터 비르 하케임을 공격하기 시작했다. 부스케는 봄바람 검거 작전을 세운다. 벨기에에 사는 유대인들은 오늘부터 노란 별을 달아야 한다. 그리스에서 최초의 무장 항독 지하 단체들이 출현하게 된다. 독일 공군 소속 비행기 260대가 북극 바다로 노르웨이를 우회해 소련으로 향하는 연합군 해양 수송단을 차단하기 위해 출발한다. 6개월간 매일 폭탄 공격을 퍼붓고도 결국 독일은 몰타 섬 침공을 무기한 연기하기로 한다. SS 대원의 군복은 마치 빨랫줄에 걸린 것처럼 전차 위 전선에 살짝 걸린다. 지금 상황이 이렇다. 하지만 가브치크는 여전히 움직이지 않는다. 폭발보다도 스텐 기관총이 작동하지 않았다는 사실이 가브치크의 정신에 큰 충격을 주었다. 가브치크의 눈에 하이드리히와 운전기사가 차에서 내리는 장면은 꿈처럼 느껴지고 두 사람이 몸을 숨기는 장면은 훈련 장면처럼 보인다. 두 가지 상황이 펼쳐진다. 클라인은 쿠비시 쪽으로 쫓아가고 혼자 남은 하이드리히는 손에 총을 쥔 채 가브치크의 앞에서 비틀거린다. 하이드리히, 독일 제3제국에서 가장 위험한 사나이, 프라하의 사형 집행자, 도살자, 금발의 짐승, 염소, 유대인 쉬스, 피도 눈물도 없는 냉혹한 사나이, 지옥의 타오르는 불길이 만들어 낸 최악의 피조물, 여인의 자궁에서 나온 최고로 잔인한 사나이. 표적인 하이드리히가 가브치크 앞에서 총을 든 채 비틀거린다. 멍하니 있던 가브치크는 다시 정신을 차리고 지금 상황을 즉각 이해하게 된다. 몽환적인 공상에서 드디어 벗어난 것이다. 가브치크는 재빨리 정확한 결정을 내려 지금 해야 할 일을 한다. 스텐을 내팽개치고 도망간 것이다. 총격이 시작된다. 가브치크를 향해 총을 쏘는 것은 하이드리히다. 하이드리히, 사형 집행자, 도살자, 금발의 짐승……. 그러나 거의 모든 면에서 뛰어나 완벽한 인간에 가까운 하이드리히도 지금은 상태가 좋지 않다. 지금으로서는 그가 할 수 있는 것이 없다. 가브치크는 얼른 전신주 뒤에 숨는다. 몸을 가리기에 충분히 굵은 전신주라 일단 거기에 그대로 서 있기로 한다. 하이드리히가 언제 정신을 차릴지 알 수 없기 때문이다. 그동안 총소리가 시끄럽게 울려 퍼진다. 맞은편에 있던 쿠비시는 얼굴에 피가 흘러 눈앞을 가리자 피를 닦아 낸다. 이쪽으로 다가오는 클라인의 거구가 보인다. 초인적인 정신력 덕분일까? 쿠비시는 이 와중에도 자전거를 둔 위치를 기억해 자전거에 올라탄다. 자전거를 타는 사람들은 알겠지만 10미터, 15미터, 아니 20미터 거리에 있을 경우 자전거보다는 걷는 게 더 출발이 빠를 수 있다. 어쨌든 쿠비시는 자전거를 타고 클라인을 따돌린다. 쿠비시는 이미 머릿속으로 이런 생각을 한 게 분명하다. 만일 이와 비슷한 상황에 놓인다면, 그러니까 총을 든 클라인이 죽일 듯이 다가오고 있고 얼른 도망쳐야 하는 상황이라면 약 99퍼센트의 사람은 본능적으로 클라인과 반대 방향으로 도망가게 되어 있다. 하지만 쿠비시는 전차 쪽으로 페달을 밟기로 한다. 전차에서 많은 승객이 꾸역꾸역 내리면서 클라인을 막아 줄 경사진 방패막이가 된다. 다른 사람들의 머릿속을 상상해 보는 것은 즐기지 않지만 쿠비시가 두 가지를 계산했다고 생각한다. 첫째, 상대적으로 자전거가 출발하고 나서 속도를 내기까지 시간이 걸리므로 가급적 속력을 내기 위해 내리막길 방향으로 자전거를 몰기로 한다. 또한, 자전거를 타고 오르막길을 오르며 씩씩대는 SS 대원의 추격을 피해 도망가는 것도 불리하다. 둘째, 살아서 탈출하기 위해서는 두 가지 모순적인 조건을 만족시켜야 한다. 모습을 숨기는 일, 그리고 적의 사격을 피하는 것. 하지만 사격을 피하려면 우선, 허허벌판으로 이어진 거리를 지나야 한다. 쿠비시는 가브치크와 달리 운을 믿어 보기로 한다. 그렇다고 우연에 몸을 맡기는 것은 아니다. 원래 낙하산병들은 홀레쇼비체 거리의 커브 길을 작전 장소로 정할 때 혹시나 전차가 갑자기 도착해 일을 망칠까 봐 걱정했다. 하지만 이제 쿠비시는 오히려 전차를 이용해 보기로 한다. 내리는 승객이 너무 적어 불안하기는 하지만 어쨌든 이들 승객을 방패로 활용해 보기로 한다. 쿠비시도 SS 대원이 무고한 시민들을 향해 총을 쏘지 않을 정도로 양심적이라고는 생각하지는 않았을 것이다. 다만 적어도 뒤쫓아 오는 클라인의 추적을 조금은 따돌릴 수 있을 것이다. 폭발 중에 파편을 맞아 얼굴에 피가 흘러 시야를 가리는 상황에서도 3초 만에 이런 탈출 계획을 세우다니 대단해 보인다. 하지만 쿠비시가 순수하게 운에 자신을 맡겨야 하는 순간도 있다. 바로 승객들이 우르르 내릴 때 그 사이로 들어가 승객들을 방패로 활용하는 것. 그런데 흔히 그렇듯 우연은 공평하기로 했나 보다. 아직도 폭발의 충격에서 벗어나지 못한 클라인은 총을 잡고 있으나 이번에는 클라인의 총이 말을 듣지 않는다. 격침, 용수철, 총대 뒤끝 중 어느 부분인지는 모르겠으나 어쨌든 작동이 되지 않는다. 그렇다면 쿠비시의 계획은 성공할까? 아니, 승객들이 이루는 방패막이가 점점 쿠비시 앞을 가로막고 있다. 이들 승객 가운데 이미 정신을 차린 사람도 있다. 여기에 독일인, 나치 동조자, 공을 세워서 상금을 받고 싶은 사람 들이 섞여 있을지 모른다. 아니면 혹시 공범으로 몰릴까 봐 두려움에 떠는 사람이 있을 수도 있다. 반대로 말 그대로 너무 놀라 멍하니 한 발짝도 비킬 생각을 하지 못하는 승객도 있다. 이유야 어찌 되었든 사람들은 도통 비켜 줄 생각을 하지 않는 것 같다. 이 중 한 사람이 쿠비시를 붙잡으려 할 수도 있다. 쿠비시 눈에는 사람들이 조금은 위협적으로 보일 수 있다. 이어서 묘한 장면(에피소드마다 이런 장면은 하나씩 필요한 것 같다.). 자전거를 타고 있는 쿠비시는 앞에 있는 전차의 승객들이 깜짝 놀란 모습으로 움직이지 않자 허공에 총을 쏜다. 승객들이 길을 비켜 준다. 쿠비시가 그 틈으로 지나간다. 클라인은 범인이 도망쳤다는 것을 알고 멍하니 있다가 문득 하이드리히를 그대로 두고 온 것이 생각나 하이드리히가 있는 쪽으로 간다. 하이드리히는 계속 총을 쏜다. 그런데 갑자기 하이드리히가 빙그르 돌며 쓰러진다. 클라인이 달려간다. 총성이 멈추고 조용해지지만 가브치크는 아직 안심할 수 없다. 가브치크는 지금 아니면 기회가 없다고 생각하고 숨어 있던 전신주에서 나와 다시 달린다. 이미 기운을 차린 상태라 곰곰이 생각해 본다. 쿠비시가 잘 도망칠 수 있게 하려면 가브치크는 다른 방향으로 가야 한다. 갑자기 가브치크는 옆쪽으로 몸을 돌린다. 발치크가 감시하고 있는 곳으로 가는 게 낫다고 판단한 것이다. 아직 발치크는 작전에 직접 참가한 멤버가 아니다. 하이드리히가 팔꿈치로 땅을 짚으며 다시 일어난다. 자신을 향해 다가오는 클라인을 향해 외친다. "그놈을 잡아!" 클라인은 권총을 들고 범인을 쫓아 달려간다. 클라인은 앞을 향해 총을 쏜다. 다행히 스텐 기관총 대용으로 콜트 9밀리미터 구경 권총을 갖고 있던 가브치크도 클라인을 향해 쏜다. 가브치크가 몇 미터 앞쪽에 있었는지는 모르겠다. 바로 이 순간 가브치크가 클라인의 어깨 위쪽에 총을 쏜 이유는 맞히려는 것이 아니라 더 다가오면 가만두지 않겠다고 위협하기 위해서라고 생각한다. 가브치크와 클라인은 혼란에 빠진 교차로를 뒤로한 채 쫓고 쫓기는 추격전을 벌인다.

두 사람 앞에 누군가가 다가오고 있다. 그 모습이 점점 뚜렷해진다. 두 사람 쪽으로 오는 사람은 바로 발치크다. 가브치크의 눈에 발치크가 총을 꽉 쥐고 멈춰 서서 클라인을 겨누다가 총을 발사하기 전에 쓰러지는 모습이 보인다.

"젠장!" 털썩 주저앉는 순간 허벅지에 극심한 고통을 느낀 발치크는 "젠장, 멍청하게!"라는 말만 할 뿐이다. 독일 놈의 총에 맞았으니 희망은 없다. 이제 클라인은 몇 미터밖에 떨어져 있지 않다. 발치크는 이제 끝장이라고 생각한다. 떨어뜨린 총을 주울 시간도 없다. 그런데 클라인이 다가오기는 하지만 기적이 일어난다. 클라인이 속도를 늦추지 않고 계속 달리는 것이다. 클라인에게는 가브치크가 더 중요했을 수도 있고 가브치크에게만 집중하느라 발치크를 미처 보지 못했을 수도 있다. 어쨌든 클라인은 발치크에게 눈길도 주지 않고 계속 달려간다. 발치크는 안도하지만 오히려 이내 투덜거린다. 어쩌면 오발탄에 맞은 것일 수도 있다. 얼마나 우스운 상황인가. 주변을 둘러보니 클라인과 가브치크는 이미 보이지 않는다.

한편, 아래쪽에서는 상황이 겨우 진정된 상태다. 어느 젊은 금발 여자가 어떤 상황인지 눈치를 챘다. 여자는 독일인이며 도로에 똑

바로 누워 있는 사람이 하이드리히라는 것을 알아본다. 여자는 사장인 듯 권위적인 태도로 차를 세우고 같이 탄 두 사람에게 하이드리히를 가장 가까운 병원으로 데려가라고 명령한다. 그러자 운전기사는 자동차 뒷좌석이 사탕 상자로 꽉 찼다며 곤란하다고 한다.

"뒷좌석을 비워요! 어서!" 여자가 소리친다.

이 운전사가 훗날 직접 증언한 장면인데 왠지 사실 같지가 않다. 체코인 두 명은 귀찮은 듯 사탕 상자들을 느릿느릿 차 밖으로 내놓기 시작한다. 우아하게 투피스를 차려입은 예쁘장한 여자는 바닥에 누워 있는 하이드리히 주변을 돌며 독일어로 뭐라 말하지만 하이드리히는 듣지 않는 듯하다. 오늘은 이 독일인 여성의 날인 듯하다. 사거리에서 갑자기 나타난 또 다른 자동차를 보던 여자는 저 차가 더 낫겠다고 생각한다. 구두약과 바닥 닦는 왁스를 실어 나르는 타트라 소형 화물차다. 여자가 화물차 쪽으로 달려가 멈추라고 외친다.

"무슨 일입니까?"

"테러예요!"

"그래서요?"

"하이드리히 상급집단지도자를 병원으로 옮겨 줘야겠어요."

"하지만…… 왜 제가?"

"차가 비었잖아요."

"하지만 불편할 겁니다. 왁스 상자들이 있어서 냄새도 날 거고요. 이런 차로 총독을 모시고 갈 수는 없습니다……."

"서둘러요!"

이런 일을 떠맡아야 하다니 타트라 화물차를 탄 노동자도 운이 없다. 그동안 경찰관 한 명이 나타나 하이드리히를 부축해 일으킨다. 하이드리히는 똑바로 걸으려고 애쓰지만 실패한다. 찢어진 군복에서 피가 흐른다. 경찰은 하이드리히를 앞좌석에 겨우 눕히지만 하이드리히의 키가 너무 커서 애를 먹는다. 하이드리히는 한 손으로 권총, 또 한 손으로는 서류가방을 꽉 쥐고 있다. 화물차가 출발해 내리막길을 달린다. 병원으로 가는 방향이 아니라는 것을 눈치 챈 운전사가 유턴을 한다. 뭔가 이상하다고 눈치챈 하이드리히가 소리친다. "Wohin fahren wir?" 내 어설픈 독일어로도 "어디로 가는 건가?"라고 물었다는 걸 알 수 있다. 운전사도 하이드리히의 말을 이해하지만 독일어로 병원을 뭐라고 하는지 기억나지 않아 아무 대답도 하지 않는다. 하이드리히가 총으로 거칠게 위협한다. 다행히 화물차는 원래 있던 곳으로 다시 돌아왔다. 운전사는 아까 그 금발 여자가 아직 그대로 있는 것을 본다. 여자도 화물차를 보고 곧장 달려온다. 운전사가 자초지종을 설명한다. 하이드리히가 금발 여자에게 뭐라고 중얼거린다. 앞좌석이 너무 낮아서 더 이상 있을 수 없다고 한다. 하이드리히는 부축을 받아 화물차에서 내려 뒷좌석에 엎드린다. 왁스 상자와 구두약 상자 들이 그를 에워싼다. 하이드리히는 서류가방을 달라고 한다. 타트라 화물차가 다시 달린다. 하이드리히는 한 손으로는 허리를 잡고, 또 한 손으로는 얼굴을 감싼다.

이런 일이 벌어지고 있는 동안, 가브치크는 계속 달린다. 넥타이가 휘날리고 머리가 흐트러진 가브치크의 모습은 마치 「북북서로 진로를 돌려라」에 등장하는 케리 그랜트, 혹은 「리오의 사나이」에 나오는 벨몽도를 생각나게 한다. 그러나 아무리 가브치크가 집중 훈련을 받았다 해도 영화 속 벨몽도처럼 초인적인 인내심을 발휘할 수는 없다. 가브치크는 영화 속 벨몽도와 달리 계속해서 달릴 수가 없다. 주변 주택 단지에서 방향을 튼 가브치크는 클라인을 조금 따돌리지만 클라인은 포기하지 않고 계속 쫓아온다. 거리 모퉁이를 돌 때마다 잠시나마 클라인의 눈을 피할 수 있다. 가브치크는 이를 이용하기로 한다. 숨을 헐떡이다가 문이 열린 가게를 발견하고 얼른 안으로 들어간다. 클라인에게는 들키지 않았다. 그런데 안타깝게도 가브치크는 간판 이름을 읽지 못했다. '브라우너 정육점.' 가브치크가 헐레벌떡 들어와 주인에게 숨겨 달라고 부탁하자 주인은 얼른 밖으로 나가 클라인이 달려오는 모습을 본다. 주인은 아무 말 없이 클라인에게 자신의 가게를 가리킨다. 브라우너는 독일계 체코인일 뿐만 아니라 게슈타포에서 일하는 형이 있다. 가브치크가 잘못 들어온 것이다. 그렇게 가브치크는 나치 정육점의 뒷방에서 궁지에 몰린다. 그러나 클라인은 추격전을 벌이는 동안 가브치크가 총을 가졌다는 것을 눈치챘기에 정육점으로 들어오지 않고 정원의 작은 기둥 뒤에 숨어 미친 듯이 안쪽에 총을 쏴 대기 시작한다. 방금 전에 가브치크는 하이드리히가 총을 그만 쏠 때까지 전신주 뒤에 숨어 있었는데 지금도 비슷한 상황이다. 순간, 가브치크는 자신의 뛰어난 사격 솜씨가 기억난 것인지, 아니면 2미터 떨어진 곳에 있는 클라인은 프라하의 사형 집행인 하이드리히보다 만만하게 보여서인지는 몰라도 싸우기로 한다. 잠시 모습을 드러낸 가브치크는 기둥 뒤에 숨은 클라인의 그림자를 본다. 클라인이 가브치크가 쏜 총에 다리를 맞고 쓰러진다. 가브치크는 더 이상 기다리지 않고 숨어 있던 곳에서 나온다. 바닥에 쓰러져 있는 클라인을 지나 거리로 나가 다시 달린다. 하지만 주택이 즐비한 골목길은 미로 같아서 가브치크는 길을 잃는다. 다음 교차로에서 그대로 멈춘다. 길을 다시 올라가려고 하는데 커브 길이 나온다. 정신없이 도망치다 뱅뱅 돌아 원래의 출발점에 돌아오게 된 셈이다. 카프카의 악몽이 재현되는 듯하다. 교차로로 돌아가 방금 전에 가지 않은 길로 접어든 가브치크는 강 쪽으로 향하는 내리막길을 달려 내려간다. 프라하 거리에서 다리를 절며 다시 나포르지치로 걸어 올라가던 나는 가브치크가 저 멀리 달려가는 모습을 바라본다.

타트라 화물차가 병원에 도착한다. 하이드리히는 노랗게 뜬 얼굴로 겨우 선다. 부축을 받아 즉시 수술실로 옮겨진 하이드리히는 상의를 벗는다. 상체를 드러낸 하이드리히가 간호사를 아래위로 훑어보자 간호사는 나머지 옷을 달라고 하지도 못하고 서둘러 자리를 뜬다. 수술실 테이블에 하이드리히가 혼자 앉아 있다. 정확히 얼마 정도 이렇게 홀로 남겨졌는지 궁금하다. 검은색 레인코트를 입은 남자 한 명이 들어온다. 남자는 하이드리히를 보더니 눈이 휘둥그레져서 수술실을 둘러보고는 얼른 나가 전화를 건다.

"예, 허위 경보가 아닙니다! 즉각 SS 중대를 보내 주십시오. 예, 하이드리히! 다시 말씀드립니다. 하이드리히 총독이 이곳에 있고 부상을 당했습니다. 아뇨, 모릅니다. 서둘러 주십시오!"

체코인 의사가 맨 먼저 도착해 하이드리히를 담당한다. 체코인 의사는 백지장처럼 얼굴이 하얘지더니 이내 핀셋과 면봉으로 하이드리히의 상처를 살펴본다. 상처는 길이가 8센티미터로 상당량의 파편과 오염물이 박혀 있다. 의사가 핀셋으로 상처 속 파편과 오염 물질을 빼내는 동안 하이드리히는 잠자코 있다. 두 번째 의사가 들어온다. 이번에는 독일인이다. 독일인 의사는 무슨 일이냐고 묻더니 하이드리히를 알아보는 곧바로 구두 뒤축으로 땅을 구르며 "하일!" 이라고 외친다. 다시 진료가 시작된다. 신장과 척추는 이상이 없다. 초기 진단으로는 아주 심각해 보이지 않는다. 하이드리히는 휠체어로 옮겨진 후 다시 방사선과로 안내를 받아 간다. 병원 복도는 SS 대원들로 발 디딜 틈이 없다. 1차 안전 조치가 취해진다. 바깥으로 통하는 창문을 모두 흰색 페인트로 칠해 정예 사격수들의 공격에 대비한다. 지붕에 중기관총 부대를 배치한다. 당연히 거추장스러운 환자들은 병실에서 쫓아낸다. 하이드리히는 휠체어에서 일어나 혼자 힘으로 X레이 기구 앞에 선다. 이런 상황에서도 위엄을 잃지 않기 위해 노력한다. 검사 결과 부상 정도가 심각하다는 것이 밝혀진다. 갈비뼈 하나가 부러졌고 횡격막에 구멍이 뚫렸으며 흉곽은 손상되었다. 비장에 뭔가가 있는데 폭탄 파편 아니면 자동차 파편 같다. 독일인 의사가 하이드리히 쪽으로 몸을 숙여 말한다.

"총독님, 수술하셔야 할 것 같습니다……."

하이드리히는 새파랗게 질린 얼굴로 싫다는 듯 고개를 젓는다.

"베를린에서 의사를 불러 주시오!"

"하지만 상태가 위독해서…… 바로 수술을 받으셔야 합니다……."

하이드리히는 생각해 본다. 목숨을 구하는 게 우선이고 시간은 자신의 편이 아니다. 결국 하이드리히는 프라하의 독일 병원에서 근무하는 최고의 전문의를 불러 달라고 한다. 하이드리히는 즉각 수술실로 다시 옮겨진다. 카를 헤르만 프랑크와 체코 정부의 고위 관료들이 속속 도착한다. 동네의 작은 병원은 흥분으로 들떠 있다. 지금까지 느껴 본 적이 없으며 앞으로도 다시는 느끼지 못할 흥분이다.

쿠비시는 계속 뒤를 돌아보지만 따라오는 사람이 없다. 성공이다. 그런데 정확히 뭘 성공한 거지? 하이드리히를 죽이지는 못했다. 쿠비시가 도망치던 순간에 하이드리히는 무사해 보였고 가브치크에게 총을 쏘는 중이었다. 스텐 기관총이 말을 듣지 않아 곤란해진 가브치크를 제대로 돕지 못했다. 지금 당장 위험에서 벗어났다 해도 잠시뿐이다. 시간이 지나면 나치의 수색이 시작될 것이고 쿠비시의 인상착의는 찾기 어렵지 않을 것이다. 얼굴에 부상을 입은 채 자전거를 탄 남자. 은신처도 언젠가는 발각될 것이다. 아직 해결해야 할 딜레마가 있다. 자전거 덕분에 암살 현장에서 재빨리 벗어날 수 있었지만, 동시에 자전거 때문에 너무 눈에 띄기 때문에 감시를 벗어나기 힘들 수 있다. 쿠비시는 자전거를 버리고 가기로 한다. 페달을 밟으며 생각해 본다. 암살 현장을 피해 리벤 지구에 있는 신발 가게 '바타' 앞에 자전거를 놔두기로 한다. 다른 동네로 가면 좋겠지만 밖에서 꾸물댈수록 체포될 위험만 커진다. 그래서 쿠비시는 가장 가까운 접선책인 노바크 가족의 집에 숨어 있기로 한다. 노동자 아파트로 들어선 쿠비시는 계단을 급히 올라간다. 그때 이웃집 여자가 말을 건다.

"누구 찾으세요?"

쿠비시는 얼굴을 살짝 가린다.

"노바크 부인요."

"지금 없어요. 하지만 나간 지 얼마 안 돼요. 곧 돌아오겠죠."

"기다리겠습니다."

용감한 노바크 부인은 쿠비시와 친구들이 아무 때나 들어올 수 있도록 현관문을 잠그지 않은 것으로 알고 있다. 쿠비시는 집 안으로 들어가 소파에 털썩 주저앉는다. 길고도 험난한 아침 시간을 보내고 처음으로 가지는 휴식이다.

불로브카 교외의 병원은 독일 제3제국의 사무국, 히틀러의 벙커, 게슈타포 총본부를 방불케 한다. 건물 안팎과 위아래에 배치된 SS 돌격부대는 소련 기갑부대와도 맞설 수 있을 듯하다. 다들 의사를 기다리는 분위기다. 카를로비바리에서 서점을 운영한 적이 있는 프랑크는 마치 출산을 기다리는 아버지마냥 초조하게 계속 담배를 태운다. 프랑크는 히틀러에게 알려야 한다고 되뇐다.

도시에서는 전투 준비가 한창이다. 프라하에서는 군복을 입은 남자는 누구나 사방으로 뛰고 싶은 마음이 굴뚝같은 것처럼 보인다. 흥분은 최고조에 달해 있지만 효율성은 이에 미치지 못한다. 가브치크와 쿠비시가 작전 성공 후 두 시간 이내에 빌슨 역(지금은 이름이 바뀌었다.)에서 기차를 타고 프라하를 떠날 마음이 있었다면 별 어려움 없이 그렇게 했을 것이다. 허둥지둥 도망쳤던 가브치크는 고민거리가 더 적다. 다만 메르세데스 아래에 버리고 온 레인코트가 마음에 걸린다. 레인코트가 없는 인상착의로 수배령이 내려질 가능성이 크기 때문에 레인코트를 구해야 한다. 상처 입은 곳은 딱히 없다. 눈에 띄는 상처도, 보이지 않는 상처도 없다. 열심히 달리던 가브치크는 지슈코프에 도착한다. 여기서 숨을 돌리고 마음을 가라앉힌 뒤 제비꽃 다발을 산다. 이윽고 소콜스의 레지스탕스 조직인 인드라의 멤버인 교사 젤렌카의 집 앞에서 초인종을 누른다. 가브치크는 사모님에게 제비꽃을 선물하고 레인코트를 빌려서 나온다. 어쩌면 전에 서류가방을 빌려 준 스바토시 가족의 집에서 레인코트를 빌렸을 수도 있다. 서류가방은 커브 길에 두고 왔다. 하지만 스바토시 가족의 집은 프라하 중심부 바츨라프 광장 근처에 있어서 더 멀다. 이 부분의 증언이 명확하지 않아 어느 정도 걸러서 듣는다. 어쨌든 가브치크는 파페크의 집으로 간다. 따뜻한 목욕물이 기다리고 있고 약혼녀 리베나도 있다. 두 사람이 무엇을 했고 무슨 말을 했는지 모르겠다. 그러나 리베나가 모든 것을 알고 있는 것은 맞다. 분명 리베나는 모든 것을 알고 있었다. 가브치크가 살아서 온 것에 매우 기뻐했겠지.

쿠비시는 세수를 한다. 노바크 부인이 쿠비시에게 요오드팅크를 발라 주고 남편의 셔츠를 빌려 준다. 쿠비시는 푸른색 줄무늬의 흰색 셔츠로 갈아입는다. 노바크에게 빌린 철도 근로자 유니폼까지 입으니 변신이 완성된다. 노동자 복장을 하면 얼굴이 부어 있어도 의심을 덜 사게 된다. 양복쟁이보다 노동자가 사고를 당하는 일이 더 많다는 것은 누구나 알기 때문이다. 그러나 문제가 한 가지 있다. 바타 신발 가게 앞에 놓고 온 자전거를 찾으러 가야 한다. 커브 길에 너무 가까이 있어서 경찰의 눈에 금방 띄게 될 것이다. 마침 노바크의 막내딸 인드리스카가 신나서 들어오고 있다. 학교가 끝나고 오는 모양이다. 인드리스카가 배고프다고 한다. 체코슬로바키아에서는 점심을 일찍 먹는다. 노바크 부인은 식사를 준비하는 동안 인드리스카에게 심부름을 시킨다.

"내가 아는 어떤 아저씨가 바타 가게 앞에 자전거를 놓고 오셨대. 가서 자전거를 찾아 여기 마당으로 가져오렴. 혹시 그 자전거가 누구 것이냐고 누가 물어보면 아무 대답도 하지 마. 아저씨가 사고를 당해서 귀찮은 일이 생길 수 있으니까……."

밖으로 달려 나가는 인드리스카에게 노바크 부인이 큰 소리로 말한다.

"자전거는 타지 마, 탈 줄 모르니까! 차 조심하고……!"

그로부터 15분 후, 인드리스카가 자전거를 찾아온다. 어느 아주머니가 말을 걸었지만 엄마가 당부한 대로 아무 대답도 하지 않았다고 말한다. 자전거는 성공적으로 찾아왔다. 이제 쿠비시는 좀 더 편안한 마음으로 떠날 수 있다. 물론 쿠비시는 지금도, 앞으로도 독일 제3제국의 일급 지명수배자 두 명 중 하나일 테니 조용히 지내야 한다.

발치크는 아직 암살 작전에 직접 개입했다는 증거가 없기 때문에 덜 위험한 상황이다. 그래도 이런 삼엄한 시기에 총상 입은 다리로 절뚝거리며 프라하를 배회하면 눈에 띌 수도 있으니 조심하는 게 좋다. 발치크는 알로이스 모라베츠의 동료이자 친구인 사람의 집에 숨어 있기로 한다. 철도원 직원인데, 모라베츠와 마찬가지로 레지스탕스이자 낙하산병들을 숨겨 주는 일을 한다. 부인도 나치와의 투쟁에 헌신한 여성이다. 창백하게 질린 발치크를 맞이한 것은 부인이다. 부인은 이미 발치크를 여러 번 맞이하고 숨겨 준 적이 있어서 잘 알고 있다. 발치크의 진짜 이름을 모르는 부인은 그냥 '미레크'라고 부르고 있다. 이미 도시 전체에 쫙 퍼진 소문이 있어 부인이 곧

바로 물어본다.

"미레크, 알고 있나요? 하이드리히를 노린 테러가 있었대요."

발치크가 고개를 든다.

"죽었대요?"

아직 죽지 않았다고 부인이 말한다. 발치크는 다시 고개를 푹 숙인다. 그러자 부인은 발치크의 입술을 바짝 타게 하는 질문을 해온다.

"혹시 미레크도 개입된 일인가요?"

발치크는 억지로 미소를 짓는다.

"그럴 리가요! 저처럼 마음 약한 사람이 어떻게."

발치크의 성격을 아는 부인은 그가 거짓말하고 있다고 눈치챈다. 발치크도 순간적으로 아니라고 발뺌한 것이지 부인이 믿어 줄 것이라고는 기대하지 않는다. 부인은 발치크가 다리를 전다는 것을 눈치채지 못한 채 필요한 게 있냐고 묻는다.

"커피 한 잔 진하게 부탁합니다."

그리고 발치크는 사람들이 무슨 이야기를 하는지 알고 싶다며 그녀에게 시내에 다녀와 줄 수 있느냐고 묻는다. 이어서 발치크는 다리가 아파 뜨거운 물에 몸을 푹 담그고 싶다고 한다. 주인 부부는 발치크가 너무 많이 걸어서 다리가 아프다고 생각한다. 그러나 다음 날 아침 침대 시트에 묻은 핏자국을 보고 발치크가 부상당했다는 것을 눈치챈다.

정오쯤에 외과의사가 병원에 도착하고 곧바로 수술이 시작된다.

오후 12시 15분, 프랑크는 침을 삼키고 히틀러에게 전화한다. 예상대로 히틀러는 화를 낸다. 프랑크가 히틀러에게 하이드리히가 방탄 장치 없는 메르세데스 오픈카를 타고 호위대 없이 다녔다고 솔직히 말하자 상황은 더욱 험악해진다. 히틀러가 수화기에 대고 소리 지른다. 히틀러는 소리를 질러 대며 두 가지 내용을 전한다. 첫째, 더러운 체코 놈들은 이런 건방진 짓을 한 대가를 치르게 될 것이다. 둘째, 하이드리히처럼 빈틈없고 능력이 뛰어나며 독일 제3제국을 위해 정말로 중요한 역할을 하는 사람이 그처럼 부주의함을 보이다 백치처럼 자기 몸도 돌보지 못했다니 죄도 이만저만한 죄가 아닌 것이다. 그렇다, 죄를 지었다! 간단하다, 그들은 다음의 지시를 즉각 시행해야 한다.

1. 체코인 1만 명을 총살하라.

2. 범인들을 체포하는 데 도움을 주는 사람에게는 100만 제국마르크의 상금을 지급하라.

히틀러는 언제나 숫자를 좋아했다, 그것도 이왕이면 딱 떨어지는 숫자.

오후다. 남자 혼자보다는 커플이 다녀야 의심을 덜 받기 때문에 가브치크는 리베나와 함께 다니며 독일인이 쓰고 다니는 티롤 모자를 산다. 작은 초록색 모자로 꿩 깃털이 달려 있다. 가브치크의 변장은 즉각적으로 기대 이상의 효과를 불러온다. 군복을 입은 SS 대원이 말을 걸어오며 담뱃불이 있냐고 묻는다. 가브치크는 어색할 정도로 격식을 차리며 라이터를 꺼내 담배에 불을 붙여 준다.

나도 담배 한 대 피워야겠다. 마치 프라하를 방황하는 강박증 환자, 우울증 환자가 된 기분이 든다. 좀 쉬어야겠다.

그러나 중요한 건 휴식이 아니다. 이 수요일이 지나야 한다.

판비츠 형사가 수사를 맡게 된다. 그는 검은색 레인코트를 입고 병원에 잠시 들른다. 정보 수집을 위해 게슈타포에서 파견된 것이다. 범죄 현장에 남은 증거물로는 스텐 기관총, 영국제 수류탄이 들어 있는 어깨끈 달린 가방이 있다. 암살 계획이 어디서 시작된 건지는 의심할 여지가 없다. 바로 런던. 판비츠는 프랑크에게 보고하고 프랑크는 보고받은 사실을 전화로 히틀러에게 알린다. 암살 계획을 모의한 것은 체코 레지스탕스가 아니다. 프랑크는 체코인들에게 강한 반발을 불러일으킬 수 있는 대대적인 보복은 좋은 방법이 아니라고 말한다. 혐의가 있거나 공모한 자들만 잡아들여 가족과 함께 처형해 본보기를 보여 주는 편이 적절한 조치라는 생각이다. 해외에서 사주를 받은 개인이 암살 시도를 한 사건으로 보이게 해야 한다. 이번 테러가 체코 독립운동으로 비쳐 여론을 자극해서는 안 된다. 놀랍게도 히틀러는 다소 완화된 프랑크의 방법에 동의한다. 대대적인 보복은 일단 보류한다. 그러나 히틀러는 전화를 끊자마자 히믈러를 향해 거칠게 고함친다. "이 정도로 체코인들이 하이드리히를 싫어한 건가? 그렇다면 본때를 보여 줘야지!" 이 점에 대해서는 잠시 생각해 봐야 한다. 하이드리히 문제보다 더 심각하고 어렵다. 히틀러와 히믈러는 깊이 생각해 본다. 학살을 조직적으로 담당할 수 있는 고위 무장 친위대 지도자들이 있긴 하지만 모두 동부 전선에 나가 있다. 그리고 1942년 봄이라서 모두 할 일이 많아 정신없다. 결국 두 사람은 마침 건강상 이유로 프라하에 있는 쿠르트 달루게를 선택하기로 한다. 아이러니하게도 독일 제3제국 정규경찰의 수장이자 신임 최상급집단지도자인 달루게는 하이드리히의 직접적인 경쟁자다. 물론 능력은 달루게가 한참 모자란다. 하이드리히는 달루게를 언제나 '머저리'라 불렀다. 만일 하이드리히가 깨어나면 당황할 것이다. 하이드리히가 회복이 되면 더 높은 자리로 승진시켜야 한다.

하이드리히는 마침 깨어났다. 수술은 제대로 잘되었다. 독일인 외과의사는 좀 더 낙관적인 입장이다. 비장을 절개해야 했으나 뚜렷한 합병증은 없을 것 같다고 말한다. 다만, 한 가지 놀라운 것은 상처를 통해 들어온 머리카락 같은 것이 몸속에 퍼져 있는 것이다. 의사진은 이 머리카락 비슷한 것의 정체가 무엇인지 알아낸다. 폭발의 충격으로 부서진 메르세데스의 가죽의자가 말총으로 속이 채워져 있었던 것이다. 방사선 검사 결과 하이드리히의 주요 장기에 작은 금속 파편들이 박혀 있다는 걱정스러운 진단이 나왔다. 하지만 괜찮다. 하이드리히가 숨을 쉬기 시작한다. 오후 3시에야 연락을 받은 리나가 하이드리히 옆을 지키고 있다. 하이드리히는 비틀거리며 힘없는 목소리로 아내에게 "우리 아이들을 잘 돌봐 줘요."라고 말한다. 이때 하이드리히는 앞으로 안 좋은 상황이 생길 것이라 생각한 것 같다.

한편, 모라베츠 부인은 기뻐서 어쩔 줄 몰라 한다. 모라베츠 부인은 수위실로 가 이렇게 묻는다.

"하이드리히의 일 들었어요?"

그렇다. 두 사람은 라디오 뉴스를 통해 소식을 들은 것이다. 라디오에선 하이드리히 이야기만 나온다. 그런데 현장에 버려진 두 번째 자전거가 증거물로 떠올랐다는 소식이 흘러나온다. 모라베츠 부인의 자전거다. 가브치크와 쿠비시가 두 번째 자전거를 치우는 것을 깜빡 잊은 것이다. 갑자기 모라베츠 부인은 기쁜 마음이 사그라지면서 원망하는 마음이 생긴다. 얼굴이 하얗게 질려 가브치크와 쿠비시의 부주의함을 탓한다. 그래도 두 사람을 돕겠다는 결심은 여전하다. 바로 행동으로 옮기는 시원한 성격의 모라베츠 부인은 이미 지나간 일을 안타까워해야 소용없다고 생각한다. 일단 가브치크와 쿠비시가 어디에 있는지 알 수 없으니 두 사람을 찾아야 한다. 지칠 줄 모르는 모라베츠 부인은 얼른 밖으로 나간다.

도시 여기저기에 독일어와 체코어로 적힌 붉은 게시문이 붙는다. 체코 사람들에게 발표할 내용이 있을 때 사용되는 방법이다. 특히 중요한 이 게시문의 내용은 다음과 같다.

1. 1942년 5월 27일, 프라하에서 하이드리히 상급집단지도자를 겨냥한 테러가 발생했다.

범인들을 체포하는 데 도움을 주는 사람은 1000만 크라운의 상금을 받는다. 그러나 범인들을 숨겨 주거나 도와주거나 관련 정보를 알고 있는데도 신고하지 않는 사람은 가족 전원과 함께 총살이다.

2. 프라하 오베르란드라트 지역에는 라디오에서 이 명령이 발표됨과 동시에 계엄령이 선포된다. 결정된 조치는 다음과 같다.

a) 시민 전원은 5월 27일 저녁 9시부터 5월 28일 새벽 6시까지 외출이 금지된다.

b) 여인숙, 레스토랑, 영화관, 극장 등의 유흥업소는 모두 문을 닫아야

하며 위의 시간대에 거리를 다니는 것은 금지된다.

c) 위와 같은 금지령이 발표되었는데도 거리에서 발각되는 자가 있다면 1차 경고를 받고, 그래도 이를 무시하면 총살된다.

d) 후속 조치가 뒤따를 수 있으며 필요할 경우 라디오를 통해 발표될 예정이다.

오후 4시 30분부터 독일어 라디오 방송을 통해 이 같은 명령이 발표된다. 오후 5시부터는 체코어 라디오 방송을 통해 30분 간격으로 발표 내용이 전달된다. 저녁 7시 40분부터는 10분 간격으로, 저녁 8시 20분에서 9시까지는 5분 간격으로 발표된다. 이날 프라하에 있었던 사람들이 지금 살아 있다면 발표 내용을 전부 외우고도 남을 것이다. 저녁 9시 30분에는 체코 전역으로 계엄령이 확대된다. 그동안 히믈러는 프랑크에게 전화를 걸어 히틀러의 새로운 지시 사항을 전한다. 하이드리히가 프라하에 총독으로 부임한 작년 10월부터 투옥된 수감자들 가운데 거물급 100명을 즉각 처형하라는 지시다.

병원에서는 하이드리히가 부상의 고통을 견딜 수 있게 모르핀 전량이 동원된다.

이날 저녁, 대대적인 검거 작전이 펼쳐진다. SS, 나치스 친위대 보안 방첩부, 나치스 자동차 군단, 게슈타포, 크리포, 슈포의 대원 4500명과 독일 국방군의 세 개 대대가 동원되어 프라하를 포위한다. 체코 경찰의 협력으로 2만 명의 인력이 추가로 검거 작전에 투입된다. 모든 진출입 통로가 봉쇄되고, 주요 도로와 거리가 폐쇄되고 건물은 수색이 이루어지고 사람들은 검사를 받는다. 포장이 벗겨진 트럭에서 무장 대원들이 튀어나와 건물마다 종대로 달려가 군화 소리와 검 소리로 계단을 울리며 문을 두드리고 독일어로 큰 소리로 명령하고 사람들을 침대에서 끌어내 아파트를 뒤지고 사람들에 소리치며 위 협적으로 나오는 모습이 상상이 된다. 특히 SS 대원들은 완전히 이 성을 잃은 듯 분노로 미친 사람처럼 거리를 걸어 다니며 불이 켜져 있거나 열린 창문을 향해 총을 쏴 댄다. 숨어 있는 사격수들의 표적 이 될 수 있는데도 상관하지 않는 분위기다. 프라하는 단순히 계엄 령이 선포된 상태가 아니라 전쟁 상황과 비슷하다. 경찰의 대대적 인 작전으로 프라하는 말로 표현할 수 없는 혼란에 빠진다. 밤새 3만 6000곳의 아파트가 수색을 당한다. 대대적으로 투입된 인원을 고 려하면 시시한 결과다. 부랑자 서너 명, 창녀 한 명, 불량 청소년 한 명, 그리고 유인원 작전과 전혀 관련없는 공산주의 레지스탕스 지 도자 한 명을 포함해 541명이 체포된다. 이 중 430명은 즉각 풀려난 다. 레지스탕스 낙하산병들의 흔적은 어디에도 발견되지 않는다. 조 그만 흔적도 없다. 가브치크와 쿠비시는 묘한 밤을 보냈을 것이다. 둘 중에 한 명이라도 잠을 잤는지 궁금하다. 잠을 잤다면 대단한 일 이다. 어쨌든 나도 지금 이 순간은 잠이 오지 않는다.

223

환자들이 모두 퇴거 조치되어 아무도 없는 병원 2층에 하이드리히가 침대에 누워 있다. 힘이 빠지고 정신이 멍하고 몸은 고통스럽지만 아직 의식은 있다. 문이 열린다. 경호원이 리나를 들어오게 한다. 하이드리히가 리나에게 미소를 지어 보인다. 리나가 와 주어 기쁘다. 리나 또한 남편이 백지장처럼 차가운 얼굴로 누워 있어도 아직 살아 있어서 안심한다. 어제 리나는 수술 직후 의식 없이 너무나 창백한 하이드리히를 보고 죽었다고 생각했기 때문이다. 하이드리히는 의식을 되찾았지만 아직 상태가 호전된 것은 아니다. 의사들은 괜찮다고 하지만 리나는 믿지 않았다. 낙하산병들이 한숨도 못 잔 것과 마찬가지로 리나도 밤에 잠을 설치긴 마찬가지다.

이날 아침, 리나는 하이드리히를 위해 보온병에 따끈한 수프를 담아 왔다. 어제 테러를 당한 하이드리히는 오늘 회복 중이다. 금발의 짐승, 하지만 이 정도 일로 흔들릴 리가 없다. 하이드리히는 여느 때처럼 털고 일어날 것이다.

224

모라베츠 부인이 발치크를 찾아온다. 발치크가 묵은 집의 집주인인 용감한 철도 노동자는 발치크를 이대로 보내고 싶어 하지 않는다. 주인 남자는 전차에서 읽을 책을 발치크에게 주며 이 책으로 얼굴을 가리라고 한다. 책의 제목은 H. W. 스티드의 『저널리즘 30년』. 발치크는 감사 인사를 한다. 발치크가 떠나자 집주인의 아내는 그가 묵었던 방을 청소하고 침대를 정리하던 중 시트에 묻은 피를 발

견한다. 발치크의 부상 정도가 어느 정도였는지 나는 알지 못하지
만 체코의 모든 의사들은 명령에 따라 총을 맞은 부상자는 전부 경
찰에 신고해야 하며 이를 어길 경우 사형이라는 건 안다.

225

  페체크 궁전의 검은색 벽 안쪽에서 열리는 긴급 회의. 판비츠 형
사가 상황을 요약 보고한다. 범죄 현장에서 수집한 증거를 토대로
우선 내릴 수 있는 결론은, 암살 계획은 런던이 세우고 작전 실행은
낙하산병 두 명이 했다는 것이다. 프랑크도 같은 의견이다. 그러나
전날 임명된 달루게는 오히려 이번 테러가 체코의 조직적인 폭동
을 나타내는 전조가 아니냐며 불안해한다. 달루게는 예방 차원에서
닥치는 대로 총살해야 하고 체코의 경찰 인력을 모조리 동원해 도
시의 경찰력을 강화해야 한다고 주장한다. 프랑크는 새파랗게 질려
있다. 분명히 이번 테러는 베네시의 머리에서 나온 것이다. 설령 그
렇지 않다 해도 그는 정치적으로 체코 내 레지스탕스의 개입 여부
에는 관심이 없다. "이번 사건이 체코의 국가적인 폭동이라는 인상
을 세계 여론에 주어서는 안 됩니다. 개인의 일탈로 몰아가야 합니
다." 더구나 대대적인 체포와 처형이 이루어지면 생산량에 문제가
생길 수 있다. "체코의 산업이 독일의 전쟁 물자 지원에 얼마나 중
요한 역할을 하는지 말씀 안 드려도 되겠죠, 최상급집단지도자님?"
(내가 무슨 이유로 이 대사를 지어냈겠는가?) 분명 프랑크는 이렇게 말

했다. 프랑크는 자신의 시대가 왔다고 생각했으나 예상과 달리 정치 경험도 없고 체코 사안에 대해 아무것도 모르며 지도에서 프라하의 위치나 겨우 아는 달루게가 임명된 것이다. 프랑크는 무력행사를 반대하지는 않는다. 거리마다 공포 분위기를 조성해서 나쁠 건 없다. 하지만 그는 하이드리히의 정책에서 교훈을 얻었다. 당근 정책 없는 채찍 정책은 성공할 수 없다는 사실. 지난밤에도 광기 어린 대량 검거 작전이 이루어졌지만 별 효과가 없지 않았는가. 오히려 밀고를 유도하는 방법이 더 효과적일 것이다.

프랑크가 회의장을 나선다. 달루게와 시간만 낭비했다. 베를린 회의장으로 데려다줄 비행기가 프랑크를 기다린다. 거기서 프랑크는 히틀러와 만나기로 되어 있다. 히틀러가 천하가 다 아는 광기에 휩싸여 정치적 수완을 제대로 발휘하지 못하는 사태가 일어나지 않기를 바란다. 어제 전화 통화를 생각하며 프랑크는 히틀러를 설득해봐야겠다고 결심한다. 비행기에서 프랑크는 권고안 발표를 꼼꼼히 준비한다. 물러 터진 사람처럼 보이지 않기 위해 프라하를 탱크로 포위하고 군대를 동원하고 몇 명을 본보기로 처형해야 한다고 권할 것이다. 하지만 대대적인 보복은 피해야 할 것이다. 그리고 하하와 그 정부를 대상으로 체코의 자치권을 없애고 체코의 모든 기관을 독일이 지배하게 만들 거라 위협하는 쪽으로 조언할 것이다. 기존에 사용하던 위협, 협박, 압력 같은 방법을 쓰되 최후의 경고라는 것을 분명히 해야 한다는 생각이다. 제일 좋은 방법은 체코인들 스스로 낙하산병들을 밀고하게 만드는 일일 것이다.

판비츠가 고민하는 부분은 다르다. 판비츠의 분야는 정치가 아니라 수사다. 판비츠는 베를린에서 파견한 정예 형사 두 명과 협력하고 있는데 체코에 도착한 이들 형사가 아비규환에 가까울 정도로 혼란스러운 분위기를 본 후 아직까지 충격을 받은 상태다. 달루게 앞에서는 이들 형사가 아무 말도 안 하지만 판비츠에게는 무사히 호텔로 갈 수 있게 경호원을 붙여 달라고 요청한다. SS 대원들의 미친 개 같은 행동에 대해 형사 두 명의 진단은 분명하다. "SS 대원들은 제정신이 아닙니다. 자신이 벌여 놓은 혼란스러운 상황을 스스로 수습하지 못할 정도입니다. 반대로 암살범들은 아직까지 찾지도 못하고 있습니다." 다른 방법이 필요하다. 24시간도 채 안 되어 형사 세 명이 이미 꽤 괜찮은 성과를 얻었다. 수집한 증언 덕에 암살 과정을 정확히 재구성 중이고 테러범 두 명의 인상착의에 대해 조금은 윤곽을 잡은 상태다(그러나 목격자들이 이야기하는 인상착의가 제각각이다!). 하지만 범인들을 찾을 결정적인 단서는 아직 없기 때문에 계속 수사 중이다. 혼란스러운 거리를 뒤로한 채 형사 세 명은 게슈타포가 전해 준 파일을 자세히 살펴본다.

이들 눈에 띈 것은 모라베츠 대위의 시신에서 나온 낡은 사진 한 장이다. 모라베츠, 두 달 전에 전차 총격전 끝에 자살한 레지스탕스의 우두머리, 세 명의 국왕 중 마지막이라 불리던 용감한 대위. 사진 속 주인공인 잘생긴 발치크는 왠지 모르게 얼굴이 부어 보인다. 어쨌든 발치크다. 발치크가 이번 테러와 관련이 있다는 증거는 아직 경찰이 찾아내지 못했다. 조사관 세 명은 다음 파일로 넘어가지 않고 만일을 대비해 이 사진을 수사해 보기로 한다. 메그레 경감이 나오는 추리소설이었다면 이를 가리켜 '육감'이라 했을 것이다.

226

젊은 체코 여성 한카, 연락 요원인 그녀가 모라베츠의 집 초인종을 누른다. 주방으로 안내를 받은 한카는 소파에 앉아 있는 발치크를 발견한다. 발치크가 파르두비체에서 종업원으로 일하던 시절부터 두 사람은 알고 지냈다. 한카는 파르두비체에서 남편과 함께 살고 있다. 언제나 그렇듯 발치크는 한카에게 다정한 미소를 짓는다. 그러고는 발목을 삐어 일어날 수 없어 미안하다고 한다.

한카는 발치크의 보고를 파르두비체에 있는 바르토스의 요원들에게 전달하는 임무를 맡고 있다. 그러면 요원들은 송신기 리부셰를 통해 이를 런던에 전한다. 발치크는 한카에게 자신이 부상당한 사실은 알리지 말아 달라고 부탁한다. 실버 A 작전을 담당하는 바르토스 대위가 아직까지는 공식적으로 발치크의 작전 대장이다. 바르토스는 처음부터 하이드리히 암살에 반대하는 입장이었다. 어떻게 보면 발치크 스스로 실버 A 작전에서 이탈해 유인원 작전에 합류한 셈이다. 돌아가는 상황을 보면서 발치크는 자신의 행동에 대해 누구에게도 설명해야 할 필요가 없다고 믿는다. 가브치크, 쿠비시라면 몰라도(그들이 무사했으면 좋겠다.), 필요한 경우 베네시에게 직접 설명한다면 몰라도, 어쩌면 나중에 하느님 앞에서 말씀드리게 된다면 몰라도(발치크는 신자라고 들었다).

한카는 역으로 가 기차를 타기 전에 우연히 새로 붙은 붉은 게시문을 보고 깜짝 놀라 그대로 멈춘다. 한카는 즉시 모라베츠에게 전화를 건다.

"여기에 흥미로운 것이 있어요. 직접 와서 보시면 좋을 텐데."

게시문에는 발치크의 사진이 나와 있고 그 아래에 '현상금 10만 크라운'이라고 적혀 있다. 이어서 발치크에 대해 다소 부정확한 정보가 나와 있다. 다행이다. 그뿐만 아니라 사진도 지금과는 조금 다른 모습이다. 발치크의 이름이 나와 있지만 이름과 생년월일(다섯 살 어리게 나온다.)은 잘못되어 있다. 끝으로 짧은 문구가 수배문의 성격을 그대로 말해 준다.

"현상금은 비밀리에 전달될 것이다."

227

이 게시문보다 더 자세히 봐야 할 것이 있다.

바타는 전쟁 전에 자신의 왕국을 건설했다. 즐린이라는 도시에서 작은 신발 가게를 시작으로 회사를 크게 키웠으며 지금은 체코를 시작으로 전 세계 여기저기에 지점을 연 상태다. 사장인 바타가 독일의 지배를 피해 미국으로 망명해 있는 동안에도 가게는 여전히 운영 중이다. 바츨라프 대로 아래 6번지에는 커다란 바타 매장인 건물이 있다. 이날 아침, 쇼윈도에는 신발만 전시되어 있는 것이 아니라 다른 상품들도 있다. 자전거 한 대, 가죽으로 된 어깨걸이 가방, 옷걸이에 걸려 있는 검은색 레인코트 한 벌과 베레모 한 개, 범죄 현장에서 발견된 증거물이다. 목격자를 찾는다는 글도 있다. 행인들은 쇼윈도 앞에 멈춰 글을 읽는다.

범인들을 체포하는 데 도움이 되는 정보를 제보할 경우 상금 1000만 크라운이 지급된다. 다음의 질문에 대답을 해 주면 된다.

1. 누가 범인들에 관한 정보를 제공할 수 있는가?

2. 범죄 현장에서 범인들을 본 사람이 있는가?

3. 전시된 증거물들은 누구의 것인가? 특히 여성용 자전거, 외투, 베레모, 서류가방을 잃어버린 사람은 누구인가?

위의 정보를 아는데도 일부러 경찰에 신고하지 않을 경우 계엄령 선포 때 발표된 5월 27일 명령에 따라 가족과 함께 전원 총살된다.

정보를 제공한 사람의 신원은 확실히 비밀로 보장된다.

아울러 1942년 5월 28일부터 모든 개인 집, 아파트, 호텔 등의 주인들은 거주 신고가 되어 있지 않은 사람이 체코에 있을 경우 경찰에 신고해야 한다. 이를 어길 경우 사형이다.

SS 상급집단지도자

보헤미아-모라비아 보호령 경찰 대표

K. H. 프랑크

228

체코 망명정부는 괴물 하이드리히에 대한 테러는 정당한 보복 행위이자 나치 침략에 대한 저항이며, 동시에 압제 속에 고통받는 모든 유럽인들에게 희망의 상징이 될 것이라고 선언한다. 체코의 애국자들이 쏜 총이야말로 연합군에게 보내는 연대에 대한 호소이자 전 세계에 울려 퍼질 최종 승리에 대한 굳은 신념을 뜻한다는 것이다. 체코인들 가운데 이미 독일의 사형부대가 쏘는 총에 쓰러진 피해자들이 새로 생겨나고 있다. 그러나 나치의 이러한 포악한 광기도 체코 국민의 꺾이지 않는 저항에 무너질 것이고 오히려 체코 국민의 의지와 결심에 불을 붙이게 될 것이다.

체코 망명정부는 체코 국민에게 이 이름 모를 영웅들에게 은신처를 제공해 달라고 호소하면서 이 영웅들을 배신하는 사람은 그 누구라도 그에 합당한 처벌을 받을 것이라고 경고한다.

229

모라베츠 대령은 취리히 사서함을 통해 전보 한 통을 받는다. A54 요원이 보낸 전보다. '대단하군요 카를.' 일명 A54, 르네 또는 카를로 불리는 파울 튀멜은 가브치크와 쿠비시를 한 번도 만난 적이 없고 암살 준비에 직접 가담한 적도 없었다. 하지만 간단한 전보 내용으로 알 수 있듯이 튀멜은 하이드리히의 소식을 듣고 전 세계 레지스탕스들이 느끼는 강렬한 기쁨을 전하고 있다.

수위실에 벨이 울린다. 모라베츠의 아들 아타다. 아타는 발치크를
찾으러 왔다. 수위는 발치크가 떠나지 않기를 바란다. 원한다면 발
치크에게 5층 다락방을 내줄 수 있다. 여기 5층까지 와서 발치크를
찾는 사람은 없을 것이다. 여기서 발치크는 BBC를 듣고 카드놀이
를 하며 지내면 된다. 수위의 아내가 과자를 만들어 주었더니 어머
니가 만들어 준 과자처럼 맛있다고 말했다. 첫날 저녁, 발치크는 게
슈타포 대원이 건물 앞을 지나가는 것을 보고 얼른 지하실로 숨었
다. 여기 사람들하고 있으면 안전하다고 느낀다. 그런데 왜 여기에
남지 않느냐고 수위가 묻는다. 발치크는 명령을 받았기 때문이라
고 설명한다. 군인이기 때문에 명령을 따라야 하고 명령에 따라 동
료들과 합류해야 한다고. 수위는 동료들이 안전한 은신처에 있다는
말을 듣고 더 이상 걱정하지 않는다. 다만 날씨가 매우 추우니 담요
와 두꺼운 옷이 필요할 것이다. 발치크는 외투를 입고 초록색 안경
을 쓴 다음 아타를 따라 새로운 은신처로 향한다. 발치크는 예전에
은신했던 집 주인이 빌려 준 책을 깜빡 두고 나온다. 책에는 집 주
인의 이름이 적혀 있다. 발치크가 책을 두고 나온 덕분에 훗날 집
주인은 목숨을 건지게 된다.

231

타협과 비굴함은 페탱 정책의 두 가지 방향이며 페탱만큼 멍청한 하하 대통령의 특기이기도 하다. 하하는 꼭두각시 정부의 수장답게 테러범들 목에 걸린 현상금을 두 배로 늘리겠다며 나치에게 아부한다. 이로써 가브치크와 쿠비시의 목에 걸린 상금은 각각 1000만 크라운이다.

232

성당 문 근처에 서 있는 두 남자는 미사에 참여하러 온 것이 아니다. 현재 '성 키릴과 성 메토디우스 정교회 성당'이라는 이름으로 불리는 정교회 성당은 원래 이름이 카를로 보로메오다. 레슬로바 거리 옆에 있는 웅장한 건물이다. 프라하 한복판에 위치한 레슬로바 거리는 카를 광장에서 강 쪽으로 연결되는 내리막길이다. 인드라 조직의 '하이스키 아저씨'로 불리는 젤렌카 교사를 정교회 사제 페트레크가 맞이한다. 젤렌카가 신부에게 친구 한 명을 맡긴다. 일곱 번째 요원 가브치크다. 그는 안내를 받아 뚜껑 문을 통해 성당 지하실로 들어간다. 예전에 시신들이 놓여 있던 석조 칸막이 가운데에서 가브치크는 친구들인 쿠비시, 발치크, 그리고 오팔카 중위와 다른 세 명의 낙하산병인 부블리크, 스바르츠, 흐루비와 다시 만난다. 젤렌카가 한 명씩 이곳으로 안내해 온 것이다. 게슈타포가 계속해서 프라하의 집집마다 수색하고 있지만 성당을 수색할 생각은 아직 못 하고 있어서다. 소식을 알 수 없는 낙하산병은 딱 한 명, 카렐 추르다다. 추르다는 어디에 있는지 안 보이며 누구도 추르다가 어디에 있는지, 다른 곳에 숨어 있는 것인지, 체포된 것인지, 심지어 아직 살아 있는지조차 모른다.

가브치크가 들어서자 지하실 분위기는 흥분 그 자체다. 동료들이 가브치크에게 달려들어 포옹한다. 가브치크는 머리를 갈색으로 염색하고 가는 갈색 콧수염을 붙이고 있는 발치크, 눈이 부어 있고 얼굴에 아직 상처 자국이 있는 쿠비시를 바라본다. 무엇보다도 두 사람이 가브치크를 다시 만나 제일 기뻐한다. 감정에 북받친 가브치크는 웃지도 울지도 못한다. 정말로 가브치크는 무사히 있는 친구들과 다시 만나 기쁘다. 하지만 동시에 현재 돌아가는 상황을 보면서 무척이나 미안한 마음이 든다. 재회의 기쁨도 잠시, 가브치크는 자책하기 시작한다. 친구들은 여기에 익숙해져야 할 것이다. 가브치크는 미안하다는 말과 안타깝다는 말을 동시에 하며 하이드리히에게 총을 겨누는 순간 빌어먹을 스텐 기관총이 말을 듣지 않았다고 투덜댄다. 모든 것이 자기 탓이라고 자책한다.

"하이드리히가 내 앞에 있었어. 죽일 수 있었는데."

그 빌어먹을 스텐 기관총 때문에⋯⋯. 너무 어이가 없다. 그러나 하이드리히는 어쨌든 부상을 입었다.

"얀, 하이드리히가 다쳤어? 심해? 그래? 너희들에게 너무 미안해. 모두 내 탓이야. 콜트 권총으로 그놈을 끝냈어야 했는데. 여기저기서 총이 발사되어서 일단 뛰었지. 키 큰 독일 놈이 쫓아왔고."

가브치크는 심하게 자책한다. 친구들도 그를 위로하지 못한다.

"괜찮아, 요제프. 우린 대단한 일을 한 거야, 안 그래? 도살자한테 부상을 입혔잖아!"

하이드리히가 부상을 입은 것은 사실이다. 가브치크도 하이드리히가 쓰러지는 것을 봤다. 그러나 하이드리히가 병원에서 조금씩 회복되고 있다고 한다. 한 달 후면, 어쩌면 그 전에 업무로 복귀할지도 모른다. 나치스들은 참 끈질기다. 어쨌든 나치스들은 무슨 운이 있는지 테러를 늘 용케 피해 간다(1939년에 히틀러는 저녁 8시와 10시 사이에 뮌헨의 음식점에서 연례 연설을 하기로 되어 있지만 기차를 놓치지 않기 위해 밤 9시 7분에 음식점을 나선다. 그런데 밤 9시 30분에 폭탄이 터져 여덟 명이 사망했다.). 가브치크는 유인원 작전이 아깝게 실패한 게 자기 잘못이라며 자책한다. 하지만 얀 쿠비시는 후회는 없다. 어쨌든 폭탄을 던졌고 비록 하이드리히의 차를 정통으로 맞히지 못했지만 하이드리히는 다쳤으니까. 그리고 다행히 쿠비시는 여기에 무사히 있다. 유인원 작전팀은 임무를 성공시키지는 못했지만 쿠비시 덕분에 표적인 하이드리히에게 타격은 줄 수 있었다. 프라하는 베를린이 아니며 독일인들도 프라하에서는 자국 도시처럼 편하게 행동할 수 없다. 독일 측이 두려워하는 것은 유인원 작전의 목표가 아니었다. 어쨌든 이 목표는 지나치게 무모했으니까. 하이드리히 정도의 나치스 고위 장교를 표적으로 삼은 사례는 이제까지 없었다. 아니지, 지금 내가 무슨 소리를 하는 거야! 빌어먹을 스텐 기관총만 아니었으면, 가브치크는 그 더러운 하이드리히 놈을 죽일 수 있었을 텐데…… 스텐, 스텐……! 진짜 빌어먹을 총이라고 외쳐 본다.

하이드리히의 상태가 급격히 나빠진다. 원인은 알 수 없다. 고열에 시달리는 하이드리히. 히믈러가 병상을 지키며 앉아 있다. 큰 키의 하이드리히가 침대에 축 처져 있고 얇은 흰색 시트는 땀으로 젖어 있다. 하이드리히는 아버지의 오페라에 나오는 대사를 인용한다. "세상은 주 예수 그리스도가 직접 핸들을 돌려 연주하는 크랭크 오르간일 뿐이다. 우리 모두 그 음악에 맞춰 춤을 취야 한다."

히믈러가 의사들에게 어떻게 된 일이냐고 묻는다. 의사들은 하이드리히가 회복되는 것처럼 보였지만 심각한 감염이 발생한 것 같다고 한다. 어쩌면 폭탄에 독이 들었을 수도 있고 메르세데스 가죽 시트 속 말총이 비장에 들어간 것일 수도 있다. 여러 가지 가정이 있지만 의사들도 정확한 원인을 알 수 없다. 다만 의사들이 추정하는 것처럼 패혈증 초기 증상이라면 감염이 순식간에 퍼져 48시간 내로 사망에 이를 수 있다. 하이드리히를 살리려면 독일 제3제국이 차지하는 넓은 영토 어디에서도 구할 수 없는 것, 바로 페니실린이 필요하다. 당연히 영국이 독일에 페니실린을 줄 리는 없을 것이다.

6월 3일, 송신기 리부셰는 유인원 작전팀에게 전하는 축하 메시지를 받는다.

여러분과 연락이 닿게 되어 대통령으로서 기쁜 마음을 전한다. 진심으로 여러분에게 감사한다. 여러분이 보여 준 굳은 의지를 알고 있다. 우리 조국이 하나로 뭉쳤다. 분명히 좋은 결실이 있을 것이라 확신한다. 프라하에서 일어난 사건은 이곳에도 큰 영향을 끼치고 있으며 체코 국민의 저항에 감사하고 있다.

하지만 베네시는 장밋빛 미래만 예상하는 것은 아니다. 앞으로 있을 최악의 상황도 예상하고 있다.

235

젊고 아름다운 여공 안나 마루스카코바는 오늘 직장에 병가를 냈다. 오후에 집배원이 마루스카코바에게 온 편지를 공장에 전해 준다. 공장장은 아무 생각 없이 편지를 읽어 본다. 젊은 남자가 보낸 편지로 내용은 다음과 같다.

사랑하는 안나,
편지가 너무 늦어져서 미안해요. 하지만 그동안 고민이 많아서 그런 거니 이해해 주길 바라요. 하고 싶었던 일을 하게 되었죠. 운명의 날에 카바르나에 갔어요. 난 잘 지내고 있어요. 이번 주에 당신을 만나러 갈 겁니다. 그다음에 어쩌면 우리는 다시 만날 수 없을 거예요.

밀란

　공장장은 나치스 동조자였을 수도 있고, 그게 아니라면 점령지에서 흔히 나타나는 비열한 사람이었을 수도 있다. 어쨌든 공장장은 편지 내용이 수상하다 생각해 편지를 게슈타포에게 전한다. 마침 게슈타포는 수사가 너무나 답보 상태라 지푸라기 하나라도 잡으려는 심정이다. 게슈타포는 이 편지를 유심히 읽는다. 3000명 이상을 체포하고도 단서를 찾지 못하던 차에 이 편지가 손에 들어온 것이다. 게슈타포는 즉시 조사에 들어가지만 얼마 지나지 않아 이 편지는 단순 연애편지라는 사실을 알게 된다. 편지를 보낸 주인공은 결혼한 남자로 내연의 관계를 정리하려고 마음먹은 듯하다. 그러나 편지 내용이 상세하지 않고 애매한 문장도 있다. 이 젊은 남자가 연인에게 멋있게 보이려고 레지스탕스에 가입할 생각이 있다고 돌려서 표현하는 것일 수도 있고 애매모호하게 관계를 끊으려고 하는 것일 수도 있다. 어쨌든 이 남자는 가브치크, 쿠비시, 레지스탕스 동료들과 관련이 없는 것 같다. 가브치크 일행은 밀란이라는 남자에 대해 들어 본 적이 없고 밀란도 이들에 대해 들어 본 적이 없다. 하지만 단서를 찾지 못해 수사에 진전이 없던 게슈타포는 이 편지를 깊이 조사해 보기로 하고, 그 결과 리디체까지 오게 된다.

　리디체는 평화롭고 그림 같은 풍경을 자랑하는 작은 마을로 영국 공군에 입대한 체코인 두 명이 이 마을 출신이다. 게슈타포가 알아낸 것은 이것이 전부다. 분명 게슈타포가 헛다리를 짚은 것이다. 하지만 나치스는 이해할 수 없는 논리를 가질 때가 있다. 아니면 다분히 단순한 의도가 있거나. 화풀이 대상과 희생양이 필요한 것이다.

나는 안나의 사진을 오랫동안 바라본다. 노동 수첩에 붙인 증명사진이지만 안나는 하커트 사진관(할리우드 영화배우들의 흑백사진을 주로 찍어 유명해진 사진관—옮긴이)의 모델처럼 포즈를 취하고 있다. 사진을 자세히 볼수록 안나가 예뻐 보인다. 이마가 톡 튀어나오고 입술은 또렷하며 눈빛이 부드럽고 사랑스러운 게 마치 나타샤와 비슷해 보인다. 하지만 깨져 버릴 행복을 예감하듯 눈빛이 조금 슬퍼 보인다.

236

"들어오시죠……."

프랑크와 달루게는 깜짝 놀란다. 병원 복도는 쥐 죽은 듯한 침묵만이 흐르고 있다. 프랑크와 달루게가 복도에서 서성인 지 얼마나 되었을까? 두 사람은 숨죽이며 병실로 들어간다. 병실을 감싸는 침묵은 더욱 무겁다. 리나가 파랗게 질린 채 심각한 표정이다. 프랑크와 달루게는 마치 맹수나 뱀을 깨울까 봐 두려운 사람들처럼 조심조심 침대로 다가간다. 그러나 하이드리히의 얼굴은 고요하다. 병원 차트에는 하이드리히의 사망 시간이 적혀 있다. 새벽 4시 30분. 사망 원인은 상처의 감염으로 인한 패혈증.

237

도둑뿐만 아니라 암살범에게도 빌미를 줄 수 있으므로 겁 없이 방탄벽 없는 오픈카를 타고 다니거나 호위대 없이 길을 걸어 다녀서는 안 된다. 이런 행위는 바보 같은 짓이며 국가의 이익에도 전혀 도움이 되지 않는다. 하이드리히처럼 귀한 인재가 조심성 없이 스스로를 위험에 노출시키다니 바보 같고 어리석다! 하이드리히의 부하들도 언제든 표적이 될 수 있으니 목숨을 노리는 무리에게 조금이라도 틈을 보여서는 안 된다.

괴벨스가 지금 보는 장면은 1945년 5월 2일까지 점점 자주 보게 될 장면이다. 히틀러는 애써 화를 억누르며 거만한 목소리로 모두에게 훈계하지만 다들 건성으로 듣고 있다. 히믈러는 아무 말 없이 고개만 끄덕인다. 히믈러는 히틀러의 말에 반박하지 않는 성격이지만 히틀러 못지않게 체코인들과 하이드리히에 대해 화가 나 있다.

물론 히믈러는 그동안 자신의 오른팔인 하이드리히가 품은 야심을 경계해 오긴 했지만 하이드리히 없이는 히믈러도 끈 떨어진 연이나 마찬가지다. 공포정치와 학살을 냉철하게 해내는 능력은 하이드리히를 따라올 사람이 없지 않은가. 하이드리히의 죽음으로 히믈러는 잠재적인 경쟁자를 잃었을 뿐만 아니라 자신이 벌이는 게임의 에이스 카드도 잃어버린 셈이다. 하이드리히는 히믈러에게 클로버 잭(트럼프 카드에서 아서 왕의 기사 랜슬롯을 의미한다 ― 옮긴이) 같은 존재였다. 역사에서도 교훈을 얻을 수 있다. 랜슬롯이 로그레스 왕

궁을 떠난 순간 몰락이 시작되지 않았는가.

238

하이드리히가 흐라드차니까지 성대하게 가는 것은 이번이 세 번째다. 다만 이번에는 살아서가 아닌, 관에 누운 시신으로 가고 있다. 이날 장례 행렬을 위해 바그너 음악이 연주된다. 커다란 SS 깃발로 덮인 관이 대포 이동차에 놓인다. 횃불 행렬이 병원에서 출발한다. 끝없이 늘어선 군용 차량들이 천천히 밤길을 지난다. 차량에 타고 있는 무장한 나치스 친위대가 횃불을 흔들며 길을 밝힌다. 갓길에는 병사들이 차렷 자세로 서서 행렬이 가는 길에 경례를 한다. 시민은 한 사람도 참석하지 못한다. 사실, 위험을 무릅쓰고 밖에 나가려는 시민도 없다. 군모를 쓰고 전투복 차림을 한 프랑크, 달루게, 뵈메, 네베는 관을 들고 걸어가는 의장대에 속해 있다. 5월 27일 오전 10시에 시작된 하이드리히의 여정은 마침내 끝이 난다. 마지막으로 관은 세공된 문을 넘고 단검을 든 조각상 아래를 지나 보헤미아 국왕들이 살았던 성 안으로 들어간다.

239

성당 지하실에서 낙하산병들과 하루하루를 보내며 이들이 무슨 대화를 나누고, 춥고 습한 지하실에서 어떻게 시간을 보내는지 전달할 수 있다면. 이들이 무엇을 먹는지, 읽는지, 프라하의 소문에 대해 무엇을 듣고 있는지, 지하실을 찾아온 연인과 무엇을 하는지, 이들이 갖고 있는 계획이 무엇인지, 이들이 품고 있는 의심, 두려움, 희망, 꿈, 생각은 무엇인지……. 이에 대한 자료는 거의 없기 때문에 글로 쓸 수가 없다. 낙하산병들이 하이드리히가 죽었다는 소식을 듣고 어떻게 반응했는지도 알 수 없다. 알았다면 내 책의 클라이맥스 중 하나가 되었을 텐데. 지하실은 너무 춥기 때문에 일부 낙하산병은 성당의 중앙 홀 위로 튀어나온 좁고 긴 방에 매트리스를 깔았을 것이다. 그나마 조금은 따뜻하기 때문에. 매트리스는 꽤 얇다. 발치크는 열이 났고(아마도 총상 때문에), 쿠비시는 지하실보다는 성당 안에서 잠을 청하려고 다른 동료에게 갔다고 알고 있다. 어쨌든 쿠비시는 적어도 한 번은 성당에서 자려고 했다.

반대로, 국장으로 치러진 하이드리히의 장례식에 대한 자료는 아주 많다. 하이드리히의 관은 프라하의 성을 출발해 기차로 옮겨져 베를린 장례식장에 도착했다. 사진 수십 장, 하이드리히를 애도하는 연설문 수십 페이지. 그러나 정작 난 관심이 없으니 아이러니하다. 달루게의 추도사를 언급할 생각은 없다(하지만 하이드리히와 달루게는 서로 증오했는데 달루게가 하이드리히의 추도사를 발표하다니 재미있다.). 히믈러가 부하 하이드리히를 끝없이 예찬한 글도 여기서 소개할 생각은 없다. 다만 히틀러의 짧은 추도사를 소개해 보려 한다.

하이드리히의 죽음을 애도하기 위해 몇 마디만 하려고 합니다. 하이드리히는 가장 뛰어난 국가사회주의자 가운데 한 명이었고 독일 제3제국의 이상을 가장 열렬히 지지한 인물 가운데 한 명이었습니다. 하이드리히는 독일 제3제국을 수호하다 순교했습니다. 나치스의 총수이자 독일 제3제국의 총통으로서 친구 하이드리히, 그대에게 최고의 훈장인 독일 기사 메달을 수여합니다.

내가 쓰는 이야기가 소설처럼 구멍이 뚫려 버린다. 일반 소설이라면 소설가가 구멍의 자리를 정하지만 조심성이 지나친 나는 그렇게 할 수 없다. 카를 다리를 지나 바츨라프 광장을 거슬러 올라 박물관 앞을 지나는 장례 행렬 사진들을 훑어본다. 다리 난간을 장식하는 아름다운 석조 동상들이 하켄크로이츠를 굽어보고 있다. 뭔가 역겨운 느낌이 든다. 차라리 성당 회랑에 매트리스를 깔고 자는 게 낫다. 조그만 자리가 하나라도 남아 있다면 말이다.

240

쥐 죽은 듯이 고요한 저녁이다. 남자들은 퇴근하고 아늑한 집으로 돌아온다. 불이 하나씩 켜진다. 집마다 저녁 식사 때 먹은 음식 냄새가 난다. 시큼한 배추 냄새가 섞여 있다. 리디체의 밤이 깊어 간다. 주민들은 여느 때와 마찬가지로 다음 날 일찍 일어나 광산이나 공장에 일하러 가야 하기 때문에 일찍 잠자리에 든다. 광부들과 야금공들이 잠이 들었을 때 저 멀리서 엔진 소리가 들린다. 소리가 천천히 다가온다. 덮개로 덮인 트럭들이 일렬종대로 조용한 시골길을 달려오고 있다. 그리고 엔진 소리가 멈춘다. 이어서 덜컹거리는 소리가 계속 들린다. 덜컹이는 소리는 마치 튜브 속에 흘러드는 액체처럼 거리에 길게 이어진다. 어두운 그림자들이 마을 여기저기를 휘젓는다. 그림자들은 서로 모여 빽빽한 그룹을 이루더니 각자 제자리로 간다. 덜컹 소리가 멈춘다. 사람의 말소리가 밤의 정적을 깬다. 독일어로 소리쳐 외치는 신호다. 그리고 작업이 시작된다.

억지로 잠에서 깬 리디체 주민들은 무슨 일인지 전혀 영문을 모른다. 주민들은 몽둥이로 맞으며 침대에서 끌려 나오고 집에서 끌려 나와 교회 앞에 모인다. 서둘러 옷을 입은 약 500명의 남자, 여자, 어린이 들이 어리둥절하고 공포에 질린 모습으로 슈포의 요원들에게 둘러싸여 있다. 하이드리히의 고향 할레안데어잘레에서 특별히 파견된 부대지만 주민들이 이를 알 리가 없다. 다만 주민들은 내일 아무도 출근하지 못하겠구나 하는 생각을 이미 하고 있다. 독일 부대는 곧이어 가장 즐기면서 하게 될 작업을 시작한다. 먼저, 사람들을 두 그룹으로 나눈다. 여자들과 어린이들은 학교에 갇힌다. 남자들은 농장 건물로 끌려가 지하실에 모인다. 끝없는 기다림이 시작되고 남자들의 얼굴은 불안감으로 가득하다. 학교에 갇힌 아이들은 울음을 터뜨린다. 바깥에서 독일군은 고삐 풀린 망아지처럼 행동한다. 조직적으로 광기 어린 약탈과 파괴를 저지른다. 96채의 집, 공공건물, 성당이 모두 약탈과 파괴의 대상이다. 불필요해 보이는 책과 그림 들은 창밖으로 던져져 쌓인 후 불태워진다. 그다음 라디오, 자전거, 재봉틀 등은 빼앗아 간다……. 몇 시간에 걸친 이 같은 약탈과 파괴 작업이 끝나자 리디체는 폐허로 변한다.

새벽 5시. 독일군이 마을 사람들이 있는 곳으로 돌아온다. 주민들은 아비규환 상태인 마을을 본다. 독일 경찰 부대는 여기저기 뛰어다니며 소리를 지르고 눈에 보이는 것은 닥치는 대로 가져간다. 여자들과 아이들은 트럭에 태워져 이웃 도시인 클라드노로 실려 간 후 라벤스브뤼크 강제수용소로 보내진다. 아이들은 어머니 품에서 강제로 떨어져 헤움노 수용소로 끌려가 독가스로 학살된다. 이 중 게르만화할 수 있는 소수의 아이는 독일인 가정에 입양되게 한다. 남자들은 매트리스가 쳐진 벽 앞에 끌려온다. 가장 어린 소년이 열다섯 살, 가장 나이 많은 남자가 여든네 살이다. 독일군은 남자들을 다섯 명씩 세워 총살한다. 그다음 다섯 명, 그리고 또 다섯 명……. 매트리스는 총알이 튀는 것을 막아 주는 역할을 한다. 슈포 대원들은 아인자츠그루펜처럼 학살 경험이 없다. 잠시 휴식 후 시신 수습, 처형 부대 교대 작업이 이루어진다. 아직도 끝나려면 멀었다. 시간이 계속 지난다. 마을 남자들은 자신이 죽을 차례를 기다린다. 작업에 속도를 내기 위해 처형 담당 부대는 한 번에 열 명씩 처형하기로 한다. 처형 작업 전, 리디체 시장은 주민의 신원을 한 명씩 확인한다. 확인이 끝나고 시장도 다른 남자 주민들과 함께 마지막 줄에 서서 총살당한다. 시장 덕분에 독일군은 이 마을 출신이 아닌 남자 아홉 명의 목숨을 일단 살려 준다. 이들은 단순히 친구 집에 왔거나 통금 시간에 걸려 여기에 남았거나 친척의 초대를 받았거나 하룻밤 묵어 가기 위해 리디체에 온 것이다. 이들은 프라하에서 처형될 것이다. 야근을 끝내고 돌아온 노동자 열아홉 명은 마을이 쑥대밭이 되어 있고 가족은 보이지 않는다는 것을 알게 된다. 죽은 지 얼마 안 되어 아직 온기가 남아 있는 친구들의 시신도 발견한다. 아직 독일군이 마을에 남아 있기에 이들도 즉각 총살된다. 개들도 처형당한다.

그러나 아직 끝이 아니다. 히틀러는 리디체를 복수심 어린 광기의 상징적인 분출구로 이용하기로 결심한 것이다. 하이드리히의 암살범들을 찾아내 처벌하지 못해 자존심에 큰 타격을 입은 독일 제3제국은 무자비한 광기에 휩싸인다. 리디체를 지도상에서 완전히 사라지게 하라는 명령이 내려진다. 묘지는 훼손되고 과수원은 갈아엎어지고 건물은 전부 불타고 땅은 아무것도 자라지 못하는 불모지가 되도록 소금 세례를 받는다. 리디체는 지옥의 불구덩이와 다름없다. 이미 폐허가 된 마을을 불도저들이 밀어 버린다. 마을에는 어떤 흔적도 남아서는 안 된다. 마을이 어디 있는지조차 알 수 없도록 모든 흔적을 완전히 지워야 한다.

히틀러는 독일 제3제국에 도전하면 어떤 혹독한 대가를 치르게 되는지를 보여 줄 생각이다. 리디체가 희생양이 된 것이다. 하지만 히틀러는 큰 실수를 한 것이다. 이성을 상실한 지 오래인 히틀러와 나치 세력은 리디체 파괴를 본보기로 보여 줄 경우 세계적으로 어떤 파장이 일어날지 미처 깨닫지 못했다. 그때까지 나치 세력은 범죄 행위를 감춰 겉으로 보여 주는 일이 없었기 때문에 나치 제국의 본성이 완전히 드러나지 않았다. 그러나 리디체 일로 나치 독일의 가면이 벗겨져 그 실체가 전 세계에 드러나게 된 것이다. 히틀러는 이를 나중에야 깨닫게 된다. SS만 고삐 풀린 듯 행동할 수 있는 게 아니다. 히틀러가 그 위력을 미처 깨닫지 못한 무서운 실체가 있다. 바로 세계의 여론이다. 소련의 신문들은 이제 사람들이 리디체라는 이름을 외치며 싸울 것이라고 보도한다. 맞는 말이다. 영국에서는 버밍엄의 광부들이 리디체 마을의 재건을 위해 기금을 모으기 시작하고 "리디체여, 살아나라."라는 슬로건을 외친다. 이 슬로건은 전 세계로 퍼져 나간다. 미국, 멕시코, 쿠바, 베네수엘라, 우루과이, 브라질에서 사람들이 광장, 동네, 마을에 '리디체'라는 이름을 붙인다. 이집트, 인도도 공식적으로 연대의 메시지를 전한다. 작가, 작곡가, 영화감독, 희극작가 들도 작품을 통해 리디체를 애도한다. 신문, 라디오, 텔레비전 방송 들도 동참한다. 워싱턴에서 해군의 보좌관이 이 같은 발표를 한다. "미래 세대가 우리에게 왜 이번 전쟁에 참여했냐고 묻는다면 우리는 리디체 이야기를 들려줄 겁니다." 연합군이 독일 여러 도시에 투하한 폭탄에는 순교한 마을 리디체의 이름이 휘갈겨져 있다. 동부에서는 소련 병사들이 T34 포탄에 리디체의 이름을 적는다. 히틀러가 리디체에 국가 원수가 아니라 비열한 사이코처럼 반응하는 통에 그동안 나치가 자랑하던 선전전은 완전히 실패로 돌아가고 만다. 그달 말이 되자 전 세계에서 나치의 선전전을 믿는 사람은 아무도 없게 된다.

하지만 지금은 1942년 6월 10일. 아직은 히틀러도, 그 누구도 이 같은 미래를 예측하지 못한다. 가브치크와 쿠비시도 마찬가지다. 리디체 마을이 파괴되었다는 소식에 가브치크와 쿠비시는 공포와 절망에 빠진다. 그 어느 때보다도 양심의 가책이 두 사람을 괴롭힌다. 두 사람은 작전을 수행했고 짐승 같은 하이드리히도 죽었으며 체코슬로바키아와 전 세계를 가장 사악한 인간 중 한 명으로부터 구해 냈으나 리디체 주민들이 자신들 때문에 죽은 것 같아 괴롭다. 더구나 히틀러가 가브치크와 쿠비시를 찾아 죽일 때까지 보복은 분명히 계속될 것이다. 지하실에 갇혀 있다시피 한 가브치크와 쿠비시는 초조하게 이런 생각을 하고 또 하다가 마침내 한 가지 결론을 내린다. '여기서 나가야 한다.' 두 사람은 열심히 머리를 굴려 무모한 시나리오를 상상한다. 체코의 라발로 알려진 에마누엘 모라베츠를 찾아가서 면담을 할 수 있게 되면 이번 테러는 자신들의 소행이라 설명하는 편지를 건네준 다음 모라베츠를 죽이고 사무실에서 자신들도 자살한다는 시나리오다. 그러자 오팔카 중위, 발치크, 그리고 지하실에 함께 머물고 있는 동료들이 인내심을 갖고 우정 어린 설득을 하고 달래며 가브치크와 쿠비시의 무모한 계획을 포기시키기 위해 노력한다. 우선, 현실적으로 실현 가능성이 없다. 그리고 독일 측이 가브치크와 쿠비시의 말을 믿어 줄 리도 없다. 끝으로 두 사람의 시나리오대로 성공한다 해도 공포정치와 학살은 하이드리히가 죽기 전에도 이미 시작되었으므로 앞으로도 계속될 것이다. 달라지는 것은 없을 것이다. 두 사람이 희생해 봐야 헛짓일 뿐이다. 가브치크와 쿠비시는 너무 화가 나고 아무것도 할 수 없는 무력감에 절망해 눈물을 흘린다. 동료들의 설득에 따라 계획은 포기하기로 한다. 하지만 하이드리히가 죽어서 나아진 일이 무엇인지 여전히 이해가 가지 않는다.

내가 이 책을 쓰는 이유는 아마도 두 사람의 생각이 틀렸다는 것을 보여 주기 위해서인지도 모르겠다.

241

체코의 온라인에서 벌어진 논쟁.

1942년 6월에 나치스에 의해 완전히 파괴된 리디체 마을의 역사에 관심 있는 체코의 젊은이들을 대상으로 만들어진 어느 웹사이트가 가장 빨리 리디체를 불태우는 것을 목표로 하는 인터랙티브 게임을 선보이고 있다.

—《리베라시옹》, 2006년 9월 6일

242

게슈타포가 거둔 성과가 없어도 너무 없다 보니 하이드리히의 암살범 찾기를 포기하고 게슈타포의 무능함을 숨기기 위해 희생양을 찾고 있는 것이 아니냐는 말이 나온다. 결국 게슈타포는 희생물 하나를 찾아낸다. 5월 27일 저녁, 체코 노동자들이 가득 탄 베를린행 기차가 출발할 수 있게 허락한 것은 노동부에서 근무하는 어느 공무원이다. 낙하산병 세 명이 아직도 발견되지 않고 있는 상황이라 이 열차가 게슈타포의 의심을 사게 된다. 게슈타포는 암살범 세 명(그렇다, 수사가 조금 진전이 있는지 게슈타포는 암살범이 세 명이라는 것을 알게 된다.)이 그 열차에 타고 있었을지도 모른다고 생각하게 된다. 페체크 궁전의 대원들도 놀라운 정보를 제공한다. 암살범들이 기차 속 긴 좌석 아래에 숨어 이동하다가 기차가 드레스덴에 잠시 멈춘 틈을 타 얼른 내려 숲 속으로 사라졌을지도 모른다는 것이다. 암살범들이 체코를 떠나 독일로 피신했을 것이라는 생각은 다소 현실성이 떨어지는 듯하다. 하지만 게슈타포가 이 가능성을 포기하게 하려면 더 확실한 반박이 필요하다. 해당 공무원은 이대로 있으면 안 되겠다는 생각을 한다. 공무원의 해명에 게슈타포는 허를 찔린다. 열차가 출발하게 허락한 것은 맞지만 베를린 항공교통부 장관의 급박한 요구에 따른 것이라고 말한 것이다. 그 장관이란 바로 괴링. 그뿐만 아니라 꼼꼼한 성격의 이 공무원은 프라하 경찰이 스탬프를 찍은 통행 허가증 사본도 보관하고 있다. 여기에 잘못이 있다면 게슈타포가 책임을 져야 할 것이다. 페체크의 궁전에서는 이 이야기는 더 이상 하지 않기로 결론이 난다.

243

상황을 바로잡을 아이디어를 찾은 것은 노련한 능구렁이이자 인간의 심리를 꿰뚫고 있는 판비츠 형사다. 판비츠는 5월 27일부터 본보기로 조성한 공포 분위기가 오히려 역효과만 가져왔다고 생각한다. 판비츠도 공포정치 자체에는 반대하지 않지만 공포정치에는 단점이 있다. 도움을 주려고 정보를 제공할 사람들이 겁에 질려 기가 죽을 수 있는 것이다. 테러가 일어난 지 2주가 지났으나 지금까지 아무도 위험을 무릅쓰고 게슈타포에게 정보가 있다고 알리지 않고 망설이고만 있다. 따라서 스스로 와서 정보를 제공하면 설령 암살 사건에 관련된 자라고 해도 사면을 약속해 주어야 한다.

프랑크는 동의한다. 암살범 체포에 도움이 되는 정보를 5일 내로 제공하는 사람은 누구나 사면된다고 발표한다. 더 시간이 흐르면 프랑크도 히틀러와 히믈러의 피에 대한 갈증을 더 이상 누를 수 없게 된다.

이 소식을 들은 모라베츠 부인은 독일이 막판에 몰렸다는 것을 바로 눈치챈다. 5일 동안 아무도 고발을 하지 않으면 낙하산병들은 앞으로도 밀고당하지 않을 것이고 그만큼 살아남을 확률이 매우 높아질 것이다. 사면 기간이 지나면 더 이상 그 누구도 게슈타포에게 갈 엄두가 나지 않을 테니 말이다. 지금은 1942년 6월 13일. 바로 그날, 낯선 사람이 모라베츠 부인의 집에 들르지만 아무도 없다. 남자는 수위에게 혹시 모라베츠 부인이 서류가방을 맡기지 않았냐고 묻는다. 남자는 체코인이지만 '얀'이라는 암호를 대지 않아서 수위는 아는 것이 없다고 대답한다. 남자가 떠난다. 카렐 추르다가 다시 등장할 뻔한 순간이다.

244

모라베츠 부인은 가족을 며칠 시골로 보냈지만 정작 그녀 자신은 프라하에서 할 일이 너무 많다. 빨래하고 다림질하고 장을 보고 여기저기 뛰어다닌다. 괜한 의심을 받지 않기 위해 모라베츠 부인은 수위 아내의 도움을 받는다. 꾸러미들을 한가득 안고 있는 모습을 너무 자주 들켜서는 안 된다. 그리고 낙하산병들이 숨어 있는 장소는 계속 비밀로 남겨 두어야 한다. 모라베츠 부인과 수위 아내는 카를 광장에서 만나기로 한다. 그러면 수위 아내가 사람들 사이에서 혹은 화단 사이에서 음식이 담긴 가방들을 모라베츠 부인에게 건넨다. 모라베츠 부인은 레슬로바 거리를 내려가 성당으로 들어간다. 때로는 모라베츠 부인과 수위 아내가 같은 전차를 타고 수위 아내가 목적지보다 두세 정거장 미리 내려 가방들을 놓아두면 나중에 모라베츠 부인이 찾아간다. 모라베츠 부인은 성당 지하실로 내려가 오븐에서 꺼낸 지 얼마 안 된 따끈한 과자, 담배, 버너에 오래 불을 붙일 수 있게 해 주는 술, 외부의 소식 등을 전해 준다. 낙하산병 모두 추위 때문에 몸은 좀 안 좋지만 기분은 나아진다. 하이드리히가 죽었다고 해서 리디체의 일을 잊을 수 있는 것은 아니지만 낙하산병들은 이번에 성공시킨 작전의 영향력이 어느 정도인지 점점 깨닫고 있다. 발치크가 실내복 차림으로 모라베츠 부인을 맞는다. 다소 촌스러워 보이지만 가는 수염 덕에 진지하게 보인다. 발치크는 자신이 기르던 개 모울라의 소식을 묻는다. 모라베츠 부인은 모울라는 잘 지내고 있으며 수위 부부가 넓은 정원이 딸린 집에 사는 어느 가족에게 맡겼다고 전해 준다. 쿠비시의 얼굴도 상처로 인한 부기가 가라앉고 가브치크도 예전의 활기를 되찾았다. 요원 일곱 명은 소규모 공동체 생활을 하고 있다. 속셔츠로 여과기를 급조해 커피를 내려 보려고 한다. 모라베츠 부인은 여과기를 하나 구해 보겠다고 한다. 한편, 젤렌카 교사는 현실적인 귀환 계획을 세우고 있다. 유인원 작전은 결사의 임무로 구상된 것이긴 하지만 그 누구도 영국으로 돌아가는 것에 문제가 있을 거라 생각한 적이 없다. 우선 대원들 모두 시골로 이동시켜야 할 것이다. 그러나 게슈타포의 감시가 여전히 삼엄하고 프라하는 최고 경계경보가 발령된 상태라 기다려야 한다. 얼마 있으면 성 아돌프의 날이고 이를 축하하기 위해(이해를 위해 설명하자면 아돌프는 오팔카 중위의 이름이다.) 모라베츠 부인은 에스칼로프(얇게 저민 고기를 기름에 튀긴 요리 — 옮긴이)를 구하고 싶어 한다. 또한 대원들에게 간으로 만든 미트볼 수프를 만들어 줄 생각이다. 이제 대원들은 모라베츠 부인을 '아주머니'가 아니라 '엄마'라고 부른다. 늘 강도 높은 훈련만 받아 오다가 이렇게 아무 일도 안 하고 있다 보니 대원 일곱 명은 아이들처럼 마음이 여려졌고, 이 축축한 지하실에 틀어박힌 채 엄마 같은 모라베츠 부인에게 전적으로 의지하고 있다. "18일까지 버텨야 해요." 모라베츠 부인이 재차 말한다. 오늘은 16일이다.

245

카렐 추르다가 브레도브스카 거리 위쪽 인도에 서 있다. 오늘날 이 거리는 '핑크색 장미'라는 의미의 루조바 거리라 불리고 있다. 역사적 사건을 기려 '포로들의 거리'라 불리기도 한다. 어쨌든 이 시기에 브레도브스카는 당시 빌소노보 역으로 불린 중앙역 쪽으로 통해 있었다. 맞은편의 페체크 궁은 음산하고 우울한 느낌의 커다란 회색 석조 건물이다. 페체크 궁은 제1차 세계대전 이후, 북부 보헤미아의 석탄광을 거의 대부분 소유했던 체코인 금융가가 지은 것이다. 무연탄 색의 건물 외관은 체코 금융가의 재산이 석탄광에서 나온 것임을 생각나게 해 준다. 체코인 금융가는 광산과 궁을 정부에 맡기고 체코를 떠나 영국으로 갔다. 독일 침공 직전의 일이다. 현재 페체크 궁은 무역산업부 사무실이 있는 정부 건물이다. 1942년에는 보헤미아-모라비아의 게슈타포 본부로 사용되었다. 약 1000명의 직원들이 너무 어두워 대낮에도 밤처럼 보이는 복도에서 가장 어두운 일을 하고 있다. 체코 중심에 있는 데다가 인쇄기, 실험실, 속달 우편 우체국, 전화교환국이 갖춰진 초현대 건물인 페체크 궁은 나치 경찰이 쓰기에 매우 실용적이다. 여러 곳의 지하실과 저장실은 예상대로 적절하게 개조되었다. 페체크 궁은 젊은 연대지도자 게스케 박사가 이끌고 있다. 칼자국이 있고 여자 같은 피부에 미친 것 같은 눈빛, 잔인해 보이는 입술, 옆으로 탄 가르마, 반쯤 벗어진 대머리. 사진만 봐도 피가 얼어붙을 정도로 오싹해진다. 간단히 말해, 페체크 궁은 프라하의 나치 공포정치와 닮아 있다. 이 건물 앞에 서려면 용기가 필요하다. 카렐 추르다는 용기보다는 2000만 크라운에 마음이 동한다. 동료들을 고발하려면 용기가 필요하다. 할지 안 할지를 정해야 한다. 나치가 약속을 지키리라는 보장도 없다. 추르다는 거액의 상금과 죽음 중 하나를 택할 준비가 되어 있다. 모험을 좋아하는 추르다는 모험이 하고 싶어 체코의 특수 임무에 자원했다. 하지만 조국 체코에 돌아와도 즐겁지 않았고 비밀 레지스탕스 활동도 매력이 느껴지지 않았다. 암살 사건 이후 추르다는 프라하에서 동쪽으로 60킬로미터 떨어진 지방 소도시 콜린에 있는 어머니의 집에서 지내고 있다. 전에는 플젠의 시코다 작전에서 함께한 쿠비시와 발치크, 프라하에서 은신처를 바꿀 때마다 여러 번 마주친 가브치크와 오팔카를 비롯해 레지스탕스의 많은 대원을 만날 기회가 있었다. 특히 추르다는 암살 작전에 필요한 자전거 한 대와 서류가방 한 개를 제공해 준 스바토시 가족의 아파트를 알고 있다. 또한 모라베츠 가족의 집 주소도 알고 있다. 추르다가 3일 전에 왜 모라베츠 가족의 집에 들렀는지 모르겠다. 이미 배신할 생각이 있었던 것일까? 아니면 소식을 알 수 없는 레지스탕스 동료들과 다시 연락을 시도하고 싶었을까? 상금 욕심이 아니라면 프라하로 다시 온 이유는 무엇일까? 그림처럼 풍경이 아름다운 소도시 콜린에 있는 어머니의 집이 더 이상 안전하게 느껴지지 않아서? 그럴 수도 있을 것 같다. 1942년의 콜린은 독일의 행정 중심지다. 바로 여기에 중앙 보헤미아의 유대인들이 모인다. 그리고 이곳 기차역은 유대인들을 테레친으로 강제 이주시킨 철도의 요충지다. 따라서 추르다는 가족, 즉 어머니를 비롯해 역시 콜린에 사는 누이를 더 이상 위험한 상황에 방치하고 싶지 않아 동료들을 통해 가족에게 필요한 도움과 은신처를 얻으려고 다시 프라하로 왔을 수 있다. 그러니 모라베츠 가족의 집을 찾아갔을 때 굳게 닫힌 문이 얼마나 무거워 보였을까. 그러나 모라베츠 부인은 수위로부터 어느 낯선 남자가 찾아왔다는 말을 듣고 혹시 콜린에서 온 사람이냐고 물었다. 추르다를 기다리고 있었던 것이다. 하지만 추르다가 왔을 때 마침 모라베츠 부인은 외출 중이었……. 어떤 짓궂은 우연이나 의지의 힘에 따라 상황이 전개된 것인지는 알 길이 없다. 어쨌든 1942년 6월 16일 화요일, 카렐 추르다는 결심을 한 듯 보인다. 낙하산병 동료들이 지금 어디에 숨어 있는지는 모르지만 동료들에 대해서는 꽤 잘 알고 있다.

카렐 추르다는 길을 건너 묵직한 목조 문을 지키고 있는 보초에게 다가가 알려 줄 정보가 있다고 말한다. 그리고 레드 카펫이 깔린 널찍한 계단을 올라 넓은 현관 홀로 들어간다. 그렇게 추르다는 검은색 궁전의 석조 내부 속으로 빨려 들어가듯 걸어간다.

246

모라베츠 가족의 아버지와 아들이 언제, 그리고 왜 프라하로 돌아왔는지는 나도 모르겠다. 떠난 지 얼마 안 되어 돌아왔다. 며칠 동안 시골에서 쉬다가 아들이 낙하산병들을 얼른 돕고 싶어 했거나 어머니 혼자 두고 싶지 않았을 수도 있고 아버지의 일 때문일 수도 있다. 모라베츠는 아무것도 모른다고 알려져 있지만 믿기 힘들다. 아내가 낙하산병들을 집에 들였을 때 보이 스카우트가 아니라는 것쯤은 알고 있었을 것이다. 그뿐만 아니라 모라베츠는 여러 번 친구들에게 옷이 있는지, 자전거가 있는지, 의사를 아는지, 숨을 만한 곳을 아는지 등을 물은 적이 있다. 그러니까 모라베츠 가족 전체가 레지스탕스 활동에 참여하고 있었던 것이다. 영국으로 피신해 영국 공군 조종사가 된 큰아들도 포함해서다. 그러나 소식이 없던 큰아들은 거의 2년 후, 노르망디 상륙 작전 다음 날, 조종하던 요격기가 격추되어 세상을 떠나고 만다. 그러니까 일가족 모두가 영원히 사라진 것이다.

247

추르다는 루비콘 강을 건너고 말았지만 개선장군처럼 환영받은 것은 아니다. 게슈타포에게 밤새 맞으며 심문을 당한 후, 그의 정보가 매우 중요하다는 것을 눈치챈 게슈타포가 그의 운명을 결정하는 동안, 추르다는 얌전히 어두운 복도에 있는 나무 벤치에 앉아 기다린다. 잠시 추르다와 함께 있던 징발된 통역병이 질문한다.

"왜 밀고한 건가?"

"무고한 사람들이 죽는 것을 더 이상 볼 수 없어서입니다."

그리고 상금 2000만 크라운도 탐이 났고. 그는 상금을 받게 된다.

248

이 혹독하고 공포스러운 시기에 모든 가족이 두려워하는 일이 어느 날 아침 모라베츠 가족에게 일어난다. 모라베츠 가족의 집 초인종이 울린다. 게슈타포다. 게슈타포는 어머니, 아버지, 아들을 벽 쪽에 밀어 놓은 후 미친 듯이 집을 뒤진다.

"낙하산병들은 어디에 있어?"

게슈타포 대장이 독일어로 외치고 통역병이 전달한다. 모라베츠는 아무것도 모른다고 부드러운 목소리로 대답한다. 게슈타포 대장이 방들을 살핀다. 모라베츠 부인은 화장실에 가도 되냐고 묻는다. 게슈타포 대원 한 명이 부인의 따귀를 때린다. 바로 그때 대장의 부름을 받은 대원이 자리를 뜬다. 모라베츠 부인은 통역병에게 화장실 좀 가게 해 달라고 거듭 부탁하고 통역병이 허락해 준다. 모라베츠 부인은 시간이 얼마 없음을 잘 알고 있다. 재빨리 욕실로 들어가 문을 잠그고 청산가리 캡슐을 꺼내 얼른 깨문다. 잠시 후 숨을 거두게 될 것이다.

거실로 돌아온 대장은 여자는 어디에 있느냐고 묻는다. 통역병이 설명한다. 대장은 즉각 상황을 눈치채고 미친 듯이 화를 내며 욕실 쪽으로 달려가 어깨로 문을 부딪쳐 연다. 모라베츠 부인은 아직 입에 미소를 머금은 채 서 있지만 이내 털썩 쓰러진다.

"밧사!(물!)"

대장이 소리친다. 부하들이 물을 가져와 모라베츠 부인이 정신을 차리도록 필사적으로 애쓰지만 모라베츠 부인은 이미 숨을 거둔 뒤다.

하지만 모라베츠와 아들이 아직 살아 있다. 아타는 게슈타포 대원들이 어머니의 시신을 옮기는 것을 본다. 게슈타포 대장이 미소를 지으며 아타에게 다가간다. 아타와 그 아버지는 체포되어 잠옷 차림으로 연행된다.

249

당연히 아타는 게슈타포에게 모진 고문을 받는다. 게슈타포가 병에 담겨 물에 둥둥 떠 있는 모라베츠 부인의 머리를 아타에게 보여 준 듯하다. '이 상자가 보이니, 아타⋯⋯.' 순간 아타는 발치크가 해 주었던 말을 떠올린다. 하지만 그때 그 상자에는 엄마가 들어 있지 않았다.

250

마침내 나는 가브치크가 되어 본다. 사람들이 뭐라고 이야기하는 거지? 내 책의 등장인물 가브치크의 몸속에 들어가 보는 상상을 한다. 나 가브치크가 해방된 프라하에서 리베나의 팔짱을 끼고 걷는 모습이 상상이 된다. 사람들은 웃고 체코어로 말하며 내게 담배를 준다. 우리는 결혼했고 리베나는 아이를 가졌다. 나는 대위로 승진했다. 베네시 대통령은 통일된 체코슬로바키아를 이끌고 있다. 얀이 최신 시코다 자동차를 몰고 안나와 함께 우리를 찾아온다. 얀은 모자를 비스듬히 쓰고 있다. 우리는 강변에 있는 커피숍에서 맥주를 마시고 영국제 담배를 피우면서 레지스탕스 시절의 추억을 떠올리며 큰 소리로 웃는다. 성당 지하실 생각나? 얼마나 추웠던지! 어느 일요일 강변, 나는 아내를 껴안는다. 요제프가 우리에게 다가온다. 오팔카는 우리에게 여러 번 말해 준 모라비아 출신 약혼녀와 함께 온다. 모라베츠 가족도 함께한다. 모라베츠 대령은 내게 담배를 건네주고, 베네시는 우리에게 소세지를 가져온다. 베네시가 여자들에게 꽃을 전하고 우리를 위해 연설을 하고 싶어 한다. 얀과 나는 연설 좀 그만하라며 말린다. 리베나가 웃는다. 리베나는 내게 귀엽게 장난을 치고 나를 영웅이라 부른다. 베네시가 비셰흐라드 성당에서 연설을 시작한다. 성당 안은 선선하다. 나는 신랑 예복을 입고 있다. 성당에 들어오는 사람들의 목소리가 뒤에서 들린다. 시를 암송하는 네즈발의 목소리가 들린다. 시는 유대인 이야기, 골렘 이야기, 카를 광장의 파우스트 이야기다. 그리고 황금 열쇠, 네루도바 거리의 가게 간판, 벽에 적혀 있던 나의 생년월일이 바람에 쓸려 간다.

몇 시쯤인지 모르겠다.

나는 가브치크가 아니다. 영원히 가브치크가 될 수 없을 것이다. 독백을 하고 싶다는 마음이 들지만 최후의 순간에 마음을 접는다. 그래야 이 중요한 순간에 우스꽝스러운 모습이 되는 걸 모면할 수 있으니까. 상황이 심각하다는 것은 변명이 안 된다. 지금 몇 시인지 잘 알고 있다. 잠에서 완전히 깨어난다.

지금은 새벽 4시. 내가 현실 속에 있고, 성 키릴과 성 메토디우스 정교회 성당의 수도사 유골이 모셔진 석조 칸막이 안에서 자고 있는 것이 아니다.

거리에서는 검은 그림자들이 다시 은밀하게 움직이기 시작한다. 다만 장소는 더 이상 리디체가 아닌 프라하 한복판이다. 안타까워하기에는 너무 늦었다. 덮개 덮인 트럭들이 사방에서 몰려온다. 그 모습은 마치 성당이라는 중심부에서 사방에 뻗어 나가는 별빛 같다. 덮개에는 길게 늘어진 차량의 불빛들이 천천히 목표 지점을 향해 가다가 멈춰서 한 곳에 모이는 모습이 비쳐 보일 것이다. 차량을 동시에 세우는 주요 지점 두 곳은 블타바 강가와 카를 광장으로 레슬로바 거리의 양 끝이다. 헤드라이트가 꺼지고 엔진 소리가 멈춘다. 트럭을 덮고 있던 덮개를 제치고 돌격 부대가 내린다. 트럭 앞 하수구 구멍마다 앞에 SS 대원이 한 명씩 선다. 지붕에는 중기관총 부대가 자리를 잡는다. 밤이 서서히 저문다. 맨 처음 나오는 새벽빛이 이미 하늘을 밝히기 시작했다. 서머타임이 아직 시행되기 전이고 프라하는 빈보다는 서쪽에 있지만 그래도 꽤 동쪽이라 모두가 잠든 이른 새벽에 냉기가 감돈다. 집들은 이미 포위되어 있다. 그때 판비츠 형사가 소규모 부하들의 호위를 받으며 도착한다. 함께 온 통역병은 카를 광장의 화단에서 풍겨 오는 달콤한 향기를 맡는다 (모라베츠 부인이 화장실 가는 것을 허락해 그녀가 자살할 시간을 주었는데도 처벌을 받지 않고 아직 여기 있는 것을 보면 실력이 굉장히 좋은가 보다.). 판비츠 형사가 이번 작전을 총괄한다. 영예롭지만 그만큼 책임도 무거운 자리다. 비록 5월 28일의 낭패를 다시 반복해서는 안 된다. 다행히 그는 그 일과는 상관이 없다. 일이 잘 풀리면 판비츠의 앞날은 탄탄대로일 것이다. 그러나 작전이 암살범들을 체포하거나 죽이는 걸로 끝나지 못하고 실패로 돌아가면 입장이 매우 난처해질 것이다. 지금 이 이야기에서는 모두가 큰 도박을 하고 있다. 심지어 독일 경찰도 그렇다. 실수를 숨기거나 피에 대한 갈증을 달래고 싶어도 너무 성과가 없어 상관들에게 무능력하다고 쉽게 찍히고 있기 때문이다(지금은 두 가지 모두 이유가 된다.). 어떤 희생을 치르더라도 희생양을 찾으라는 것이 독일 제3제국의 슬로건이었을지도 모른다. 판비츠도 흠 잡히지 않기 위해 열심히 노력하는 것이 아닌가? 누가 돌을 던질 수 있으랴. 판비츠는 요령 있게 일을 처리하는 직업 경찰이다. 판비츠는 부하들에 매우 엄격하게 지시를 내린다. 무거운 침묵이 흐른다. 곳곳에 설치된 저지선. 겹겹이 쳐 놓은 포위망. 누구도 판비츠의 허락 없이 총을 쏴서는 안 된다. 범인들은 반드시 생포해야 한다. 적을 사살하기보다 한 명이라도 생포해야 나머지 열 명을 체포할 수 있는 법이다. 죽은 자는 말이 없다. 물론 모라베츠 부인의 시신에서 단서가 될 만한 것이 나오기는 했지만. 판비츠는 속으로 웃고 있는 걸까? 3주 동안 독일 제3제국의 경찰을 웃음거리로 만든 하이드리히의 암살범들을 체포하려는 이 순간, 판비츠는 초조하다. 어쨌든 안에서 무엇이 기다리고 있는지 아직은 모르기 때문이다. 신중을 기하기 위해 판비츠는 부하 한 명을 보내 성당 문이 열리게 해 보라고 지시한다. 프라하를 뒤덮고 있는 침묵이 이제 깨지게 된다는 것을 지금 이 순간에 예상하는 사람은 한 명도 없다. 부하가 벨을 누른다. 오랫동안 아무 대답이 없다. 이윽고 문고리가 돌아간다. 잠이 덜 깬 성당 관리인이 문을 열어 준다. 성당 관리인은 미처 입을 열기도 전에 두들겨 맞고 수갑이 채워진다. 하지만 아침에 성당에 온 이유는 관리인에게 설명해야 한다. 독일 경찰이 성당을 보고 싶다고 말하고 통역병이 전달한다. 독일 경찰들이 성당으로 들어가 안쪽 문을 열고 중앙 홀로 들어간다. 검은색 옷을 입은 형사들이 거미처럼 흩어진다. 다만 거미처럼 벽을 타고 올라가지는 않는다. 그저 이들의 발소리가 높은 돌벽에 반사되어 쿵쿵 울릴 뿐이다.

여기저기 찾아보지만 아무도 없다. 판비츠는 중앙 홀 위로 튀어나온 좁고 긴 방을 샅샅이 살피다가 굳게 잠겨 있는 철문 너머로 나선 계단이 있는 것을 발견한다. 판비츠는 열쇠를 달라고 하지만 성당 관리인은 정말로 열쇠가 없다고 말한다. 판비츠는 곤봉으로 자물쇠를 부순다. 철문이 열리자 길쭉한 타원형 물체가 계단에서 구른다. 계단에서 금속 소리를 감지한 판비츠는 모든 것을 알아차린다. 내가 생각하기에 그랬을 것 같다. 판비츠는 낙하산병들의 은신처를 찾았다고 생각한다. 범인들은 합창실에 숨어 있고 무장했으며 절대로 항복하지 않을 것이다. 수류탄이 터진다. 검은색 연기가 성당을 가득 뒤덮는다. 동시에 스텐 기관총이 사격을 해 온다. 통역병에 따르면 가장 열심히 수색 작업을 하던 대원 한 명이 비명을 질렀다고 한다. 판비츠는 즉각 후퇴하라고 명령을 내리지만 이미 이성을 잃고 제정신이 아닌 부하들이 여기저기 달리며 사방에 총을 쏜다. 위에서 아래로 집중포화가 쏟아진다. 성당에서 총격전이 시작된 것이다. 성당에 들어온 독일 경찰들은 총격전에 대비되어 있지 않았다. 보통은 독일 경찰이 입고 있는 레인코트의 가죽 냄새만 맡고도 누구나 겁에 질리기 때문에 이번에도 범인 검거가 쉬울 것이라 생각한 듯하다. 게슈타포는 부상당한 대원들을 모아 철수한다. 양쪽에서 총격전이 계속된다. 판비츠는 SS 대대를 찾아 공격 명령을 내리지만 결과는 마찬가지다. 위에 있는 보이지 않는 사격수들은 정예요원들이다. 중앙 홀의 모퉁이마다 완벽히 배치되어 여유를 갖고 치밀하게 조준해 명중시키고 있다. 총격전이 펼쳐질 때마다 독일 쪽 병력이 소리를 지른다. 좁고 불편해 보이는 계단은 가장 단단한 바리케이드보다도 안쪽으로 진입하는 데 방해가 되고 있다. 독일 측의 공격은 2차 철수로 끝난다. 판비츠는 암살범들을 생포하려는 생각은 망상이라고 깨닫는다. 혼란한 와중에 누군가 맞은편 지붕 위에 대기하고 있는 중기관총 부대에 사격 지시를 내린다.

MG42가 무차별 사격을 가해 유리창들이 박살 난다.

회랑에서는 낙하산병 세 명이 박살 난 유리창 파편 물결을 피해 물러선다. 유인원 작전의 쿠비시, 아웃디스턴스 작전의 오팔카, 비오스코프 작전의 부블리크만이 정확히 무엇을 해야 할지 알고 있다. 계단 입구를 봉쇄하고(오팔가가 담당한다.) 탄약을 아껴 가며 집중사격을 하고 닥치는 대로 적을 사살한다. 바깥에 있는 게슈타포는 흥분해서 정신이 없다. 중기관총 공격이 멈추자 중앙 홀에서 총격이 시작된다. 판비츠는 "공격! 공격!"이라고 외친다. 독일 측 대원들이 강아지마냥 성당 안으로 재빨리 들어갔다 나왔다를 반복한다. 독일 측은 두 번의 공격 사이에 성당의 석조 부분에 집중사격을 길게 퍼붓는다. 중기관총 부대에 공격 명령이 떨어지면 쿠비시와 동료 두 명은 대응사격을 하지 않고 기관총 공격이 지나가기를 기다리며 넓은 기둥 뒤에 숨어 몸을 보호한다. MG42는 공격과 방어를 동시에 무력화시킨다. 낙하산병 세 명에게는 아슬아슬한 상황이지만 몇 분이 흐르고 몇 시간이 흐르고…… 계속 버틴다. 카를 헤르만 프랑크가 현장에 온다. 모든 일이 이미 끝났을 것이라고 순진하게 생각했는지 거리를 들썩이게 하는 큰 소란을 보고 깜짝 놀란다. 사복 차림에 넥타이를 꽉 조여 맨 판비츠가 진땀을 빼고 있다.

"공격! 공격!"

양편에서 총격전이 계속된다. 부상당한 독일 대원들은 이 지옥 같은 총격전에서 벗어나 소방서로 옮겨지자 안심한 듯한 표정을 짓는다. 반면, 프랑크는 당황한 표정을 짓는다. 하늘은 푸르고 날씨는 매우 화창하다. 총소리 때문에 모든 사람들이 다 깨어난 것 같다. 도시에서 무슨 일이 일어나고 있는 걸까? 예감이 좋지 않다. 위기 상황이 닥치면 으레 그렇듯이 대장이 부하를 다그친다. 테러범들을 어서 진압하라는 명령이 떨어진다. 한 시간이 지났건만 사방에서 총알이 계속 쉭 소리를 내며 날아온다. 판비츠는 더욱 흥분한다.

"공격! 공격!"

하지만 SS 대원은 계단으로 가기 어렵겠다는 생각에 작전을 바꾸기로 한다. 적들이 있는 소굴의 아래쪽을 쳐야 한다. 방어 사격, 공격, 수류탄까지. 암살범들이 솜씨가 좋은 건지 운이 좋은 건지는 모르겠으나 만만치가 않다. 세 시간의 전투 끝에 합창대 의자 쪽에서 연달아 폭발이 일어나고 마침내 조용해진다. 한동안 아무도 움직일 생각을 하지 못한다. 마침내 위로 올라가 살펴보라는 지시가 떨어진다. 임무에 선택된 병사는 체념하듯 불안한 마음으로 계단을 올라가지만 총격이 있을 거란 예상과 달리 아무 일이 없다. 회랑으로 올라간 병사는 연기가 걷히자 움직임 없는 세 사람을 발견한다. 시신 한 구와 의식 없는 부상자 두 명이다. 오팔카는 죽었고 부블리크와 쿠비시는 아직 숨을 쉬고 있다. 판비츠는 보고를 받자마자 구급차를 부른다. 예상치 못한 기회다. 심문을 하려면 일단 살려야 한다. 부상당한 낙하산병 중 한 명은 다리가 부러졌고 또 한 명은 상태가 더 낫다. 구급차가 요란하게 사이렌을 울리며 프라하 거리를 달린다. 하지만 구급차가 병원에 도착했을 때 부블리크는 이미 숨이 끊어진 뒤다. 그로부터 20분 뒤에는 쿠비시도 부상 때문에 사망한다.

쿠비시가 죽었다. 이 글을 써야 하다니 안타깝다. 쿠비시에 대해 더 알고 싶었는데. 살릴 수만 있다면 살리고 싶은데. 증언에 따르면 회랑 끝에 이웃 건물들로 통하는 닫힌 문이 있었다고 한다. 잘하면 세 사람은 탈출할 수 있었을지도 모른다. 왜 그 문을 이용하지 않았을까! 역사는 진정 잔인한 운명을 선사한다. 역사는 여러 각도로 다시 읽을 수는 있지만 다시 쓸 수는 없다. 내가 무엇을 하든, 무슨 말을 하든 얀 쿠비시를 다시 살릴 수는 없다. 용감한 쿠비시, 영웅 얀 쿠비시, 하이드리히를 죽인 사람. 쿠비시가 죽는 장면을 쓰기까지 힘들게 몇 주가 걸렸지만 전혀 즐겁지가 않다. 남는 게 무엇일까? 성당 안팎에 대한 설명과 세 구의 시신이 등장하기까지 모두 세 페이지. 쿠비시, 오팔카, 부블리크는 영웅으로 죽었지만 어쨌든 죽은 것은 죽은 것이다. 역사라는 잔인한 운명은 절대로 멈추지 않고 계속 흐르기 때문에 이 세 사람의 죽음을 안타까워하며 울 시간이 없다.

독일 대원들이 잔해를 뒤지지만 아무것도 발견되지 않는다. 독일 대원들은 세 번째 남자의 시신을 인도 위에 놓고 추르다를 불러 신원을 확인시킨다. 배신자 추르다는 고개를 숙이고 중얼거린다.

"오팔카."

판비츠가 기뻐한다. 좋은 수확이다. 판비츠는 구급차에 실려 간 두 사람이 암살범일지도 모른다고 생각한다. 추르다가 심문을 받을 때 알려 준 이름이 요제프 가브치크와 얀 쿠비시였다. 가브치크가 바로 발밑 지하실에 있다는 것을 판비츠는 모르고 있다.

총격전이 멈추자 가브치크는 친구 쿠비시가 죽은 게 분명하다고 생각한다. 자신과 쿠비시는 절대로 게슈타포에게 생포되지 않을 각오이기에. 이제 가브치크는 발치크, 그리고 다른 동료 두 명, 비오스코프 작전의 얀 흐루비와 틴 작전의 야로슬로프 스바르츠와 함께 있다. 참고로 야로슬라프 스바르츠는 영국에서 파견된 지 얼마 안되는 요원으로 나치 부역자 장관 에마누엘 모라베츠를 암살하라는 지령을 받았다. 가브치크는 독일군이 지하실로 들어올지, 아니면 알아서 물러갈지 계속 기다리며 있다.

위에서 독일군은 아직도 정신없이 돌아다니지만 아무것도 찾아내지 못한다. 성당은 마치 지진이 휩쓸고 지나간 듯하다. 지하실로 통하는 바닥문은 양탄자로 덮여 있다. 아무도 양탄자를 들어 볼 생각을 하지 못한다. 무엇을 찾아야 하는지 모르니 수색에 별 진전이 없다. 독일 경찰과 경찰들은 매우 초조해진다. 여기에는 더 이상 아무것도 없는 것 같다고 모두가 생각하게 된다. 작전이 완료되었다고 생각한 판비츠는 프랑크에게 철수하자고 제안할 생각이다. 그때 부하 한 명이 뭔가를 발견해 판비츠에게 가져온다. 옷이다. 웃옷인지, 스웨터인지, 셔츠인지, 신발인지는 나로선 알 수 없다. 어쨌든 독일인 부하가 어느 구석에서 옷을 발견해 가져온다. 판비츠는 경찰의 직감이 즉각 발동한다. 이 옷이 죽은 낙하산병 세 명 중 하나의 옷이 아니라는 생각을 판비츠는 어떻게 한 것일까? 나도 잘 모르겠다. 판비츠는 다시 계속 찾아보라고 명령한다.

일곱 시간이 지나서야 독일군은 바닥 뚜껑 문을 찾아낸다.

이제 가브치크, 발치크, 나머지 동료 두 명은 독안에 든 쥐나 다름

없다. 은신처였던 지하실은 이들에게 감옥이 된다. 상황을 보면 은신처가 네 사람의 무덤이 될 것 같다. 하지만 네 명은 지하실을 벙커로 활용하기로 한다. 바닥 뚜껑 문이 열린다. SS 군복을 입은 병사의 다리가 보이자 가브치크와 동료들은 아직 침착하다는 것을 보여 주려는 듯이 집중사격을 한다. 비명 소리. SS 병사의 다리가 사라진다. 가브치크와 동료들은 매우 절망적인 상황이지만 그래도 버틸 만하다. 잠시겠지만 회랑보다는 이곳이 버티기에 유리하다. 쿠비시와 두 동료는 위쪽 회랑에 있었기에 아래에서 적들을 내려다볼 수 있었다면 이곳 지하실은 반대로 적들이 위에서 내려오고 있다. 하지만 통로가 좁기 때문에 SS 대원이 한 명씩 내려올 수밖에 없으니 한 명씩 조준해서 쏘면 된다. 테르모필레 전투와 같은 원리다. 다만 여기서 레오니다스가 한 임무를 이미 쿠비시가 했다는 것만 다를 뿐(스파르타 왕 레오니다스가 페르시아 군대의 진격을 막기 위해 테르모필레라는 좁은 골짜기를 이용한 일을 가리킨다—옮긴이). 두꺼운 돌벽을 방패 삼아 가브치크, 발치크, 흐루비, 스바르츠는 적어도 생각할 시간을 번다. 여기서 어떻게 나갈까? 위에서 목소리가 들린다.

"해치지 않겠다고 약속한다."

지하실의 유일한 출입구는 바닥 뚜껑 문이다. 바닥에서 3미터 정도 위에 통풍구도 있다. 가브치크와 동료들은 사다리를 이용해 통풍구까지 갈 수 있지만 통풍구는 너무 좁아서 한 사람도 통과하기 힘들다. 더구나 SS 대원 수백 명이 깔려 있는 레슬로바 거리와 직접 연결되어 있다.

"전쟁 포로로 대우해 줄 것이다."

막혀 있는 오래된 문과 연결된 계단도 있지만 설령 부숴서 연다고 해도 독일 병력이 우글거리는 중앙 홀 내부로 연결되어 있다.

"항복만 하면 된다. 다시 한 번 말하지만 항복만 하면 전쟁 포로로 대우받을 것이다."

가브치크와 동료들은 자신들을 성당에 숨겨 준 페트레크 신부의 목소리임을 알아듣는다. 낙하산병 한 명이 말한다.

"우리는 체코인이다! 절대 항복하지 않는다. 알았냐? 절대 안 해, 절대!"

이 말은 한 것은 분명 가브치크는 아니다. 가브치크라면 "우리는 체코인과 슬로바키아인이다."라고 말했을 테니까. 아마도 발치크가 한 말이 아닌가 싶다. "절대!"라는 목소리가 또다시 들리며 사격이 이어진다. 이건 가브치크 스타일에 가깝다(실제로 어땠는지는 나도 모른다.).

여전히 상황은 진전이 없다. 아무도 지하실에 들어올 수 없고, 나갈 수도 없다. 바깥에서는 확성기 소리가 계속 들린다.

"항복하고 손 들고 나와라. 항복하지 않으면 성당을 통째로 날려 잿더미로 만들겠다."

확성기 소리가 들릴 때마다 지하실의 가브치크와 동료들은 사격으로 응답한다. 레지스탕스는 과묵해야 할 때가 많지만 말이 아닌 다른 멋진 방법으로 자신을 표현하기도 한다. 바깥에서는 줄지어 서 있는 SS 대원들이 자발적으로 지하실에 들어가라는 명령을 받는다. 아무도 꿈쩍도 하지 않는다. 대장이 계속 다그친다. 병사 몇 명이 창백한 얼굴로 앞으로 나아간다. 나머지도 자동적으로 따라간다.

바닥 뚜껑 문으로 내려갈 병사 한 명이 또다시 뽑힌다. 결과는 마찬가지다. 다리에 총을 맞고 괴로운 비명을 지른다. 무적으로 보이는 SS 대원들이 점점 한 명씩 불구가 된다. 낙하산병들에게 탄약이 많다면 시간이 오래 걸릴 수 있다.

사실대로 말하면 이 이야기를 끝내고 싶지 않다. 지하실에 있는 낙하산병 네 명이 포기하지 않고 터널을 파기로 하는 순간에서 이야기를 영원히 멈추고 싶다. 가브치크와 동료들은 통풍구 아래 벽이 쉽게 부스러지는 벽돌로 되어 있다는 것을 알게 된다. 어떻게 알았는지 나도 모르겠다. 이 돌벽을 파면 먼가 방법이 있을지도 모른다. 무른 벽돌 벽 너머로 부드러운 흙이 만져진다. 네 사람은 더 파본다. 수도관, 하수구, 강으로 연결된 길까지 길이가 얼마나 될까? 20미터? 10미터? 그보다 짧을까? 바깥에는 SS 대원 700명이 방아쇠를 당길 준비를 하고 있다. 초조함 때문에, 안에 있는 낙하산병 네 명이 두려워서, 방어막을 단단히 치고 단호하고 동요하지 않으며 싸우는 법을 제대로 아는 낙하산병들을 물리칠 수 있을지 생각하느라 주눅이 들어 있을 수도 있고, 반대로 매우 흥분해 있을 수도 있다. 더구나 안에 적들이 정확히 몇 명이 있는지도 모르지 않은가(지하실의 길이는 무려 15미터다.)! 한편 바깥에서는 사방에서 독일군이 뛰어다니고 판비츠가 지시를 내린다. 지하실에서는 가브치크와 동료들이 필사적으로 터널을 판다. 지금 상황은 전투를 위한 전투 같다. 가브치크와 동료들 그 누구도 이 할리우드 영화 같은 말도 안 되는 탈출 계획이 성공하리라 믿지 않았을 테지만 나는 믿는다. 요원 네 명이 교대로 곡괭이로 터널을 판다. 바깥 거리에서 들려오는 것은 소방차 사이렌 소리일까? 사이렌 소리는 안 났을 수도 있다. 이 치열한 날에 출동한 소방관의 증언을 다시 한 번 살펴봐야겠다. 가브치크는 곡괭이로 바닥을 파면서 귀를 기울인다. 지금 가브치크는 땀을 흘린다. 며칠째 추위에 떨었던 가브치크가 터널을 파면 몸이 따뜻해질 것이란 생각을 했으리라 확신한다. 가브치크는 천성적으로 낙천적이니까. 터널을 판다. 아무것도 하지 않고 죽을 때만 기다리는 것은 가브치크에게 괴로운 일이다. 아니, 아무것도 하지 않고 아무 노력도 하지 않고 그대로 있을 수 없다. 쿠비시의 죽음을 헛되게 할 수 없다. 쿠비시의 죽음이 헛되었다는 말이 전해져서는 안 된다. 가브치크와 동료들은 중앙 홀에 대한 공격이 이루어지는 동안 터널을 파기 시작했을까? 혼란스러운 중앙 홀 총격전이 펼쳐지며 시끄러울 때 곡괭이질을 하면 소리가 들리지 않으니 말이다. 이것도 잘 모르겠다. 오랜 세월 동안 함께했던 사람들, 이야기, 역사적인 사건에 대해 얼마나 많이 아느냐는 중요하지 않다. 하지만 나는 마음속으로 그들이 성공할 것이라는 생각을 하고 그들이 위기에서, 판비츠의 손아귀에서 벗어날 것이라 느낀다. 프랑크는 미친 듯이 분노할 것이고 이들 낙하산병들에 대한 영화가 만들어질 것이다.

그 소방관의 증언은 도대체 어디에 있는 거지?

지금은 2008년 5월 27일이다. 오전 8시 정도에 출동한 소방관들은 여기저기에 있는 SS 대원들, 그리고 인도에 놓인 시신 한 구를 본다. 아무도 오팔카의 시신을 치울 생각을 하지 못한다. 게슈타포는 소방관들에게 해야 할 일을 설명한다. 소방관을 부르자는 기발한 생각을 한 사람은 판비츠다. 지하실 통풍구를 연기로 가득 메우자는 생각. 이 방법이 잘 통하지 않으면 호스로 물을 뿌려 적들을 쥐처럼 익사시키자. 이런 일을 하려는 소방관은 한 명도 없다. 대신 소방관들 사이에서 누군가가 휘파람을 불며 이렇게 말한다.

"어림도 없습니다."

소방관 팀장은 화가 나 씩씩댄다.

"그 말 누가 한 거야?"

하지만 이런 일을 하자고 소방관이 된 사람이 있을까? 병사 한 명이 자원해 통풍구를 막고 있는 철창을 부수러 간다. 철창이 몇 번의 충격으로 부서진다. 프랑크가 박수를 친다. 통풍구 주변에서 또다시 전투가 시작된다. 통풍구는 길이 1미터 미만, 높이 30센티미터 정도다. 미지의 세계로 통하고 독일군에게 죽음의 길을 열어 주는 어두컴컴한 구멍. 지하실에 있는 낙하산병들에게도 치명적인 빛줄기. 지하실 통풍구는 모든 체스 말이 결정적으로 유리한 자리를 얻기 위해 탐내는 체스판의 빈칸과도 같다. 하얀색 체스 말(여기서는 먼저 선수 치는 것이 검은색 체스 말이다.)이 1 대 100으로 방어할 것이다.

2008년 5월 28일. 소방관들이 통풍구에 불 끄는 호스를 밀어 넣는다. 호스는 소화전과 연결되어 있다. 펌프가 작동한다. 통풍구로 물이 흘러 들어간다.

2008년 5월 29일. 물이 차오르기 시작한다. 가브치크, 발치크와 동료 두 명의 발이 물에 잠긴다. 통풍구에 그림자가 하나라도 다가오면 이들은 총을 쏴 댄다. 그러나 물은 계속 차오른다.

2008년 5월 30일. 물이 조금씩, 아주 천천히 차오른다. 프랑크는 밖에서 참을성 있게 기다린다. 독일군은 낙하산병들을 연기로 질식시키려고 최루탄을 던지지만 최루탄은 그대로 물에 빠져 버린다. 왜 게슈타포는 처음에 이 방법을 쓰지 않은 것일까? 미스터리다. 게슈타포가 정신없이 서두를 때가 많은데 이 경우도 그런 게 아닌가 싶다. 판비츠는 생각이 깊은 사람처럼 보인다. 그러니 이 모든 군사 작전을 세운 것은 판비츠가 아닐 수 있다. 아니면 판비츠도 잔뜩 겁을 먹은 것일까? 가브치크와 동료들의 발이 물에 잠긴다. 이 속도라면 가브치크와 동료들은 물에 빠지기 전에 늙어 죽을 것 같다.

2008년 6월 1일. 프랑크는 초조해 어쩔 줄 몰라 한다. 시간이 지날수록 프랑크는 낙하산병들이 혹시 탈출로를 찾는 건 아닐까 하고 불안해진다. 물이 흐르는 곳을 따라 탈출구를 발견할 수 있고 물이 이들을 도와주는 셈이 될지도 모른다. 지하실에 약한 부분이 있을 수 있다. 지하실에 활발한 움직임이 있다. 한 명은 수류탄들을 모아 거리 밖으로 던지는 일을 맡는다. 또 한 명은 터널을 계속 판다. 나머지 한 명은 사다리를 이용해 위로 올라가 호스를 통풍구 밖으로 밀어 버린다. 통풍구에 다가오는 사람이 있으면 가브치크와 동료들이 총을 쏜다. 돌벽 밖에서는 병사와 소방관 들이 몸을 굽혀 총알을 피하며 호스를 다시 지하실에 밀어 넣는다.

2008년 6월 2일. 독일 병사들은 지하실의 낙하산병들이 눈이 부셔서 조준을 제대로 못 하게 하려고 커다란 조명등을 설치한다. 하지만 불을 켜기도 전에 지하실에서 때마침 총을 쏴 역시 실패한다.

2008년 6월 3일. 독일 병사들은 낙하산병들을 익사시키거나 연기로 질식시키기 위해 호스를 계속 밀어 넣지만 그때마다 낙하산병들은 사다리를 망원경 달린 팔처럼 이용해 밀어 버린다. 독일 병사들이 왜 호스를 바닥 뚜껑 문 쪽으로 밀어 넣지 못했는지 이해가 가지 않는다. 내가 알기로는 중앙 홀 바닥의 뚜껑 문이 열려 있었다. 호스가 너무 짧았거나 호스를 가지고서는 중앙 홀로 들어갈 수 없었던 걸까? 아니면 생각지도 못한 상황에 놀라 이성적인 판단력을 잃었던 걸까?

2008년 6월 4일. 낙하산병들의 무릎까지 물이 차오른다. 바깥에서 게슈타포는 추르다와 아타 모라베츠를 데려온다. 아타는 말하지 않겠다고 버티고 추르다는 통풍구 틈으로 말을 건다.

"항복하라고! 난 괜찮은 대우를 받았어. 너희들도 전쟁 포로 대우를 받을 거야. 모두 잘될 거라고."

가브치크와 발치크는 추르다의 목소리를 알아듣는다. 이제 누가 배신자인지 알게 된 것이다. 가브치크와 동료들은 역시 사격으로 대답을 대신한다. 얼굴이 통통 부은 아타는 반쯤 죽은 사람처럼 멍한 표정으로 고개를 숙인다.

2008년 6월 5일. 몇 미터를 파니 터널 바닥이 딱딱하다. 낙하산병들은 총격전에 집중하기 위해 터널 파는 일을 그만두기로 했을까? 그랬을 거라고는 믿고 싶지 않다. 낙하산병들은 계속 땅을 판다. 필요하다면 손톱으로라도 팔 것이다.

2008년 6월 9일. 프랑크는 더 이상 기다리지 못한다. 판비츠가 생각에 잠긴다. 분명 다른 입구가 있을 것이다. 예전에 지하실에 수도사의 시신을 안치했다는데, 도대체 어디로 내려가 시신을 옮긴 것일까? 독일 병사들은 계속 성당을 뒤지고 잔해를 치우고 양탄자를 걷어내고 제단을 부수고 돌벽을 두드린다. 곳곳에서 수색 작업이 이루어진다.

2008년 6월 10일. 드디어 눈에 띄는 것이 있다. 제단 아래 안이 텅 텅 빈 것 같은 소리가 들리는 커다란 타일이 있는 것이다. 판비츠가 소방관들을 불러 타일을 부숴 달라고 한다. 소방관들은 타일 표면을 곡괭이로 때린다. 한편, 요원들은 지하실 바닥을 곡괭이로 판다. 이런 제목을 붙이고 싶은 장면이다. '100 대 1, 죽음의 레이스.'

2008년 6월 13일. 소방관들이 타일을 곡괭이로 때리지만 도통 부서지지 않는다. 그동안 20분의 시간이 흐른다. 소방관들은 뒤에 서 있는 병사들에게 곡괭이로는 타일을 제거할 수 없다며 어설픈 독일어로 말한다. 그러자 SS 대원들은 짜증을 내며 소방관들을 내보내고 다이너마이트를 가져온다. 다이너마이트 담당 병사들이 타일 주변에 다이너마이트를 열심히 설치한다. 준비가 끝나자 성당에서 모두 나오라는 명령이 떨어진다. 밖에서는 모두 뒤로 물러나라는 명령이 떨어진다. 지하실에 있는 낙하산병들은 터널 파던 것을 멈춘다. 야단법석을 떨다가 갑자기 조용해지자 낙하산병들은 불안해했을 것이다. 뭔가 은밀하게 이루어지고 있다고 네 사람은 예감한다. 아니나 다를까 폭발이 일어난다. 먼지구름이 네 사람을 덮친다.

2008년 6월 16일. 판비츠는 파편들을 치우라고 명령한다. 드디어 타일이 반으로 갈라진다. 게슈타포 대원 한 명이 구멍에 머리를 들이민다. 곧바로 대원의 주변에 총알이 빗발친다. 판비츠는 만족스러운 표정을 짓는다. 마침내 입구를 찾은 것이다. SS 병사들은 아래로 내려가라는 명령을 받지만 통로 문제가 아직 해결되지 않았다. 나무 계단은 너무 좁아서 한 사람밖에 들어갈 수가 없다. 1차로 차출

된 운 나쁜 SS 병사들은 총격을 받아 볼링 핀처럼 픽 쓰러진다. 이제 낙하산병들은 세 개의 틈새를 감시해야 한다. 낙하산병들이 통풍구 쪽 감시가 소홀한 틈을 타 소방관 한 명이 사다리를 밖으로 잡아끄는 데 성공한다. 낙하산병 한 명이 호스 하나를 수없이 밖으로 밀어낼 때 거둔 성과다. 바깥에서 프랑크가 박수를 친다. 해당 소방관은 노고를 인정받아 상을 받을 것이다(그러나 체코슬로바키아가 해방되고 나서 처벌받는다.).

2008년 6월 17일. 상황은 걷잡을 수 없이 복잡해진다. 낙하산병들은 잠시나마 망원경 역할을 해 준 사다리를 빼앗긴 상태로 지하실은 사방에서 물이 흘러든다. SS 대원들이 출입구 두 곳을 찾게 되면서 통풍구 쪽도 더욱 위험해진다. 낙하산 요원들은 이제 한계에 이르렀음을 직감한다. 이제 모두 끝장이라고 느끼고 있다. 네 사람은 터널 파는 것을 멈추고 총격에만 집중한다. 판비츠가 주요 입구를 통해 다시 한 번 공격하라고 명령을 내린다. 병사들이 지하실에 수류탄을 던져 놓고 다시 한 번 병사 한 명을 바닥 뚜껑 문을 통해 지하로 내려보낸다. 안에서는 낙하산병들이 스텐 기관총으로 있는 힘껏 총을 쏴 대며 독일 병사들을 내쫓는다. 아비규환에 가까운 혼란, 마치 알라모 전투(텍사스 독립 전쟁 당시 민병대 183명이 3000여 멕시코 정규군에 전멸당한 사건 — 옮긴이) 같다. 공격은 끝없이 이어진다. 이제는 바닥 뚜껑 문, 계단, 통풍구에서 동시에 공격이 이루어진다. 수류탄이 계속 물에 떨어지고 네 명의 낙하산병은 조금이라도 움직임이 있는 쪽에 총격을 가한다.

2008년 6월 18일. 낙하산병들은 마지막 탄창을 사용한다. 정신없이 전투가 이어지는 와중에도 바로 감이 오는 상황이다. 낙하산병 네 명은 서로 말하지 않아도 안다. 가브치크와 발치크는 서로 미소를 짓는다. 확실하다. 두 사람의 모습이 내 눈앞에 그려진다. 두 사람은 서로 열심히 싸웠다는 것을 알고 있다. 네 발의 총소리가 들리고 소란스러운 총격이 즉각 멈춘다. 이때 시간은 정오. 마침내 침묵이 먼지바람처럼 프라하를 감싼다. SS 병사들도 공격을 중단한다. 더 이상 아무도 총을 쏘거나 움직일 생각을 하지 않는다. 기다림의 시간이 이어진다. 판비츠는 뻣뻣하게 서 있다. 저쪽에 SS 장교가 어떤 상황에도 당당한 모습을 보여야 한다는 규정에 맞지 않게 초조한 모습을 보인다. 판비츠가 SS 장교에게 신호를 보내고 장교는 부하 두 명에게 가서 살펴보라고 지시한다. 병사들은 조심스럽게 계단을 내려가다가 멈춘다. 그리고 갑자기 어린 소년들처럼 다시 장교를 쳐다본다. 장교는 계속 내려가라고 지시한다. 모두가 숨죽이고 지켜보는 가운데 독일 병사들은 지하실로 들어간다. 얼마간 시간이 흐른다. 독일어로 부르는 소리가 들린다. 장교가 권총을 흔들며 계단으로 내려간다. 이윽고 장교가 허벅지까지 물에 젖은 채 다시 나와 외친다.

"다 끝났다!"

네 구의 시신이 물 위에 떠다닌다. 가브치크, 발치크, 스바르츠, 흐루비의 시신. 네 명 모두 적의 손에 잡히지 않기 위해 자살을 택한 것이다. 물 위로 찢어진 은행 수표권, 역시 찢어진 신분증들이 둥둥 떠다닌다. 물 위에 흩어진 소지품 중에 버너, 옷가지, 매트리스, 책 한 권이 있다. 벽에 핏자국이 있고 나무 계단 위에는 핏물이 고여 있다(독일 병사들의 피일 것이다.). 탄약통 여러 개, 하지만 실탄은 하나도 남아 있지 않다. 마지막 실탄 하나씩을 자신들을 위해 쓴 것이다.

시간은 정오 12시. 일곱 낙하산병 전원이 최후를 맞기까지 여덟 시간 정도가 걸렸고 SS 병사 800명이 투입되었다.

251

내 책도 마무리를 앞두고 있다. 속이 텅 빈 느낌이다. 단시 피곤한 것이 아니라 속이 뻥 뚫린 느낌이다. 책은 여기까지 쓸 수도 있지만 그러고 싶지 않다. 이번 이야기와 관련된 사람들은 단순한 등장인물이 아니다. 만일 나의 잘못으로 이들이 등장인물처럼 느껴졌다 해도 그렇게 다루고 싶지 않다. 문학적인 기교를 부리지 않고, 그런 기교를 부리고 싶은 마음을 내려놓고, 다소 서툴더라도 전하고 싶은 이야기가 있다. 1942년 6월 18일 정오에도 여전히 살아 있었던 사람들이 어떻게 되었는지를 들려주려고 한다.

뉴스를 볼 때나, 신문을 읽을 때나, 사람들을 만날 때나, 친구들과 지인들과 어울릴 때나, 저마다 부조리한 인생의 소용돌이 속에서 허우적대며 빠져나오지 못하는 모습을 볼 때면 세상은 우스꽝스럽고 감동적이면서도 잔인하다는 생각이 든다. 나도 우스꽝스러운 사람이다. 그러나 지금 난 프라하에 있다. 프라하에 살고 있는 차디찬 유령들이 여느 때와 마찬가지로 위협적인 모습으로, 친절한 모습으로, 혹은 무덤덤한 모습으로 날 에워싼다. 카를 다리 아래로 어느 젊은 여자의 시신이 지나가는 모습이 상상된다. 갈색 머리에 피부는 하얗고 배와 허벅지 부분이 꼭 끼는 여름 원피스를 입고 있다. 열린 상자처럼 훤히 드러난 젖가슴 위를 물이 감싼다. 아름다운 여자의 시체가 희미하게 사라져 간다. 세파에 지친 사람들의 마음을 강물이 닦아 준다. 묘지는 여느 때처럼 이미 닫혀 있다. 릴리오바 거리에서는 보도 위를 지나가는 말발굽 소리가 또각또각 울린다. 연금술사들이 살았던 옛 프라하의 이야기와 전설에 따르면 프라하가 위험해질 때 골렘이 다시 올 것이라고 한다. 하지만 골렘이 돌아와 유대인들과 체코인들을 보호해 주지는 않았다. 독일군이 테레친 수용소의 문을 열었을 때, 독일군이 사람들을 죽였을 때, 독일군이 사람들을 약탈하고 고문하고 강제 이주시키고 총살하고 독가스로 처형하고 온갖 방식으로 처형했을 때도 철인은 오랜 저주에 갇혀 움직이지 못했다. 가브치크와 쿠비시가 체코에 도착했을 때는 이미 늦었다. 그야말로 재앙과도 같은 상황이었다. 오로지 복수밖에는 없었다. 가브치크와 쿠비시, 친구들, 체코 국민의 손으로 한 복수는 놀라웠지만 혹독한 대가를 치러야 했다.

프랑스에서 활동한 전설적인 조직 '레드 오케스트라'의 간부인 레오폴트 트렙페르는 경험을 통해 한 가지 사실을 알게 되었다. 적에게 잡혔을 때 레지스탕스는 협조할지 안 할지를 선택할 수 있다. 그리고 협조하기로 했다면 조직에 피해가 많이 가지 않게 가급적 적게 말하고 우물쭈물하고 정보를 찔끔찔끔 주며 시간을 벌 수 있다. 트렙페르가 체포되었을 때 사용한 전략이다. A54도 마찬가지다. 그러나 두 사람은 고급 전문 스파이였다. 가장 가혹한 고문을 견뎠다 해도 일단 돌아서기로 결심한 레지스탕스들은 쉽게 무너져 내렸다. 트렙페르는 이러한 레지스탕스에 대해 "진흙탕에서 구르듯 쉽게 배신을 하게 된다."라고 말했다. 카렐 추르다는 게슈타포에게 하이드리히 암살을 주도한 동료들에 대해 알려 주었을 뿐만 아니라 자신이 접선한 모든 사람들, 조국에 돌아왔을 때부터 자신을 도와준 모든 사람들의 이름과 연락처도 넘겼다. 추르다는 가브치크와 쿠비시를 팔았고 나머지 모든 것도 통째로 바친 것이나 다름없었다. 예를 들어 비밀 송신기 리부셰도 마찬가지다. 덕분에 게슈타포는 발치크가 속한 실버 A 그룹에서 마지막으로 살아남은 요원 두 명, 바르토스 대위, 무선 전신 담당 포투체크를 추적할 실마리를 얻었다. 게슈타포는 파르두비체까지 오게 되었고 숨 막히는 도시 추격전 끝에 포위된 바르토스는 다른 동료들과 마찬가지로 스스로 목숨을 끊는다. 안타깝게도 바르토스의 시신에서 나온 작은 수첩에는 여러 주소가 깨알처럼 적혀 있다. 이에 판비츠는 실 뭉치를 계속 펼칠 수 있게 된다. 펼쳐진 실은 레자키라는 이름의 작은 마을을 지난다. 이 마을도 나치에 의해 리디체와 같은 운명을 맞이하게 된다. 6월 26일, 아직 살아 있던 마지막 낙하산병 포투체크가 리부셰로 마지막 메시지를 전한다. "내가 있는 레자키 마을이 파괴되었다, 우리를 돕던 사람들은 전원 체포되었다(게르만인으로 만들 수 있을 것 같은 금발 소녀 두 명만 살아남는다.). 마을 사람들 덕분에 내 목숨과 송신기는 지킬 수 있었다. 이날 프레다(바르토스)는 레자키에 없었다. 어디에 있는지 모르겠다. 프레다도 내가 현재 어디에 있는지 모른다. 다시 만날 수 있기를 바랄 뿐이다. 지금 난 혼자 있다. 다음 송신 날짜는 6월 28일 저녁 11시." 포투체크는 숲을 배회하다가 어느 마을에서 게슈타포에게 발각이 된다. 총을 쏘아 대며 일단 게슈타포에게서 벗어나지만 오랜 추격전 끝에 배고픔과 피로에 지친 포투체크는 결국 체포되어 파르두비체 근처에서 7월 2일에 총살된다. 아까 포투체크가 살아남은 마지막 낙하산병이라고 했는데 실수했다. 아직 추르다가 남아 있다. 배신자 추르다는 나치에게 상금을 받고 이름을 바꿔 독일계 여자와 결혼한 후 주인을 바꿔 이중 스파이 노릇을 한다. 이 시기에 A54는 마우트하우젠 수용소로 보내지지만 왕에게 조금씩 이야기를 들려주며 시간을 버는 세헤라자데처럼 사형이 계속 미뤄져 목숨을 유지한다. 하지만 모든 사람들의 사연이 이렇게 구구절절 알려진 것은 아니다.

아타 모라베츠와 아버지, 쿠비시의 약혼녀 안나 말리노바, 가브치크의 약혼녀인 열아홉 살의 리베나 파페크(임신했을 가능성이 있다.)와 그녀의 가족, 노바크 가족, 스바토시 가족, 젤렌카 가족, 피스카체크 가족, 크호들로바 가족. 참, 깜빡했는데 성당 정교회 신부와 교구 사람들, 파르두비체 사람들, 그 외 어떤 형태로든 낙하산병들을 돕다가 발각되어 체포된 후 강제수용소로 보내지거나 총살을 당하거나 독가스로 처형된 모든 사람들. 젤렌카는 체포되는 순간에 청산가리 캡슐을 깨물어 자살한다. 자전거 소녀의 어머니 노바크 부인은 아이들과 함께 가스실로 보내지기 전에 미쳐 버리고 만다. 모라베츠 가족의 수위처럼 역사의 그물망을 통과해 무명으로 남은 사람들도 있다. 발치크가 기르다가 수위에게 맡긴 개 모울라도 주인을 잃은 슬픔을 견디지 못해 죽었다. 아니, 모울라는 발치크를 영원히 따라간 것이다. 그리고 암살 사건과 전혀 관계가 없는 사람들, 인질, 유대인, 보복 처형을 당한 정치범들, 통째로 사라진 마을들, 안나 마루스카코바와 연인, 리디체 마을 학살의 빌미를 제공한 두 사람의 편지. 낙하산병들의 가족이라는 이유만으로 마우트하우젠에 강제수용되어 독가스로 처형당한 쿠비시와 발치크의 가족도 있다. 가브치크의 아버지와 누이들만이 슬로바키아라는 국적 덕분에 학살의 광풍에서 벗어나게 된다. 당시 독일의 점령국이 아닌 위성국이었던 슬로바키아는 무늬만이라도 독립국이라는 것을 보여 주기 위해 독일의 비위를 거스르더라도 국민을 처형하지 않았디. 임살 작전의 여파로 죽은 사람들의 수는 전부 합해 수천 명이다. 그러나 이들 가운데 낙하산병들을 직접 도와준 사람들은 심문하는 나치 앞에서 아무런 후회도 없으며 조국을 위해 죽을 수 있어 자랑스럽다고 짧게 말한 것으로 알려져 있다. 모라베츠 가족은 수위를 배신하지 않았다. 파페크 가족이 오고운 가족을 배신하지 않아 오고운 가족도 살아남았다. 순수한 마음을 가진 이분들을 진심으로 존경한다는 말을 하고 싶었다. 비록 경의를 표하거나 위로하는 것을 잘하지 못하는 성격이긴 하지만 이분들에 대한 존경심을 꼭 표현하고 싶었다.

현재 가브치크, 쿠비시, 발치크는 조국에서 영웅 대우를 받고 있으며 정기적으로 이 세 명에 대한 추모식이 열리고 있다. 암살 장소 근처에는 이들 세 명의 이름을 각각 따서 지어진 거리가 있다. 슬로바키아에는 가브치코보라는 이름의 작은 마을이 있다. 세 사람은 사후에도 계속 승진하고 있다(현재 세 사람의 계급은 대위로 알고 있다.). 세 명의 요원을 직간접적으로 도운 사람들 가운데 잘 알려지지

않은 분들도 있다. 이분들에게 경의를 표하기 위해 정신없이 노력
했더니 기운이 빠진다. 하지만 그럼에도 무명으로 죽음을 맞게 된
수백 명, 수천 명을 생각하면 죄책감 때문에 몸이 떨린다. 비록 이분
들의 이야기가 나오지 않았다 해도 이분들의 존재는 느껴진다고 믿
고 싶다.

252

나치가 하이드리히에게 바친 최고의 경의는 열정적이고 충성스
러운 부하를 찬양하던 히틀러의 추도사가 아니었다. 바로 이것이었
다. 1942년 7월, 베우제츠, 소비보르, 트레블링카 수용소가 문을 열면
서 폴란드 내 유대인 전원 학살 계획이 시작된 것이다. 1942년 7월에
서 1943년 10월까지 이 같은 학살 계획에 따라 유대인 200만 명 이
상과 집시 약 5만 명이 목숨을 잃게 된다. 폴란드 학살 계획의 코드
명은 '라인하르트 작전'이었다.

253

1944년 10월 어느 날 아침에 소형 트럭을 몰고 가던 그 체코인 노
동자는 무슨 생각을 하고 있을까? 입에 담배를 물고 꾸불꾸불한 길
을 달리면서 이런저런 고민을 하고 있었을 것이다. 커브를 틀 때마

다 뒤에서는 화물들이 덜커덩거리고 고리 바구니와 나무 상자 들은 미끄러져 트럭 벽에 부딪친다. 늦어서 그런 건지 아니면 얼른 귀찮은 일을 처리해 버리고 친구들과 한잔하러 갈 생각에 마음이 급해서 그런지는 몰라도 트럭 운전사는 눈이 쌓인 도로에서 속도를 낸다. 갑자기 뭔가 작은 형체가 인도를 뛰어다니지만 노동자는 미처 보지 못한다. 이 형체가 마치 어린아이처럼 갑자기 도로 위로 뛰어들자 트럭 운전사는 급히 브레이크를 밟지만 이미 늦었다. 트럭에 치인 어린아이가 데굴데굴 굴러 도랑에 빠진다. 트럭 운전사는 방금 자신이 라인하르트와 리나 하이드리히 부부의 큰아들 클라우스를 치어 죽였다는 사실을 아직 모르고 있다. 교통사고를 낸 운전자가 알려지지 않아 이 트럭 운전사가 강제수용소에 보내지는 일도 없게 된다.

254

일명 르네, 카를, A54로 불리던 파울 튀멜은 1945년 4월까지 테레친에서 살아남을 수 있었다. 연합군이 프라하에 들어오자 나치는 체코에서 철수하지만 훗날 방해가 될 거추장스러운 증인들을 그대로 살려 두지 않기로 한다. 나치가 튀멜을 총살시키기 위해 찾으러 다닐 때 튀멜은 수용소에서 알았던 동료에게 부탁해 모라베츠 대령에게 축하의 메시지를 전해 달라고 한다.

체코슬로바키아 정보국과 함께 일해서 진심으로 기뻤습니다. 이렇게 끝
나게 되어 유감입니다. 다만 모든 계획이 성공적으로 마무리되었다는 것에
위안을 느낍니다.

이 메시지는 모라베츠 대령에게 전달된다.

255

"어떻게 동료들을 배신할 수 있었나?"
"자넨 100만 마르크를 위해서라면 자네의 총통도 배신했겠지!"
전쟁 막바지에 플젠 근처에서 레지스탕스에게 체포된 카렐 추르
다는 법정에서 사형선고를 받는다. 추르다는 1947년에 교수형에 처
해진다. 추르다는 사형 집행인에게 저속한 농담을 하며 교수대에
오른다.

256

내 이야기는 끝났다. 내 책도 마무리를 지어야겠다. 하지만 이렇
게 이야기를 끝낼 수는 없다는 생각이 든다. 역시 이번에도 아버지
때문이다. 아버지가 전화를 걸어와 인류 박물관에서 베껴 온 문구
를 읽어 준다. 레지스탕스 활동을 하다가 라벤스브뤼크 수용소에

보내진 적이 있고 최근에 사망한 인류학자 제르맨 티용의 전시회를 보고 나오는 길에 발견한 문구란다.

　　젊은 수감자 일흔네 명을 대상으로 실시된 생체 실험은 라벤스브뤼크의 가장 끔찍한 상징 중 하나가 되었다. 1942년 8월에서 1943년 8월까지 실시된 생체 실험은 체코슬로바키아 보호령의 총독 라인하르트 하이드리히의 목숨을 앗아 간 부상을 재현해 보는 절개 수술이었다. 가스괴저병에서 하이드리히를 구할 수 없었던 게르하르트는 술폰아미드를 사용해 봐야 아무 소용이 없다는 것을 증명하려고 했다. 그 결과 일부러 전염성 세균을 젊은 여자들에게 접종했고 이로 인해 많은 여자들이 사망하고 말았다.

'총독', '체코슬로바키아', '가스괴저병' 같은 표현들이 눈에 들어온다. 나에게 이 이야기는 영원히 끝나지 않을 것이며, 앞으로도 계속 런던에서 파견된 체코슬로바키아 낙하산병들이 1942년 5월 27일에 하이드리히를 상대로 벌인 암살 작전이라는 이 멋진 이야기와 관련된 것은 계속 배울 것이다.

"너무 완벽해지려고 하지 말게." 롤랑 바르트가 했던 말이다. 하지만 내게는 전혀 소용없는 조언이다……

257

네즈발의 시처럼 녹슨 대형 정기선 한 대가 발트 해 위를 미끄러지듯이 지나간다. 요제프 가브치크는 폴란드의 우울한 해안과 크라쿠프에서 숨죽여 보낸 몇 달과 마침내 이별하게 된다. 가브치크와 함께 다른 체코슬로바키아군의 유령들도 마침내 프랑스행 배에 오른다. 배에 탄 가브치크와 다른 유령들은 피곤하고 불안하고 정신이 없지만 나치 독일과 싸웠다는 생각에, 그리고 프랑스 외인부대, 알제리, 프랑스 시골, 런던의 안개를 떠올리며 즐거워한다. 가브치크와 일행은 좁은 통로를 어설프게 휘젓고 다니며 선실, 담배, 말벗할 사람을 찾아다닌다. 가브치크는 난간을 붙잡고 바다를 바라본다. 슬로바키아처럼 내륙에서 온 사람에게는 너무나 낯선 바다다. 그렇기 때문에 가브치크의 시선은 너무 쉽게 자신의 미래를 상징하는 수평선이 아니라 바다가 물결치며 배에 부딪혔다가 물러나고 다시 부딪치는 흘수선 쪽으로 향하는지도 모르겠다. 이렇게 왔다 갔다 하는 물결은 마치 잠을 부르고 착각을 불러일으키는 시계추 같다.

"불 있나, 친구?"

가브치크는 모라비아 억양을 알아챈다. 가브치크가 상대방에게 라이터로 불을 붙여 준다. 턱 보조개, 담배를 문 두툼한 입술, 세상의 선함을 담고 있는 인상적인 눈빛.

"얀이라고 해." 상대방이 말한다.

담배 연기의 소용돌이가 허공에 흩어진다. 가브치크가 아무 대답 없이 미소를 짓는다. 두 사람은 이번 여행 동안 충분히 시간을 두고 서로를 알아 갈 것이다. 사복 차림으로 배 위를 걷던 군인들은 어리 둥절해하는 노인들, 혼자 있는 신비로운 눈빛의 여자들, 얌전히 형의 손을 잡고 있는 아이들 틈에 섞인다. 나타샤와 닮은 어느 젊은 여자가 갑판의 난간을 잡고 한쪽 다리로 긴 치마의 끝단을 차 올리는 장난을 치며 서 있다. 나 역시 어쩌면 여기에 있을지도 모르겠다.

옮긴이 | 이주영

숙명여자대학교 불어불문학과, 한국외국어대학교 통번역대학원 한불과를 졸업했고 현재 출판번역 전문 기업 바른번역의 회원 번역가로 있다. 소설 『HHhH』가 다루는 나치 고위 인사 라인하르트 하이드리히의 암살 작전은 여러 번 볼 정도로 좋아했던 영화 「새벽의 7인」을 통해 이미 접했던 역사적 사건이다. 『엄마 그땐 내가 미안했어』, 『여성의 우월성에 관하여』, 『이렇게 될 줄 몰랐어』, 『죽음을 그리다』, 『반 에이크의 자화상』 등의 프랑스 소설과 에세이를 우리말로 옮겼다.

HHhH

1판 1쇄 펴냄 2016년 11월 25일
1판 2쇄 펴냄 2018년 1월 23일

지은이 | 로랑 비네
옮긴이 | 이주영
발행인 | 박근섭
편집인 | 김준혁
펴낸곳 | 황금가지

출판등록 | 2009. 10. 8 (제2009-000273호)
주소 | 06027 서울 강남구 도산대로 1길 62 강남출판문화센터 5층
전화 | 영업부 515-2000 **편집부** 3446-8774 **팩시밀리** 515-2007
홈페이지 | www.goldenbough.co.kr

도서 파본 등의 이유로 반송이 필요할 경우에는 구매처에서 교환하시고
출판사 교환이 필요할 경우에는 아래 주소로 반송 사유를 적어 도서와 함께 보내주세요.
06027 서울 강남구 도산대로 1길 62 강남출판문화센터 6층 민음인 마케팅부

한국어판 ⓒ ㈜민음인, 2016. Printed in Seoul, Korea
ISBN 979-11-5888-193-1 03860

㈜민음인은 민음사 출판 그룹의 자회사입니다.
황금가지는 ㈜민음인의 픽션 전문 출간 브랜드입니다.